Harald Mini

Innominati

Harald Mini

INNOMINATI

oder

Wie der Speisologe Rupert Plankton zwar schon vor Beginn der Geschichte den Gramastettner-Krapferl-Code knackt, aber trotzdem in einen rätselhaften Mordfall verwickelt wird ...

Thrillersatire

Leykam

Covergestaltung: Peter Eberl, www.hai.cc
Druck: Druckerei Theiss GmbH, A-9431 St. Stefan i. Lavanttal
Gesamtherstellung: Leykam Buchverlag

ISBN 978-3-7011-7866-7
www.leykamverlag.at

Statt einem

VORWORT

oder einem

PROLOG

(oder sonst etwas Unnötigem, das nur von der Handlung abhält)

ein

HINWEIS:

Dieses Buch enthält Produktplatzierungen!

(Dafür wird im gesamten Buch kein einziges Mal geraucht, sodass der Autor zwar wieder nicht den „Glauser"-Krimipreis gewinnen wird, aber möglicherweise den Nichtraucherliteraturpreis ...)

1. Kapitel

Als „The Voice“ Sly Slender um 21 Uhr 12 dieses verhängnisvollen Sonntags mit seiner samtweichen Stimme die letzten Töne des Elvis-Presley-Songs *Always on my Mind* verklingen ließ, hatte er noch sechseinhalb Minuten zu leben.

Vor *Always on my Mind* hatte er übrigens *Love Me Tender* zum Besten gegeben und dadurch zahlreiche Zuhörer in der Linzer Eishalle in Ratlosigkeit versetzt, weil sie mit dem Begriff Tender den Vorratsbehälter einer Dampflokomotive verbanden und sich sehr darüber wunderten, dass sich der Interpret des Liedes wünschte, von so einem unhandlichen Ding geliebt zu werden.

Um aber zum Thema zurückzukommen und nicht gleich auf der ersten Seite zu Nebenaspekten abzuschweifen: Nachdem Sly Slender den erstens gebührenden und zweitens tosenden Applaus für seine Darbietung empfangen hatte, verschwand er hinter der Bühne und der Moderator des *Linzer Eiszaubers,* Reinhard Waldenberger, trat wieder vor das Publikum.

Waldenberger war Programm- und Sportchef des ORF Landesstudios Oberösterreich und hatte 1988 den *Linzer Eiszauber* erfunden. Bei dieser Veranstaltung, die alljährlich zugunsten der ORF-Aktion *Licht ins Dunkel* stattfindet, treten nationale und internationale Künstler und Sportler auf und bieten ein abwechslungsreiches und unterhaltsames Musik- und Eiskunstlaufprogramm.

„Bevor ich nun zum Abschluss alle Sponsoren auf die Bühne bitte, damit sie Ihnen ihre Grußworte überbringen“, sprach Waldenberger ins Mikrofon, und im Publikum machte sich augenblicklich hörbar Unruhe breit, „bitte ich noch einmal unseren Stargast aus dem ersten Teil der Show zu mir. Es war eine noch nie da gewesene Sensation, wie er uns bewiesen hat, dass er das über 100 Jahre alte Geheimrezept unserer Gramastettner Krapferln enthüllt hat, und nun wird er diese Sensation noch toppen, indem er den Hausfrauen unter Ihnen – und natürlich auch den paar Hausmännern – erstens enthüllt, wie man ein perfektes Vier-Minuten-Frühstücksei zubereitet, und dies zweitens auch noch auf Eislaufschuhen tut. Liebe Zuseher, begrüßen Sie mit mir nochmals – unseren Speisologen Rupert Plankton!"

Während langsam Applaus einsetzte, stieß sich am anderen Ende der Eishalle ein großer (aber nicht allzu großer), schlanker (aber nicht allzu schlanker) Mann mittleren Alters (er ging auf die 48 zu und sah höchstens eineinhalb Jahre jünger aus) von der Bande ab und trippelte unter langsam intensiver werdenden Beifallskundgebungen auf Schlittschuhen übers Eis.

Rupert Plankton war der Welt berühmtester Speisologe.

Er war – unter anderem, denn dieses Kapitel würde nicht ausreichen, um aufzuzählen, was er sonst noch alles war – Meisterkoch, Gastrokritiker, Restauranttester, Fernsehkochsendungspräsentator, Fernsehkochduellmoderator, gefeierter Buchautor (auf Amazon waren aktuell 28 seiner Bücher gelistet, die man allerdings auf eBay zum Teil weit günstiger erhalten konnte), und vor allem war er der weltweit anerkannte Sachverständige für alle Fragen, die in Zusammenhang mit Speis und Trank standen, weshalb er als einziger Mensch im Universum den Berufstitel „Speisologe" tragen durfte. Seit Kurzem war er auch – worauf er besonders stolz war – Gault-Millau-Testertestertester. Für alle Leser, die meinen, hier hätte sich die Tastatur des Autors einen Spaß erlaubt und zumindest die Lektorin hätte den Fehler bemerken müssen, sei erklärt, dass der *Gault-Millau* ein nach seinen Herausgebern

Henri Gault und Christian Millau benannter einflussreicher Restaurantführer ist, der die sogenannten Hauben vergibt – neben den Michelin-Sternen die begehrteste Auszeichnung der Haute Cuisine. Für diesen Führer sind nicht Soldaten, sondern Tester unterwegs – gelernte Feinschmecker fast wie du und ich. Natürlich gehören auch die Tester überwacht, ob sie tatsächlich objektive Urteile abgeben und nicht von den Restaurantbetreibern bestochen werden, so wie man es etwa von Politikern tagtäglich gewohnt ist. Dies erfolgt durch gut zwei Dutzend Testertester (= Tester, die die Tester testen). Und seit Kurzem hat Gault-Millau zur Überwachung der Testertester einen über jeden Verdacht erhabenen Testertestertester angestellt – Rupert Plankton.

Plankton war gebürtiger Linzer, hatte dann im Ausland gastronomische Karriere gemacht und weilte derzeit in Linz – nicht um zu überprüfen, ob die Kantine der Justizanstalt Linz endlich eine Haube erhalten sollte, wie von den dortigen (häufig wechselnden) Köchen seit Jahren vehement gefordert wurde, sondern weil er für die dritte, erweiterte Auflage seines 800.000-fach verkauften Bestsellers *Mehlspeisen mit Geschichte – Geschichten über Mehlspeisen* Recherchen für die Gramastettner Krapferln angestellt und dabei – wie von Herrn Waldenberger bereits oben angedeutet wurde – das Geheimrezept enthüllt hatte, was auch zur Einladung zum *Eiszauber* geführt hatte.

Ich hätte Waldenberger doch nicht sagen sollen, dass ich in meiner Jugend einmal bei einem Kindereislaufkurs mitgemacht habe, ging es Plankton während seiner Eistripplerei durch den Kopf. *Und jetzt muss ich, Rupert Plankton, der Welt berühmtester Speisologe, mich hier vor Tausenden Zusehern für den guten Zweck zum Affen machen*, überlegte er weiter, während er Schritt für Schritt – immerhin ohne hinzufallen – auf Reinhard Waldenberger zutänzelte. Schließlich war er nach endlosen 45 Sekunden bei der Bühne angekommen, stieg zum Moderator hinauf und übernahm das Mikrofon.

„Nun, das perfekte Vier-Minuten-Ei", begann er mit fester, redegewohnter Stimme, „wobei es meines Erachtens unerheblich ist, ob es ein Frühstücksei ist oder eines zum Abendessen oder eines für Ostern oder Weihnachten oder ganz einfach eines zum Nachmittagskaffee ..."

In Reihe 5, Platz 7 in Sektor C sah eine warm angezogene Frau ungeduldig auf die Uhr. Viertel nach neun. Nun musste die Vorstellung bald aus sein. Es konnte ja nicht mehr allzu lang dauern, bis dieser selbst ernannte Speisologe mit seinem Referat über die Zubereitung eines Eis zu einem Ende kam. Wenn dann die Sponsoren die Bühne betraten, um mehr oder minder dezent Werbung für ihre Firmen zu machen, würde ohnehin die Hälfte der Zuseher fluchtartig die Halle verlassen, dann war der Weg frei in den Backstagebereich, zu ihm ... zu Sly ...

Die Dame beschloss, das Ende der Show gar nicht mehr auf ihrem Platz abzuwarten, und stand auf. Sie war groß, Mitte bis Ende 30 und trug einen sicherlich wärmenden, aber verhältnismäßig unförmigen mausgrauen Mantel, sodass Figurdetails an dieser Stelle beim besten Willen noch nicht berichtet werden können.* Gegen die Kälte hatte sie eine farblich perfekt zum Mantel passende – also ebenfalls mausgraue – Pelzhaube auf, unter der ihre langen blonden Haare steckten. Zum Missfallen ihres Sitznachbarn, der gespannt Planktons Ausführungen über das ideale Verhältnis der Menge des Leitungswassers zum Durchschnittsgewicht der darin zu kochenden Eier lauschte, kämpfte sie sich zum Ende der Sitzreihe vor und trat dabei einem Mann – unabsichtlich, wie angemerkt werden soll – auf die Füße. Sie beachtete seine Unmutsäußerungen aber nicht weiter und

* Aber keine Angst, das kommt schon noch!

stieg die Stufen hinauf, dann wandte sie sich nach rechts, Richtung Bühne.

Es war saukalt in der Linzer Eishalle, schließlich war es Ende Februar und das Wetter noch sehr winterlich. Daher zog die Frau den Mantel enger um sich. Am Ende des Weges angelangt, stieg sie wieder nach unten, neben die Bühne, wo sich der Zugang zum Backstagebereich befand. Dass sie hier richtig war, wurde klar, als ein sehr kleiner, schmächtiger Mann in einem offiziellen ORF-Arbeitsanzug den Vorhang zur Seite schob, den Zuschauerbereich betrat und, nachdem er, ohne recht auf den Weg zu schauen, fast mit ihr zusammengestoßen wäre, im Eilschritt und mit einem gehetzten Gesichtsausdruck in der Menschenmenge verschwand.

Ja, hier war sie richtig, von hier kam man zum Backstagebereich, wenn man ... ja, wenn man die Sicherheitskontrolle überwand ...

„Stopp! Sperrzone! Kein Zutritt!" Eine ausgestreckte Hand zeigte der Frau unmissverständlich an, dass sie hier nicht weitergehen durfte.

Wenn man nun, wie es die Frau tat, der Hand mit Blicken, den Unter- und Oberarm entlang, zum dazu gehörenden Körper folgte und diesen sodann in Gesamtaugenschein nahm, war nicht zu übersehen, dass es sich bei der Hand um eine Kinderhand handelte.

„Burschi, geh weg und bring mich nicht zum Lachen!", sagte die Frau zu dem Knaben, der eine viel zu große Army-Hose und -Jacke trug, auf der die Aufschrift „SECURITY" prangte.

„Hier dürfen Sie nicht weiter, hier ist absolute VIP-Zone", sagte der Bub ungerührt mit piepsiger Stimme (vom Stimmbruch war er noch ein paar Jahre entfernt).

Die Frau atmete tief ein. Sie wusste nicht, dass aus Kostengründen – um den *Licht ins Dunkel* zufallenden Reinerlös möglichst hoch zu halten – von den *Eiszauber*-Veranstaltern beschlossen worden war, heuer die Securitykräfte aus den Reihen der teilnehmenden Eiskunstlaufvereine zu rekrutieren, und da dort keine gestandenen Mannsbilder zur Verfügung standen, hatten ein paar Knaben diese Aufgabe übernehmen müssen.

„Burschi, ich will nur ein Autogramm vom Sly", sagte die Frau geduldig, während Plankton auf der Bühne gerade die richtige Haltung des Löffels zeigte, mit dem man das Ei nach dem Kochen aus dem Wasser fischte. „Sly Slender. ‚The Voice'. Den kennst du sicher."

„Jetzt nicht. Bitte gehen Sie weg!" Der Bub war nun dem Weinen nahe. „Sonst müsste ich Gebrauch von meiner Waffe …" Er zog einen Pfefferspray aus der Jacke und richtete ihn mit zitternder Hand gegen die Frau, die unwillkürlich einen Schritt zurückwich. Als sie dabei wahrnahm, dass im Gürtel des Buben ein Gerät steckte, das wie ein Elektroschocker aussah, beschloss sie, doch noch bis zum Ende der Show auszuharren, um Sly Slender danach ihre Aufwartung zu machen. Es konnte nun ja nicht mehr lange dauern, der Speisologe auf dem Eis war gerade am Ende seines Eiervortrags angelangt, und ohrenbetäubender Applaus setzte ein, wobei nicht ganz klar war, ob dieser der phänomenalen Darbietung Planktons galt oder dem Wiederauftritt Waldenbergers mit den Vertretern der Sponsorfirmen im Schlepptau.

Plankton quälte sich auf der Bühne mühsam aus seinen Schlittschuhen, zog dort bereitstehende Plüschpantoffel an und schlurfte hinter die Bühne.

Dort umringten fünf trachtig gekleidete Herren einen weiteren Mann, der regungslos auf dem Boden lag. Während Plankton die fünf sofort als die Mitglieder der Volksmusikgruppe *Die vier fidelen Sandler* wiedererkannte, die vor etwa einer Viertelstunde ihren Auftritt absolviert hatten, benötigte er zur Identifikation des am Boden Liegenden einen zweiten Blick und musste dann feststellen, dass es sich bei dieser Person um – Sly Slender handelte!

„Was ist denn los?“, fragte Plankton, und ein ungutes Gefühl breitete sich in seiner Magengegend aus. „Wieso liegt Sly denn hier so rum? Ist er müde? Oder ist ihm schlecht geworden?“

„Ja, sehr schlecht sogar“, sagte einer der Volksmusikanten, und ein weiterer, rothaariger ergänzte: „Mich dünkt, er schied dahin.“ Er war für die Texte der *Fidelen Sandler* zuständig, sprachlich vorgeschädigt und wäre durchaus auch imstande gewesen, die Todesnachricht in Reime zu setzen.

Plankton sah erschüttert auf Sly Slender hinab. Weit geöffnete Augen hinter einer riesengroßen Brille starrten ihn an, ohne ihn wahrzunehmen. Der Mund des Sängers war halb geöffnet und erlaubte dadurch einen Blick auf seine Zunge, auf der friedlich ein paar angefeuchtete Brösel ruhten. Die rechte Hand hielt die Überreste eines Gramastettner Krapferls umklammert. Das Gesicht war seltsam bläulich verfärbt.

Sly Slender war zweifelsfrei tot.

Wer regelmäßig seinen *Schäfer-Elmayer* liest, weiß, wie man sich bei kalten Buffets benimmt, wenn sich der Vordermann die letzten vier Shrimpsbrötchen geschnappt hat, oder wenn man auf einem Flohmarkt der Geliebten seines Chefs vorgestellt wird, aber welche Worte man wählt, wenn man urplötzlich vor einer Leiche steht, wird in keinem Benimmseminar gelehrt. Und daher entfuhr Plankton nur ein verhältnismäßig unoriginelles und eigentlich auch auf keine Antwort abzielendes „Ja, ist denn das die Möglichkeit?“, worauf wieder der Rothaarige „Offenbar schon, ja tatsächlich, scheint so, zweifellos“ zur Antwort gab.

Doch nun ist es wohl an der Zeit, die *Vier fidelen Sandler* ein wenig näher vorzustellen. Wenn man den Begriff Sandler in eine einschlägige Internetsuchmaschine eingibt, deren Name hier nicht genannt werden soll, weil ohnehin jeder Google kennt, so gelangt man erstaunlicherweise zuallererst nicht zur Homepage des US-amerikanischen Schauspielers Adam Sandler, sondern zu einer gleichnamigen Wattefabrik. Gleichnamig in Bezug auf Sandler und nicht auf Adam. Da die Wattefabrik ein Sponsoring dieses Buches kategorisch abgelehnt hat, soll für sie hier nicht weiter Werbung gemacht und rasch zum nächsten Suchergebnis übergegangen werden. Sandler ist laut Wikipedia – und in diesem Fall stimmt das sogar – in Österreich und Bayern die Bezeichnung für einen Obdachlosen. Die fünf Mitglieder der *Vier fidelen Sandler* waren nun aber nicht vier – oder fünf, auch das wird noch erklärt werden – bayerisch-oberösterreichische Obdachlose, die gemeinsam volkstümliche Musik machten, um ihren tristen Alltag ein wenig aufzuhellen, nein, um den Namen der Truppe zu verstehen, muss man wissen, dass es in Oberösterreich einen Ort namens Sandl gibt. Dieses Sandl ist, wie jedem Menschen zwischen Stockholm und Palermo bekannt ist, eine auf 927 Höhenmetern im schönen Mühlviertel gelegene Gemeinde mit etwa 1500 Einwohnern. Berühmt ist Sandl nicht nur für seine denkmalgeschützten Objekte in der Stadt und für seine Naturdenkmäler,* sondern auch für seine vor etwa einem Jahr ins Leben gerufene Volksmusikgruppe *Die vier fidelen Sandler.* Diese besteht, wie bereits mehrfach erwähnt wurde, aus fünf Mitgliedern – vier Brüdern, die die Truppe gegründet haben, und einem „Zuagroasten“. Die vier Brüder heißen Parzeval, Alfred, Georg und Ronald Wieslinger, wobei Parzeval (oder Percy, wie er meist gerufen wird) mit 38 Jahren der Älteste und mit über 1 Meter

* Nähere Informationen etwa auf der Homepage der Gemeinde (www.sandl.at), schließlich soll dies ein Roman werden und kein Heimatkundelexikon.

90 auch der größte ist, Ronald (zu dem alle Ron sagen und der auffallend rote Haare hat) mit 24 der Jüngste, und die Zwillinge Alfred (beziehungsweise Fred) und Georg (auch Schorsch genannt) liegen altersmäßig irgendwo dazwischen. Von den Zwillingen wiederum ist, was für den Fortgang der Handlung zwar ohne jede Bedeutung ist, aber trotzdem der Vollständigkeit halber erwähnt werden soll, Fred der um fünf Minuten Ältere. Man kann die beiden Zwillinge leicht auseinanderhalten: Fred hat um eine Spur hellere Augen. Und wem dieses Unterscheidungsmerkmal noch nicht genügt, der behilft sich mit einem Blick auf das Kinn der beiden Männer: Während Schorschs Kinn ein gepflegter Vollbart schmückt, prangt auf Freds Kinn eine Narbe von einer Rauferei um die Gunst der Sandler Margaritenkönigin 2009. Ja, Fred ist das, was man landläufig einen Weiberer* nennt.

Jedoch nicht an einen der vier Wieslingers wandte sich nun Plankton mit der Frage „Was ist denn passiert?", sondern an den fünften der Truppe, den „Zuagroasten".

Der fidele Sandler Nr. 5, Joseph Balongowatungo, stammte nicht aus Sandl, nein, er war von viel, viel weiter hergereist und unterschied sich von den anderen vier Mitgliedern der Volksmusikgruppe schon durch seine Hautfarbe. Er war nämlich dunkelhäutig und sah aus wie eine Mischung aus David Alaba und Roberto Blanco mit einer Prise Jimi Hendrix. Er war vor ein paar Monaten als Aushilfspfarrer nach Sandl gekommen und aufgrund seiner fröhlichen Art und Musikalität (und ein wenig auch, weil er für die Fahrten zu den Auftritten sein Wohnmobil gratis zur Verfügung stellte) hatten die vier Wieslis (wie die Wieslingers in Sandl allgemein genannt wurden) ihn vor Kurzem als fünften in ihre Gruppe aufgenommen. Seither war Gegenstand häufiger

* Hochdeutsch: Weiberheld, Casanova, Schürzenjäger ...

und heftiger Diskussionen, ob sie sich nicht von *Die vier fidelen Sandler* auf *Die fünf fidelen Sandler* umbenennen sollten, aber solange sie noch Autogrammkarten aus der Gründerzeit besaßen, als sie noch zu viert gewesen waren, behielten sie ihren alten Namen bei. Noch dazu waren sie, seitdem ihr aktueller (und bislang einziger) Hit *An so an Sandler** sofort nach Erscheinen auf Platz 107,3 der österreichischen Volksmusikhitparade eingestiegen war (um sich dann zwischen den Plätzen 80 und 90 einzupendeln), in eingeweihten Kreisen unter ihrer ursprünglichen Bezeichnung bekannt.

„Plötzlich ist ihm schlecht geworden", sagte Joseph Balongowatungo (der von seinen Freunden Black Joe genannt wurde) zu Plankton. Plankton war überrascht über das beinahe akzentfreie Hochdeutsch, das Black Joe sprach. Er kannte die Sprachmelodie einiger Schwarzafrikaner, die sich bemühten, Deutsch zu sprechen (mit der sierraleonesischen Haubenköchin Sarah Wambuto verband ihn sogar eine platonische Freundschaft), aber das Deutsch des Sandler Aushilfspriesters war beinahe makellos. Der leichte Akzent erinnerte ihn witzigerweise ein wenig an seinen italienischen Lieblingspizzabäcker Francesco aus Lignano (die Hauptstraße entlang und dann nach dem Eisgeschäft mit den großen Portionen das zweite Haus rechts).

„Er hat noch irgendwas vor sich hin geröchelt", berichtete Black Joe weiter, „dann ist er umgefallen und wenig später war er tot. Ich hab ihn noch gefragt, ob er auf eine Letzte Ölung Wert legt, aber er sagte nur auf gut Oberösterreichisch: ‚Na!' Also nein."

„Tja, dieser kirchenfeindlichen Haltung begegnet man heutzutage leider sehr häufig, vor allem im großstädtischen

* Auf gut Hochdeutsch: „Einen solch einen Sandler" (im Sinne von „aus Sandl Stammenden").

Bereich", meinte Fred erklären zu müssen, und Black Joe ergänzte: „Nicht, dass ich auf eine Krankensalbung vorbereitet gewesen wäre, aber ich bin ganz gut im Improvisieren ..."

„Irgendein Öl hätten wir schon aufgetrieben", sagte Schorsch, und zu Plankton gewandt: „Sie haben doch am Anfang des *Eiszaubers* die Gramastettner Krapferln gekocht, da werden Sie ja wahrscheinlich ein Öl zum Backblechbefetten verwendet haben?"

Plankton zuckte zusammen.

Nicht der Zungenbrecher „Backblechbefetten" erregte seinen Unmut,* sondern das von Schorsch verwendete Tunwort „kochen": Mehlspeisen werden nicht gekocht, sondern gebacken, die meisten zumindest. Daher strafte er den Volksmusikanten mit verachtender Ignoranz und lenkte seinen Blick auf das Stück Backwerk, das Sly Slender noch im Tode in der Hand hielt.

„Es möge der Nachwelt ein Trost sein", sagte er salbungsvoll, „dass er im Sterben den unvergleichlichen Geschmack eines vom besten Speisologen der Welt gebackenen Stücks Mehlspeise im Mund verspürte."

„Amen", sagte Black Joe Balongowatungo automatisch.

„Woran er wohl gestorben ist?", überlegte Percy.

„Herzinfarkt?", schlug Schorsch vor.

„Gut möglich", sagte Plankton. „Nach den mir bekannten jüngsten Zahlen von Statistik Austria starben im Jahr 2010 in Österreich knapp über 77.000 Personen mit österreichischem Wohnsitz, 52 Prozent davon Frauen, und in sage und schreibe 43 Prozent der Fälle führte eine Herz-Kreislauf-Erkrankung zum Tod. Auch 2009 war der Anteil von Herz-Kreislauf-Erkrankungen ..."

* Für Mutige zehnmal hintereinander: Backblechbefetten, Backblechbefetten ...

„Komisch ist das schon“, unterbrach Fred Planktons Vortrag.* „Ein paar Minuten vorher war er noch taufrisch und quietschlebendig, und dann ... kaum hat er das Krapferl im Mund ...“

„Was wollen Sie damit sagen?“ Plankton sah Fred Wiesli grimmig an.

„Na ja, wir wissen ja alle, wie das mit Gramastettner Krapferln so ist ...“, wich der Volksmusikant einer direkten Antwort aus.

Plankton gab sich mit dieser ausweichenden Antwort jedoch nicht zufrieden. „Und wie ist das so mit Gramastettner Krapferln?“, fragte er scharf, „speziell mit *von mir* gebackenen Gramastettner Krapferln?“

An dieser Stelle ist es möglicherweise nötig, dem einen oder anderen Leser die Gramastettner Krapferln ein wenig näherzubringen. Während in Gramastetten der Bekanntheitsgrad der Gramastettner Krapferln bei knapp über 100 Prozent liegt, sinkt dieser proportional mit der Entfernung zu ihrem Herkunftsort. In Dahab etwa, dem ehemaligen Fischerdorf im Süden der Halbinsel Sinai, können nur rund 18 Prozent der dort lebenden Beduinen mit dem Begriff Gramastettner Krapferl etwas anfangen.

Die Linzer Torte kennen rund 52 Prozent der dortigen Bevölkerung, ex aequo mit der Sacher-Torte, aber die Krapferln hinken diesbezüglich doch noch ein wenig hinterher. Daher sei nun erwähnt, dass Gramastetten eine Marktgemeinde im oberösterreichischen Mühlviertel ist, nicht weit von Linz entfernt. Vor über 100 Jahren wurden dort die Gramastettner Krapferln erfunden – ein handtellergroßes Mürbteiggebäck, und zwar – um ehrlich zu sein –

* Wer Interesse an den Zahlen für 2009 hat: http://www.statistik.at/web_de/dynamic/statistiken/gesundheit/045980.

ein sehr mürbes Mürbteiggebäck, das dazu neigt, bei der geringsten Berührung mit Menschenhand zu zerbröseln. Das Originalrezept von 1898 ist streng geheim. Immer nur zwei Menschen kennen es und würden selbst unter Folter das richtige Verhältnis der Zutaten und die perfekte Dauer des Rührens in der Rührmaschine nicht preisgeben. Angeblich liegt das Geheimnis des Geschmacks und der Konsistenz in der Wahl der Temperaturen, bei denen der Krapferlteig abgemischt, gerührt, dressiert und gebacken wird, aber auch dieses Detail wird natürlich von den beiden Geheimnisträgern nicht verraten.

Seit Kurzem waren es allerdings drei Menschen, die das Originalrezept kannten. Rupert Plankton hatte es nämlich in monatelanger Kleinarbeit allein anhand des Geschmacks entschlüsselt – ohne technische Hilfsmittel und chemische Analysen, nur durch permanente Zusichnahme von Gramastettner Krapferln, deren Produktionszahlen dadurch um für den oberösterreichischen Wirtschaftsraum höchst erfreuliche 3,9 Prozent gestiegen waren.

Zum Beweis seiner Behauptung, den „Krapferl-Code geknackt zu haben" (so die Formulierung in seiner Presseaussendung), hatte Plankton live zu Beginn des *Eiszaubers* ein Blech voll Gramastettner Krapferln nach dem von ihm vermuteten Rezept gebacken. Die beiden noch lebenden Gramastettner Bäcker, die das Originalrezept immer von einer Generation zur nächsten weitergaben, hatten dann die von Plankton gebackenen Krapferln mit von ihnen selbst nach dem Traditionsrezept hergestellten verglichen und blind verkostet und keinen Unterschied gemerkt. Die Sensation war perfekt: Rupert Plankton hatte nach den Geheimrezepten von Coca Cola (am 15. Juni 2009, 16.37 Uhr) und der Linzer Torte (anno 2012) auch das der Gramastettner Krapferln enthüllt! Er war wirklich reif für einen Auftritt bei *Wetten dass …*[*]

„Und wie ist das nun so mit Gramastettner Krapferln?“, wiederholte Plankton seine Frage in scharfem Tonfall. „Speziell mit von mir gebackenen Gramastettner Krapferln?“

„Na ja, sie sind etwas trocken … mürb …“, wand sich Fred. „Zerfallen im Mund augenblicklich zu Böseln.“

„Nicht nur die von Ihnen gebackenen“, beeilte sich sein Zwillingsbruder Schorsch zu sagen, „alle Gramastettner Krapferln tun das, ausnahmslos alle.“

„Man muss sie unbedingt mit irgendwas runterspülen“, mischte sich nun auch noch Percy ein. „Und wenn es an Trinkbarem ermangelt“, fuhr der Liedtexter unter den Wieslis, Ron, fort, „man sich mit dem ungeschützten Verzehr in Gefahr begibt …“

„An einem Brösel …“, setzte Percy vorsichtig den Satz fort.

„Zu ersticken“, brachte es Black Joe auf den Punkt.

„Sie meinen, er ist an einem Gramastettner Krapferl erstickt?“, rief Plankton ungläubig aus.

„Soll ja kein Vorwurf an Sie sein“, sagte Schorsch fröhlich. „Kann jedem passieren.“

„Liegt förmlich in der Natur der Gramastettner Krapferln“, bemerkte Fred.

„Nach der Obduktion wissen wir mehr“, meinte Percy beruhigend.

Noch bevor Plankton ausrufen konnte, was ihm auf der Zunge lag, nämlich „An von mir gebackenen Gramastettner Krapferln stirbt man nicht!“, betrat Reinhard Waldenberger den Bereich hinter der Bühne. Er legte das Mikrofon auf eine Ablage, lockerte den Sitz seiner Krawatte und murmelte: „Ich

* Es gab auch schon Anfragen, aber Plankton fürchtete sich vor der Begegnung mit dieser Cindy aus Marzahn.

muss schon sagen, das war mit Abstand meine beste *Eiszauber*-Moderation seit dem letzten *Eiszauber*." Dann bemerkte er, dass die mittlerweile sechs Männer um einen auf dem Boden ruhenden weiteren Mann herumstanden, und fragte: „Was ist denn los?" Als er erkannte, dass es sich bei dem Liegenden um seinen Star Sly Slender handelte, rief er: „Sly! Was ist mit dir?", und kniete sich neben ihm nieder. „Was ist mit ihm? Hat schon jemand den Arzt verständigt?"

„Ja, ich!", rief Ron, der in seltenen Ausnahmefällen auch zu kurzen, präzisen Äußerungen fähig war.

„Aber ich fürchte, ärztliche Hilfe kommt hier zu spät", sagte Plankton. „Er ist tot."

„Sly tot! Aber wieso?" Waldenberger rappelte sich wieder hoch. „Das kann er mir nicht antun. Er hat doch einen Vertrag für die nächsten zehn *Eiszauber*!"

Plankton schüttelte den Kopf. „Den wird er wohl nicht einhalten können."

„Aber vor einer Viertelstunde war er doch noch putzmunter", wunderte sich Waldenberger. „Hat wieder einen sensationellen Auftritt hingelegt. Elvis – Gott hab ihn selig – wäre stolz auf ihn gewesen. Woran ist er denn gestorben? Also Sly, nicht Elvis."

Noch bevor Plankton seine statistisch belegbare Vermutung eines Herzinfarkts äußern konnte (43 Prozent sind 43 Prozent, da fährt die Eisenbahn drüber), wies Black Joe auf die Hand des Toten.

„Was hat er denn da?", fragte Waldenberger. „Ah, ein Gramastettner Krapferl! Davon hätte ich jetzt auch ganz gern eines. Sind noch welche da?"

Er sah auf den Tisch, der in einiger Entfernung stand und auf dem sich ein leeres Backblech befand. Plankton hatte nach seinem Auftritt – nachdem die beiden Gramastettner Bäckermeister die von ihm gebackenen Krapferln gekostet und sie als den ihren gleichwertig qualifiziert hatten – die restlichen auf dem Blech hinter die Bühne getragen und auf dem Tisch abgestellt.

„Alle weg?“, rief Waldenberger enttäuscht. „Wenigstens eines hättet ihr mir aufheben können!“

Die fünf *Vier fidelen Sandler* sahen etwas schuldbewusst zum Tisch mit dem krapferllosen Blech hin. „Ich hab mir nur eines genommen“, behauptete Schorsch, und Fred gestand: „Ich zwei.“ (In Wahrheit waren es vier gewesen.) Auch die übrigen Bandmitglieder gaben zu, sich vom Backblech bedient zu haben, sodass sich auf diesem nun nur noch Zuckerreste und ein paar Brösel befanden. „Wäre es uns etwa nicht gestattet gewesen, dies tun zu dürfen?“, fragte Ron Plankton.

„Doch, doch, warum denn nicht, ich hab in letzter Zeit genug davon gegessen. 437 Stück, wenn ich mich nicht verzählt habe.“

„Zumindest eines hättet ihr mir übrig lassen können“, wiederholte Waldenberger beleidigt.

„Sly hat sich das letzte genommen!“, platzte Percy heraus. Als er auf diese Anschuldigung hin einen verächtlichen Blick des ORF-Moderators erntete, der ausdrückte, dass er es sich zu leicht machte, alle Schuld auf einen Toten zu schieben, der sich gegen einen derartigen Vorwurf ja nicht mehr wehren konnte, setzte er dazu: „Ich wollte mir noch ein Krapferl holen und hab gesehen, dass das Blech leer ist, im selben Moment hat Sly zu jammern und zu röcheln angefangen, da bin ich hin zu ihm und hab ihn gefragt, ob eh alles okay ist und ob er weiß, welcher vermaledeite Schuft sich das letzte Krapferl genommen hat, und da hat er gesagt: ‚I‘.“

„I?“

„Ja, i. Mundart-Kurzform von ich.“

„Aha.“ Waldenberger gähnte und wandte sich an Plankton: „Apropos Krapferl: War wirklich sensationell, wie die beiden

Gramastettner Bäcker mal von Ihren, mal von ihren eigenen Krapferln gekostet haben und dann zugeben mussten, dass sie keinen Unterschied merken. Ich glaube, damit stehen Sie morgen in allen Gratiszeitungen."

Mit einem leisen „Danke" und einer kleinen Verbeugung nahm Plankton das Lob bescheiden entgegen.

„Das gibt's nicht!", schrie Percy Wieslinger plötzlich auf. Er hielt sein Handy in der Hand.

„Was ist denn, Percy-Baby?", wurde er von seinen Brüdern und von Black Joe bestürmt.

„Eine SMS!", rief Percy, der sich kaum beruhigen konnte. „Unser Auftritt war so megageil, dass uns Franz Gumpenberger für kommenden Donnerstagabend in seine Sendung *G'sungen und g'spielt* einlädt! Wir sollen dort unseren *An so an Sandler*-Hit präsentieren."

G'sungen und g'spielt – beziehungsweise unabgekürzt *Gesungen und gespielt* – ist das Radio Oberösterreich-Forum für alle Bereiche der Volkskultur mit vielfältiger Volksmusik, mit Brauchtum im Jahreskreis, Bauernregeln, Mundart, Neuem über Trachten, Handwerk einst und jetzt, traditionellen Rezepten sowie Tipps für Veranstaltungen. Gäste im Studio liefern Informationen aus erster Hand, Musikanten erzählen über neue Produktionen und Projekte.* Einer der Moderatoren ist seit gut zwei Jahrzehnten Franz Gumpenberger, ein mittlerweile pensionierter Richter, der schon während seiner aktiven Berufszeit durch seine dem Dienstgeber pflichtgemäß gemeldete, einkommensteuerpflichtige Moderatorennebentätigkeit sein karges Bezirksrichtergehalt aufgebessert hatte.

„Gratuliere!", sagte Reinhard Waldenberger und schüttelte den fünf Männern hintereinander überschwänglich

* Um ordnungsgemäß zu zitieren: http://ooe.orf.at/studio/stories/2501219/.

die Hand. „Wer von Franz Gumpenberger in *G'sungen und g'spielt* eingeladen wird, der hat es wirklich geschafft!"

Während die Volksmusikanten noch mit strahlenden Gesichtern die Gratulation entgegennahmen, war von der Bühne her ein von einer Frau gesprochenes „Ich will jetzt nicht länger warten, ich will ja eh nur ein Autogramm von ihm" zu hören, dann wurde der Vorhang zur Seite geschoben und eine große, winterlich gekleidete Dame betrat den Backstagebereich, verfolgt vom Security-Buben, der weinerlich ausrief: „Sie dürfen hier aber nicht hinein!"

„Was ist denn, Maxi?", fragte Reinhard Waldenberger einfühlsam.

„Die Frau da ... ich hab ihr gesagt, dass sie da nicht hinein darf, aber sie hört nicht auf mich", berichtete der Bursche. „Und ich heiße nicht Maxi, sondern Kevin."

„Ist schon gut, Maxi, ich übernehme das", beruhigte Waldenberger den Buben. „Was wollen Sie denn?", wandte er sich an die Frau, die aufgrund der Wärme im Backstagebereich ihre Haube abgenommen und dadurch ihre langen blonden Haare befreit hatte, die ihr nun dekorativ auf die Schultern fielen.

Plankton sah interessiert auf. Automatisch setzte sich sein FES in Gang.

FES ist nicht nur die allgemein bekannte Abkürzung für erstens das *Forschungs- und Entwicklungszentrum für Sondertechnologien* in Schwabach und zweitens die *Frankfurter Entsorgungs- und Service GmbH**, sondern auch für das von Plankton entwickelte Frauen-Einstufungs-System (kurz F-E-S beziehungsweise noch kürzer FES). Aufgrund diver-

* Das größte Entsorgungsunternehmen in der Rhein-Main-Region, das Dienstleistungen um die Entsorgung und Flächenreinigung für Kommunen, Industrie, Handel, Gewerbe und Privatkunden anbietet.

ser, zum Teil auch leidvoller Erfahrungen mit weiblichen Groupies nach seinen Kochshows in den späten 1990er-Jahren speziell westlich von Mönchengladbach hatte Plankton ein System entwickelt, mit dem er Frauen hinsichtlich ihrer Eignung als mögliche Sexualpartnerinnen einstufte. In seinem Bewertungsverfahren wurden die sieben Komponenten Alter, Größe, Gewicht, Figur, Gesicht, Behaarung und Mundgeruch abgefragt und benotet. Für jeden Faktor gab es zwischen null und zehn Punkte zu erreichen, sodass eine Kandidatin also bestenfalls auf 70 Punkte kommen konnte. Ab einer Gesamtpunktezahl von 36 (ein Punkt mehr als die Hälfte) war man bei Plankton im positiven Bereich und somit „live dabei". Arnold Schwarzenegger soll angeblich ein ähnliches System anwenden, das Women-Qualifying-System (abgekürzt WQS, ausgesprochen *dablju-kju-es*), wobei Frauen für einen Einsteig bei ihm allerdings nur 25 Punkte benötigen. So erzählt man sich zumindest in Hollywood.

Die blonde langhaarige Frau erweckte Planktons Interesse. Sie war zwar noch zu weit von ihm entfernt, als dass er die Mundgeruchskomponente verlässlich beurteilen hätte können, aber fürs Alter gab es schon einmal die volle Punktezahl von zehn. Die Frau war dem ersten Eindruck nach zwischen 34 und 38 Jahre alt, und das lag in Planktons Idealbereich von zwischen 21 und 39.

Auch für den Teilbereich Behaarung vergab sein FES zehn Punkte. Plankton mochte lange Haare, und diese Frau hatte mächtig lange Haare, die ihr zwar nicht bis zum Po reichten, aber doch deutlich über die Schultern. (Andere Aspekte weiblicher Behaarung spielten in Planktons System übrigens eine eher untergeordnete Rolle.)

Und weil wir gerade bei lang sind: Nicht nur die Haare der Frau waren lang, auch die Frau selbst war ganz schön lang, sprich groß, und zwar um einige Zentimeter größer als

Plankton, und da nach Planktons Ansicht Frauen wenigstens ein paar Zentimeter kleiner sein müssen als die dazugehörigen Männer, gab es für den Wert „größer als Plankton“ nur vier Punkte. Gewicht und Figur waren, solange die Frau in den Wintermantel gehüllt war, schwer zu beurteilen. Planktons FES wartete einige Sekunden, ob die Frau nach der Haube auch den Mantel ablegen würde, aber sie tat dem System den Gefallen nicht, sodass es nur ganz allgemein feststellen konnte, dass die Frau weder augenscheinlich über- noch untergewichtig war.

Verblieb noch das Gesicht. Es war ein sauberes, pickel-, warzen- und muttermalfreies, weitgehend faltenloses, freundliches, wenn auch derzeit Aufregung verratendes Gesicht. Na ja, kein Wunder, schließlich wollte die Person ein Autogramm von einer Berühmtheit, wahrscheinlich von ihm, der Welt berühmtestem Speisologen, da konnte sie ruhig aufgeregt sein. Das Gesicht erhielt eine Neun. Wenn das System nun in Sekundenbruchteilen alle Einzelwertungen addierte und für Gewicht, Figur und Mundgeruch den Zweifelswert Sieben vergab, kam eine Summe von 54 heraus.

Er hob interessiert die Augenbrauen. „Äh, Sie wollen zu ...?“, fragte er und ging auf die Frau zu. Wirklich nettes Gesicht, auch bei schrittweiser Annäherung nach wie vor kein wahrnehmbarer Mundgeruch ...

„Sly“, sagte die Frau und sank dadurch im FES augenblicklich auf 51,5. „Ich will zu Sly Slender. Nur ganz kurz. Er war wieder einmal großartig. Ich bin sein größter Fan und möchte ein Autogramm von ihm ...“ In diesem Moment fiel ihr Blick auf die fünf Volksmusikanten, die sie bislang ignoriert hatte, weil ihr musikalischer Geschmack anderweitig orientiert war, und auf den regungslosen Körper, um den sie herumstanden.

„Aber ... das ist doch ... Sly!“, rief sie und stürmte auf die Männer zu. Die noch Lebenden wichen ihr erschrocken aus, sodass sie ungehindert zu dem Toten gelangte, neben dem sie auf die Knie sank.

Da besann sich Reinhard Waldenberger seiner Pflichten als Hausherr der Veranstaltung. „Gnädige Frau, Sie dürfen den Toten nicht berühren. Das sieht man doch in jedem Krimi. Nichts anfassen!, heißt es da doch immer. Solange er also von der Sanitätspolizei noch nicht freigegeben ist, muss ich Sie bitten ..."

„Was ist ihm passiert?", fragte die Frau. „Ein Herzinfarkt?"

Während Plankton heftig nickte (43 Prozent!), zuckten alle anderen Männer mit den Schultern. „Wir wissen es noch nicht", sagte Fred.

„Wir wollen erst einmal die Obduktion abwarten", erklärte Percy der Frau, aber unerwarteterweise schien sie das nicht sonderlich zu beruhigen.

„Apropos Obduktion und Ärzte und so", warf Waldenberger ein, „der Notarzt lässt ziemlich lange auf sich warten. Ja, ja, ich weiß schon, er kann sich ruhig Zeit lassen, weil er sowieso nichts mehr tun kann außer den Totenschein auszustellen, aber trotzdem ... wir müssen schließlich dann hier zusammenräumen ..."

„Es erfordert viele Schritte zu tätigen den Weg von Sandl in die Metropole Linz", stellte Ron ein paar Worte in den Raum. Nachdem die Wiesli-Brothers einige Sekunden dafür verwendet hatten, den Sinn des Gesagten zu erforschen, wandte sich Fred an seinen kleinen Bruder: „Ron-Baby, welchen Arzt hast du verständigt wegen Sly?"

Ron nannte daraufhin einen Namen, und Fred seufzte. „Das ist unser Zahnarzt in Sandl. Ach, Ron!"

„Kein Problem!", sagte Reinhard Waldenberger und holte ein Handy aus seinem Anzug. „Bei unseren Veranstaltungen muss sowieso immer ein Arzt anwesend sein, ist nicht meine Idee, so sind nun mal die Vorschriften, der soll einmal was tun für sein Geld." Er wählte eine Nummer und sprach dann einige Worte ins Handy hinein.

Plankton war unterdessen an die Seite der Frau getreten, die noch immer neben dem Toten kniete, und hatte ihr sanft die Hände auf die Schultern gelegt. Wenn sie kniete, war sie ja immerhin kleiner als er, solange er stand.

„Frau, äh, wie auch immer", sagte er mit einschmeichelnder Stimme, „Sie sollten sich nicht länger diesem Anblick aussetzen. Das verfärbte Gesicht ... die aufgerissenen Augen ... die aufgequollene Zunge ..." Er suchte den Körper des Toten nach weiteren schaurigen Details ab, die die Frau möglicherweise veranlassen konnten, vom toten Sly Slender abzulassen und sich ihm – dem höchst lebendigen Rupert Plankton – zuzuwenden. „Nehmen Sie jetzt Abschied von Ihrem Idol, und behalten Sie ihn in Erinnerung, so wie er im Leben war – voll Leben ... lebendig ... lebhaft ... lebensfroh ..."

Die Frau erhob sich tatsächlich, wodurch Plankton gezwungen war, die Hände wieder von ihren Schultern zu nehmen. Diese Aktion begleitete er mit den Worten: „Gestatten Sie, dass ich mich vorstelle: Rupert Plankton."

„Ich weiß schon, der Koch mit den Eiern", sagte sie. Plankton zuckte zusammen, und auch sein FES überlegte einen weiteren Punkteabzug, wobei die Mundgeruchskomponente dafür allerdings keine Begründung lieferte.

In diesem Moment trat der Veranstaltungsarzt zu ihnen.

„Na, wo ist denn unser Patient?", fragte er fröhlich, und als alle noch lebenden Anwesenden auf den am Boden Liegenden deuteten, trat er zu diesem, warf einen Blick auf ihn und fragte: „Hat schon wer die Polizei gerufen?"

„Die Polizei? Wieso?"

„Na, zieht man nicht üblicherweise die Polizei bei, wenn jemand vergiftet wurde?"

2. Kapitel

In einer Entfernung von 727,52 Kilometern Luftlinie von der Linzer Eishalle – in einer Stadt, die hier zur Erhöhung der Spannung noch nicht genannt werden soll – beugte sich Gioacchino Rissoni in einem unscheinbaren Haus in der Via della Madonna di Riposo, etwa einen Kilometer westlich der Vatikanstadt, über den im Bett vor sich hin röchelnden Mann.

Wenn Gioacchino Rissoni verreiste, was in Anbetracht seines Alters nicht mehr recht häufig vorkam, und er in einem Hotel den Anmeldezettel ausfüllte, musste er bei der Frage nach dem Beruf, wenn er diese wahrheitsgemäß beantwortete, nicht „Pensionist“, sondern „Kardinal“ eintragen. Und wenn genug Platz in dem Kästchen war, schrieb er auch schon mal voll Stolz hin: „Vatikanischer Kardinal der römisch-katholischen Kirche“.

Kardinal Rissoni, der in Anbetracht seiner Vorliebe für ein Kaffeegetränk namens Cappuccino von den Tratschweibern und -männern im Vatikan auch Cardinale Cappuccino genannt wurde, hatte vor etwa einem halben Jahr ein paar Kilo innerhalb kürzester Zeit abgenommen und dann fast dieselbe Menge ebenso radikal wieder zugelegt. Diese Abspeck- und Zunehmprozedur war allerdings nicht Ergebnis einer Fastenkur samt anschließendem Jojo-Effekt, nein, man hatte dem an der Zuckerkrankheit leidenden Rissoni den rechten Fuß abnehmen müssen, wodurch er von einem Moment auf den anderen einige Kilo verloren hatte – leider an der falschen Stelle, denn der Schwimmreifen in der Bauchgegend war geblieben. Da die vatikanische Krankenversicherung für Kardinäle bessere Leistungen vorsieht als alle 22 österreichischen Sozialversicherungsträger zusammen, hatten ihm die vatikanischen Orthopäden in Windeseile eine hochmoderne, alle Stücke spielende Prothese verpasst, die sein Gesamtgewicht allerdings wieder in die Höhe schnellen ließ. Mittlerweile kam der Kardinal mit der Prothese ganz gut zurecht. Wenn er nicht gerade bei dem von der Schweizergarde geleiteten Morgensport für Kardinäle mitmachte (zweimal quer über den Petersplatz laufen, mit je einer Verschnaufpause beim Obelisken), merkte man gar nicht, dass er nur mehr einen echten Fuß besaß.

Eine Ordensschwester näherte sich dem Kardinal. Sie wartete gehorsam, bis er sie aufforderte zu sprechen, was er auch tat, nachdem er mit der Hand die Stirn des im Bett liegenden Mannes gefühlt hatte.

„Heute Nachmittag hatte er fast 40 Grad Fieber", sagte die Schwester auf die Frage des Kardinals, wie der Tag verlaufen war. „Und er war sehr unruhig. Aber jetzt geht es ihm wieder besser. Wahrscheinlich macht das Eure Anwesenheit, Eminenz."

„Wahrscheinlich."

An dieser Stelle meldet der Simultandometsch, der vom Verlag dankenswerterweise beigestellt wurde, damit der Leser auch jene Stellen, die in der Stadt spielen, deren Name noch nicht genannt werden soll, sofort versteht und sich nicht erst ein Italienisch-Wörterbuch zulegen muss, wobei von den vielen auf dem Markt befindlichen jenes empfohlen werden kann, das … äh … Faden verloren, Satz zurück an den Anfang! An dieser Stelle meldet der Simultandolmetsch, dass Unterschiede in der Sprachmelodie der beiden italienisch sprechenden Personen bestehen. Während der Kardinal mit (Zitat Dolmetsch) „butterweichem, glasklarem Hochitalienisch" spricht (wie er das aus einem einzigen gesprochenen Wort schließen kann, ist dem Autor ein Rätsel, aber gut), findet sich laut Dolmetsch im Italienisch der Frau ein leichter englischer Akzent. Dem Herrn Dolmetsch sei erklärt (was für die Handlung dieses Kapitels ohne jede Relevanz ist, sodass der eilige Leser diesen Absatz gern überspringen darf), dass der Akzent der Frau auf ihr Geburtsland Großbritannien hindeutete. Sie war erst seit etwa 15 Jahren im Orden, und da sie vorher viel in der Welt herumgekommen war, besaß sie ein natürliches Sprachentalent und hatte bald nach der Aufnahme in den Orden perfekt Italienisch gelernt, sodass ihr Akzent kaum mehr vernehmbar war. In den Orden war sie übrigens aufgrund einer unglücklichen beziehungsweise zukunftslosen Liebesaffäre mit einem Österreicher (!) eingetreten. So viel an Informationen für den Herrn Dolmetsch.

„Aber auch Ihre Pflege, Schwester Nadia", sagte der Kardinal salbungsvoll, „wird dafür sorgen, dass Bruder Silve bald wieder genesen wird."

„Hoffen wir es. Schließlich ist er schon Mitte 70 ..."

Der Kardinal zuckte kurz zusammen, als er daran dachte, dass er etwa im selben Alter war wie der Mann, der vor ihm im Bett lag und nun endlich eingeschlafen war und ruhige Atemzüge von sich gab.

„Und wie geht es Ihnen hier, abseits der gewohnten Umgebung?", erkundigte sich der Kardinal.

„Danke der Nachfrage, Eure Eminenz", sagte Schwester Nadia. „Aber wer bin ich, dass ich es wagen dürfte, mich zu beschweren?"

Der Kardinal seufzte. „Ich weiß, ich weiß, in der alten Unterkunft war es geräumiger, ruhiger. Aber die Umstände haben eine Übersiedlung notwendig gemacht – eine hoffentlich nur vorübergehende Übersiedlung ..."

„Ich bin die Magd des Herrn", sagte Schwester Nadia mit einem leichten Knicks, „und mir geschehe ..."

„Ja, ja", winkte der Kardinal ein wenig ärgerlich ab. Er mochte diese demütigen Frauen nicht. Er hatte die lieber, die ein wenig aufbegehrten, die reschen ... Schwester Letizia etwa, die zwar 15 Jahre älter war als er, aber damals, als er in den Vatikan gekommen war, o, là, là! Schwester Nadia war ja, obwohl das in ihrer Tracht nicht zum Ausdruck kam, eine attraktive Frau, jedenfalls war sie das zum Zeitpunkt ihres Eintritts in den Orden gewesen, aber diese Untertänigkeit, die sie sich dann angewöhnt hatte ... Aber egal wie schön die Frau war oder irgendwann einmal gewesen war, jetzt war sie auch schon über 50, und das war für Cardinale Cappuccino entschieden zu alt.

„Ich gehe jetzt", sagte der Kardinal und reichte der Ordensfrau die rechte Hand, die diese küsste. „Halten Sie mich über den Gesundheitszustand unseres geliebten Bruders Silve auf dem Laufenden. Und wenn er dann wieder gehfähig ist, sorgen Sie dafür, dass er sich unbedingt die Haare schneiden lässt, so schaut er ja aus wie ..." Ihm fiel offenbar kein passender Vergleich ein, sodass er den Satz unbeendet ließ und die Tür hinter sich schloss.

Grimmig schaute er in den Himmel. Es goss wie aus Kübeln. Schon seit ein paar Tagen regnete es beinahe ununterbrochen. Das war ja wahrscheinlich auch der Grund gewesen, warum sich Silve diese starke Grippe eingefangen hatte. In letzter Zeit achtete Silve, der geistig immer mehr abbaute, nicht auf derartige Kleinigkeiten wie Witterungsverhältnisse, oft verließ er nicht dem Wetter entsprechend gekleidet und manchmal sogar ohne Schuhe das Haus, was ihm ja eigentlich untersagt war. Aber sollte er ihn einsperren, anketten? Rissoni zog eine Grimasse. Wenn sich Silve weiterhin so unangemessen benahm und die Sicherheit des Ordens gefährdete, war es vielleicht wirklich unumgänglich, ihn in seiner Bewegungsfreiheit einzuschränken.

Der Kardinal winkte seinem Sekretär zu, der vor dem Haus mit der vatikanischen Limousine auf ihn wartete. Während der Kardinalssekretär aus dem Auto sprang und einen Schirm aufspannte, meldete Rissonis Handy mit einem Klingelton (Händels *Halleluja*) das Einlangen einer SMS. Er sah auf das Display. Wer schickte ihm so spät am Abend noch eine Mitteilung, noch dazu auf das Handy, dessen Nummer nur ein paar Eingeweihte wussten? Er entzifferte die Nummer, die als Absender aufschien, und erkannte augenblicklich, wer ihn da so spät noch belästigte. *Richtig, war heute nicht der Tag des* Linzer Eiszaubers*, wo vorgesehen war, dass …* Er überlegte nicht lange weiter, sondern drückte die Taste, die ihm den Text der Mitteilung anzeigte.

Der Text bestand nur aus einem einzigen Zeichen. Dem verabredeten Zeichen. Einem Smiley.

Die Aktion in der Linzer Eishalle war also gelungen, der Feind geschlagen, die Gefahr abgewendet.

Und während Kardinal Gioacchino Rissoni unter den von seinem Sekretär dargebotenen Schirm schlüpfte, zog sich über sein Gesicht ein Grinsen, dem Smiley auf seinem Handy nicht unähnlich …

3. Kapitel

Als Oberinspektor Rätisch schwungvoll den Vorhang zur Seite schob, der den Backstagebereich von der Bühne trennte, sah ihn die Achtpersonengruppe, die rund um einen Campingtisch platziert war, erwartungsvoll an.

Die fünf *Vier fidelen Sandler*, Rupert Plankton, Reinhard Waldenberger und die Dame, die sich als größter lebender Fan des vor Kurzem verstorbenen Sly Slender geoutet hatte, hatten jede(r) einen Becher Kaffee vor sich, den irgendeiner der ORF-Crew von irgendwo hergeholt hatte, aber niemand getraute sich, davon auch nur einen Schluck zu trinken. Die Nachricht des Veranstaltungsarztes, dass Sly Slender offenbar genau an dieser Stelle vergiftet worden war, hatte sie so geschockt, dass sie hier keinerlei Nahrung – egal ob in fester oder flüssiger Form – zu sich nehmen wollten, und daher stand die braune Brühe unangetastet vor ihnen auf dem Tisch und kühlte langsam aus. Schade drum.

Die Frau hatte nach der ärztlichen Vergiftungsinformation mit der Bemerkung „Na, dann will ich nicht länger stören" gehen wollen, aber Reinhard Waldenberger, der sich für alle Vorgänge rund um den *Eiszauber* verantwortlich fühlte, hatte gemeint, sie hätte den toten Sly zuvor möglicherweise berührt und daher sollte sie dableiben, bis ihr die Polizei die Fingerabdrücke abgenommen hätte, Spurensicherung und so. (Waldenberger hatte in seinem Leben schon sehr viele Krimis gesehen.) Die Frau hatte sich dieser, wenn schon nicht behördlichen, so zumindest ORF-lichen (und somit quasi behördlichen) Anordnung gefügt, und nun wartete sie gemeinsam mit den sieben Männern auf das Eintreffen der Polizei.

Immerhin hatte sie, bevor sie sich alle an den Tisch gesetzt hatten, den Mantel abgelegt und dadurch Planktons FES zu einem vorläufigen provisorischen Endergebnis verholfen. Die ursprünglichen sieben Punkte für Gewicht und Figur hatten sich auf neun verbessert. Die Frau war schlank, aber nicht zu schlank, und hatte Rundungen an genau den Stellen, an denen sie laut Planktons Meinung (und der von weiteren zirka 3,5 Milliarden Männern) vorhanden sein sollen.

Dummerweise war es Plankton bisher nicht gelungen, das Gespräch an sich zu reißen, denn Fred – der wie früher schon einmal erwähnt um fünf Minuten Ältere der beiden Wiesli-Zwillinge – flirtete ungeniert mit der doch im Vergleich zu ihm um ein paar Jährchen älteren Frau. Zu Planktons Freude hatte diese allerdings noch keine Anzeichen gezeigt, auf das Geflirte des Sandlers einzugehen. Schließlich hatte sie soeben ihr musikalisches Idol verloren und schien allein deshalb nicht aufgelegt für Frivolitäten nach Mühlviertler Art.

„Sie erinnern mich an die göttliche Veronica Ferres", gurrte Fred Wiesli gerade, als der Oberinspektor die Szene betrat und versuchte, sich in dem für ihn ungewohnten Terrain zu orientieren, „natürlich an die Veronica Ferres von vor 15 Jahren. Groß, schön, vollbusig, blond, langhaarig, ein Gesicht zum Abbusseln und ohne jedes Wimmerl ..."

In Plankton stieg der Verdacht auf, dass Fred Wiesli urheberrechtswidrig sein Fraueneinstufungssystem verwendete, weil er exakt dieselben Faktoren wie sein FES (und auch Schwarzeneggers WQS) anführte. Plankton fragte sich erstens, ob der Volksmusikant noch „mundgeruchlos" dazufügen würde, und zweitens, ob er sein FES patentieren lassen sollte, um es vor weiterer unerlaubter Verwendung zu schützen, als sein Blick auf den Polizeibeamten fiel.

„Ja, das ist doch ...", sagte er und stand langsam auf. „Sind Sie's ... bist du's wirklich? Theo?"

Der auf diese Weise Angesprochene wandte seinen auf der Suche nach der Leiche befindlichen Blick zu Plankton. Er runzelte die Stirn, dann hellte sich sein Gesicht auf und er fragte: „Ruppi? Du?“

„Theo! Du!“, erntete er als Antwort.

Die beiden Männer gingen aufeinander zu und umarmten sich lachend.

„Nach so vielen Jahren!“

„Ich hab dich gleich erkannt“, behauptete Plankton. „Schließlich sind wir in der Volksschule nebeneinander gesessen.“

„Genau. Erinnerst du dich noch an unsere Lehrerin, die ... Dings ...“

„Ja, natürlich. Und unser Religionslehrer, der ... Dings ...“

Sie lachten wieder, dann fragte der Polizist: „Und – was treibst du so beruflich? Damals wolltest du Astronaut werden, ist daraus was geworden?“

Planktons Miene versteinerte sich. War es möglich, dass dieser Polizist, sein Freund aus den frühen 1970er-Volksschultagen, dieser Idiot, nicht wusste, dass er – Rupert Plankton – der Welt berühmtester Speisologe war?

„Ich bin Speisologe“, sagte er mit kalter Stimme. „*Der* Speisologe.“

„Na ja, auch nicht schlecht“, gab der Inspektor zurück, „na, und ich bin bei der Polizei gelandet. Bei der Moko Linz.“

„Ja, du warst schon damals immer der Dümm ... äh ... Dünnste in der Klasse“, bemerkte Plankton. „Äh, Moko? Der Eidechsen-Gott in der polynesischen Mythologie?* Oder dieses putzige Felsenmeerschweinchen?“**

„Weder noch. Mordkommission“, erklärte Oberinspektor Rätisch die Abkürzung. „Und leider befinde ich mich augenblicklich im Dienst“, wurde er förmlich. „Sonst könnten

* Siehe z. B. http://www.osterinsel.de/32-holzschnitzkunst-moko.htm.

** Siehe z. B. http://tierdoku.com/index.php?title=Felsenmeerschweinchen.

wir einen trinken gehen, um auszumachen, wann wir uns einmal treffen, um einen trinken zu gehen. Ein verdächtiger Todesfall bei einem gewissen …" Er sah auf einen Zettel, den er eingesteckt hatte. „Sly Slender. Soll angeblich irgendein Sänger gewesen sein."

Plankton schüttelte den Kopf. War es möglich, dass dieser Polizist überhaupt keine prominenten Leute kannte? Ihn nicht, Sly Slender nicht …

„Ja, ich weiß", sagte Plankton. „Ich bin heute mit ihm aufgetreten."

„Du mit ihm?", wunderte sich Rätisch. „Ich wusste gar nicht, dass du singst. Aber als – wie hieß das? – Speibologe muss man wohl auch singen können."

„Nicht direkt *mit* ihm", klärte Plankton das Missverständnis auf und setzte den Kriminalbeamten auch kurz über die weiteren Umstände in Kenntnis – seinen Gramastettner-Krapferl-Wettbewerb und dass Sly Slender offenbar nach dem Verzehr eines von ihm gebackenen Krapferls gestorben war.

„Dann werde ich dich wohl nachher verhaften müssen", sagte Rätisch. „Ich muss dich daher bitten, die Eishalle nicht ohne meine Erlaubnis zu verlassen. Doch zuerst will ich mir die Leiche anschauen. Du kannst gern mitkommen, sofern du nichts angreifst. Und sofern du mit deinen Plüschpantoffeln den Weg bewältigst."

Die zwei begaben sich zum Gerichtsmediziner, einem enorm dicken Mann weit über 60, der über die Leiche gebeugt war und sich nun mühsam erhob und den beiden Männern die Hand reichte.

„Ah, Doktor Jatzosch!", sagte Rätisch zur Begrüßung. „Dass Sie einmal vor mir am Tatort sind!"

„Reiner Zufall", gab der Gerichtsmediziner schwer atmend zur Antwort. „Ich hatte mir mit meiner Sekretärin den

Eiszauber angeschaut und war gerade in der Tiefgarage, um mit ihr zu ihr zu fahren, um dort mit ihr in ihr … also, na ja, das tut hier wohl weiter nichts zur Sache, und was noch nicht ist, kann ja noch werden … äh … ich war also gerade keine 200 Meter von hier entfernt in der Tiefgarage, als ich wegen dieses Todesfalls angepiepst wurde, sodass ich Ihnen gegenüber einen gewissen Tatortanreisevorteil hatte. Sie machen sich ja nach wie vor nichts aus derartigen Veranstaltungen, bei denen Prominente auftreten?"

„Ganz recht. Ich kann ganz gut ohne Stars und ohne Fernsehen leben. Und dieser Sly Stender …?" Er wies auf den Toten.

„Slender", verbesserte ihn Dr. Jatzosch. „Dass es so was gibt … Die ganze Welt kennt Sly Slender, nur Sie offenbar nicht!" Er schüttelte ungläubig den Kopf. „Selbst in China ist er aufgetreten und ein Star. Aber gut. Mr. Sly Slender wurde ohne jeden Zweifel vergiftet, und das Gift wurde ihm wohl mittels eines Gramastettner Krapferls zugeführt. Die Symptome deuten eindeutig auf eine Vergiftung hin. Beachten Sie nur die aufgequollene Zunge, die Verfärbung des Gesichts, die Erweiterung der Pupillen, die Verkrümmung der Nasenhärchen … Na, und die Reste der Tatwaffe liegen ja noch auf seiner Zunge. Ich würde anregen, dass Sie die dann einpacken lassen zwecks näherer Untersuchung."

An dieser Stelle soll – nach dem Motto „Ehre wem Ehre gebührt" – nicht unerwähnt bleiben, dass Univ.-Prof. Prim. DDr. Ferdinand Jatzosch trotz seines gewichtsmäßig bedingten eher behäbigen Auftretens eine über die engen Grenzen Oberösterreichs weit hinaus anerkannte Kapazität auf dem Gebiet der Gerichtsmedizin war. Seine im Internet live übertragenen Obduktionen* waren legendär. Wenn er eine

* www.jatzoschobduktionen.at

Leiche aufschnitt und aus dem in ihr Vorgefundenen Rückschlüsse zog, hatte das vor Gericht Gewicht – fast so viel Gewicht wie der Mediziner selbst. Er war gewissermaßen ein Aufschneidologe.

„Also vergiftet", resümierte Oberinspektor Rätisch.

„Ja. Der Tod ist in den letzten zwei bis maximal zweieinhalb Stunden eingetreten."

„Äh, in den letzten zwei bis zweieinhalb Stunden? Aber, Doc ... Vor einer halben Stunde ist dieser Mann noch aufgetreten ... Hunderte, Tausende, wenn nicht Hunderttausende haben ihn auf der Bühne gesehen! Dann ist er von der Bühne gegangen und sechseinhalb Minuten später – um Punkt 21 Uhr 19 – war er tot." Diese Informationen hatte der Oberinspektor vorweg erhalten, als er zum Tatort gerufen worden war.*

„Ja, das mag schon sein, ich hab ihn ja selbst gesehen, wie er auf seine unvergleichliche Weise *Love Me Tender* gesungen hat – obwohl ich nicht ganz verstanden habe, was am Vorratsbehälter einer Dampflokomotive so liebenswert sein soll –, aber vom medizinischen Standpunkt her muss ich den Todeszeitraum auf zwei bis maximal zweieinhalb Stunden eingrenzen." Er sah auf seine Armbanduhr. „Beziehungsweise mittlerweile schon zwei bis zweieinhalb Stunden und eine Minute."

„Danke, Doc", sagte Rätisch und winkte seinen polizeilichen Mitarbeitern, die schon ungeduldig darauf warteten, endlich die Spuren sichern zu dürfen. Dann machte er sich mit Plankton, der dem Gespräch zwischen ihm und dem Gerichtsmediziner schweigend zugehört hatte, auf den Weg zurück zu dem Tisch, an dem die Frau und die sechs Männer weiterhin vor ihrem mittlerweile gänzlich erkalteten Kaffee

* Es kann allerdings auch sein, dass er die erste Seite des Buchs gelesen hat.

saßen. Leise fragte er ihn: „Von den Leuten, mit denen du zuvor am Tisch gesessen bist – sollte ich von denen einen unbedingt kennen?“ Und noch bevor Plankton antworten konnte, schoss er eine zweite Frage nach: „Und warum sind die fünf Männer gleich und noch dazu so komisch angezogen?“

Plankton klärte seinen ehemaligen Schulfreund und nunmehrigen Kriminalinspektor auf, um wen es sich bei den fünf Gleichgekleideten handelte und dass die einzelnen Mitglieder einer Volksmusikgruppe üblicherweise die gleiche Tracht trugen. Er verwies auf diesbezügliche – was die Gleichbekleidung beziehungsweise Gleichbetrachtung betraf – Präzedenzfälle wie die *Stoakogler*, die *Kastelruther Spatzen* und den *Innergebirg Viergsang* aus dem salzburgerischen Pongau, deren einzelne Mitglieder man aufgrund ihrer identen Bekleidung ebenfalls nur schwer auseinanderhalten konnte (wobei allerdings weder die einen noch die anderen dem Inspektor bekannt waren), und sagte dann: „Die Frau stieß erst nachher zu uns, als Sly schon tot auf dem Boden lag. Sie ist ein Fan von ihm und wollte nur ein Autogramm. Und der eine Mann, der nicht zu den *Fidelen Sandlern* gehört, das ist Reinhard Waldenberger, der Moderator des *Eiszaubers*.“

„Aha, darum ist er wohl auch als Einziger so halbwegs normal angezogen.“ Beiläufig fiel sein Blick auf Planktons Plüschpantoffeln. „Sehr gut, alles klar. Äh … Moderator? So was wie der Armin Assinger?“

Plankton atmete auf. Es gab also doch einen Prominenten, der Rätisch nicht völlig unbekannt war. Und auch der Beruf des Moderators war ihm offenbar geläufig. „Ja, genau! Dass du den kennst?“

„Ja, natürlich. Schließlich sind wir Kollegen.“

„Du bist auch Moderator?“, wunderte sich Plankton.

„Wie? Wieso? Nein, er ist auch Polizist. Oder Gendarm, wie das früher hieß. Bei irgendeinem Gendarmerieseminar in den 1990er-Jahren hab ich ihn kennengelernt. Er hat damals angekündigt, dass er unbedingt zum Fernsehen und Moderator werden will. Ich hab ihm schon damals gesagt, dass das nichts wird – mit so einem ausgeprägten Kärntner Dialekt ... Ich hab ihn allerdings schon lange nicht mehr gesehen, an Polizeiseminaren nimmt er jedenfalls nicht mehr teil."

Plankton rollte mit den Augen. „Hast du noch nie von der *Millionenshow* gehört?", fragte er, und als Rätisch verneinte, meinte er: „Das gibt's doch nicht, dass jemand so fern von jeder Zivilisation aufwächst. Dass du keinen einzigen Prominenten kennst! Nicht einmal die Sarkissova?"

„Ich mach mir halt nichts aus Promis, kann ganz gut ohne sie leben", sagte Rätisch trotzig, um sich dann doch neugierig zu erkundigen: „Wer war denn der berühmteste Promi, den du in deinem Leben kennengelernt hast?"

Mittlerweile waren sie fast schon beim Campingtisch angekommen, wo Waldenberger für ein wenig mehr Action gesorgt hatte, indem er – es wird ein ewiges Rätsel bleiben, woher – eine Flasche Whisky, originalverschraubt, hervorgezaubert und mit den Worten „Wenn sich schon keiner über den Kaffee drübertraut, muss halt eine Alternative her" auf den Tisch gestellt hatte. Er war gerade dabei, die Flasche aufzuschrauben, um die bernsteinfarbene Flüssigkeit in sieben Pappbecher zu gießen, als Plankton auf Rätischs letzte Frage antwortete: „Ich weiß nicht, das ist schwer zu sagen. Vielleicht der Papst."

„Du kennst den Papst?", war Rätisch beeindruckt, wobei Plankton nicht minder beeindruckt war, dass Rätisch offenbar auch schon einmal vom Papst gehört hatte.

„Nicht den aktuellen. Aber zur Zeit des Pontifikats von Johannes Paul II. hatte ich einmal von einigen Mitgliedern des vatikanischen Kardinalskollegiums den streng geheimen

Auftrag, herauszufinden, welche Zutaten der Papst für seine Oblaten verwendete, die er zu Ostern zur Heiligen Kommunion spendete. Da war nämlich eine geheimnisvolle Zutat mit hineingebacken, die dafür sorgte, dass jeder, der mehr als eine aß, in eine Art Rauschzustand ..."

„Entschuldige, dass ich dich unterbreche, aber mich interessieren eher die geheimnisvollen Zutaten, die in deine Gramastettner Krapferln geraten sind."

„Aha, natürlich, klar. Jedenfalls bin ich damals undercover im Vatikan ein und aus gegangen und habe dabei natürlich auch den Papst kennengelernt. Stell dir vor, er glaubte bis zu seinem Tod, dass ich der neue Küchenchef in der Kardinalskantine wäre!" Da sie bereits vor dem Tisch standen, an dem die acht Personen gerade Bruder- beziehungsweise Schwesternschaft tranken, beschloss Plankton, das Thema Vatikan nicht näher zu vertiefen und stattdessen die Vorstellung der handelnden Personen zu übernehmen: „Darf ich bekannt machen: Reinhard Waldenberger, die fünf *Vier fidelen Sandler* und Frau ... äh ... Dings – Oberinspektor Theo Rätisch von der Moko Linz."

„Theoretisch?" Waldenberger warf, einigermaßen überrascht, einen zweifelnden Blick in seinen bereits zu 90 Prozent geleerten Becher. Üblicherweise spürte er Alkohol nicht so schnell. „Sie sind nur theoretisch Oberinspektor? Und praktisch? Was sind Sie praktisch?"

„Theophil Rätisch", wiederholte der Oberinspektor grimmig seinen Namen. „Theo dürfen nur meine Freunde zu mir sagen."

„Oh, verstehe. Und Moko? Die bronzene sanduhrförmige Ritualtrommel der ostindonesischen Insel Alor?"*

* Siehe z. B. http://www.worldtravelreports.com/asien/indonesien/bali-ubud-pejeng.html.

„Nein, Mordkommission."

„Aha. Okay. Kommen Sie, Herr Mordkommissar, setzen Sie sich zu uns. Auch ein Becherchen?"

„Nein, danke, ich bin im Dienst."

„Ich eigentlich auch", schoss es Waldenberger schlagartig durch den Kopf. „Daher … Könnten wir das rasch hinter uns bringen? Wir müssen auch noch alles abbauen, hier staubsaugen und die Spiegel putzen und die Vorhänge waschen und all das und dann rasch zur After-Show-Party … Wobei mir gerade einfällt, dass wir den Platz und das Essen für Sly wohl stornieren müssen …" Er griff nach seinem Handy, um in dem Restaurant, in dem die Teilnehmer am *Eiszauber* die gelungene Veranstaltung nachfeierten, anzurufen, dass ein Gast umständehalber auf ewig ausfiel.

„Später", sagte der Polizist streng, und Waldenberger steckte sein Handy unverrichteten Anrufs wieder ein. „Sie sind also der Moderator des *Eiszaubers*? Herr Reinhard Waldenberger?"

„Ganz recht. Ich bin noch immer ganz erschüttert über Slys Tod. Gerade noch sang er *Love Me Tender* …"

„Als Sie nach Ihrer Moderation hierher zurückkamen, war er schon tot?", unterbrach ihn Oberinspektor Rätisch, darauf bedacht, die Ermittlungen zügig voranzutreiben.

„Ja. Die *Fidelen Sandler* haben ihn offenbar sterben gesehen."

Rätisch lenkte sein Interesse sofort auf die Volksmusikanten. „Wer kann mir Genaueres berichten?"

Alle fünf Männer begannen gleichzeitig zu sprechen, sodass Rätisch die Hand hob. „Einer nach dem anderen bitte. Vielleicht Sie als Erster?" Er sah den Bärtigen an. Männer mit Bart waren immer verdächtig.

„Ich? Na gut. Gern. Also, so um dreiviertel neun hatten wir unseren Auftritt mit unserem Hit *An so an Sandler*, den kennen Sie sicher …“ Schorsch summte den Refrain an, setzte aber, als Rätisch eine ungeduldige Geste machte, rasch fort: „Im Anschluss daran sind wir hierher hinter die Bühne. Wir haben dem ORF-Backstage-Reporter, der für die *Seitenblicke* ein paar Aufnahmen machte, ein Interview gegeben, dann …“

„Dann hat der seine Kamera weggestellt“, fiel sein Zwillingsbruder Fred ein, „und ist gegangen, ein Bierchen zischen, wie er sagte, und wir waren einige Zeit allein hier.“

„Wir haben uns hierher an diesen Tisch gesetzt“, erzählte Percy weiter, „und unseren Auftritt kritisch hinterfragt. Fred hatte nämlich in der fünften Strophe in der dritten Zeile einen Texthänger …“

„Stimmt nicht“, wehrte sich Fred. „Die dritte Zeile reimt sich nicht richtig mit der ersten, und daher hab ich ein kurzes Überlegungspäuschen eingefügt, das möglicherweise eventuell vielleicht ein klein wenig wie ein Hängerchen gewirkt haben mag …“

„Egal“, mischte sich Rätisch leicht ungehalten und schwer ungeduldig in den Bruderzwist ein. „Was war weiter? Wann kam Sly Slender hinter die Bühne?“

„Nachdem tobender Jubel sein Eigen geworden war, betrat der Hochgelobte stolzerfüllt den staubigen Boden hinter den knarrenden Brettern, die das Universum der Welt bedeuten“, antwortete Ron, und Percy sagte zu ihm: „Bitte, Ron, lass mich weitererzählen, sonst werden wir hier nie fertig. Also, nachdem er hier hereinkam, winkte er uns zunächst einmal zu und zog sein Jackett aus, das er dort auf den Sessel hängte.“ Der Wiesli-Musikus deutete auf den Platz, wo tatsächlich ein Jackett hing, das der Größe und dem Aussehen nach zu Sly Slender passte. „Dann setzte er sich hin.“

„Zu Ihnen?“, fragte Rätisch.

„Nein, nicht zu uns. Ich glaube, er wollte uns in unserer Auftrittsbesprechung nicht stören. Ja, er war ein sensibler

Künstler, der selige Sly Slender. Nein, er setzte sich in den Sessel, vor dem er jetzt noch liegt."

„Und dann? Wie kam er zu dem Gramastettner Krapferl?"

„Das weiß ich nicht", sagte Percy. „Da hab ich nicht darauf geachtet."

„Hat er es sich vom Blech geholt?"

Synchrones Schulterzucken von fünf fidelen Männerkörpern war die Antwort.

„Aufgestanden ist er schon irgendwann einmal", sagte Fred. „Und herumgegangen."

„Kann schon sein, dass er sich vom Blech ein Krapferl holte."

„Als ich mir noch eines holen wollte, war das Blech jedenfalls schon leer", berichtete Percy. „Zu der Zeit begann Sly schon mit dem Jammern."

„Ich dachte mir noch, ihm ist das Krapferl im Hals stecken geblieben", erwähnte Fred. „Die Krapferln sind ja recht bröselig, man braucht unbedingt was zum Trinken dazu, und daher hab ich ihn gefragt, ob ich ihm was zum Runterspülen bringen soll."

„Sie haben mit ihm vor seinem Tod noch gesprochen?", hakte der Kriminalbeamte sofort ein. „Und? Was hat er gesagt? Wollte er etwas zu trinken?"

„Ja, er wollte Tee", sagte Fred. „Ich hatte aber keinen Tee bei mir. Ja, Jägermeister hätte ich ihm einen geben können, eventuell auch Rum, oder Rum mit Jägermeister gemischt, aber Tee ..."

„Er wollte Tee?", wunderte sich Rätisch.

„Ja", bestätigte Fred. „Ich war auch etwas erstaunt über diesen Wunsch. Erstaunt und auch ein wenig verärgert."

„Verärgert? Wieso verärgert?"

„Weil Slys Bestellung so unexakt formuliert war. Schließlich gibt es so viele Sorten Tee, und woher sollte ich wissen, was für einen Tee er wollte! Da gibt es schwarzen Tee, grünen Tee, blauen Tee ... Fragen Sie mal unseren Speisologen, wie viele Teesorten es gibt!"

Noch bevor sich der Kriminalbeamte weigern konnte, den Speisologen nach der Anzahl der Teesorten zu fragen, griff Plankton, der kurz (aus Gründen, die später noch erklärt werden) abgelenkt gewesen war und dem Gespräch zwischen dem Polizisten und den *Fidelen Sandlern* nur mit einem halben Ohr zugehört hatte, das Stichwort auf: „Äh, was? Wie viele Teesorten es gibt? Unendlich viele. Allein im deutschsprachigen Raum bekommt man über 2000 Sorten zu kaufen. Neben den klassischen Teesorten wie Darjeeling, Earl Grey und einheimischen Mischungen ..."

Oberinspektor Rätisch räusperte sich vernehmlich, was Plankton missverstand, weil er zwar die Aufzählung der 2000 Teesorten unterbrach, aber dafür weiter ausholte: „Als Ursprungsland des Tees", dozierte er, „gilt China. Dort wurde bereits vor etwa 5000 Jahren die wohltuende Wirkung des Teeblatts beschrieben. Nach Europa gelangte der Tee allerdings erst im 17. Jahrhundert. Im Jahr 1610 kam die erste Teelieferung aus Japan auf Segelschiffen über Java nach Amsterdam. Von da an waren die Holländer ..."

„Entschuldige, Rupert, wenn ich deine möglicherweise durchaus interessanten Ausführungen unterbreche", warf Rätisch behutsam ein, „aber könnten wir bitte zurück zum Thema kommen?"

„Äh, Thema? Was für ein Thema?", fragte Plankton, der – wie zuvor schon erwähnt – beim Aufkommen des Teethemas abgelenkt gewesen war.

„Die Teesorten", half Percy aus. „Welche Teesorte Sly wohl wollte."

„Wahrscheinlich einen Kamillentee zur Beruhigung der Magennerven", überlegte Fred. „Wobei – das war eh komisch."

„Was war eh komisch?“, setzte Rätisch geduldig nach und dachte sich im Stillen, dass er bei diesem Tempo der Ermittlungen wohl noch bis lange nach Mitternacht hier in der Eishalle bleiben musste.

„Dass er sozusagen im Angesicht des Todes englisch mit mir geredet hat“, antwortete Fred. „Aber das zeigt wohl, dass er mit diesen englisch singenden Musikern wie dem Elvis Presley stark verbunden war.“

Rätisch fragte nicht nach, wer dieser Elvis Presley war (kannte er ihn etwa gar?), sondern widmete sich dem Thema englische Konversation eines Sterbenden: „Wie meinen Sie das – er hat englisch mit Ihnen geredet?“

„Na, als ich ihn fragte, ob er was zum Trinken will, sagte er: ‚Tea.‘“

„Tea?“

„Ja, das englische Wort für Tee. Nur dieses eine Wort. Kein Bitte, also ‚Please, tea‘ oder ‚Yes, Sir, bring me a cup of tea, please‘, oder auch nur eine Andeutung der gewünschten Teesorte, was mir persönlich beim Besorgen eines Tees wesentlich weitergeholfen hätte, wie ich, glaube ich, schon erwähnte, sondern nur schlicht und einfach ‚Tea‘.“

„Interessant“, meinte Rätisch. „Und dann?“

„Dann starb er. Teelos.“

„Jetzt weil du es sagst“, wandte sich Schorsch an seinen Bruder, „fällt mir auf, dass er auch zu mir etwas auf Englisch gesagt hat.“

„So? Was denn?“

„Ich hab ihn gefragt, ob er dann überhaupt einen Schweinsbraten bei der After-Party hinunterbringt, wenn ihm so schlecht ist, und er hat darauf geantwortet: ‚No.‘ Ich wollte ihn noch fragen, ob ich dann seine Portion haben kann, aber dazu kam ich nicht mehr.“

„Mit mir hat er ganz normalen oberösterreichischen Dialekt geredet", meldete sich Black Joe erstmals zu Wort, und Oberinspektor Rätisch sah den schwarzhäutigen Mann erstaunt an.

„Sie sind aber kein Sandler?", wandte er sich an ihn.

„Nein, keineswegs", antwortete Black Joe. „Ich habe eine Unterkunft im Pfarrheim."

Noch bevor Rätisch seinen mit den Worten „Das finde ich sehr lobenswert von Sandl, dass sie Asylwerbern ..." begonnenen Satz vollenden konnte, erklärte Black Joe dem Ermittler, was wir ohnehin zum Teil schon wissen, also dass er derzeit Aushilfspfarrer in Sandl, blablabla, dass er zuletzt in einer steirischen Pfarre tätig gewesen sei etc., etc., dass er eigentlich aus Gambia stamme etcetera, pp., dass er schon in Jugendjahren mit den Eltern nach Gelsenkirchen übersiedelt sei usw., usw., und weil ungeduldige Krimileser ohnehin nichts so störend und gähnenswert finden wie die seitenlange Schilderung langwieriger polizeilicher Erhebungen, möge an dieser Stelle die Aufmerksamkeit von Rätischs Befragungen ein wenig nach links ... ja, noch ein bisschen weiter links, stopp! ... zurück auf Rupert Plankton gelenkt werden.

Plankton hatte nämlich in der Zwischenzeit zu seiner Freude das Interesse der blonden großen Frau erobert. Wie ihm das in den letzten Minuten gelungen war, war ihm zwar selbst nicht ganz klar, aber im Grunde genommen auch egal; sicherlich hatte auch der Umstand dazu beigetragen, dass sein Hauptkonkurrent Fred Wiesli derzeit polizeilich befragt wurde und an weiteren Flirtaktivitäten auf unbestimmte Zeit verhindert war. Jedenfalls war eine Konversation zwischen ihm und der Frau in Gang gekommen, und das war auch der Grund dafür gewesen, dass er beim Auftauchen des Teesortenthemas ein wenig abgelenkt gewesen war.

„Wo bekommt man eigentlich so schöne Plüschpantoffel zu kaufen? Und gibt's die auch in Hetero?", fragte die Frau soeben, und Plankton zuckte die Schultern. „Keine Ahnung. Das war so ein Gag vom Waldenberger, mir die zum Umziehen auf die Bühne zu stellen. Meine eigenen Schuhe sind ja in der Vereinsgarderobe."

Als ihn die Frau mit Unverständnis ansah, erklärte er: „Nach meinem Auftritt zu Beginn der Show und dem Abstellen des Backblechs mit den Gramastettner Krapferln hab ich den Backstagebereich gleich wieder verlassen müssen, weil ich ja noch den Auftritt am Schluss der Show vor mir hatte."

Mit dem Einwurf „Den Gig mit den Eiern" bewies sie, dass sie mitdachte.

„Genau. Wobei ich mir für diesen Auftritt Ei ... äh ... Eislaufschuhe anziehen musste." Plankton verzog das Gesicht. „Das hab ich in einer der Vereinsgarderoben getan, die am anderen Ende der Eishalle sind, und dort hab ich auch meine richtigen Schuhe gelassen. Die muss ich mir übrigens von dort wieder holen, sonst muss ich mit den Plüschpantoffeln hinaus in die Kälte, wenn wir dann hier fertig sind. Falls wir hier je fertig werden." Er sah ungeduldig zu seinem ehemaligen Schulkollegen, der nun mit der Befragung von Black Joe einstweilen fertig war und sich – noch nicht ahnend, welche sprachliche Herausforderung auf ihn wartete – Ron zuwandte.

„Dabei kann ich zu den Ermittlungen ohnehin nichts beitragen", sagte die Frau gequält. „Ich bin ja erst dazu gekommen, als er ..."

„Schon tot war", vollendete Plankton den Satz und sah ihr tief in die Augen. „Es muss sehr schmerzen, einen verehrten, ja vielleicht sogar geliebten Menschen zu verlieren."

Die Frau nickte, offenbar mit den Tränen kämpfend. „Er war großartig. Einmalig. Einzigartig. Nicht mit Worten zu beschreiben. Er war einfach ‚The Voice'. Die Stimme."

Plankton verkniff sich die Bemerkung, dass sein Englisch ausreichte, um zu wissen, dass „The Voice" ins Deutsche übersetzt „Die Stimme" bedeutete, fischte lieber ein Papiertaschentuch aus der Hosentasche und tupfte seinem Gegenüber eine Träne von der Wange. „Mein tiefempfundenes Beileid."

„Danke", flüsterte die Frau. „Er wird in der Musikwelt nicht zu ersetzen sein."

In diesem Moment gesellte sich Reinhard Waldenberger wieder zu ihnen. Nachdem Inspektor Rätisch mit der Befragung der *Fidelen Sandler* begonnen hatte, hatte er den Backstagebereich kurzzeitig verlassen, um seinen Mitarbeitern auf der Bühne Anweisungen für den Abbau der Szenerie zu geben. Nun trat er, mit einem Blatt Papier in der Hand wedelnd, wieder zu den backstage handelnden Personen. „Hier hab ich die Liste aller ORF-Mitarbeiter, die heute beim *Eiszauber* tätig waren."

Rätisch übernahm den Zettel mit einem „Danke", Waldenberger sah sich um, und dann sprach er die Worte des Tages: „Wo zum Teufel steckt eigentlich Rüdiger-Maria?"

4. Kapitel

Als im Backstagebereich der Eishalle die Rede auf ihn kam, studierte Rüdiger-Maria Müller-Wondraschevskinsky gerade in einem nicht weit von der Halle entfernten Laufhaus die im Vorzimmer ausgehängte Preisliste. Neben ihm wartete geduldig eine aus Ungarn stammende, freiberuflich tätige Laufhausmitarbeiterin, die sich ihm artig und mit festem Händedruck als Sexyhexy vorgestellt hatte, wobei Rüdiger-Maria berechtigterweise annahm, dass es sich dabei um einen Künstlernamen handelte.*

An dieser Stelle steht der – es seiner Leserschaft stets wohlmeinende** – Autor wieder einmal vor einem Dilemma: Soll er im nächsten Absatz Rüdiger-Marias Lebensgeschichte näher ausführen oder aber das Laufhaus, eventuell auch besagte Sexyhexy eingehender präsentieren? Was ist wichtiger, was kann noch warten? Die männlichen Leser werden vielleicht eher am Laufhaus interessiert sein (wie viele Damen arbeiten dort, von wann bis wann, welche Spezialitäten werden angeboten, was wird für die einzelnen Dienstleistungen verlangt, ist das Preis-Leistungs-Verhältnis angemessen, ist ein diskreter Kundeneingang vorhanden etcetera, etcetera), den Frauen sind wahrscheinlich Rüdiger-Marias Lebenslauf und Gefühlswelt wichtiger (liebt er den Duft von Maiglöckchen,

* Damit hat sich erfüllt die Prophezeiung des Autors, in jedem seiner Kriminalromane exakt eine Prostituierte auftreten zu lassen – zuletzt in *Mord auf dem Spielplatz* (2008) eine gewisse Juanita und im *Da-Linzi-Code* (2012) eine nicht minder attraktive Carmen, wobei (was aber wohl eher als verlagstechnischer Zufall bezeichnet werden kann) beide Damen jeweils auf Seite 163 des jeweiligen Buchs ihren eindrucksvollen Auftritt haben.

** ... und deshalb auch pflichtgemäß vor einer sehr großen Anzahl in diesem Kapitel verstreuter Fußnoten warnende ...

war er schon einmal in Monte Carlo im Casino, hat er beim Einschlafen kalte Füße, summt er bei Opernarien leise mit, träumt er manchmal von Einhörnern ...).

Daher ... Kopf oder Zahl! Wurf! Fang!

Kopf.

Rüdiger-Maria.

Rüdiger-Maria Müller-Wondraschevskinsky war etwa Anfang 50, mit einem grauen Schnurrbärtchen geschmückt, schmächtig und klein. Klein? Nun, das Eigenschaftswort „klein" vermittelt nur einen unvollständigen Eindruck von seiner geringen Körpergröße, vielleicht ist von bildhafterer Aussagekraft, dass ihn sogar Messi um einen dreiviertel Kopf überragt hätte, wenn man die beiden nebeneinander gestellt hätte, wozu allerdings bisher keinerlei Anlass bestanden hatte.*

Rüdiger-Maria war von Beruf Gelegenheitsarbeiter. Die Liste seiner Beschäftigungsverhältnisse war lang, sehr lang sogar, und wurde nur von der Länge seines Strafregisterauszugs übertroffen. Da aber einerseits der Vorwurf einer schon abgetanen gerichtlich strafbaren Handlung strafbar ist** und andererseits die Unschuldsvermutung gilt,*** sei hier nur erwähnt, dass leichtere Körperverletzungen, Diebstähle, Betrügereien, Veruntreuungen und dergleichen bisher sein straf-

* Speziell für Oberinspektor Rätisch: Beim angeführten „Messi" handelt es sich nicht um einen unordentlichen Menschen, der seine Wohnung versauen lässt (den schreibt man auch Messie), sondern um den aus Argentinien stammenden, in Spanien beschäftigten und nur 1 Meter 69 „großen" Fußballer Lionel Messi, um dessen Erwerb sich Gerüchten zufolge der Linzer Traditionsverein LASK sehr bemüht, um wieder einmal in die Bundesliga aufsteigen zu können.

** § 113 StGB (Österreichisches Strafgesetzbuch): „Wer einem anderen in einer für einen Dritten wahrnehmbaren Weise eine strafbare Handlung vorwirft, für die die Strafe schon vollzogen oder wenn auch nur bedingt nachgesehen oder nachgelassen oder für die der Ausspruch der Strafe vorläufig aufgeschoben worden ist, ist mit Freiheitsstrafe bis zu drei Monaten oder mit Geldstrafe bis zu 180 Tagessätzen zu bestrafen."

*** Na, die kennt nun aber wirklich jeder!

rechtliches Hauptbetätigungsfeld gewesen waren, während er mit Drogen, Sex mit Personen, die diesen nicht wollten, Börseninsiderhandel, Herabwürdigung religiöser Lehren* und Ähnlichem nichts am Hut hatte.

Seit ein paar Wochen war er beim ORF Oberösterreich als Hilfsarbeiter angestellt. Ihm war die verantwortungsvolle Aufgabe übertragen, den für das Aufrollen der Kabel zuständigen Mitarbeiter bei der Überprüfung, ob die Kabel auch ordnungsgemäß aufgerollt waren, tatkräftig zu unterstützen, weshalb er ORF-intern die Berufsbezeichnung „Kabelaufrollungsüberprüfungsunterstützungsingenieur" trug. Auch heute beim *Eiszauber* war er in dieser Eigenschaft im Einsatz gewesen, bis ... ja, bis ihm Gott sei Dank der Coup seines Lebens gelungen war, der ihn unabhängig von den Almosen machte, die man ihm beim ORF bezahlte!

Rüdiger-Maria grinste bei der Erinnerung an die Ereignisse vor nicht einmal zwei Stunden. Wie leicht es gegangen war! Sly Slender vor ihm im Sessel ... ihm hilflos ausgeliefert ... er mit einem Gramastettner Krapferl in der Hand ... ein Griff und aus! Und das Beste daran – Sly hatte keine Ahnung, wer ihm das angetan hatte! Ja, mit ihm hatte er nicht gerechnet! Und dann hatte Rüdiger-Maria rasch – für aufmerksame Beobachter mochte es sogar fluchtartig gewirkt haben – den Backstagebereich verlassen und war dabei fast mit dieser großen hübschen Frau zusammengestoßen. Ja, die hatte ihn mög-

* § 188 StGB (nicht zu verwechseln mit § 248 StGB [= Herabwürdigung des Staates und seiner Symbole] und § 317 StGB [= Herabwürdigung fremder Symbole]!): „Wer öffentlich eine Person oder eine Sache, die den Gegenstand der Verehrung einer im Inland bestehenden Kirche oder Religionsgesellschaft bildet, oder eine Glaubenslehre, einen gesetzlich zulässigen Brauch oder eine gesetzlich zulässige Einrichtung einer solchen Kirche oder Religionsgesellschaft unter Umständen herabwürdigt oder verspottet, unter denen sein Verhalten geeignet ist, berechtigtes Ärgernis zu erregen, ist mit Freiheitsstrafe bis zu sechs Monaten oder mit Geldstrafe bis zu 360 Tagessätzen zu bestrafen."

licherweise bei seinem hastigen Aufbruch gesehen, aber egal, es war ihm gelungen, ohne aufgehalten zu werden (da hatte er vor allem seine lieben ORF-Kollegen gefürchtet, die ihn vielleicht zurückgeschickt hätten, damit er seiner Dienstpflicht der Kabelaufrollungsüberprüfungsunterstützung nachkam) die Eishalle zu verlassen.

Und jetzt hatte er ausgesorgt. Vielleicht nicht für sein gesamtes weiteres Leben ausgesorgt, aber Leute wie er dachten ohnehin nicht in solchen Dimensionen, und für die nächsten Wochen, ja Monate, vielleicht sogar ein ganzes Jahr würde das Geld wohl ausreichen. Und daher ... eine solch gelungene Tat musste belohnt werden, und wie belohnt sich ein kleiner, schmächtiger, unattraktiver, alleinstehender, nicht im Mindesten schwuler Mann am besten? Richtig, mit einem Besuch im Puff.

In der Nähe der Linzer Eishalle befanden sich mehrere Laufhäuser, und Rüdiger-Maria hatte das ihm am verlockendsten erscheinende ausgewählt.* Er war schon oft an ihm vorbeigegangen, -gelaufen, -gewankt, -geradelt oder -gefahren, stets mit einem bedauernden Gesichtsausdruck, weil er sich derlei Vergnügungen einfach nicht leisten konnte. Doch nun war es so weit, er hatte das Werk in der Eishalle vollbracht und verfügte nun über genügend Geld, um in den nächsten Wochen täglich ein Bordell aufsuchen zu können, was er übrigens auch vorhatte, wenngleich er zu diesem Zweck allerdings wohl die Stadt, wenn nicht sogar das Land wechseln musste, denn in Linz konnte er nicht bleiben. Sicherlich würde man nach ihm fahnden.

Aber egal, sagte sich Rüdiger-Maria, heute wollte er noch in Linz sein Glück und (im wahrsten Sinn des Wortes) den

* An alle Betreiber von Laufhäusern in der Nähe der Linzer Eishalle: Hier könnte in der 2. Auflage dieses Buches IHRE Werbung stehen!

Höhepunkt des Abends finden. Die Tat (oder besser Untat) hatte einen Adrenalinschub in ihm ausgelöst, der jetzt – Stunden später – noch immer anhielt. Er fühlte sich aufgeputscht und in einer Stimmung, in der es mit jeder Frau stundenlang treiben hätte können, während er sonst – so ehrlich musste er sich selbst gegenüber sein – ja meist schon nach fünf Minuten jämmerlich einging, Viagra hin oder her.

Daher sagte er zur LH-Mitarbeiterin,* nachdem er die Preisliste in Augenschein genommen hatte, mit seiner sehr hohen Stimme, die bei Aufregung auch dazu neigte, sich mal zu überschlagen: „Wenn ich das recht verstehe, gibt es also einen Grundpreis für 15, 20, 30, 45, 60, 90 oder 120 Minuten und dann Aufpreise je nach Spezialwunsch?"

Sexyhexy nickte. Sie verfügte übrigens ähnlich wie Plankton über ein FES – ein in Bordellen in Ungarn, Wien und Luftenberg erprobtes Freier-Einstufungs-System, das sich im Detail allerdings deutlich von Planktons System (und auch von dem Schwarzeneggers) unterschied. Während Planktons FES Frauen schon beim ersten Ansichtigwerden einstufte, trat Sexyhexys FES erst in Aktion, wenn der zu bewertende Freier seinerseits in Aktion trat. Es gab auch noch andere wesentliche Unterschiede: Eine Bewertung für Mundgeruch hatte sie beispielsweise überhaupt nicht in ihrem Repertoire, für sie galt – genauso wie für die *Prinzen* – der Grundsatz *Küssen verboten*, und so kam sie ihren Kunden mundmäßig ohnehin nicht nahe genug, dass schlechter Atem für die Gesamtbeurteilung relevant geworden wäre. Dafür hatte sie gleich zwei Bewertungen für Länge im Programm – einmal im Sinne der Körpergröße (wobei es da für den aktuell vor ihr stehenden Herrn nicht viele Punkte zu erreichen gab) und ein andermal für eine andere Länge, die sie mit

* LH steht hier nicht für Landeshauptmann!

Kennerblick abschätzte, wobei nähere Ausführungen dazu jetzt aber unterbleiben müssen, weil Rüdiger-Maria soeben seine Wahl getroffen hatte: „Ich buche die 90 Minuten mit den Sonderwünschen 2a, 3 und 5b."

„Na, nähmest du die Mund aber ganz schön voll", sagte die ungarische Prostituierte schmunzelnd und mit einem Akzent, als wollte sie einen Marika-Rökk-Imitationswettbewerb gewinnen.* „Näunzig Minuten willstu!" Sie pfiff anerkennend.

„Ich hoffe ja stark, dass nicht nur ich den Mund mir dann voll nehme", entgegnete Rüdiger-Maria, der sich in einer witzigen Phase seines Lebens befand, zweideutig grinsend.

Sexyhexy ging auf den Scherz nicht ein, sondern addierte auf einem Taschenrechner die Teilpreise. „90 Minuten mit 2a, 3 und 5b kosten aber 180 Euro", sagte sie dann, offenbar aufgrund der nicht gerade imposanten Erscheinung des vor ihr stehenden Männleins Zweifel an seiner Zahlungskraft hegend. „Kassa voraus."

„Scheiß drauf", antwortete Rüdiger-Maria ungerührt, wobei diese Dienstleistung allerdings nicht auf der Preisliste angeführt war.** Er holte aus seiner Hosentasche ein Bündel Geldscheine hervor, von denen er ein paar abzählte. „Da sind 200, du brauchst mir die 20 aber nicht rausgeben, ich hasse Kleingeld, dafür machst du mir statt 5b 5c. Aber ganz, ganz langsam, so wie ich's mag."

Ja, aufs Geld kam es ihm nicht an, davon hatte er seit dem gelungenen Act in der Eishalle wahrlich genug …

* Nicht nur für Rätisch, sondern auch für die heutige Jugend, die Frau Rökk mehrheitlich nicht mehr kennen wird: Marika Rökk (1913–2004, ja, die ist alt geworden, joi mamam!) war eine deutsch-österreichische Filmschauspielerin, Sängerin und Tänzerin ungarischer Abstammung. Ob sie auch in Laufhäusern tätig war, ist dem Autor nicht bekannt.

** Wen das Thema wirklich interessiert: http://de.wikipedia.org/wiki/Koprophilie.

5. Kapitel

Am übernächsten Vormittag, einem Dienstag, erhielt Rupert Plankton drei Einschreibbriefe zugestellt.

Er saß gerade in der Küche seiner Eigentumswohnung im Zentrum von Urfahr beim Frühstück, vor sich die Zeitung, hinter sich das eingeschaltete Radio, als es klingelte.

Und wieder gerät der Autor in ein Dilemma. Es gäbe so viel gleichzeitig zu berichten: Wer hat geklingelt, wie oft und wie heftig? Macht Plankton der Person gleich auf oder lässt er sie warten oder ignoriert er das Läuten? Welches Radioprogramm hat er eingeschaltet? Läuft Musik, wenn ja welche? Steht in der Zeitung etwas über den Mord an Sly Slender oder – noch besser – über Planktons sensationellen Gramastettner-Krapferl-Auftritt? Was frühstückt ein Speisologe so – eher gesunde Sachen oder sündigt er auch schon mal von Fall zu Fall? Wie ist er beim Frühstück gekleidet? Wie ist seine Küche eingerichtet? Wie viele Steckdosen für die Küchengeräte sind vorhanden? Warum besitzt Rupert Plankton eine Eigentumswohnung in Urfahr, wo er doch so viel in der Welt herumreist? Wo genau befindet sich die Wohnung? Wie groß ist sie, was hat sie gekostet, hat er sie ausbezahlt oder noch einen Kredit laufen? Ist Plankton allein in der Wohnung oder ist es ihm gelungen, die blonde Riesin abzuschleppen? Hat sie bei ihm übernachtet? Hat er mit ihr oder sie mit ihm?

Fragen über Fragen …

War es im vorigen Kapitel noch verhältnismäßig einfach, den Konflikt Rüdiger-Maria oder Laufhaus-Sexyhexy mittels Münzwurf einer Lösung zuzuführen, findet sich auf der ganzen Welt keine Münze mit so vielen Seiten, wie es hier Berichtenswertes gibt.

Daher schön der Reihe nach. Beginnen wir mit der Wohnung: Rupert Plankton hatte sich vor Kurzem eine kleine Eigentumswohnung im Zentrum des nördlich der Donau gelegenen Linzer Stadtteils namens Urfahr gekauft. Zwar war er tatsächlich die halbe Zeit irgendwo auf der Welt speisologisch im Einsatz, aber der doch sehr zeitaufwändige Versuch, den Gramastettner-Krapferl-Code zu knacken, hatte einen längeren Aufenthalt in Gramastetten oder Gramastetten-Umgebung, wozu eben auch Linz gehörte, notwendig gemacht, und Plankton hasste es, länger als ein paar Tage hintereinander in einem Hotel zu verbringen. Dazu kam noch, dass er, beginnend mit kommendem Herbst, eine Professur an der Johannes Kepler Universität angeboten bekommen hatte. Linz kämpfte ja schon seit Langem um eine eigene medizinische Fakultät, was dem Wissenschaftsministerium lange Zeit aber nicht genehm gewesen war. Als kleiner Ersatz dafür war Linz gnädigerweise die Einrichtung einer speisologischen Fakultät erlaubt worden, und Rupert Plankton war der Job des Fakultätsvorstands angeboten worden. Schließlich war er ein Kind der Stadt, weltweit als einziger Speisologe des Universums berühmt, und es fiel den Verantwortlichen auch bei intensivstem Nachdenken niemand ein, der besser für diese Aufgabe geeignet gewesen wäre – und der obendrein bereit war, den Posten ehrenamtlich gegen ein symbolisches Gehalt von einem Euro brutto pro angefangenem Semester zu übernehmen.

Plankton war über das ehrenvolle Angebot natürlich geschmeichelt gewesen, hatte an der Uni Essen, wo er einige Jahre Gastprofessor gewesen war, sofort gekündigt und sich eine Wohnung in Linz gesucht. Diese Umstände brachten es bedauerlicherweise mit sich, dass er sich im Moment nicht Professor nennen durfte, was er bislang recht gern und sehr häufig getan hatte. In Essen war er kein Professor mehr und in Linz war er es noch nicht. Doch dieser titellose Schwebezustand würde schon in einigen Monaten beendet sein und dann konnte er sich wieder voll Stolz mit „Professor Rupert Plankton" am Telefon, beim Arzt, beim Reifenwechselunternehmen seines Vertrauens oder sonst wo melden. Da er es mit diesen Sachen sehr genau nahm und sich nicht mit Titeln schmücken wollte, die ihm nicht zustanden, setzte Plankton, bevor er jemandem seine Visitenkarte überreichte, auf dieser den Professor eigenhändig handschriftlich in Klammern, sodass Sie sich nicht wundern dürfen, wenn Sie von Plankton nach einer Kochveranstaltung oder Autorenlesung oder einem Verkehrsunfall oder einfach so in der Straßenbahn eine Visitenkarte ausgehändigt erhalten, die ihn als „(Prof.) Rupert Plankton" ausweist. Er hatte schon eine neue Partie Visitenkarten in Druckauftrag gegeben mit der Bezeichnung „Rupert Plankton, des. Fak. vorst. + Prof. i. E. i. R. + i. L. i. spe", wobei das „des. Fak. vorst." für „designierter Fakultätsvorstand", das „Prof. i. E. i. R." für „Professor in Essen in Ruhe" und das „i. L. i. spe" für die bevorstehende Professur in Linz – wörtlich in Linz in spe – standen. Ja, Plankton nahm es diesbezüglich ganz genau.

Planktons Wohnung lag im sogenannten Lentia. Nicht ortskundige Leser werden einwenden, ja, das wurde schon erwähnt, dass die Wohnung in Linz ist, warum sagt man uns das nun auch noch auf Lateinisch und warum nicht auch noch in Norwegisch und Suaheli, aber dazu muss man wissen, dass die im Herzen von Urfahr in den Himmel ragende Hochhausanlage, in der sich Planktons Wohnung befand, bei ihrer Errichtung in den 1970er-Jahren Lentia beziehungsweise Lentia 2000 getauft worden war. Zuvor war dort ein Sägewerk angesiedelt gewesen, in dem am 12. November 1970 ein Brand ausgebrochen war. Der Feuerwehr war es zwar gelungen, ein Abbrennen von Urfahr und ein Übergreifen des Brandes auf Wien, Salzburg und München zu verhindern, aber das Sägewerk war nicht mehr zu retten gewesen. Die Stadt Linz hatte in der Folge beschlossen, auf dem riesigen, durch den Vollbrand glücklicherweise frei gewordenen Areal einen gemischten Wohn-Geschäfts-Komplex zu errichten, und dieses Vorhaben, nachdem die üblichen Schmiergelder geflossen waren, zwischen 1973 und 1977 in die Tat umgesetzt. Auf einer Grundfläche von 6760 Quadratmetern war das Lentia 2000 entstanden, bestehend aus mehreren Gebäuden (von denen das höchste – in dem sich auch Planktons Wohnung befand – 21 Etagen aufweist) mit insgesamt über 450 Wohnungen, einer Tiefgarage mit drei Ebenen, zahlreichen Geschäften und einigen Büros. Vor Kurzem erst war die riesige Anlage in Lentia City umbenannt worden, was zu der sprachlich etwas seltsamen Konsequenz geführt hatte, dass sich nun in einem einzigen Begriff zwei Fremdsprachen die Hand reichten: das lateinische Wort für Linz (Lentia) und das englische für Stadt (City). Aber Lentia urbs hätte wohl viele potenzielle Käufer aus Umlandgemeinden davor abgeschreckt, in so einem nicht nur architektonischen, sondern auch sprachlichen Ungetüm einzukaufen.

Die Eigentümer in der Lentia City wechselten häufig, und so hatte Plankton rasch eine zum Verkauf stehende Wohnung gefunden. Diese war, wie bereits erwähnt wurde, klein; sie hatte etwa 42,74 Quadratmeter, was für einen alleinstehenden, (meist) allein in der Wohnung übernachtenden und noch dazu nach wie vor recht häufig verreisenden Mann wie Plankton allerdings groß genug war.

Den Kaufpreis für die Wohnung hatte Plankton problemlos von den Nettotantiemen für die dritte Auflage seines Buches *Snacks & Drinks zu Sado & Maso* bezahlen können. Dieses Buch, das Sie sicherlich besitzen, wenngleich Sie das wohl öffentlich nicht zugeben werden, war im Gefolge der zahlreichen Erotik-Bestseller von der Machart *Shades of Grey* & Konsorten entstanden. Planktons Verleger hatte gemeint, dass man sich nach lustvollen Sado-Maso-Spielchen wohl stärken muss, vielleicht auch gerne etwas dazu konsumiert, und gefragt, ob Plankton dazu nicht kulinarische Tipps liefern könnte? Plankton konnte; *Snacks & Drinks zu Sado & Maso* – oder *S/D 2 S/M* beziehungsweise *SDSM*, wie Planktons Bestseller abgekürzt in der einschlägigen Erotikszene hieß* – verkaufte sich bestens, die vierte Auflage war soeben in Vorbereitung, und eine kleine Eigentumswohnung pro Auflage ging sich jedenfalls spielend aus.

Die Küche – auch danach wurde eingangs im Kapitel gefragt – hatte Plankton vom Voreigentümer übernommen. Sie war beschämend klein (3,17 Quadratmeter ist wahrlich nicht die Welt), und Plankton hatte auch kücheneinrichtungstechnisch ganz andere Vorstellungen, aber er kochte – das wird jetzt viele Plankton-Fans überraschen, wenn nicht sogar entsetzen – ohnehin recht selten in seiner Wohnung, zumal sich in der Lentia-Geschäftspassage einige ausgezeichnete Lokale befanden, die er häufig aufsuchte.**

Zurzeit kochte in einem kleinen Topf auf dem rechten vorderen Ceranfeld des E-Herds Wasser, und mittendrin schwammen zwei Eier. Ja, Plankton war dabei, sich zwei Frühstückseier hart zu kochen! Aber was war das für ein schlagendes Geräusch? Und gleich noch einmal! Plankton runzelte die Stirn. Dann merkte er, dass die Eier aufgrund der Kleinheit des Topfes gegen dessen Wand schlugen und dadurch diesen ungebührlichen Lärm verursachten. Von derartigen Pannen bei der Eizubereitung war bei seinem vor-

* Nicht zu verwechseln mit GZSZ, wo allerdings kulinarisch und erotisch ebenfalls einiges los ist.

** Hier könnte ... eh schon wissen!

gestrigen Vortrag beim *Eizauber*, äh *Eiszauber* nicht die Rede gewesen! Plankton rümpfte die Nase, er war aber zu faul, um aufzustehen und im Eiertopf nach dem Rechten zu sehen. Auf dem Küchentisch standen bereits eine Tasse Kaffee (mit wenig Milch, aber viel Zucker), ein Glas frisch gepresster Orangensaft (0,23 Liter) und ein Marmeladesemmerl (in irgendeinem Haus gemachte Marillenmarmelade auf einem Semmerl von gestern), in das Plankton bereits hineingebissen und seinen Kieferabdruck hinterlassen hatte.

Bekleidologisch ist zu vermelden, dass Plankton noch den Pyjama anhatte. Er frühstückte – außer in Hotels – immer im Pyjama und sah keinen Grund, davon heute, wenn wir ihn in seiner Wohnung besuchen, eine Ausnahme zu machen.

Im Radio spielten sie gerade – so ein Zufall, dass sie das gerade jetzt spielen! – *An so an Sandler* von den *Vier fidelen Sandlern*. Diese Musikgruppe hatte durch ihren Auftritt beim Linzer *Eiszauber* einen enormen Popularitätsschub erhalten, sodass ihre Hits (na ja, ihr einziger Hit) seitdem nicht nur in Spezial-Hardcore-Volksmusik-Radiosendungen gespielt wurde(n), sondern auch mitten am Vormittag in Radio Oberösterreich.

Ja, es muss an dieser Stelle gebeichtet werden, dass es bereits mitten am Vormittag war. Plankton war am Vorabend spät zu Bett gegangen, weit nach Mitternacht, weil er an der vierten Auflage des bereits erwähnten *S/M-S/D*-Buchs noch einige Änderungen vorgenommen hatte (er hatte das Kapitel über die ideale Länge der bei Fesselspielen verwendeten Spaghetti überarbeitet), und da er immer exakt achteinviertel Stunden schlief, ganz egal, wann er sich niederlegte, war er natürlich auch relativ spät aufgewacht.

Was fehlt noch? Ja, das Klingeln und die eingeschriebenen Briefe, die kommen noch, mal sehen: Frühstück – Radioprogramm – Küche – Eigentumswohnung – Bekleidung … Ach ja, die Zeitung! In der Tageszeitung, die Plankton kurzzeitgratisabonniert hatte, stand nichts von seinem grandiosen Auftritt beim *Eiszauber*, und er überlegte, sie wieder abzubestellen oder zumindest einen geharnischten Leserbrief zu schreiben. Er sah allerdings ein, dass sein Auftritt nur das zweitwichtigste Event des Abends gewesen war, Sly Slenders Ermordung ging berichtsmäßig wohl vor. Die Zeitungen waren schon gestern voll damit gewesen, und heute füllten die Nachrufe gleich mehrere Seiten. Sly Slender war wirklich eine wichtige Persönlichkeit des nationalen und internationalen Musiklebens gewesen. Sogar der Landeshauptmann und der Bürgermeister hatten tief in ihre Geldbörsel gegriffen und jeweils eine mehrspaltige Traueranzeige in der Zeitung finanziert. Es war wohl zu erwarten, dass – um die Kostenbelastung wieder auszugleichen – in absehbarer Zeit einige Straßenbauvorhaben schubladiert und die Parkgebühren neuerlich erhöht werden würden.

Bis jetzt war noch nicht immer klar, wer Sly vergiftet hatte und warum. Die Welt fahndete nach dem ORF-Mitarbeiter Ingenieur Rüdiger-Maria Müller-Irgendwas, der verdächtigerweise gleich nach Slys Auftritt verschollen war. Nachdem Reinhard Waldenberger ausgesprochen hatte, dass Rüdiger-Maria vermisst wurde, und er den Mann näher beschrieben hatte, hatte sich Black Joe daran erinnert, unmittelbar nach Slys Rückkehr in den Backstagebereich einen kleinwüchsigen Mann dort gesehen zu haben. Durchaus möglich also, dass dieser kabelaufrollungsbeauftragte Zwerg Sly das vergiftete Gramastettner Krapferl gereicht hatte, wenngleich ein Motiv beim besten Willen nicht erkennbar war. Jedenfalls war dieser Rüdiger-Maria seitdem wie vom Erdboden verschluckt und sein Fahndungsfoto prangte auf der Titelseite jeder Zeitung.

Von der blonden schönen Frau (dass sie ein wenig größer war als er, verdrängte Plankton in seiner Erinnerung) hatte er sich leider bald trennen müssen. Rätisch hatte sie heimgeschickt, weil sie sowieso keine zweckdienlichen Beobachtungen gemacht hatte, und auf Planktons hoffnungsvolle Frage, ob er auch schon gehen dürfe, gemeint, ihn brauche er noch, er habe noch ein paar (Dutzend) Fragen zum Ablauf der Show. So hatte er sich damit begnügen müssen, der Frau seine Visitenkarte (samt eingeklammertem Professor) zu überreichen, in der Hoffnung, dass sie ihn vielleicht anrief, was bislang allerdings noch nicht geschehen war. Als die *Fidelen Sandler*, Waldenberger und er dann endlich von der Polizei entlassen worden waren, war es halb zwölf gewesen, und in dem Restaurant, in dem die After-Show-Party stattfand, war der Schweinsbraten samt Knödeln mittlerweile kalt geworden. Aber wenigstens einen lauwarmen Toast hatte es noch gegeben, den Plankton mit Heißhunger verschlungen hatte.

Nun sind seit dem Klingeln schon einige Seiten vergangen, und es wird Zeit, dass Plankton aufmacht. Es bedarf wohl keines besonders ausgeprägten kriminalistischen Spürsinns, um zu erraten, dass nicht die blonde schöne (große) Frau vor der Tür stand, sondern der Postbote, schließlich wurde ganz am Anfang dieses Kapitels, vor vielen, vielen Seiten, erwähnt, dass Plankton an diesem (Spät-)Vormittag drei Einschreibbriefe erhielt, und diese werden üblicherweise von BriefträgerInnen zugestellt und nicht von blonden schönen großen Frauen mit einem FES-Wert um die 58 (wobei das in Ausnahmefällen – je nach Beschäftigungsstand bei der Post – allerdings auch mal zusammenfallen kann).

Plankton schaltete den Herd zurück (sicherheitshalber, zwecks Verhinderung des Eierüberkochens), zog sich einen Morgenmantel über (kariert, knielang, 100 Prozent Baumwolle, mit Gürtel), öffnete die Tür (Industrietür mit Metallzarge, nach innen aufgehend), sah überrascht einen Briefträger vor sich stehen (38 Jahre alt, 1 Meter 78 groß,

86 Kilo schwer, kurz geschnittenes dunkles Haar, Oberlippenbart), übernahm die drei Schreiben (handelsübliche Kuverts, ordnungsgemäß frankiert), bestätigte dreimal den Empfang (jeweils eigenhändige Unterschrift „R. Plankton" ohne Professorenzusatz), verabschiedete sich vom Postboten („Danke, schönen Tag noch"), begab sich zurück in die Küche (3,17 Quadratmeter) und riss die Kuverts auf.

Das erste Einschreiben forderte Plankton auf, sich in der Moko Linz einzufinden, um dort seine Aussage in der Mordsache Sly Slender offiziell zu Protokoll zu geben. Diese förmliche Einladung wunderte Plankton ein wenig, weil er Rätisch ja sein Karterl übergeben hatte, auf dem sich auch seine Handynummer befand. Es hätte durchaus genügt, wenn Rätisch ihn angerufen hätte, um ihn in die Moko zu bestellen, aber egal.

Das zweite Schreiben entlockte Plankton ein Stirnrunzeln, dann ein Lächeln und zuletzt die Reaktion, es in den Papierkorb zu werfen. Er war vor etwa einer Woche vom Lokalfernsehen zu seinem bevorstehenden Auftritt beim *Eiszauber* interviewt worden. Man hatte ein Kurzporträt über ihn gestaltet, und dabei waren die Anfangsszenen in einem Linzer In-Lokal gedreht worden. Dort war Plankton am Tisch gesessen, die Speisekarte in der Hand (er hatte wirklich vorgehabt, nach den Filmaufnahmen in dem Lokal eine Kleinigkeit zu essen), und er war – noch bevor die Kameras eingeschaltet gewesen waren – vom Porträtgestalter gefragt worden: „Was können Sie empfehlen?" Und Plankton hatte spontan und, wie er fand, durchaus witzig geantwortet: „Ein anderes Lokal." Dies wiederum hatte der Lokalbesitzer gehört, und nun teilte er ihm eingeschrieben und unter Klagsandrohung mit, dass er von ihm Schadenersatz, Schmerzensgeld, Unterlassung, Wiederherstellung des guten Rufs und einen öffentlichen Widerruf forderte.

Plankton warf den Brief zum Müll.

Das dritte Schreiben allerdings machte ihn wütend. Es war eine Klage, eingebracht beim Bezirksgericht Linz, eine – wie auf der Klagsschrift und der Ladung zu einer Tagsatzung stand – sogenannte Besitzstörungsklage wegen Parkens auf fremdem Grund. Ja, es stimmte schon, er hatte vor knapp einem Monat seinen Wagen kurz auf einem Privatparkplatz abgestellt, weil sonst nur gebührenpflichtige Kurzparkzonen vorhanden gewesen waren, aber dass man deswegen gleich geklagt wurde? Kläger war ein Rechtsanwalt namens Mag. Leopold Hauswardt. Unter dem Namen des Anwalts waren seine Adresse, seine Kontonummer, seine Homepage, die E-Mail-Adresse und auch seine Telefonnummer angegeben. Plankton griff nach seinem Handy und wählte die Nummer. Na, dem würde er seine Meinung sagen! Aber es meldete sich nur der Anrufbeantworter, der ihm mitteilte, dass er eine Nachricht auf Band sprechen könne, man würde vielleicht zurückrufen. Verärgert legte Plankton wieder auf, ohne eine Nachricht zu hinterlassen. Er sprach nicht gern mit Automaten. Eine Besitzstörungsklage! Wegen vielleicht einmal zehn Minuten unbefugten Parkens! Der auf der Klagsschrift angeführten Adresse des Rechtsanwalts entnahm er, dass die Anwaltskanzlei nicht weit vom Lentia entfernt war, und er nahm sich vor, den Anwalt am Nachmittag persönlich aufzusuchen. Zuvor wollte er zur Moko, um seine Aussage zu Protokoll zu geben.

Na, dieser Rechtsverdreher Mag. Leopold Hauswardt konnte sich auf was gefasst machen!

6. Kapitel

Die Moko Linz war in den Räumlichkeiten der Bundespolizeidirektion Linz in der Nietzschestraße untergebracht.

Problem!

So wie es die amerikanischen Behörden nicht gern haben, wenn in einschlägigen Krimis, Thrillern, Pornos etc. die Räumlichkeiten und Arbeitsweisen von FBI, CIA, NSA und wie sie alle heißen mögen, beschrieben werden, haben unmittelbar nach Beginn der Arbeiten am Manuskript Interventionen maßgebender österreichischer polizeilicher Stellen (von der Innenministerin abwärts bis hin zum Polizeischüler Franz F.) bei Autor und Verlag stattgefunden, die darauf hinauslaufen, dass keinerlei Informationen über interne Angelegenheiten der österreichischen Polizei publik werden sollen. Vor allem die Linzer Stadtpolizei will ihre Geheimnisse wahren, also eine Geheime Stadtpolizei (abgekürzt Ge ..., na ja) bleiben.

Da für die Schilderung der Moko ursprünglich 306 Wörter vorgesehen waren, die nun, um das – na ja, nennen wir es „Ersuchen" der Innenministerin zu erfüllen, natürlich abgehen, sei – um den frei werdenden Platz anderweitig zu füllen – berichtet, dass die eingangs erwähnte Nietzschestraße nach dem 1844 in Röcken bei Lützen geborenen und 1900 in Weimar in geistiger Umnachtung verstorbenen Philologen bzw. -sophen Friedrich Wilhelm Nietzsche benannt ist, als dessen Hauptwerk das noch haarscharf vor Eintritt in die erwähnte Umnachtung geschriebene *Also sprach Zarathustra* (vielsagender, den beginnenden Wahnsinn des Autors schon andeutender Untertitel: *Ein Buch für Alle und Keinen*) angesehen wird, in dem sich der allgemein bekannte, in der Praxis aber leider selten bewährte Rat „Wenn du zum Weibe gehst, vergiss die Peitsche nicht" findet, und das wiederum der 1864 in München geborene und 1949 in Garmisch-Partenkirchen nicht unweit der Sprungschanze verstorbene Richard Strauss zu einer sinfonischen Dichtung vertont hat, deren einleitende Takte durch Stanley Kubricks Film *2001: Odyssee im Weltraum* weltberühmt wurden, wobei man Richard Strauss nicht mit Johann Strauß verwechseln darf, der statt einem Doppel- ein scharfes S sein Eigen nennt und der seinen weltberühmten *Donauwalzer* schon zu einem Zeitpunkt (nämlich 1866) komponiert hat, als sein nicht verwandter Namensvetter Richard noch in Windeln herumspazierte, wobei nicht verschwiegen werden soll, dass auch der *Donauwalzer* im erwähnten Film des Herrn Kubrick über die Weltraum-Odyssee erklungen ist, so wie er alljährlich beim Neujahrskonzert erklingt, das an den 1. Jännern 2011 und 2013 von Franz Welser-Möst dirigiert wurde, der seine Jugendjahre (abgesehen von den üblichen Urlaubsfahrten mit den Eltern nach Bibione und Caorle sowie an den Traun- und Attersee) in Linz verlebt hat, wobei allerdings nicht bekannt ist, ob er damals während seiner Flegeljahre unfreiwillige Bekanntschaft mit Organen der Bundespolizeidirektion Linz in der Nietzschestraße gemacht hat, womit sich der Kreis wieder schließt und endlich mit der Handlung fortgefahren werden kann.

Plankton befand sich jedenfalls in den Katakomben der Polizeizentrale auf der Suche nach der Moko.

„Moko? Nach Moko wollen Sie?“, hatte die Dame beim Empfang gefragt. „Die Kleinstadt in Arkansas? Da müssen Sie zunächst zum Linzer Flughafen und dann über Frankfurt …“*

Als Plankton näher erläutert hatte, dass er damit die Mordkommission meine und diese im Allgemeinen und einen

* Geografisch Interessierte finden eine Kurzpräsentation des US-amerikanischen Städtchens Moko samt Lageplan unter http://arkansas.hometownlocator.com/ar/fulton/moko.cfm.

Oberinspektor Rätisch im Besonderen zu finden wünsche, hatte sie geantwortet: „Zwei Stockwerke tiefer, den Gang links entlang, und wenn Sie dann die Schreie der Gefolterten hören, immer den Schreien nach." Die Empfangsdame hatte offenbar in der Witzkiste geschlafen. Nun war Plankton erstens im richtigen Stockwerk und zweitens auf dem richtigen Gang, fehlte nur noch das richtige Zimmer, aber der Weg zu diesem wurde ihm durch die akustisch eindeutig seinem Freund aus Volksschultagen zuzuordnenden Jubelrufe „Wir haben den Mord! Wir haben den Mord!" gewiesen.

Nun war Plankton zwar mehrfacher Bestsellerautor, ein wenig Sprachgefühl hatte er sich aber doch bewahrt, und daher erkannte er sofort, dass die von Rätisch verkündete Freudenbotschaft eigentlich „Wir haben den Mörder!" heißen hätte müssen und nicht: „Wir haben den Mord!"

Plankton ging weiter zu dem Zimmer am Ende des Ganges, in dem die Rufe ausgestoßen worden waren, klopfte höflich an und trat ein. Rätisch stand mitten im Raum und murmelte nun deutlich leiser vor sich hin: „Wir haben den Mord, wir haben den Mord, hallo, Rupert."

„Hallo, Theo", grüßte Plankton und nickte einem weiteren Beamten, der an einem Schreibtisch vor einem Computer saß, freundlich zu. „Du, ich hab da eine Vorladung bekommen ..."

„Wir haben tatsächlich den Mord", sagte Rätisch nochmals.

„Ja, fein, aber was meinst du damit?"

„Ich muss sofort zum ORF-Landesstudio", sagte Rätisch, wobei nicht ganz klar war, ob er diese Botschaft Plankton verkündete, seinem Kollegen oder nur sich selbst.

„Was ist denn passiert?", fragte Plankton. „Du bist ja ganz aufgeregt!"

„Ja, stell dir vor, wir haben den Mord!"

„Ja, das hast du jetzt schon ein paarmal gesagt, aber ich hab's noch immer nicht verstanden. Was heißt das, ihr habt den Mord? Habt ihr den Mörder?"

„Nein, den nicht, aber den Mord. Aufgezeichnet!"

„Aufgezeichnet?"

„Ja, aufgezeichnet! Der *Eiszauber*-Backstage-Kameramann hat Mist gebaut. Zum Glück für uns! Er hat für die *Seitenblicke* gefilmt – das ist irgendeine Sendung, in der Prominente auftreten, keine Ahnung, noch nie gehört, du etwa? –, und dann – nach einem Interview der *Fidelen Sandler* – hat er die Kamera weggestellt, sie aber versehentlich eingeschaltet gelassen, sodass die Kamera ohne Kameramann auf einem Tisch liegend einfach weitergefilmt hat. Stundenlang. Ja, die heutigen Fernsehkameras können das offenbar, ganz ohne Herrchen filmen. Als der zuständige Redakteur heute das Material sichten wollte, um einen Beitrag zusammenzuschneiden, ist ihm das aufgefallen. Waldenberger hat mich soeben angerufen. Und stell dir vor, offenbar sind die letzten Minuten von diesem Sly auf dem Video zu sehen!"

„Dann habt ihr den Mord!", rief Plankton nicht minder aufgeregt aus.

„Ja, das sag ich ja schon die ganze Zeit", bestätigte Rätisch. „Wenn du willst, kannst du mitkommen."

„Was? Ich?"

„Ja, warum denn nicht? Schließlich warst du vorgestern bei der Veranstaltung mit dabei, vielleicht fällt dir was auf, wenn wir uns das Videomaterial ansehen."

„Ja, gut, gern, aber meine Aussage, wegen der ich hier bin ..." Plankton wedelte mit der Ladung.

„Die kann warten."

Rätisch griff nach seiner Lederjacke, die an der Wand auf einem Garderobenhaken hing, in diesem Moment klingelte das Telefon, und sein Kollege hob ab.

„Für dich", sagte er sieben Sekunden später und hielt Rätisch den Hörer hin. „Theo Rätisch wird gewünscht."

„Keine Zeit", wehrte der Oberinspektor hektisch ab.

„Es ist aber der Doc", erwiderte Rätischs Kollege. „Offenbar liegt das Ergebnis von Slys Obduktion vor."

Rätisch nahm den Hörer in Empfang. „Hallo, Doc", sagte er, „machen Sie's schnell, ich bin auf dem Sprung."

„Sonst kann's Ihnen nicht rasch genug gehen", brummte der Gerichtsmediziner Dr. Jatzosch. „Ich kann auch ein andermal anrufen. Oder Ihnen einfach nur den schriftlichen Bericht schicken, den haben Sie dann in 14 Tagen auf dem Schreibtisch. Wenn er nicht unterwegs verloren geht."

„Sorry, Doc", sagte Rätisch. „Aber ich habe soeben einen entscheidenden Hinweis in der Mordsache Stender ..."

„Mein Gott, Rätisch, er hieß Slllllender. Slllly Slllllender! Sie würden sich auch schön bedanken, wenn ich dauernd Rettich zu Ihnen sagen würde." Jatzosch war ein Fan von Sly Slender gewesen und konnte es nicht ausstehen, wenn der Name seines nun leider verstorbenen und von ihm höchstpersönlich aufgeschnittenen und in mehrere Einzelteile zerlegten Idols falsch ausgesprochen wurde.

„Sorry, Doc", sagte Rätisch nochmals. „Also, was können Sie mir berichten?" Er schaltete den Lautsprecher zu, sodass auch sein Kollege und Plankton zuhören konnten.

„Wie ich Ihnen am Tatort schon sagte, ist Sly Slender vergiftet worden, und das Gift steckte in – besser gesagt auf – dem Gramastettner Krapferl, von dem er noch ein Stück in der Hand hielt – vom Volumen her etwa 28 Prozent eines herkömmlichen Krapferls – und von dem ein paar Brösel – von der Menge her und ernährungstechnisch nicht der Rede wert – auf der Zunge des Toten lagen. Den Rest – der ihn umgebracht hat – hatte er schon verschluckt. Und auf allen Teilen – insbesondere den verspeisten – war Gift vorhanden. Draufgestreutes Gift."

„Das Gift war also nicht in das Krapferl eingebacken, sondern draufgestreut?“, warf Rätisch eine Zwischenbemerkung ein.

„Gut aufgepasst und schnell kapiert, bravo. Normalerweise werden Gramastettner Krapferln ja mit Zucker bestreut“, Speisologe Plankton nickte bei dieser Aussage zustimmend, „aber in diesem Fall war es ein höchst spezieller Zucker. Vatikanzucker.“

„Vatikanzucker?“, rief Rätisch. „Davon hab ich ja noch nie gehört!“

„Den Ausdruck gibt es auch nicht offiziell, es hat also gar keinen Sinn, wenn Sie ihn googeln oder wikipedieren. Aber es ist Ihnen doch sicherlich bekannt, dass in früheren Jahrhunderten im Vatikan fleißig gemordet wurde. Ich habe mich mit dem Thema ein wenig näher beschäftigt, sehr faszinierend, insgesamt acht Päpste sind im Amt umgebracht worden, und da ist Johannes Paul I., der ja anno 1978 unter mysteriösen Umständen nach nur 33 Tagen im Papstamt verstarb, und um dessen Tod sich einige interessante Verschwörungstheorien ranken, noch gar nicht mitgezählt. Der erste Papst, der im Amt umgebracht wurde, war Johannes VIII. im Jahr 882, Sie werden sich daher daran nicht mehr aktiv erinnern, wobei man damals auf Nummer sicher ging: Er wurde vergiftet und, weil das Gift nicht rasch genug wirkte, zu Tode geprügelt. Doppelt hielt offenbar schon damals besser. Der nächste Papst, der gewaltsam zu Tode kam …“

„Entschuldigen Sie, Doc, wenn ich Sie unterbreche …“

„Oh! Nein, verzeihen Sie mir, aber die Papstmorde gehören zu meinen Lieblingsthemen, da werde ich immer leicht ausschweifend. Jedenfalls wurde – und wird nach wie vor – im Vatikan zum Töten häufig dieses Gift verwendet, das nun auch unseren geliebten Sly Slender auf dem

Gewissen hat. Nicht nur um Päpste aus dem Weg zu räumen, auch Kardinäle und Kardinalssekretäre setzen es gerne ein, um sich gegenseitig aus der Welt zu schaffen. Von der Zusammensetzung her ist der Vatikanzucker eine tödliche Mischung aus Strychnin, Arsen, Fingerhut, Maiglöckchen, dem Hautgift des Pfeilgiftfrosches, dem Gift der Innereien des Kugelfisches,* von 27 weiteren Giften und – zum Überdecken von deren Geschmack – karamellisierten Apfelchips, einer Prise Überraschungseierschokolade und sehr viel Zucker. Es wirkt schnell – nicht ganz so rasch zwar wie das Gift des Inlandtaipans, der giftigsten Schlange der Welt, *Oxyuranus microlepidotus,*** aber etwa so schnell wie das Gift der Grünen Mamba. Die ersten Symptome sind Herzflattern, Übelkeit, Schwindel, sofortiger Hörverlust, vermehrter Speichelfluss und ein starrer Blick, dann folgen Lähmungserscheinungen in den Gliedmaßen, Inkontinenz und noch ein paar weitere Unerfreulichkeiten, die Sie dann in meinem schriftlichen Bericht nachlesen können. Üblicherweise tritt der Tod durch Herzstillstand nach einer Minute und 26 Sekunden ein, der gute Sly musste also nicht lange leiden."

„Vatikanzucker", wiederholte Rätisch nachdenklich den Namen des Giftes, das Sly Slender getötet hatte.

„Genau. Im Original Zucchero di Vaticano", nannte Dr. Jatzosch den italienischen Namen des Giftes.

(An dieser Stelle erwacht unser Simultandolmetsch aus dem Schlummer, der ihn beim Monstersatz im dritten Absatz dieses Kapitels übermannt und bei der Nennung des Namens Franz Welser-Möst endgültig ins Reich der Träume versetzt

* Kulinarische Anmerkung von Plankton: Das Muskelfleisch des Kugelfisches, Fugu genannt, ist eine japanische Spezialität (siehe etwa http://de.wikipedia.org/wiki/Fugu).

** Weiterführende Informationen unter http://de.wikipedia.org/wiki/Inlandtaipan.

hat. „Vatikanzucker", ruft er laut, um dem leise die Bemerkung „Noch nie gehört von so einem Ding" nachfolgen zu lassen.)

„Dann vielen Dank", sagte Oberinspektor Rätisch, „auch dafür, dass Sie so rasch ... Und entschuldigen Sie meine Ungeduld von vorhin."

„Kein Problem", antwortete Jatzosch und legte auf.

„Vatikanzucker" sagte Rätisch zu Plankton. „Hast du schon einmal davon gehört?"

„Nein", gab Plankton zu. „Zucker ist zwar ein Lebensmittel und fällt daher in mein Fachgebiet, sodass ich Vatikanzucker eigentlich kennen müsste und es daher auch an meiner Ehre kratzt, dass ich noch nie davon gehört habe, aber wenn es sich natürlich um eine Substanz handelt, deren Hauptbestandteile Gifte sind, insbesondere karamellisierte Apfelchips, die ja nun wirklich niemand essen kann, so handelt es sich dabei zweifelsfrei, da es ja zum Tod führt, um kein *Lebens*mittel, sondern um ein *Todes*mittel, sodass es wiederum eigentlich *nicht* in mein Fachgebiet fällt und ich daher zu meiner Entschuldigung sagen kann ..."

„Schon gut, du brauchst dich nicht auch noch zu entschuldigen", sagte Rätisch. „Jedenfalls hat offenbar jemand dieses eine Gramastettner Krapferl mit Vatikanzucker bestreut und dann Sly verabreicht."

„Aber wer? Dieser Kabelaufrollungsmensch, der seitdem vermisst wird?"

Oberinspektor Rätisch zuckte die Schultern. „Genau das, hoffe ich, werden wir in Kürze auf dem Video zu sehen bekommen ..."

7. Kapitel

Auch die Intendanten der neun ORF-Landesstudios haben eine gemeinsame Petition verfasst, dass keine unautorisierten Details über die Einrichtung und das technische Equipment ihrer Studios verbreitet werden sollen. Der Generaldirektor unterstützt Gerüchten zufolge von Wien aus gemeinsam mit seiner charmanten Fernsehdirektorin diesen Wunsch, weil er Spionagetätigkeiten der führenden Fernsehsender von Albanien und Nordkorea befürchtet. Da nicht auszuschließen ist, dass als Reaktion, sprich Strafe, im Falle einer Ablehnung dieses Wunsches das Fernsehprogramm verschärft, möglicherweise die Zahl der jährlichen *Musikantenstadl* verdoppelt wird, sei daher nur erwähnt, dass das ORF Landesstudio Oberösterreich vor etwa 20 Jahren die Adresse gewechselt hat, aber nicht wie man dies üblicherweise tut, nämlich durch Umziehen beziehungsweise Übersiedeln, nein, es befindet sich nach wie vor an derselben Stelle wie seit etwa 100 Jahren, und zwar am Beginn der Franckstraße, aber da diese Adresse für das in den Jahren 1991 bis 1994 gegenüber gebaute Veranstaltungszentrum namens Design-Center nicht nobel genug gewesen war (sie wies auf das in gewissen Kreisen wie etwa der Exekutionsabteilung des Bezirksgerichtes Linz einen schlechten Ruf genießende angrenzende Franckviertel hin, das auch aus gutem Grund Glasscherbenviertel genannt wurde), war die Fläche zwischen dem Design-Center, einem daneben situierten 4-Sterne-Hotel und dem ORF-Landesstudio im Jahr 1993 in Europaplatz umbenannt worden, angeblich zur Förderung des Europagedankens.

Reinhard Waldenberger begrüßte Rätisch und Plankton in der Vorhalle des ORF-Zentrums – Rätisch mit einem warmen Händedruck, Plankton mit einer herzlichen

Umarmung. Schließlich hatten Plankton und er nach der eiszauberischen After-Show-Party gegen halb vier Uhr in der Früh in einem berühmt-berüchtigten Linzer Altstadtlokal Bruderschaft getrunken (wobei es an ein Wunder grenzte, dass sich beide heute noch daran erinnerten). Dann führte er sie über verwinkelte Wege in ein kleines, aber gut ausgestattetes Studio (ja, ja, es wird schon nichts verraten ...), wo sie auf Geheiß von Waldenberger hinter einem Monitor Platz nahmen. Waldenberger zeigte ihnen, welche Knöpfe des Wiedergabegeräts sie bedienen mussten, um den Film vorgespielt zu bekommen und auch bei Bedarf anhalten zu können, und sagte: „Das Video fängt da an, wo meine Mitarbeiter einen der *Fidelen Sandler* interviewen." Dann postierte er sich hinter den beiden Männern und blickte ihnen über die Schultern.

Rätisch und Plankton nickten, Rätisch sagte „Na, dann mal los" und drückte auf den Startknopf.

Man sah, wie jemand, der nicht im Bild war, einen der *Fidelen Sandler* interviewte. Plankton erkannte den verhinderten Blonde-Damen-Herzensbrecher Alfred Wieslinger vulgo Fred Wiesli, dem ein Mikrofon vor den Musikantenmund gehalten wurde, und er bemerkte auch, wie im Hintergrund Schorsch und Black Joe miteinander redeten. Dann tauchte von noch weiter hinten ein kleiner unscheinbarer Mann in einem ORF-Overall auf, der ein Kabel geschultert hatte, das er schließlich ächzend fallen ließ.

Rätisch stoppte die Aufnahme, indem er auf die Pausetaste drückte, wodurch die gerade noch bewegten Bilder zu einem Standbild gefroren. „Das ist er!", rief er. „Der verschwundene Rüdiger-Maria Müller-Den-zweiten-Teil-des-Familiennamens-vergess-ich-immer!"

Plankton nickte und wies Rätisch auf etwas anderes hin. „Im Hintergrund sieht man auch den Tisch mit dem

Backblech und meinen Gramastettner Krapferln." Er drehte sich zu Waldenberger um und fragte diesen: „Reini, kann man ins Standbild hineinzoomen?"

Reinhard Waldenberger sagte: „Es gibt nichts, was unsere Apparate nicht können", trat zwischen die beiden Männer ans Wiedergabegerät und zog an einem Regler, wodurch das Blech immer mehr ins Blickfeld geriet. Es wurde dadurch zwar auch zusehends unschärfer, aber als es schließlich den Bildschirm zur Gänze ausfüllte, war deutlich zu sehen, dass sich auf dem Blech nur mehr ein einziges Gramastettner Krapferl befand.

„Das letzte Krapferl!", rief Plankton ehrfürchtig.*

„Bin gespannt, wie's weitergeht", sagte Rätisch und ersuchte Waldenberger, aus der unbewegten Makroaufnahme wieder eine bewegte Videoaufnahme zu machen.

Während Fred Wiesli dem Interviewer gerade im Brustton der Überzeugung mitteilte, *An so an Sandler* werde in die Volksmusikgeschichte eingehen so wie Frank Stronachs Parteigründung in die Weltgeschichte eingegangen war, konnte man auf dem Monitor sehen, wie im Hintergrund der Szene Rüdiger-Maria zum Backblech ging und sich das letzte Gramastettner Krapferl schnappte. Dann verschwand er nach links von der Bildfläche.

„Rüdiger-Maria hat sich also das letzte Krapferl genommen", hielt Plankton leise fürs Protokoll beziehungsweise Manuskript fest.

Zur selben Zeit war auch das Interview für die *Seitenblicke* am Ende angelangt. Freds letzte Aus- beziehungsweise Ansage war ja auch wohl schwer zu toppen. Und nun geschah es! Statt dass der Kameramann die Aufnahme beendete, vergaß er offenbar, den dafür vorgesehenen Knopf zu drücken, denn plötz-

* Wäre auch ein guter Titel für das Buch gewesen ...

lich waren die Worte des Interviewers „So, das muss reichen, genug gelabert, gehen wir ein Bierchen zischen?" zu hören, begleitet von verwackelten, beinahe Schwindel erregenden Bildern, die entstanden waren, während der Kameramann – nachdem er „Aber logo" geantwortet hatte – die noch immer eingeschaltete und daher alles mitfilmende Kamera zu einem Tisch am Ende des Backstagebereichs getragen hatte. Erst als er die Kamera dort abgestellt hatte, beruhigte sich das Bild wieder und ging in ein – wie es schien – Standbild über. Der Sessel, vor dem Sly Slender keine Viertelstunde später zusammengebrochen war, war im Blickfeld und auch ein Teil des Vorhangs, der rechts den Backstagebereich von der Bühne trennte. Die beiden links befindlichen Tische – der eine mit dem Backblech und der weitere, an den sich mittlerweile die fünf Mitglieder der *Vier fidelen Sandler* gesetzt hatten, um allfällige Mängel ihres Auftritts kritisch zu hinterfragen – waren nicht zu sehen, allerdings konnte man von links das unverständliche Gemurmel der Männer hören.

„An der eingeblendeten Uhr seht ihr, dass es 21 Uhr 06 ist", sagte Waldenberger. „Da hatte Sly noch seinen Auftritt."

„Ja, man kann ihn von rechts, von der Bühne her hören", bemerkte Plankton. Dann begann er leise mitzusingen: „Love Me Tender, love me please ... unvergleichlich ... einmalig ..."

„Warum wünscht er sich, vom Vorratsbehälter einer Dampflokomotive geliebt zu werden?", fragte Rätisch stirnrunzelnd.

Da Plankton und auch Waldenberger, von Slys Gesang ergriffen, keine Antwort gaben, starrten die drei Männer in der Folge fünf Minuten lang auf den Bildschirm, auf dem sich – absolut nichts tat. Keine einzige Person war zu sehen, immerhin sorgte Sly Slender, den man weiterhin singen hören konnte (nach *Love Me Tender* folgte *Always on my Mind*), für einen Musikgenuss, und wenn Sly gerade mal ein wenig leiser sang, erklang überdies von links – wo die *Fidelen Sandler* saßen – eine nicht in Einzelstimmen aufzulösende Geräuschkulisse.

Dann ertönte von rechts, von der Eishalle her, tosender Applaus, und wenig später betrat Sly Slender unmittelbar vor der Kamera, einem Riesen gleich, die Szene. Er winkte den nicht im Bild befindlichen Sandler Musikerkollegen freundlich zu und ging dann, sich von der Kamera entfernend und dadurch immer kleiner werdend, zum Sessel. Von der Bühne her hörte man mit deutlicher Aussprache Reinhard Waldenberger, wie er Rupert Plankton und die Sponsoren ankündigte. Sly zog sein Jackett aus, hängte es über den Sessel und setzte sich. Er wirkte ein wenig erschöpft – kein Wunder aufgrund seiner kräftezehrenden Live-Performance. Ja, Sly sang bei seinen Auftritten – im Unterschied zu vielen anderen KünstlerkollegInnen – live!

Kaum dass er saß, tauchte Rüdiger-Maria hinter ihm auf.

„Rüdiger-Maria!", rief Plankton aufgeregt. „Killt er ihn jetzt? Stopft er ihm jetzt das Krapferl in den Mund? *Mein* Krapferl!"

Aber der kleinwüchsige ORF-Mitarbeiter tat nichts dergleichen. Er beugte sich nur über den Sessel und über den darauf sitzenden Sly, sagte irgendetwas zu ihm (kriminaltechnische Akustikspezialisten würden eine Woche später nach tagelanger Arbeit die Worte als „War wieder mal echt ein geiler Auftritt von dir, Sly" identifizieren), Sly antwortete darauf („Yeah, Mann, war cool, voll cool, tolles Publikum"), dann stand er auf und ging – von der Kamera aus gesehen – nach links – dorthin, wo der Tisch mit dem Backblech stand, der gerade *nicht* mehr im Bild war. Gerade *noch* im Bild war Sly, der einen traurigen Blick auf das Blech warf, weil sich auf diesem – wie die drei Betrachter des Videos zuvor ja mitbekommen hatten – kein einziges Gramastettner Krapferl zum Verzehr mehr anbot.

Zur selben Zeit richtete Rüdiger-Maria, der beim Sessel stehen geblieben war, das etwas schief darüber gehängte Jackett von Sly Slender gerade – offenbar gehörte auch das zu den Pflichten eines Kabelaufrollungsüberprüfungsunterstützungsingenieurs – und ging dann in Richtung Kamera. Knapp vor dieser bog er nach links ab und entschwand dem Auge des Zusehers.

Er sollte hier nie wieder gesehen werden.

Wenig später sprach Sly, noch immer an derselben Stelle links im Bild stehend, mit irgendjemandem, den man nicht sah – und auch nicht hörte, weil gerade lautstarker Applaus von rechts Rupert Plankton auf der Bühne begrüßte und die Stimme übertönte. Als der Beifall abebbte, hörte man Sly „Das ist aber echt nett von dir, dass du mir ein Krapferl aufgehoben hast, really nice" sagen, dann verschwand die rechte Hand von Sly außerhalb der Bildfläche und kehrte unmittelbar darauf mit einem zwischen Daumen und Zeigefinger gehaltenen Gramastettner Krapferl zurück, das sogleich zu Slys Mund geführt wurde. Die Person, die ihm das Krapferl übergeben hatte, war nach wie vor nicht zu sehen, aber es war zu hören, wie sie – wiederum zunehmend von aus der Eishalle kommendem Applaus übertönt – einen Satz mit den Worten „Schönen Gruß von ..." begann.

Rätisch drückte auf die Pausetaste. „Kennt ihr die Stimme?", fragte er Plankton und Waldenberger.

Beide schüttelten den Kopf. „Dazu ist sie zu leise gewesen", antwortete Plankton, worauf Waldenberger unaufgefordert die Videoaufnahme ein paar Sekunden zurückspulte, die Starttaste drückte und den Lautstärkeregler nach oben schob. Nun war „Schönen Gruß von" deutlich lauter zu hören, allerdings waren auch die Nebengeräusche unangenehm verstärkt, sodass es wiederum unmöglich war, die paar Worte jemandem zuzuordnen. Waldenberger betätigte wieder die Pausetaste.

„Eindeutig ein Mann“, stellte Plankton fest, erntete darauf aber nur einen von Augenrollen begleiteten Blick von Rätisch, der besagte: Eh klar ein Mann, du Idiot, zu dieser Zeit waren ja auch nur Mannsbilder im Backstagebereich gewesen – abgesehen von Sly die fünf *Fidelen Sandler* und Rüdiger-Maria Müller-Irgendwas. Also insgesamt sechs infrage kommende Männer. Sechs Verdächtige.

„Kann es dieser Rüdiger-Maria gewesen sein?“, wandte sich Rätisch an Waldenberger. „Rein von der Stimme her?“

Der Programm- und Sportchef des ORF Landesstudios Oberösterreich zuckte die Schultern. „Ich traue es mir nicht zu sagen. Ich hatte dienstlich nicht viel mit ihm zu tun. Ich habe meinen eigenen Kabelaufrollungsüberprüfungsunterstützungsingenieur und notfalls auch einen Kabelaufrollungsüberprüfungsunterstützungsingenieurstellvertreter, ich habe daher gar nicht so viel mit ihm gesprochen, als dass ich seine Stimme nur anhand dieser paar Worte erkennen würde.“

„Ron können wir wohl ausschließen“, behauptete Plankton, und als ihn Rätisch fragend ansah, erklärte er: „Na, Ron hätte sich sicherlich nicht so einfach ausgedrückt. ‚Schönen Gruß von‘ hätte er nie gesagt, sondern irgendwas in der Art von ‚Ehrerbietigste Grußbotschaft von‘ ...“

„Ich verstehe, was du meinst.“ Rätisch erinnerte sich mit Schaudern an die sprachlichen Eskapaden des Sandler Textdichters während der Vernehmung am Sonntagabend. „Aber gut, schauen wir weiter.“

Er drehte die Lautstärke wieder zurück und drückte die Starttaste. Sly, der kurzfristig in der Bewegung erstarrt war, rührte sich wieder, er biss in das Krapferl, drehte sich um und ging zurück zu seinem Sessel, auf den er sich setzte. Dann nahm er einen zweiten, wenig später einen dritten Bissen. Währenddessen kam von links Leben ins Bild. Innerhalb von etwa 20 Sekunden erschien zunächst Ron auf dem Monitor, dann folgte Fred, dann Black Joe, dann Percy. Offenbar hatte sich die Versammlung der Sandler Musikanten aufgelöst. Percy trat zu Sly und fragte ihn leise etwas, wobei weder seine Frage noch Slys Antwort zu hören war. Mit sichtlicher Enttäuschung wandte sich Percy von Sly ab. Einige Sekunden später begann Sly Slender auf dem Sessel zu jammern und sich zusammenzukrümmen. Die eingeblendete Uhr zeigte 21 Uhr 17.

„Das Gift beginnt zu wirken!", rief Rätisch.

Schorsch, der als Letzter von links auf dem Bildschirm aufgetaucht war, ging zu Sly, beugte sich zu ihm hinab und redete mit ihm. Was die beiden Männer miteinander sprachen, war aber nicht zu verstehen, weil im selben Moment von der Bühne her heftiger Applaus Planktons geschicktes Versenken des Eis im Wasserbehälter begleitete.

„Muss eine verdammt schwierige Angelegenheit sein, so ein Ei zum Kochen zu bringen", brummte Rätisch.

Auf dem Bildschirm gesellte sich soeben Ron zu den beiden Männern, und in eine Applauspause hinein war seine Frage: „Wem wird wohl der Lorbeerkranz für die gelungenste Darbietung des Abends aufgesetzt werden?" zu hören und Slys gequälte Antwort: „Mi."

Rätisch und Plankton sahen sich an, Rätisch drückte auf die Pausentaste.

„Mi?", fragte der Polizist. „Was soll das heißen – mi?"

„Vielleicht mundartlich für mich?", schlug Waldenberger vor. „So wie ‚I fürcht mi'?"

„Rons Frage nach wem verlangt allerdings einen Dativ als Antwort", wandte Plankton ein. „Wenn Sly also meinte, seine Darbietung sei die gelungenste gewesen, hätte er auf die Frage, wem der Lorbeerkranz aufgesetzt würde, mit ‚mir' antworten müssen und nicht mit ‚mich'."

„Sollen wir das sprachlich wirklich so eng sehen?", warf Waldenberger nachsichtig ein. „Unser Chefanalytiker bei

Fußballländerspielen, insbesondere wenn wir wieder einmal gegen Deutschland verlieren, der Schneckerl Prohaska ..."

„Wer?", fragte Rätisch, wurde aber nicht beachtet.

„Der hat auch Probleme mit den Fällen, speziell mit dem dritten und vierten Fall."

„Das Wort ‚mi' könnte auch Englisch sein", überlegte Plankton laut. „Also ‚me'. Haben nicht ein paar der *Fidelen Sandler* ausgesagt, Sly hätte unmittelbar vor seinem Tod englisch mit ihnen gesprochen? Dann passt der Fall, denn ‚me' heißt im Englischen sowohl mir als auch mich. Zum Beispiel ‚You give me a kiss', da heißt das ‚me' mir – ‚Du gibst *mir* einen Kuss', bei ‚You love me' heißt es mich – ‚Du liebst *mich*'."

Plankton nickte heftig, stolz auf seine Maturaniveauenglischkenntnisse, dann fragte er: „Habt ihr übrigens gewusst, dass es im Finnischen sogar 15 Fälle gibt?"

„Schauen wir lieber, wie es weitergeht", schlug Rätisch eilig vor, bevor Plankton die einzelnen finnischen Fälle benennen konnte. „Was Sly mit diesem Ausruf gemeint hat, können wir später noch diskutieren."

Er drückte wieder auf die Starttaste. Ron, von Slys Antwort offenbar keinesfalls zufriedengestellt, wandte sich ab. Währenddessen rutschte Sly vom Sessel auf den Boden, wo er sich, laut wehklagend, vor Schmerzen krümmte. Mittlerweile hatten wohl alle Mitglieder der Volksmusikgruppe den Ernst der Lage erkannt und eilten zu Sly. „Ich glaube, ihm geht's nicht gut", sprach Schorsch das Offenkundige aus. „Du untertreibest, o du mein vorgebor'ner Bruder", verbesserte ihn Ron. „Mich dünkt, er stirbt."

Nach dieser pessimistischen Prophezeiung beugte sich Black Joe über Sly, jedoch übertönte spontaner Applaus von rechts (hervorgerufen durch Planktons grazile Art, den Löffel zu halten, während er das Ei aus dem Kochtopf herausholte) seine Worte, die er zu Sly sprach. Plankton erinnerte sich aber daran, was ihm der Priester erzählt hatte, als er – Plankton – nach seinem Eierreferat im Backstagebereich angelangt war, nämlich dass er – Black Joe – Sly gefragt hatte, ob er die Letzte Ölung wolle, was er – Sly – abgelehnt hatte, und tatsächlich war auf dem Video nun von Sly ein lautes „No!" zu hören.

Während sich Black Joe enttäuscht über diese scheinbar religionsfeindliche Haltung abwandte, beugte sich auch noch Fred über den Sterbenden und sprach mit ihm, wobei seine Worte im Abschiedsapplaus für Planktons gerade auf der Bühne zu Ende gegangene Eierkochdemonstration untergingen. Sly antwortete noch irgendetwas – Plankton erinnerte sich vage, dass es bei Slys Antwort um Tee gegangen war –, ein Zucken bebte noch durch seinen Körper, dann lag er still da.

Betroffen sahen sich die drei Männer im ORF-Studio an.

Sie waren soeben Zeugen geworden, wie Sly Slender gestorben war.

Waldenberger fand als Erster die Sprache wieder. „Der arme Sly", sagte er. „Nach dem Schicksalsschlag mit seinem Lieblingsbegleitgitarristen Bruno ..."

„Äh, was für ein Schicksalsschlag?", hakte Rätisch ein.

„Und was für ein Lieblingsbegleitgitarrist?", fragte Plankton nach.

„Vor ein paar Monaten", erklärte Waldenberger, „ist Slys Gitarrist, der ihn oft bei seinen Livekonzerten begleitete, spurlos verschwunden. Ein gewisser Bruno. Weil er immer so verrückt spielte, in der Branche auch als Crazy Bruno bekannt. Man fand dann später einen Abschiedsbrief von ihm, aber nie eine Leiche."

„Aha, das wusste ich nicht", sagte Plankton.

„Und ich auch nicht", sagte Rätisch, wobei dies bei ihm aber niemanden weiter verwunderte. Offenbar an Brunos Verschwinden nicht weiter interessiert, wechselte der Polizist das Thema. „Ist euch aufgefallen, dass Rüdiger-Maria nicht mehr zu sehen ist?“, fragte er.

Plankton und Waldenberger nickten stumm, denn auch ihnen war diese Tatsache nicht entgangen.

„Er wird Sly das vergiftete Gramastettner Krapferl gereicht und dann geschaut haben, dass er sich möglichst rasch aus dem Staub macht“, meinte Waldenberger und dachte sich insgeheim: *Das Video wird ein Knüller auf Youtube.*

„Aber wie kam das Gift auf das Krapferl?“, fragte Plankton. „Rüdiger-Maria hat sich ja das letzte vom Blech genommen. Zu diesem Zeitpunkt kann es noch nicht mit dem giftigen Zucker bestreut gewesen sein. Schließlich hätte sich jeder X-Beliebige das Krapferl nehmen können und es wäre reiner Zufall gewesen, wer es isst und daran stirbt.“

Rätisch nickte. „Ich glaube auch, dass er es genommen hat und erst im Anschluss daran – leider außerhalb unseres Blickfelds – mit dem von ihm wahrscheinlich in irgendeinem Behältnis mitgebrachten Vatikanzucker bestreut hat. Braucht ja nicht viel Platz, so eine Zuckertüte, die hätte er locker in seinem ORF-Overall einstecken können.“

„Und dann reichte er Sly das vergiftete Krapferl und tötete ihn“, sagte Waldenberger, und die beiden anderen Männer nickten.

„Bleibt nur noch eine Frage zu klären“, sagte Plankton.

„Und die wäre?“

„Warum?“

8. Kapitel

Die Frage nach dem Warum quälte Rupert Plankton auch noch einige Stunden später, als er im Supermarkt in der Lentia City auf der Suche nach Zutaten für ein herzhaftes, wenngleich – wie es zu diesem Zeitpunkt noch schien – einsames Abendessen mit dem Einkaufswagerl herumkurvte. Das Grübeln nach dem Sinn von Sly Slenders grausamem Tod hatte ihn von der gefährlichen Tätigkeit des Lenkens eines Einkaufswagens dermaßen abgelenkt, dass es bereits zu einem Zusammenstoß mit einem zugegebenermaßen von rechts nahenden Einkaufswagerl gekommen war, wobei Plankton allerdings die Ansicht vertreten – und dann auch noch vor dem zur Streitschlichtung beigezogenen Marktleiter vehement verteidigt – hatte, mit seinem Wagerl im Fließverkehr, nämlich auf der Hauptdurchzugsstraße Obst/Gemüse-Backwaren fahrend, Vorrang gehabt zu haben.

Nun stand er erstens vor den Dosen mit den Gulaschsuppen und zweitens vor der elftschwierigsten Entscheidung seines Lebens, nämlich welcher der zahllosen zum Verkauf angebotenen Dosen er sein Vertrauen und somit den Kaufzuschlag geben sollte: 1.) der 400-g-Dose der Firma I. um 1 Euro 89, die Plankton von der Menge her am meisten zusagte, die mit einem umgerechneten Kilopreis (der dankenswerterweise auf allen Preisschildern angegeben war) von 4 Euro 73 allerdings am teuersten war; 2.) der 500-g-Dose der Firma K. um 2 Euro 09, deren Kilopreis nur 4 Euro 18 betrug* und für die es noch dazu heute unter Verwendung der Kundenkarte zehn Prozent Ermäßigung gab; 3.) der 560-g-Spezialedition-

* Das hätten wir auch allein geschafft, vom Halbkilopreis auf den Ganzkilopreis umzurechnen: 2,09 x 2 = 4,18.

Dose der Firma F., die zwar an allen sonstigen Tagen teurer, jedoch nur heute am Markttag um minus 25 Prozent angeboten wurde (wofür man überdies die Kundenkarte nicht benötigte); oder 4.) der 800-g-Dose ebenfalls der Firma F., deren umgerechneter Kilopreis nur sagenhafte 2 Euro 79 betrug, allerdings nur bei einer Mindestabnahme von drei Dosen, wobei aus dem Kleingedruckten aber nicht mit der für Konsumenten eigentlich gebotenen Klarheit hervorging, ob man für die Inanspruchnahme dieses Schnäppchenangebots die Kundenkarte benötigte oder ob Markttag sein musste oder gar beides.

Plankton erinnerte sich vage, vor einigen Jahren in einer renommierten Zeitschrift eine vor allem in einschlägigen Internetforen viel diskutierte Studie zur Gulaschsuppenfrage veröffentlicht zu haben, wo er die Faktoren Menge und Preis auch noch mit dem Rindfleischanteil und der Kochdauer kombiniert hatte – die Firma F. veredelte ihre Gulaschsuppe beispielsweise mit einem Fleischanteil von 16 Prozent, während dieser bei der 500-g-Dose von K. und der 400-g-Dose von I. nur zwölf Prozent betrug, dagegen betrug die Aufwärmdauer der Gulaschsuppe von I. nur zwei bis drei Minuten, während man sich bei der von K. vier bis fünf Minuten (also fast doppelt so lange!) gedulden musste. Plankton erinnerte sich leider nicht mehr daran, wie er die einzelnen Faktoren damals bewertet und welche Gulaschsuppe den Sieg davon getragen hatte.

Seine so schon recht schwierige Entscheidungsfindung wurde überschattet durch immer wieder in sein Gedächtnis drängende Bilder aus dem vor ein paar Stunden betrachteten Video – weniger, wie er dann selbst nach seinem Eierreferat auf dem Bildschirm erschienen war, in diesen peinlichen pinken Plüschpantoffeln steckend, sondern eher wie Sly, nachdem er von einem – seinem! – Gramastettner Krapferl gegessen hatte, sich krümmend auf dem Boden gewälzt hatte und schließlich gestorben war. Was war nur das Motiv für diesen feigen Anschlag mit einem an und für sich für den – abgesehen von der krapferlimmanenten Bröselhaftigkeit – ungefährlichen Verzehr bestimmten Lebensmittel gewesen? Denn selbst wenn es klar zu sein schien, dass dieser ORF-Kabelaufrollungszwerg namens Rüdiger-Maria Müller-Keine-Ahnung-wie-er-sonst-noch-hieß Sly das vergiftete Krapferl gereicht hatte, was hatte er dafür für einen Grund gehabt? Und selbst wenn es dieser Rüdiger-Maria Müller-Etcetera nicht gewesen war (sein unerklärliches Verschwinden machte ihn allerdings schon zum Hauptverdächtigen), sondern einer, eventuell auch mehrere oder gar alle der fünf Sandler Volksmusikanten – was hätten sie für ein Motiv gehabt? Neid auf Slys bisherigen Erfolge im Musikbusiness? Wenn größerer Erfolg anderer Menschen das Mordmotiv gewesen wäre, hätten sie fast alle beim *Eiszauber* auftretenden Künstler und auch noch ein paar aus dem Publikum ermorden müssen, ihn – Plankton – inklusive.

Plankton entschloss sich, die Gulaschsuppendosenentscheidung durch das altbewährte *Ene, mene, muh* herbeizuführen, gab schließlich die Siegerdose (die, die mit der Kundenkarte verbilligt war) in das Einkaufswagerl, fuhr rasch und glücklicherweise unfallfrei zur Kassa, stellte dort fest, dass er die Kundenkarte daheim vergessen hatte, kaufte die Suppe trotzdem, lenkte den Einkaufswagen zurück zu seinem Abstellplatz, steckte den Wagerlchip zurück in sein Geldtäschchen, ließ die Gulaschsuppendose in ein Plastiksackerl fallen und – stand vor der blonden, großen Frau vom *Eiszauber* mit den 58 +/- 2 Punkten!

„Ja, das ist doch …“, stieß er aus.

„Ja, das ist doch …“, rief die Frau, und – war es bloße Einbildung? – Plankton meinte, dass ihre Stimme dabei durchaus erfreut klang. „Sie hier?“

„Ja, freilich, schließlich wohne ich hier im Lentia", sagte Plankton ein wenig enttäuscht, wenn nicht sogar verärgert, weil seine Wohnadresse ja aus der Visitenkarte hervorging, die er der Frau beim Abschied in der Eishalle übergeben hatte. „Lesen Sie denn keine Visitenkarten?"

„Doch, doch, freilich", beeilte sich die Frau zu sagen, griff in ihre Handtasche und zog Planktons Visitenkarte hervor. „Hier hab ich sie ja."

„Tatsächlich!" Plankton war hocherfreut, dass die Frau seine Karte derart griffbereit hatte. „Und was führt Sie hierher?"

„Ich wollte einkaufen und dann vielleicht noch auf einen Kaffee", antwortete die Blondine. Heute trug sie eine modische Jacke und eine eng anliegende Hose, ihre langen Beine steckten in beinahe kniehohen Stiefeln. Kopfbedeckung hatte sie keine auf, sodass ihr die langen blonden Haare auf die Schultern fielen und einen Gutteil des Rückens bedeckten. Plankton war entzückt.

„Und wenn Sie Ihr Programm umdrehen und *zuerst* auf den Kaffee gehen, zu dem ich Sie hiermit einlade?", schlug er spontan vor. Die Frau sah auf ihre Armbanduhr, stellte fest, dass es bis zur Sperrstunde des Geschäfts noch einige Zeit hin war und nickte: „Gern."

Der Speisologe und die Frau gingen die paar Schritte bis zu einem Café in der Nähe des Supermarkts, wo sie sich an einen freien Tisch setzten. Nachdem er ihr galant aus der Jacke geholfen und festgestellt hatte, dass sie darunter einen figurbetonten roten Pullover trug, fragte er: „Was wollen Sie trinken?"

„Einen Verlängerten", sagte sie.

„Gut." Plankton winkte der Bedienung und bestellte einen Verlängerten und für sich selbst einen Cappuccino. „Wohnen Sie hier in der Nähe?", fragte er dann.

Die Frau schüttelte den Kopf. „Nein. Aber ich war auf der Heimfahrt, und weil ich noch was einkaufen muss, hab ich hier haltgemacht, weil man in der Tiefgarage zwei Stunden gratis parken kann … Hat es noch lange gedauert am Sonntagabend?“, wechselte sie das Thema.

Plankton verzog das Gesicht. „Fast bis Mitternacht. Immer und immer wieder ist Theo den Ablauf der Show und die Ereignisse im Backstagebereich mit uns durchgegangen.“

„Sie kennen den Kommissar von früher?“

Plankton nickte. „Schulfreund. Von der Volksschule. Wir haben sozusagen gemeinsamen rechnen, lesen, schreiben und Sexualkunde gelernt.“

„Sexualkunde? In der Volksschule?“

„Eh erst in der dritten Klasse. Wir hatten eine sehr fortschrittliche Lehrerin.“

„Verstehe, so etwas verbindet natürlich über Jahrzehnte hinweg. Und – gibt es schon etwas Neues? Weiß man schon, wer Sly umgebracht hat und warum? In den Zeitungen steht, dass dieser spurlos verschwundene ORF-Kabelträger, Rüdiger-Maria Müller-Irgendsowas, verdächtigt wird. Ist er der Mörder?“

Plankton zuckte die Schultern. „Scheint so. Wobei mir und auch Theo das Motiv noch völlig unklar ist.“

„Ach, Sie stehen weiterhin in Kontakt mit dem Kommissar?“

„Ja. Wir haben uns erst vor ein paar Stunden das Video von Slys Tod angeschaut.“

Die Frau hob erstaunt die Augenbrauen, was Plankton höchst entzückend fand. „Es gibt ein Video von Slys Tod?“, fragte sie überrascht.

Plankton nickte. „Ja, es wurde versehentlich mitgefilmt.“

„Versehentlich mitgefilmt?“

„Ja. Das klingt jetzt wahrscheinlich etwas unverständlich für Sie, Frau – da fällt mir ein, ich weiß noch nicht einmal, wie Sie heißen.“

„Ach, wirklich? Hab ich mich noch nicht vorgestellt?“, antwortete die Frau. Dann streckte sie Plankton förmlich ihre rechte Hand entgegen. „Veronika Hofer. Sie können gern Veronika zu mir sagen.“

Plankton schüttelte ihre Hand. Wenn er aktuell Professor gewesen wäre, hätte er wahrscheinlich gesagt „Und Sie dürfen gern Professor zu mir sagen“, aber da er – wie bereits erwähnt wurde – gerade nicht mehr (beziehungsweise gerade noch nicht) Professor war, verzichtete er derzeit auf Titel und sagte: „Rupert. Ich heiße Rupert. Darum wäre es wohl folgerichtig, wenn Sie Rupert zu mir sagen.“

„Fein. Also, Rupert, was heißt das – versehentlich mitgefilmt?“

Plankton erklärte der Frau, von der wir nun endlich den Namen kennen, in einer kurzen Zusammenfassung die Umstände der Videoaufnahme und auch, dass auf ihr nicht zu sehen war, wer Sly das mit dem Gift bestreute Gramastettner Krapferl gereicht hatte.

„Aber es muss wohl dieser Rüdiger-Maria gewesen sein“, meinte Veronika.

Die zwei Tassen Kaffee wurden serviert, und für einige Augenblicke rührten die zwei stumm in ihren Getränken herum.

„Haben Sie die Nachrufe in den Zeitungen gelesen?“, wollte Veronika dann wissen. Als Plankton nickte, sagte sie: „Daraus ersieht man, was für ein großartiger, beliebter Künstler er war.“

„Ja, er war wirklich der weltbeste Elvis-Presley-Imitator in ganz Europa“, sagte Plankton.

„Sly war kein Elvis-Presley-*Imitator*, er war ein Elvis-Presley-*Interpret*“, korrigierte ihn Veronika leicht verärgert.

Plankton lachte. „Oh, tut mir leid“, sagte er, „ich wollte ihm nicht zu nahe treten.“

Veronika lachte nicht mit. „Imitator und Interpret sind zwei völlig verschiedene Sachen. Sly war kein Imitator. Er war Interpret."

„Ja, ja, kein Widerspruch!", wehrte Plankton ab. „Slys Erfolge als Elvis-Interpret sind ja legendär. Selbst ich, der ich musikmäßig ja bei der Klassik angesiedelt bin, weiß, dass Elvis – und nicht nur Elvis, sondern eine ganze Musikära, ein Zeitgeist, ein Lebensstil, kurz die Philosophie von Rock'n'Roll, von Las Vegas und vom amerikanischen Traum der Fifties and Sixties – in seinen Stimmbändern weiterlebt. Beziehungsweise weiterlebte, Vergangenheitsform, weil er ja jetzt tot ist, wie wir wissen."

„Das haben Sie schön gesagt", sagte Veronika, und Plankton bemerkte, dass sich eine heimliche Träne in ihren Augenwinkel gestohlen hatte.

„Ich weiß noch viel mehr", meldete sich Plankton wieder zu Wort und unterdrückte nur mühsam den Drang, wie in der Schule damals beim Sexualkundeunterricht aufzuzeigen. „Sly war in Peking Stargast bei der chinesischen Ausgabe von *Wetten, dass ...?*, die am 16. August 2009 – dem 32. Todestag von Elvis Presley, denn er ist am 16. August 1977 gestorben, in Memphis, Tennessee, einer Stadt am Ostufer des Mississippi River in den Vereinigten Staaten von Amerika, von Nordamerika wohlgemerkt, mit etwa 650.000 Einwohnern, die sich von Elvis' Tod nie ganz erholt hat – äh, wo war ich, ach ja, Sly wurde damals in China von sage und schreibe 300 Millionen TV-Zusehern gesehen! Von solchen Quoten konnte selbst mein guter Freund Thomas Gottschalk zu seinen besten *Wetten, dass ...?*-Zeiten nur träumen. Ich war einmal bei seiner Show eingeladen, wussten Sie das, ich musste aber absagen, weil ... aber das tut wohl nichts zur Sache. Äh, durch nur drei Worte in der Landessprache – „Ich liebe China" – hat er dort die Herzen im Sturm erobert. Also Sly, nicht Thomas."

„Was Sie alles von Sly wissen!", war Veronika erstaunt.

„Ja, da schauen Sie!", trumpfte Plankton auf. Veronika musste ja nicht erfahren, dass er nach Sly Slenders Tod im Internet gesurft und sich speziell Slys Homepage intensiv zu Gemüte geführt hatte. „Er hat auch als offizieller musikalischer Botschafter für die europäische Kulturhauptstadt Linz09 ein Konzert in Memphis, Tennessee gegeben. Standing Ovations in Wien, München, Afrika, Dubai ... wo immer er aufgetreten ist. Sein Album *Always on my mind* erreichte Gold in Österreich, die Single-Auskopplung *In the Ghetto* Platz 1 in Polen, er war in den Top 5 in Japan ..."

Veronika nickte traurig. „Vor gut einem halben Jahr hatte er noch einen viel umjubelten Auftritt im Kolosseum", sagte sie.

„Aber, Veronika", warf Plankton ein. „Das Kolosseum-Kino gibt es doch schon seit über zehn Jahren nicht mehr. Jetzt ist dort ein Diskonter drin, der witzigerweise denselben Firmennamen hat wie Sie heißen."

„Nicht das Kolosseum-Kino am Schillerplatz", erwiderte Veronika. „Das Kolosseum in Rom! Sly ist dort vor 30.000 Römern aufgetreten!"

„Und wohl auch ein paar japanischen Touristen."

„Anzunehmen. Er war so stolz auf sein ‚concerto a Roma'. Und nun ist er tot", sagte Veronika, und für einen Moment sah es aus, als ob sie nun wirklich anfangen würde zu weinen. „Wenn ich nur wüsste, warum er vergiftet wurde!"

„Tja, da stehen wir wohl alle derzeit noch vor einem Rätsel." Wieder drangen die Szenen des Videos in sein Gedächtnis, wie Sly Slender auf seinem Sessel saß und dann auf den Boden rutschte und dabei von den *Fidelen Sandlern* umringt wurde. In diesem Moment mischte sich in seine Gedanken aber auch die Stimme des Gerichtsmediziners hinein, der dozierte: „Die ersten Symptome sind Herzflattern, Übelkeit, Schwindel ..."

„Rupert, was haben Sie?“, fragte ihn Veronika, als sie seinen sonderbaren Blick bemerkte.

„Irgendetwas stimmt da nicht“, gab Plankton zur Antwort.

„Wo stimmt was nicht?“

„An Slys Antworten stimmt etwas nicht“, sagte Plankton. „Sie haben ja schon damals gehört, dass die *Fidelen Sandler* noch mit Sly gesprochen haben, bevor er starb ...“

„Ja, dass er Tee wollte beispielsweise.“

„Genau.“

„Und was stimmt damit nicht?“

„Wenn ich das nur wüsste. Es ist derzeit nur ein Gefühl ... vielleicht komme ich noch drauf ...“

„Was für ein Gefühl?“, blieb Veronika hartnäckig. „Denken Sie nach! Stimmten Slys Antworten nicht zu den Fragen?“

„Doch. Im Großen und Ganzen schon. Das ist es nicht. Lassen Sie mich einmal laut überlegen.“ Plankton kramte in seinen Erinnerungen. „Als Erster war Percy bei Sly“, sagte er, als er das Video geistig Revue passieren ließ. „Was die beiden miteinander gesprochen haben, war auf dem Video nicht zu hören, wahrscheinlich weil ich gerade so heftigen Szenenapplaus auf der Bühne erhielt, aber ich weiß noch, dass Percy mir damals gesagt hat, er habe Sly gefragt, ob er wisse, ich zitiere jetzt, ‚Welcher vermaledeite Schuft sich das letzte Krapferl genommen hat‘, Zitat Ende, und Sly habe darauf gesagt: ‚I‘.“

„I? Nur diesen einen Buchstaben? Also nicht ich, sondern i?“

„Genau. Haben Sie etwas zu schreiben?“

„Ja, einen Kugelschreiber, aber kein Papier.“

„Egal, ich nehme die Serviette.“

Plankton notierte ein „I“ auf der Serviette und fuhr fort: „Als Zweiter war Schorsch bei Sly. Das ist der mit dem Bart, wenn Sie sich erinnern. Schorsch hat Sly gefragt, ob er überhaupt dann einen Schweinsbraten bei der After-Party hinunterbringt, wenn ihm so schlecht ist, insgeheim gehofft hat er wohl, dass ihm Sly seine Portion abtritt, und Sly hat darauf geantwortet: ‚No'."

„No? Also nein? Okay, die Antwort passt zur Frage, aber wieso hat er auf einmal englisch gesprochen? Oder soll es italienisch sein? Oder spanisch? Oder ..."

„Ich weiß es nicht. Aber notieren wir uns einmal ein ‚No'. Dann fragte ihn Ron, wem wohl der Lorbeerkranz für die gelungenste Darbietung des Abends aufgesetzt werden würde."

„Wie bitte?" Die Frau verschluckte sich fast am Kaffee.

„Keine Panik, diese Ausdrucksweise ist vergleichsweise harmlos für Ron, da könnte ich Ihnen Sachen erzählen ... Und Sly sagte darauf: ‚Mi'."

„Mi? Das ergibt doch keinen Sinn."

„Ja, über dieses Mi haben wir beim Anschauen des Videos auch lange diskutiert."

„Für mich ist Mi eine Figur aus einer Operette von Franz Lehár", sagte die Frau und bekam einen Gesichtsausdruck, als wollte sie im nächsten Moment eine Arie oder ein Lied dieser Mi anstimmen.

„Ja, aus dem *Land des Lächelns*", ergänzte Plankton, der – wie er selbst vor wenigen Seiten erwähnt hat – ein Klassikfan war. „Die Schwester des chinesischen Prinzen Sou-Chong, der unter anderem *Dein ist mein ganzes Herz* und *Immer nur lächeln* zu singen hat. Richard Tauber ist damit berühmt geworden. Wussten Sie eigentlich, dass Richard Tauber in Linz geboren wurde? Ja, am 16. Mai 1891 im Hotel Zum schwarzen Bären in der Herrenstraße, das es heute noch gibt! Er war das uneheliche Kind der Soubrette Elisabeth Denemy und des Schauspielers Anton Richard Tauber und ..."

„Sollten wir nicht lieber wieder zum Thema zurückkommen?"

„Oh. Ja, wahrscheinlich. Sie haben recht. Also, nach Ron war Black Joe, der schwarze Priester, bei Sly. Schwarz darf man schon sagen, oder, nur Neger ist verboten? Da war jedenfalls schon abzusehen, dass Sly im Sterben lag, und Black Joe fragte Sly dienstbeflissen, ob er auf eine Letzte Ölung Wert legt, aber Sly sagte nur auf gut Mühlviertlerisch ‚Na'."

„Wieso redete er das eine Mal englisch, und dann wieder oberösterreichische Mundart?"

Plankton ging auf die Frage nicht ein, sondern kritzelte ein „Na" auf die Serviette und fuhr fort: „Und als Letzter bei Sly war dann noch dieser Fred – das ist der, der versucht hat, mit Ihnen anzubandeln, wenn Sie sich erinnern. Oder – für unsere deutschen Leser – der versucht hat, Sie anzumachen."

„Ich kenne den Ausdruck anbandeln, Rupert. Und, ja, ich erinnere mich an Fred", sagte Veronika, allerdings offenlassend, ob es eine angenehme oder unangenehme Erinnerung war.

„Fred fragte Sly, ob er ihm was zu trinken bringen solle, worauf Sly antwortete: ‚Tea'. Also Tee."

„Das ergibt doch alles keinen Sinn!", behauptete Veronika neuerlich, und zwar diesmal ziemlich unwirsch. „Dieses Herumspringen in den Sprachen ... Diese Antworten ... Das ist gar nicht typisch Sly! Und ich als Oberfan weiß, was typisch Sly ist!"

„Sag ich ja. Aber das allein ist es nicht, da ist noch etwas ..."

In diesem Moment meldete sich in Planktons Hirn die Stimme des Gerichtsmediziners Univ.-Prof. Prim. DDr. Ferdinand Jatzosch neuerlich zu Wort. „Die ersten Symptome", sprach die Stimme, „sind Herzflattern, Übelkeit, Schwindel, sofortiger Hörverlust, vermehrter Speichelfluss und ein starrer Blick ..."

Als daraufhin Planktons Blick starr wurde, fragte Veronika besorgt: „Was haben Sie? Ist Ihnen nicht gut?"

„Wie kann jemand, der soeben durch das Gift einen sofortigen Hörverlust erlitten hat", stellte Plankton eine Frage in den Raum, „auf fünf verschiedene Fragen Antworten geben?"

„Wie meinen Sie das?"

Plankton erklärte Veronika, dass laut Gerichtsmediziner Dr. Jatzosch Sly die Fragen der fünf Volksmusikanten aufgrund des giftbedingten Hörverlusts gar nicht mehr hören hatte können. „Wenn er die Fragen aber gar nicht hören konnte", fuhr er aufgeregt fort, „dann waren diese fünf Silben, die Sly gesprochen hat, auch keine Antworten auf diese Fragen!"

„Sondern?"

„Sly wollte den Männern noch etwas mitteilen. Eine letzte Botschaft!"

„Wer ihn umgebracht hat?"

„Vielleicht. Sogar wahrscheinlich." Plankton nahm die Serviette in die Hand, sah sich die fünf Silben an und sagte: „Wenn ‚Tea' keine Antwort von Sly auf die Frage, ob er was zu trinken wolle, war, können wir auch diese Sache mit dem Tee vergessen. Das ‚Ti' war also nicht das englische Wort für Tee, sondern einfach die Silbe -ti-. So wie ‚ti amo', wobei ich Ihnen damit jetzt natürlich nicht zu nahe treten wollte."

„Nein, nein, ich hab es auch nicht persönlich genommen. Und? Was hat das zu heißen?"

„Ich lese Ihnen die fünf Silben mal vor: I – NO – MI – NA – TI."

„Und das bedeutet?"

„Lesen Sie es doch einmal in einem Fluss!"

Die Frau mit Namen Veronika beugte sich über den Bierdeckel und sagte verwundert: „Innominati."

9. Kapitel

Sly Slender hatte sich den Himmel ganz anders vorgestellt. Er hatte sich erwartet, dort von (in alphabetischer Reihenfolge der Nachnamen) Chuck **B**erry, Bill **H**aley, Jerry Lee **L**ewis, Roy **O**rbison, Elvis **P**resley & Konsorten begrüßt zu werden,* die ihn mit einem *Best of* ihrer *Greatest Hits* empfingen; ja, so hatte er sich den Himmel vorgestellt, aber nicht wie ein 100 Jahre altes Bürogebäude.

Er saß auf einer Holzbank vor einem Büro mit der Zimmernummer 249. Er wusste nicht, wie er hierher gekommen war und was er hier eigentlich sollte, aber das war ihm im Grunde genommen auch egal, Hauptsache, er hatte nicht mehr diesen Geschmack von diesem Gramastettner Krapferl im Mund, das ihn getötet hatte, wobei er natürlich wusste, dass ihn nicht das Krapferl selbst umgebracht hatte, sondern irgendeine ihm hinzugefügte heimtückische unbekannte Substanz.

Offenbar bin ich vergiftet worden, sagte er sich. *Blöde Art zu sterben.* Ja, auf der Bühne seinen 90. Geburtstag feiernd, mit einem Elvis-Presley-Song auf den Lippen, einen plötzlichen Herzschlag beim letzten, lang gehaltenen Ton erleidend, so hatte er sich den Tod vorgestellt, aber nicht so – hinterrücks vergiftet.

In diesem Moment erklangen aus einem Lautsprecher, der über der Tür zu Zimmer Nr. 249 angebracht war, die Worte „Der Nächste bitte".

* Dem Autor ist durchaus bekannt, dass (zumindest zum Zeitpunkt der vertragsgemäßen Manuskriptabgabe) die meisten der genannten Herren noch leb(t)en, sodass es ihnen kaum möglich gewesen wäre, Sly im Himmel zu empfangen, aber zu dem Zeitpunkt, als Sly sich Gedanken über den Himmel gemacht hatte, war er noch davon ausgegangen, diese Kollegen um Jahre, wenn nicht Jahrzehnte zu überleben.

Sly sah sich um. Außer ihm wartete hier niemand, sodass er berechtigterweise annahm, der Nächste zu sein. Er erhob sich und betrat das Büro. Ein hinter einem mächtigen Schreibtisch auf einem Drehsessel sitzender Mann sagte mürrisch „Grüß Gott“, bot ihm mit einer lässigen Handbewegung einen Sitzplatz an und öffnete eine Akte.

„So, so, gut. Sie sind also ...“ Er sah auf. „Sly Slender!“, rief er. „Ja, das gibt's doch nicht! *Der* Sly Slender!“

Sly schlug bescheiden die Augen zu Boden. „Ja, ich bin es. Sly Slender. *Der* Sly Slender. Und mit wem habe ich die Ehre?“

„Oh, entschuldigen Sie, dass ich mich nicht vorgestellt habe. Oberamtsrat 249, Himmelerstaufnahmestelle Region Linz/Linz-Umgebung.“

„Seltsame Stelle. Und seltsamer Name.“

„Ja, mag sein. Wir wollen es den Frischverstorbenen nicht zumuten, sich die Namen ihrer Bearbeiter zu merken, so knapp nach dem Dahinscheiden haben sie ganz andere Dinge im Kopf, ist ja auch bei den meisten das erste Mal, dass sie gestorben sind, daher nennen wir uns wie unsere Zimmernummern. Ich habe Zimmer Nr. 249, daher heiße ich 249. Oberamtsrat 249 natürlich.“

„Aha. Natürlich. Und Sie glauben, sich eine Zimmernummer zu merken ist einfacher, als sich einen Namen zu merken?“

„Das kommt ganz auf den Namen an“, sagte 249. „Wenn Sie beispielsweise Wondraschevskinsky heißen ...“

„Und das hier soll eine Aufnahmestelle für den Himmel sein?“, war Sly enttäuscht. „Sieht eher aus wie das Bezirksgericht Linz.“

„Ach, Sie haben schon Bekanntschaft mit dem Original gemacht? O weh, o weh. Aber Sie haben recht, es ist eine Eins-zu-eins-Nachbildung des Linzer Bezirksgerichtes. Wir finden, im Himmel – wo es dann wirklich himmlisch zugeht, Manna und so, Sie werden schon noch sehen, wenn Sie Glück haben und aufgenommen werden, toi, toi, toi –, im Himmel sind Sie dann lang genug, und damit der Schock nicht allzu groß ist – im einen Moment noch trübselig auf Erden gewandelt, im nächsten schon sozusagen im siebten Himmel –, finden die Aufnahmeverfahren in Behörden beziehungsweise Behördennachbauten statt. Die besten Architekten der Menschheit haben daran gearbeitet, exakte Kopien der Behördengebäude herzustellen. Damit ich nicht vergesse: Im Saal 248 – die Stiege hinauf und dann die erste Tür links, aber Vorsicht, sie geht recht schwer auf – ist heute Abend der Einführungsvortrag für Aufnahmewerber, an dem müssen Sie unbedingt teilnehmen, es gibt nachher auch Brötchen und Sekt."

„Sehr schön. Und was soll ich hier?"

„Nun, anhand Ihres Vorlebens auf Erden muss nun entschieden werden, ob Sie würdig sind, im Himmel zu lustwandeln." Er wies auf den Akt. „Ich hatte Sie eigentlich nicht so früh hier erwartet."

„Ich bin ermordet worden", behauptete Sly.

„Was Sie nicht sagen!"

„Ja! Vergiftet! Beim *Linzer Eiszauber*. Nach meinem Auftritt. Hinter der Bühne."

„Was Sie nicht sagen! Das erklärt natürlich, warum Sie jetzt schon hier sind. Sozusagen unerwartet vorzeitig verstorben, wir nennen das hier die UVV-Fälle. Blöde Sache. Und wie ist das zugegangen? Nicht, dass es fürs Aufnahmeverfahren von Bedeutung wäre, da gilt eher das Vorleben, ob Sie immer brav, fleißig und treu waren und dergleichen, aber ich war schon immer ein Fan von Ihnen und bin schlichtweg neugierig. Äh, wenn ich dann nachher ein Autogramm haben könnte? Also, eines für mich persönlich und nicht bloß eine Unterschrift auf dem Aufnahmeformular."

„Gern. Meine Autogrammkarten hab ich allerdings auf Erden gelassen, in meinem Jackett, das ich zum Zeitpunkt meines Todes nicht anhatte; dummerweise habe ich nicht daran gedacht, es noch rasch anzuziehen, als es mir die Kehle zuschnürte …"

„Macht nichts, ein Autogramm auf einem Zettel Papier tut es auch, Papier haben wir hier genug, trotz der vielen Computer. Da wird meine Frau Augen machen! Sly Slender! Äh, Sie sagten, Sie seien ermordet worden?" Der Beamte schüttelte ungläubig den Kopf.

„Ja. Ich bin an einem Gramastettner Krapferl gestorben."

„Was Sie nicht sagen", rief Oberamtsrat 249 erneut aus. „Ja, ich hab es schon immer gewusst, bei diesen Krapferln muss man aufpassen, wenn man da nichts zu trinken dabei hat …"

„Nein, es hat jemand Gift dazugetan", unterbrach ihn Sly.

„Was Sie nicht sagen! Und wer?"

„Ja, wenn ich das wüsste!"

„Wie? Sie wissen nicht, wer Sie umgebracht hat? Üblicherweise weiß man das. Soll jetzt kein Vorwurf sein, aber …"

„Sie haben ja recht, aber ich weiß es wirklich nicht. Jemand hat mir das Gramastettner Krapferl gereicht, ich hab ein paar Bissen zu mir genommen, und dann ging es auch schon los: Herzflattern, Übelkeit, Schwindel, sofortiger Hörverlust, vermehrter Speichelfluss, starrer Blick …"

„Klingt ganz nach Vatikanzucker", sagte 249 fachmännisch.

„Wie? Was für ein Zucker?"

„Vatikanzucker. Noch nie davon gehört?"

„Nein."

„Im Vatikan wird damit mit Vorliebe gemordet. Seit Jahrtausenden. Und das, was Sie geschildert haben – Herzflattern, Übelkeit und so weiter – sind die typischen Symptome. Vatikanzucker." Er nickte, für ihn war die Todesursache klar. Er notierte sich VZ im Akt. Abkürzung für Vatikanzucker.

„Im Vatikan?" Sly runzelte die Stirn. „Was habe ich mit dem Vatikan zu tun?"

„Keine Ahnung. Ich hoffte, Sie würden mir das sagen."

Sly schüttelte nur verwundert den Kopf, und der Beamte fuhr fort: „Glauben Sie nicht, dass derjenige, der Ihnen das Krapferl gereicht hat, der Mörder ist?"

„Das ist gut möglich."

„Na, dann wissen Sie ja, wer Sie auf dem Gewissen hat!"

„Ja, schon, aber ... Er sagte auch noch etwas dazu ..."

„So? Was denn? Und wer war es jetzt? Mein Gott, machen Sie's doch nicht so spannend, wir sind ja hier nicht in einem Krimi, sondern im Himmel!"

„Wer es war? Ja, wenn ich mich daran erinnern könnte! Die fünf *Vier fidelen Sandler* waren gerade hinter der Bühne ..."

„Äh, fünf oder vier?", unterbrach ihn 249 verwirrt. „Sie müssen sich schon entscheiden, so vage Angaben kann ich in einem Himmelaufnahmeverfahren nicht dulden."

„Es sind fünf. Fünf Männer. Das mit den vier fünf – oder fünf vier – erklär ich Ihnen später. Sie sind Volksmusikanten. Haben einen echt coolen Hit performt. *An so an Sandler.* Toller Text, tolle Musik ..."

„Wir waren gerade bei den backstage agierenden people", versuchte Oberamtsrat 249 den Verstorbenen zurück zum Thema zu bringen.

„Ach ja, genau. Also, diese fünf vier waren da, und dann ... war da nicht dieser kleingewachsene ORF-Kabelträger oder Kabelrunterleger auch dabei? Ja, ich glaube schon. Einer von denen war es."

„Also von den in Summe sechs fünf?"

„Genau."

„Und wer?", erkundigte sich 249 nun schon zum dritten Mal.

„Ich weiß es nicht", rief Sly gequält aus. „Einer von den sechs. Hören Sie, damals ging es nur darum, dass mir ein freundlicher Mitmensch nach einem anstrengenden Auftritt ein Gramastettner Krapferl zum Verzehr reichte – das war kein so einschneidendes Erlebnis für mich, dass ich mir den Mann näher angesehen hätte, um das Ereignis eventuell auf Facebook zu posten oder in meinen Memoiren zu erwähnen. Da fällt mir ein, meine Memoiren! Shit! Die erscheinen jetzt auch posthum! Ja, wenn ich gewusst hätte, dass dies den Auftakt zu meiner Ermordung darstellte, hätte ich wohl besser aufgepasst ...“

„Sie wissen es also nicht“, resümierte der Himmelaufnahmebeamte und notierte sich im Akt „AN weiß nicht, wer ihn ermordet hat“ mit drei Rufzeichen, wobei AN bekannterweise die himmelinterne Abkürzung für Aufnahmewerber ist (während auf Erden AN durchaus auch etwas anderes bedeuten kann, etwa *Aachener Nachrichten* oder Ammoniumnitrat oder das Autokennzeichen für die Provinz Ancona, deren Hauptstadt witzigerweise auch Ancona heißt, aber das müssen die Anconeser selber regeln).

„Ja, ich glaube, das sagte ich schon ein paarmal.“

„Sie erwähnten auch, dass er – wer auch immer es war – etwas dazu sagte.“

„Ja, genau. Daran erinnere ich mich besser. Er sagte etwas ... von einem schönen Gruß von irgendwem.“

„Na, war doch nett von ihm. Schöne Grüße zum Abschied. Und von wem? Oder haben Sie das auch vergessen?“

„Nein, nein, das hab ich mir gemerkt, weil es so komisch klang. Er sagte: ‚Schönen Gruß von den Innominati‘.“

„Schönen Gruß von den Innominati?“, wiederholte 249 stirnrunzelnd.

„Genau. Darum hab ich mir das ja auch gemerkt, weil es so ein witziger Name war – Innominati.“

„Gut, gut, die Innominati also“, sagte der Oberamtsrat und notierte sich das Wort, ohne es abzukürzen, mit Bleistift auf einem Schmierzettel.

„Ich hab dann, als ich merkte, dass es mit mir zu Ende ging, versucht, den Sandlern, die um mich herumstanden …"

„Obdachlose waren auch hinter der Bühne?", wunderte sich der Beamte. „Seltsame Veranstaltung, dieser *Linzer Eiszauber* …"

„Nein, Sandler. Leute aus Sandl. Die Musikanten! Ach, auch das erklär ich Ihnen später. Jedenfalls habe ich versucht, denen einen Hinweis auf den Mörder zu geben, indem ich ihnen ‚Innominati' zugeschrien habe. Na ja, recht schreien konnte ich ja nicht mehr …"

„Ja, der vermehrte Speichelfluss bei einer Vatikanzuckervergiftung ist einer deutlichen Aussprache eher hinderlich", bemerkte 249 offenbar aus jahrhundertelanger Erfahrung mit auf diese Weise vergifteten Himmelaufnahmewerbern.

„Ich hoffe trotzdem, sie haben mein letztes Wort als Hinweis verstanden."

„Ja, hoffen wir das. Bleibt nur mehr eine Frage: Wer sind diese Innominati?"

Sly Slender lachte. „Wissen Sie, das ist nun wirklich witzig."

„Was?"

„Diese Innominati …"

„Ja?"

„Wer das sind …"

„Ja? Wer?"

„Ich habe nicht die geringste Ahnung!"

10. Kapitel

„Innominati."

Veronika saß in Planktons Wohnzimmer auf der Couch vor seinem Laptop, den er gleich nach dem gemeinsamen Betreten der Wohnung auf den Tisch gestellt, aufgeklappt und gestartet hatte. Da er Windows Vista als Betriebssystem verwendete, konnte er, während der Computer hochfuhr, noch die Gulaschsuppe aus der Dose in einen Topf schütten, diesen auf den Herd stellen, auf mittlere Hitze schalten, während des Erwärmungsvorgangs aus dem Gefrierschrank ein paar Krümel eingefrorenen klein geschnittenen Schnittlauch herausholen und zur Suppe dazustreuen,* zwei Teller sowie ebenso viele Löffel auf den Küchentisch stellen, das Aufkochen der Suppe abwarten, diese einigermaßen gerecht in die zwei Teller verteilen und „Veronika, das Supperl ist fertig!" rufen.

Mittlerweile war zeitgleich mit dem Essensaufruf der Desktop auf dem Bildschirm von Planktons Notebook aufgetaucht und Veronika klickte das Symbol für den Internet-Explorer an.

Veronika und Plankton hatten beschlossen, dem Begriff Innominati näher nachzugehen. Dieser sagte nämlich weder ihr noch ihm, der ja ansonsten ein „wandelndes Wikipedia" war, wie ihn Günther Jauch bei einer *Promi-Millionenshow* einmal so treffend bezeichnet hatte, etwas, und daher hatte Plankton vorgeschlagen, ob nicht Veronika mit ihm in seiner Wohnung in einschlägigen Internetsuchmaschinen nach diesem Begriff forschen wollte. Sie hatte sofort zugestimmt – offenbar fürchtete sie sich nicht davor, mit einem ihr an und

* Planktons hiermit kostenlos verratener Geheimtipp fürs Zubereiten einer Dosensuppe: Ein wenig Bio-Schnittlauch dazu!

für sich fremden und möglicherweise sexuell ausgehungerten Mann in dessen Wohnung zu gehen –, und da sie auf näheres Befragen im Lift auch zugegeben hatte, hungrig zu sein, hatte Plankton, während Veronika schon vor dem Laptop saß, rasch die Suppe zubereitet. Sie hatte sich zwar von einem Speisologen ein anderes Abendmahl erwartet, aber in der Not frisst der Teufel bekannterweise Fliegen und im Hunger Veronika Dosengulaschsuppe.

Wir wollen nun nicht minutenlang Veronika und Plankton beim Suppeessen zusehen, zumal sie dies weitgehend stumm erledigten, sondern überspringen diese vier Minuten und begeben uns gleich ins Wohnzimmer, wo die beiden nun gemeinsam vor dem Notebook saßen, Seite an Seite, ohne Körperkontakt, wie ein altes Ehepaar. Ihre langen Stiefel hatte Veronika übrigens beim Betreten der Wohnung ausgezogen und gegen Plankton'sche Hausschlapfen eingetauscht.

„Innominati", sagte Veronika nochmals.

„Ja, genau. Innominati."

„Ein seltsamer Name. Ja, die Illuminati, die kenne ich, das ist ein Thriller von Dan Brown, aus dem sie auch einen Film gemacht haben, mit diesem Tom Hanks, dem Sie übrigens ein wenig ähnlich sehen – oder er Ihnen, je nachdem."

Plankton wusste nicht, ob er die Ähnlichkeit mit dem amerikanischen Schauspieler als Kompliment auffassen sollte. Als er Tom Hanks vor nicht allzu langer Zeit bei *Wetten, dass ...?* live im Fernsehen gesehen hatte, hatte er schon recht alt ausgesehen. Er äußerte sich daher nicht weiter dazu, sondern sprach mit den Worten „Wikipedia ist da oft sehr hilfreich" aus, was Veronika ohnehin wusste. „Hier da links bei meinen Favoriten, einfach anklicken."

Veronika hielt es für besser, Plankton an seinem Computer selbst werken zu lassen, damit er allfällige Datenverluste selber verschuldete, und schob ihm die Maus hinüber. Plankton klickte das Symbol für Wikipedia an, das auch tatsächlich startete, dann gab er das Wort Innominati in das Suchfeld ein und erhielt wenig später die Mitteilung „Der Artikel ‚Innominati' existiert in der deutschsprachigen Wikipedia nicht. Du kannst den Artikel erstellen", worauf er sich doch ein wenig wunderte, dass ihn Wikipedia duzte. Bei IKEA war man das ja gewohnt, aber bei Wikipedia ...? Dann wurde ihm vom Internetlexikon auch noch angeboten, in anderssprachigen Wikipedias danach zu suchen. Er beschloss, dieses freundliche Angebot anzunehmen, und entschied sich für Italienisch.

Veronika, die Plankton bei all diesen Aktionen zusah, nickte. „Innominati klingt ja ohnehin recht italienisch", sagte sie.

Plankton stimmte ihr zu. „Es ist ja auch italienisch. Männlich Mehrzahl – beziehungsweise maskulin Plural – von innominato. Die meisten männlichen Worte im Italienischen haben ja als Endung ein -o in der Einzahl und ein -i in der Mehrzahl. Ragazzo – ragazzi. Also Bub und Buben. Die weiblichen Endungen sind ..."

„-a und -e", sagte Veronika, und Plankton nickte anerkennend.

„Genau. Ragazza – ragazze. Darum heißt es ja auch korrekt nicht zwei Pizzas, sondern due pizze, wie ich in meinen Vorlesungen auf der Essener Uni die Studenten immer gelehrt habe. Den Linzern muss ich es auch noch beibringen. Innominato ist wiederum gleichbedeutend mit non nominato und somit das Gegenteil von nominato. Nominato wiederum heißt – und damit sind wir, halleluja, am Ziel unserer Überlegungen – ernannt, auch genannt. Ja, die wörtlich übersetzte Bedeutung des Begriffs ist mir schon klar, dazu brauche ich kein Internet oder Wörterbuch oder einen vom Verlag beigesteuerten Simultandolmetsch."

„Die Innominati sind demnach – wörtlich übersetzt – die Ungenannten?“

„Ja, so könnte man sagen. Die Ungenannten. Oder die, die keinen Namen haben.“

„Und was sagt das italienische Wikipedia dazu?“

Plankton war mittlerweile auf der richtigen Seite angelangt. „Nichts“, sagte er enttäuscht. „Es gibt keinen Artikel im Wikipedia italiana über innominati. Es laden mich allerdings auch die Italiener ein, einen Artikel zu erstellen: Crea la pagina ‚Innominati‘ su questo progetto.“

„Schön gesagt.“

„Ja, aber ich mach es nicht. Schon aus Zeitmangel. Aber auch wenn es hier keinen Artikel zu Innominati gibt, sind immerhin 262 Volltextsuchergebnisse angeführt, die uns aber zumindest auf den ersten Blick auch nicht weiterbringen.“

„Wieso nicht?“

„Nun, das sind Ergebnisse, in denen das Wort innominati als Beiwort vorkommt. Etwa als Begriff aus dem Römischen Recht: Contratti innominati zum Beispiel.”

„Also ungenannte Verträge?“

„So was Ähnliches. Wahrscheinlich. Möglich. Eventuell. Ich bin kein Experte im Römischen Recht. Österreichisches und auch internationales Lebensmittelrecht, ja, das beherrsche ich aus dem Effeff, aber Römisches Recht ... Wobei es ja strittig ist, woher der Begriff Effeff stammt. Der mir am logischsten erscheinende Erklärungsansatz ist, dass Kaufleute seit dem 17. Jahrhundert feine Waren mit f für fino bezeichneten, ff daher für sehr fein – finissimo – stand, und wer etwas sehr fein kann, beherrscht es aus dem Effeff, wobei allerdings ...“

„Rupert! Bitte!“

„Ach ja, Entschuldigung, aber manchmal schweife ich ein wenig ab. Also, das italienische Wikipedia hilft uns jedenfalls nicht weiter.“

„Und Google?“

„Wollte ich soeben starten.“

Plankton öffnete eine neue Internetseite und gab den gesuchten Begriff ein.

„Oh!“, rief er dann.

„Was ist?“

„110.000 Ergebnisse!“

„Na, das ist doch fein!“

„Nicht wenn wir sie uns Stück für Stück anschauen müssen. Selbst wenn wir nur zehn Sekunden pro Ergebnis brauchen, dauert das …“, Plankton klickte Google weg, öffnete den Taschenrechner auf dem Desktop und führte die entsprechende Rechnung durch, „305,55 Stunden, bis wir alle Ergebnisse durch haben. Das sind, wenn wir pro Tag zwölf Stunden veranschlagen, weil ein bisschen schlafen müssen wir ja auch, 25½ Tage!“

„Während Sie das ausgerechnet haben, hätten Sie sich schon die ersten paar Ergebnisse näher anschauen können“, hielt ihm Veronika vor.

„Sie haben recht“, gab Plankton zu und zauberte die Suchmaschine durch einen Klick wieder auf den Bildschirm, sah sich einige Ergebnisse an und verzog dann den Mund zu einer Grimasse.

„Nichts Gescheites dabei?“, fragte Veronika.

Plankton schüttelte den Kopf.

„Als Allererstes meldet es ein Buch. Eine sogenannte Thrillersatire, die *Innominati* heißt. Ist vor Kurzem erst erschienen. Gehört also noch nicht zur Weltliteratur. Im Leykam Verlag. Hm, der Klappentext liest sich ganz interessant, ich glaube, ich werde mir das Buch über Amazon bestellen …“

„Aber nicht jetzt, das können Sie später auch noch tun. Und sonst?“

„Hm. Nichts. Sag ich ja. Offenbar gibt oder gab es auch eine Musikgruppe, die sich *Innominati* nennt oder nannte. Da ist ein Link zu Youtube." Plankton klickte den Link an. „Ah, da haben wir ja *Gli Innominati*." Er spielte etwa eine halbe Minute lang den im Youtube-Video von einem Standbild der Schallplattenhülle begleiteten Song ab, dann drückte er mit der Maus auf die Stopptaste. „Eine Musikgruppe aus den 1960er-Jahren, die italienischen Beat spielte. 1967 haben sie eine Single veröffentlicht."

„Nie gehört – den Namen der Band nicht und den Song schon gar nicht."

„Ich auch nicht."

„Aber es war eine Musikgruppe!", rief Veronika aus. „Wäre das nicht eine Verbindung zu Sly, der ja auch Musiker ist?"

„War", korrigierte Plankton pedantisch.

„Ja, war", verbesserte sich Veronika mit trauriger Stimme.

„Ich kann mir nicht vorstellen, dass diese Herren aus dem Youtube-Video beziehungsweise von der Plattenhülle in Verbindung mit Slys Ermordung stehen. Die müssten ja jetzt gut 50 Jahre älter sein – somit an oder um die 80 oder tot oder beides."

„Sie haben recht. Da könnten wir ja gleich auch die Rolling Stones verdächtigen."

„Genau. Wir müssen woanders weiter suchen." Er klickte das nächste Suchergebnis an. „Hier gibt es eine Gruppe von vier jungen Musikern, die sich ebenfalls *Innominati* nennen. Sie sind am 27. Mai 2012 beim Pfingstgottesdienst in Lommis aufgetreten und haben ihn – wie es hier heißt – musikalisch umrahmt."

„Lommis?"

„Ja. Lommis in der Schweiz. Im Thurgau. Die politische Gemeinde Lommis liegt äußerst reizvoll eingebettet im Lauchetal, besteht aus den drei Dörfern Lommis,

Weingarten und Kalthäusern und umfasst eine Fläche von rund 853 Hektar. Das sind rund 8½ Quadratkilometer. In der Gemeinde leben knapp über 1000 Einwohner ..."

„Toll, eine Großstadt also. Unter ihnen offenbar auch ein paar Innominati."

„Ja. Schauen allerdings recht harmlos aus, die vier jungen Männer. Über Facebook könnte ich mit ihnen in Kontakt treten."

„Meinen Sie wirklich, dass uns das weiterhilft?"

„Eigentlich nicht. Wenn wir schon ein paar junge, noch im Saft stehende Musiker verdächtigen, den guten Sly auf dem Gewissen zu haben, nehmen wir doch gleich die *Fidelen Sandler*."

„Glauben Sie wirklich, dass die ...?"

„Nein. Ich gehe davon aus, dass dieser ORF-Kabelmensch Rüdiger-Maria Müller-Dingsbums Sly das Krapferl gereicht hat. Und weil ich mir bei ihm beim besten Willen kein Motiv vorstellen kann, glaube ich weiters, dass er dies im Auftrag von irgendwem getan hat, der ihm den Mord gut bezahlt hat ..."

„Der ihn für den Mord gut bezahlt hat", besserte ihn Veronika aus.

„Ja. Ja, genau das meinte ich", war Plankton über die sprachliche Korrektur ein wenig überrascht. Dann lachte er: „Jetzt reden Sie fast wie eine Lehrerin. Oder – noch schlimmer – wie meine Lektorin. Aber Spaß beiseite, jedenfalls war das wahrscheinlich auch der Grund, weshalb er unmittelbar nach der Tat auf Nimmerwiedersehen verschwunden ist. Und dieser Irgendwer ist eine Gruppe, die sich *Innominati* nennt."

Veronika nickte. „Ja, das klingt vernünftig. Und beim Reichen des Gramastettner Krapferls sagte er zu Sly demgemäß auch: ‚Schönen Gruß von den Innominati'?"

„Möglich. Er konnte ja nicht ahnen, dass Sly die Auftraggeber seines Mordes noch als seine letzten Worte an die *Fidelen Sandler* verraten würde."

„Nein, das konnte er nicht. Ach, Sly!“ Sie seufzte.

„Kann es sein, dass Sie ... ein kleines bisschen verliebt in ihn waren?“, rutschte es Plankton heraus. Veronika errötete und sagte nichts darauf.

„Machen wir weiter“, schlug Plankton vor. Veronika fasste dies als Aufforderung auf, mit der Maus zurück zu den Suchergebnissen zu klicken, und da gleichzeitig auch Plankton zur Computermaus griff, legte sich seine Hand auf die von Veronika. Planktons Hand zuckte reaktionsschnell ein paar Millimeter zurück, fünf Hundertstelsekunden später gewann aber sein Hirn, das ihm *Nütz doch die Gelegenheit aus, du Depp!* signalisierte, die Oberhand über seinen Instinkt, und er beließ die Hand im Körperkontakt.

Veronika sah ihm in die Augen. „Sie haben angenehm warme Hände“, sagte sie.

„Fi ..., finden Sie?“, stotterte Plankton.

„Ja. Wenn Ihre Füße auch so schön warm sind, muss sich Ihre Partnerin beim Einschlafen glücklich schätzen. Ich habe immer so kalte Füße.“

„Ich habe ... äh“, im ersten Moment wollte er schon sagen, „auch immer kalte Füße beim Einschlafen“, dann beendete er den Satz mit „im Moment keine feste Partnerin.“

Nun zog Veronika ihre Hand weg. „Es ist besser, Sie klicken jetzt weiter.“

Er räusperte sich. „Ja. Ja, das ist wohl besser.“

Eine Stunde später hatten sich Plankton und die neben ihm mit kleinem, aber feinem Sicherheitsabstand sitzende Frau durch ein paar Dutzend weitere Google-Vorschläge gekämpft, ohne zu einem zwingenden, greifbaren Ergebnis gelangt zu sein.

„Mein Gott, so spät schon!“, rief Veronika plötzlich nach einem Blick auf ihre Uhr, um die Uhrzeit dann auch noch mit der auf dem Computerbildschirm angezeigten Zeit zu vergleichen. „Ich muss ja noch einkaufen und die Parkzeit läuft auch ab ...“

„Sehen wir uns wieder?“, fragte Plankton direkt, und als sie ihn überrascht ansah, fügte er hinzu: „Nun, Sly war Ihr Idol, Ihr Schwarm, vielleicht sogar Ihr Freund – wobei ich damit nichts Sexuelles und so meine, also bitte nicht falsch verstehen –, und er ist an einem *von mir* gebackenen Gramastettner Krapferl gestorben.“ Und dann erhob er die Stimme: „Ich habe nicht vor, diese Schmach auf mir sitzen zu lassen. Ich nehme die Herausforderung an! Mit von mir gebackenen Lebensmitteln bringt man keine Menschen um!“

„Was heißt das?“ Veronika sah Plankton verwirrt an.

„Das heißt, dass ich wild entschlossen bin, die Hintergründe von Slys Tod herauszufinden und diese feigen Innominati zu entlarven. Und ich möchte, dass wir dies gemeinsam tun!“

„Wir zwei gemeinsam?“

„Ja.“ Fast hätte Plankton „Gemeinsam sind wir stark“ dazugesagt, aber das schien ihm dann doch zu dick aufgetragen.

„Nun, wenn Sie meinen ...“

„Ich schlage vor, dass wir uns morgen am Abend wieder treffen. Ich lade Sie zum Essen ein, diesmal zu einem richtigen Essen, nichts aus der Dose ... Was ist? Essen Sie gern Italienisch? Chinesisch? Japanisch? Indisch? Indonesisch? Maledivisch? Andersasiatisch?“

„Italienisch wäre recht“, sagte Veronika.

„Fein. Da gibt es ein hervorragendes Restaurant im Lentia. Wenn es Ihnen recht ist, bestelle ich einen Tisch für 19 Uhr, um diese Zeit können Sie – wenn Sie mit dem Auto kommen – schon in der Umgebung gratis parken und sind nicht auf das Parkhaus angewiesen, und wir treffen uns gleich im Restaurant. Ich werde heute Nacht weiter im Internet forschen, ob ich etwas über diese Innominati finde, und Ihnen dann morgen Bericht erstatten. Vielleicht wissen wir dann schon mehr.“

„Nun, wenn Sie meinen …“, sagte Veronika nochmals. „Gern. Also, bis morgen Abend.“

„Ja, bis morgen Abend“, verabschiedete sich Plankton (für die, die solche Details interessiert: kusslos).

Er wusste noch nicht, dass der morgige Abend alles ändern würde …

11. Kapitel

Rüdiger-Maria Müller-Der-zweite-Teil-des-Familiennamens-fällt-dem-Autor-jetzt-spontan-nicht-ein-aber-er-ist-so-im-Schreibfluss-drin-und-auch-zu-faul-um-vorne-im-Manuskript-nachzuschauen betrachtete sich zufrieden im Spiegel.

Er hatte sich nicht nur sein schmächtiges Oberlippenbärtchen wegrasiert, sondern gleich das gesamte Kopfhaar, sodass rein aussehensmäßig vom früheren Rüdiger-Maria nur mehr die geringe Körpergröße und eine schlechte Haltung übrig geblieben waren.

„Geil", stieß Rüdiger-Maria aus und fragte sich, warum er nicht schon viel früher auf die Idee gekommen war, sich eine Glatze zu scheren.

„He, Rümmi", rief ein Mann von außerhalb des Badezimmers. „Bist du dann endlich fertig und gibst das Bad wieder frei, andere Männer wollen auch schön werden!"

Rümmi – wie Rüdiger-Maria von seinen wenigen Freunden genannt wurde – rief „Ja, ja, leck mich doch!" zurück und fuhr mit der Handinnenfläche über seinen Kopf. Wie ein Popo fühlte sich das an, ja, fast wie der Popo von dieser Sexyhexy vor ein paar Tagen ...

Er hatte damals die 90 Minuten bis zur letzten Sekunde ausgenützt und sich dann rundum befriedigt ein Taxi kommen lassen, um sich wie ein Sir nach Hause kutschieren zu lassen. Geld spielte ja keine Rolle.

Beim Zufahren in die Weigunystraße, in der er seit einem halben Jahr eine Wohnung gemietet hatte, war ihm das Polizeiauto sofort aufgefallen.

Mist, hatte er sich gedacht, *dass die mir so schnell auf die Schliche gekommen sind* ... Er hatte natürlich damit gerechnet, dass früher oder später die Polizei bei ihm auftauchen würde, aber er hatte gehofft, die Nacht noch in seiner Wohnung, für die er der GWG* die Miete ohnehin schon für fünf Monate schuldig war, verbringen zu können, um dann am darauffolgenden Morgen seine wichtigsten Habseligkeiten zusammenzupacken und auf Nimmerwiedersehen aus der schönen Stadt Linz an der Donau zu verschwinden.

Nur darf man die heimische Polizei nicht unterschätzen. Nachdem Rüdiger-Maria als abgängig, möglicherweise sogar als flüchtig entlarvt worden war, war seine Wohnadresse schnell ausfindig gemacht worden, und so warteten in der Nähe des Hauseingangs, halbwegs gut versteckt, zwei Polizeibeamte auf das Erscheinen des Herrn. Nur dumm für diese (und gut für Rümmi), dass Rüdiger-Maria aufgrund langjähriger Erfahrung Polizisten und auch Polizeiautos 116 Meter gegen den Wind riechen konnte.

Nein, Rüdiger-Maria unterschätzte die Linzer Polizei nicht. „Ich hab's mir überlegt, dreh um", hatte er zu dem Taxifahrer gesagt, „und fahr mich in die Auwiesenstraße."

„Ans andere Ende der Stadt?", war der Taxler überrascht gewesen. „Jetzt auf einmal?"

„Ja, klar. Glaubst, ich kann mir das nicht leisten?", hatte er gerufen und mit einem Geldschein gewedelt.

Und nun hatte er schon drei Nächte bei seinem alten Kumpel Jörgi verbracht.

Nicht, dass Jörgi eine Freude gehabt hatte, als Rümmi mitten in der Nacht an seine Tür geklopft hatte, aber Jörgi war ihm noch einen oder sogar mehrere Gefallen schuldig (über Details möge der Mantel des Schweigens gebreitet werden), und so hatte er ihn wohl oder übel vorübergehend bei sich aufgenommen.

* GWG = Gemeinnützige Wohnungsgesellschaft der Stadt Linz GmbH.

„He, die suchen dich aber ganz schön heftig", hatte Jörgi am Montag in der Früh nach einem Blick in die Zeitung festgestellt. „Als Zeugen im Mordfall Sly Slender. He, wieso haben die den Sly Slender gekillt, der war doch ein cooler Typ?"

„Zeig her!" Rüdiger-Maria hatte Jörgi die Zeitung aus der Hand gerissen und den Artikel über den Mord an Sly Slender gelesen.

„Gute Kritiken?", hatte Jörgi gescherzt.

„Scheiße", hatte Rümmis Antwort gelautet.

„Zeuge im Mordfall?", war Jörgi skeptisch gewesen. „Und als Zeuge haust du ab und versteckst dich hier bei mir? Zeugen verstecken sich nicht."

Am nächsten Tag – dem Dienstag – waren die Zeitungsberichte schon deutlicher geworden und hatten Rüdiger-Maria nicht als Zeugen, sondern als Verdächtigen bezeichnet, nach dem bereits international gefahndet wurde. Interpol und so. Ja, Rüdiger-Maria war derzeit *der* Star in allen Medien.

„Rümmi, du musst hier weg, ich kann dich nicht hierbehalten", hatte Jörgi am Dienstag um 17 Uhr 26 das erste Mal gesagt.

Rüdiger-Maria hatte ihm nicht widersprochen, er vertrat diese Ansicht bereits, seitdem ihm aufgefallen war, dass Jörgi alle Zeitungen, die er so abonniert hatte oder gratis aus den in der Auwiesenstraße aufgestellten Zeitungsständern mitnehmen konnte, auffallend nach Hinweisen auf eine Belohnung für zweckdienliche Hinweise über den Aufenthalt des gesuchten Rüdiger-Maria Müller-Jetzt-ist-mir-der-zweite-Name-eingefallen-Wondraschevskinsky-heißt-er-einen-blöderen-Namen-hättest-du-dir-auch-nicht-ausdenken-können durchgeblättert hatte.

„Klar, Jörgi, mach ich, ich hau ab, aber zuerst muss ich mein Äußeres noch ein wenig verändern", hatte er versichert.

„Na, da kannst du ja nur schöner werden", war Jörgis Reaktion darauf gewesen.

Und so stand Rüdiger-Maria nun am Mittwoch in der Früh in Jörgis Bad und bewunderte seinen Kopf.

Jörgi trat ein, ohne anzuklopfen. „Wow!", sagte er. „Rümmi, bist du's wirklich?"

„Gelt, schaut geil aus", meinte Rümmi und fuhr nochmals über seinen quasi neuen Kopf. „Ein paar frische Klamotten ..."

„Ich hab dir von mir was zusammengesucht, was beim Waschen eingegangen ist", sagte Jörgi. „Könnte dir passen."

„Danke, Jörgi. Du bist echt ein Freund."

„Damit sind wir aber quitt von früher, ja?", ergriff Jörgi die Chance zur Abrechnung.

„Ja, sind wir", sagte Rüdiger-Maria. Er hatte ohnehin vor, in ein paar Tagen mit den Taschen voller Geld, wie es in dem Karel-Gott-Lied von 1970 so schön heißt,* die Stadt endgültig zu verlassen, nicht um *Einmal um die ganze Welt* zu reisen, nein, aber vielleicht nach Italien? Er hatte schon immer ein Faible für Italien gehabt. Jedenfalls beabsichtigte er, nie wieder nach Linz zurückzukommen, er würde also auf weitere Gefälligkeiten von Jörgi ohnehin nicht mehr angewiesen sein.

Zuerst aber musste er noch etwas regeln ...

* Ja, so alt ist der Song schon und noch viel älter der Karel Gott ...

12. Kapitel

Am Mittwochvormittag gedachte Rupert Plankton, sich endlich dem unangenehmen Thema „Besitzstörungsklage" zu widmen. Er wählte die auf der Klage angegebene Telefonnummer des Rechtsanwalts. Diesmal gelangte er nicht in eine Mailbox, sondern bekam eine Tonbandstimme zu hören. Jedoch ... diese Stimme kannte er doch! Zunächst glaubte Plankton, sich verwählt zu haben und bei der Zugauskunft gelandet zu sein, dann sagte die Stimme von Chris Lohner aber: „Hier ist die Kanzlei von Rechtsanwalt Mag. Leopold Hauswardt. Sind Sie bereits ein Klient der Kanzlei, dann wählen Sie die Eins. Wollen Sie ein Klient werden, weil Ihr Besitz gestört wurde und Sie eine Vertretung brauchen, wählen Sie die Zwei. Haben Sie einen Mord begangen oder werden Sie eines Mordes oder auch mehrerer Morde beschuldigt und brauchen einen Verteidiger, wählen Sie die Drei. Haben Sie eine Besitzstörungsklage erhalten und wollen sich mit uns außergerichtlich einigen, dann wählen Sie die Vier. Haben Sie eine Besitzstörungsklage erhalten und wollen sich nicht einigen, wählen Sie die Fünf."

Plankton wartete noch ein paar Sekunden, ob Frau Lohner noch weitere Wahlmöglichkeiten auf Lager hatte und drückte dann auf die Fünf. Sofort wurde er aus der Leitung geworfen.

Wütend packte Plankton die Klagsschrift und eilte aus der Wohnung. Die Kanzlei des Advokaten befand sich nur einige hundert Meter vom Lentia entfernt, sodass er sogar darauf verzichtete, sich warm anzuziehen, so geladen war er. Schon ein paar Minuten später klopfte er an die Tür, auf der das Anwaltsschild angebracht war, fragte sich dabei, was den Unterschied zwischen „Rechtsanwalt" und „Verteidiger in Strafsachen" ausmachte, denn das Schild verriet, dass Mag. Hauswardt beides war (Plankton hatte ohnehin angenommen, dass ein Strafverteidiger dem Berufstand der Rechtsanwälte angehörte und nicht hauptberuflich Bäcker oder Installateur war), wartete das „Herein" erst gar nicht ab und trat ein.

Er stand vor einer rundlichen Frau, die hinter einem Schreibtisch saß und in einem Schriftstück las.

„Ich will zum Anwalt", forderte Plankton laut. Er war so aufgebracht, dass nicht einmal sein FES ansprang. Möglicherweise waren aber auch das Alter der Frau (sie ging sicher schon auf die 60 zu – ein Alter, in dem der Durchschnitt der österreichischen Bevölkerung längst in Pension ist) und ihre Figur (es wurde bereits erwähnt, dass sie rundlich war, und daran änderte sich auch nichts, als Plankton näher an sie herantrat, eher im Gegenteil) und überhaupt ihre insgesamt sehr großmütterliche Ausstrahlung daran schuld, dass sie erst gar nicht in Bewertung genommen wurde.

Dazu muss gesagt werden, dass Frau Gertrude (Gerti) Kloiber – seit Jahrzehnten – eine sehr tüchtige, verlässliche Anwaltssekretärin war, die von der Gattin des Rechtsanwalts ausgesucht worden war. Mag. Leopold Hauswardt war – wie Plankton in Kürze feststellen würde – Mitte 30, groß, schlank, sixpackig, braungebrannt und tiptop gekleidet. Er war mit dunkelschwarzem Haar und einem ebensolchen kecken Schnurrbärtchen sowie einer balsamischen Stimme, die vor allem vor Geschwornen großen Eindruck machte, und großer Eloquenz gesegnet. Als er die dafür vorgesehene Altersgrenze noch nicht erreicht hatte, war er Jahr für Jahr leichtest bekleidet, allerdings nie vollständig nackt, im Junganwaltskalender abgebildet gewesen, ein paarmal sogar auf dem Titelblatt, das dann im Spind zahlreicher Anwaltssekretärinnen aufgehängt worden war. Um klischeehaften Beziehungen zwischen Anwalt und Sekretärin von vornherein einen Riegel vorzuschieben, hatte sich des Anwalts junge Gattin am Traualtar ausbedungen, sich die Sekretärin ihres Mannes selbst aussuchen zu dürfen, und daher wurde unmittelbar nach der Hochzeitsreise (zehn Tage Kreuzfahrt mit der *Costa Concordia*) die 26-jährige sexy Trixi gefeuert, und deshalb saß nun im Vorzimmer des Jung-, na ja, jetzt nicht mehr ganz so Junganwalts eine Frau um die 60 mit rundlicher Figur.

„Ich will zum Anwalt“, sagte Plankton nochmals, als die Frau keine Anstalten machte, ihr Interesse dem soeben Eingetretenen zuzuwenden. „Ich habe da eine Besitzstörungsklage bekommen ...“

„Aktenzeichen?“, fragte die Frau und schaute, als Plankton ihr die Geschäftszahl des Gerichtsverfahrens nannte (21 C 157/13v), zunächst in ihren Computer und dann Plankton ins Gesicht.

„Sie haben offenbar Ihren Wagen mit dem Kennzeichen ... Rupert Plankton?!“

„Ja, so heiße ich.“

„*Der* Rupert Plankton?!“

„Ich weiß ja nicht, was für einen Rupert Plankton Sie meinen, aber ich bin jedenfalls *der* Rupert Plankton, wenn Sie damit den Speisologen Rupert Plankton meinen“, sagte Plankton und setzte hinzu: „Bis vor Kurzem und in Bälde *Professor* Rupert Plankton.“

„Sie wissen ja gar nicht, was für ein Fan von Ihnen ich bin, Herr Professor!“, rief die Frau begeistert, und Teile ihres Körpers (etwa ihre Stimme und ihre Hände) zitterten sogar ein wenig vor Aufregung, mit diesem Promi zumindest im Augenblick ein Zimmer zu teilen. „Ich besitze alle Ihre Kochbücher, manche sogar doppelt, und ich habe alle Ihre Kochsendungen gesehen, ich versteh eh nicht, warum sie die nicht mehr bringen oder wenigstens wiederholen, so wie sie auch die *Tatorte* mit dem Kurt Jaggberg aus den 1980er-Jahren wiederholen könnten, *Der Mann mit den Rosen* und so ..."

„Ich bin ihnen wahrscheinlich zu teuer geworden", sagte Plankton, der aufgrund der offen zur Schau getragenen Bewunderung der Frau gleich bedeutend ruhiger geworden war. „Ich habe da von Ihrer Kanzlei eine Klage auf den Hals bekommen", sagte er, mit dem Schriftstück wedelnd und zum eigentlichen Grund seines Auftauchens in der Anwaltskanzlei kommend. „Und ich will deswegen mit dem Herrn Rechtsanwalt reden. Sofort und jetzt."

Die Anwaltssekretärin erinnerte sich wieder ihrer Dienstpflichten. Sie warf einen Blick auf die Klage und dann wieder auf den Monitor. „Sie haben Ihren Wagen mit dem Kennzeichen SP-EISO1 am 13. Jänner ab 13 Uhr 13 dreizehn Minuten lang auf dem Parkplatz in der Wienerstraße ...", stellte sie fest.

„Ja, das gebe ich ja zu", unterbrach sie Plankton. „Vielleicht waren es allerdings auch nur zwölf Minuten."

„SP-EISO1 ist ein seltsames Kennzeichen, Herr Professor", wunderte sich die Sekretärin. „Ein Wunschkennzeichen?"

„Natürlich. Abkürzung für SPEISOLOGE 1."

Für Autokennzeichenfetischisten: So wie LL nicht das Kennzeichen von Lettland ist, ist SP nicht das Kennzeichen der Metropole von Niederösterreich, der (Zitat Erwin Pröll?) „Weltstadt Sankt Pölten", nein, SP steht für Spittal an der Drau. Plankton hatte sein Auto dort angemeldet, weil er nur auf diese Weise zum Wunschkennzeichen SP-EISO1 gelangen konnte.

„Und dann die Kosten für die Klage, die hier verzeichnet sind!", rief Plankton. „246,18 Euro soll ich dem Herrn Anwalt für die Klage bezahlen. 246 Euro! Ein Strafzettel oder sogar das Abschleppen wäre billiger gewesen!"

Damit hatte Rupert Plankton – wie so oft – recht. Aber der Rechtsanwalt hatte – Ehre wem Ehre gebührt – die Kosten der Klage richtig verzeichnet.*

„Dass mir das beim Schreiben der Klage nicht aufgefallen ist, dass wir da Rupert Plankton verklagen", warf sich die Anwaltssekretärin selbst vor. „Das muss ja wirklich nicht sein."

„Das finde ich eben auch, dass das nicht sein muss", war Plankton ganz ihrer Meinung. „Wegen ein paar Minuten parken ..."

„Warten Sie kurz, Herr Professor", sagte sie, stand auf, klopfte an der Tür zu dem Zimmer an, das rechts vom Empfangsraum lag, und verschwand in diesem, nachdem ein Mann mit angenehmer, warmer Stimme „Ja, bitteschön?" gerufen hatte. Zwei Minuten später erschien sie wieder und lud Plankton ein, ins Zimmer des Anwalts zu gehen.

Mag. Leopold Hauswardt saß nicht an seinem Schreibtisch vor dem Computer oder wenigstens vor einem Gesetzbuch, wie man das von einem Rechtsanwalt berechtigterweise erwartet hätte, sondern vor gut einem Dutzend Monitoren samt einem Steuerungsgerät. Er trug einen maßgeschneiderten dunklen Anzug mit dazu passender gestreifter Krawatte und blitzblank geputzten schwarzen Schuhen und duftete schon von Weitem verführerisch nach teurem Rasierwasser und Deospray.**

* Für Interessierte: Klage nach TP 3A RATG = Rechtsanwaltstarifgesetz (Streitwert gemäß § 10 Z 1 RATG: 580,-- Euro) zuzüglich 60 % Einheitssatz gemäß § 23 Abs 1 RATG zuzüglich 20 % Umsatzsteuer zuzüglich gerichtliche Pauschalgebühr nach TP 1 GGG = Gerichtsgebührengesetz (Streitwert gemäß § 16 Z 1 lit c GGG: 750,-- Euro); ja, die Streitwerte für Besitzstörungsklagen nach RATG und GGG weichen voneinander ab, das ist Ihnen ganz richtig aufgefallen.

** Hier ist wahrscheinlich die richtige Stelle, um endlich einmal aus juristischer Vorsicht festzuhalten, dass alle Personen dieses Buches frei erfunden sind und der Fantasie des Autors entspringen – nun ja, mit Ausnahme von Chris Lohner, Armin Assinger, Günther Jauch, Reinhard Waldenberger, Elvis Presley und noch ein paar anderen ...

„Herr Plankton?", fragte er, den Blick nicht von den Bildschirmen nehmend, und erst als Plankton bestätigt hatte, er selbst zu sein, sah er ihn an, stand auf und reichte ihm die Hand. „Sehr erfreut. Hauswardt. Mag. Leopold Hauswardt. Nehmen Sie doch Platz." Zu seiner Sekretärin, die an der Tür stehen geblieben war, sagte er: „Danke, Gerti, es ist gut."

„Wenn ich noch eine Bitte ...", hauchte die Sekretärin.

„Ja?"

„Dürfte ich vielleicht für 20 Minuten meinen Dienst verlassen?", bat sie. „Ich möchte rasch nach Hause, ich wohne ja nicht weit weg, ein paar Bücher holen, damit sie mir der Herr Speisologe signiert. Bitte, ich arbeite die 20 Minuten dann am Abend herein."

Der Anwalt lachte. „Meinetwegen."

„Danke!" So rasch sie konnte, eilte Anwaltssekretärin Gerti Kloiber davon.

„Sie haben mir da eine Klage geschickt", begann Plankton, jedoch der Anwalt winkte ab.

„Erstens hab nicht ich Ihnen die Klage geschickt, sondern das Gericht. Und zweitens ... ich werd doch nicht den Lieblingsautor meiner hochgeschätzten Gerti verklagen. Wer weiß, was die mir sonst alles zufleiß tut! Geben Sie einmal her die Klage." Und als Plankton Hauswardt die Klagsschrift hinhielt, nahm er sie mit seinen gepflegt manikürten Fingern in Empfang und zerriss sie – einmal von oben nach unten und dann von links nach rechts. „Vergessen Sie die Sache." Er warf die Papierfetzen in einen Abfalleimer.

Plankton war sprachlos. Dass das so einfach gegangen war! „Nun, das finde ich ..." Ein wenig fehlten ihm die Worte, weil „großzügig" wollte er die Aktion des Anwalts nicht nennen, weil er sich ja ohnehin keiner Schuld bewusst gewesen war, durch ein paar Minuten Parkens auf fremdem Grund eine Besitzstörung begangen zu haben.

„Lassen Sie nur. Ich werde die Klage noch heute bei Gericht zurückziehen. Und in Zukunft – bitte halten Sie sich von meinen Parkplätzen fern."

Planktons Blick fiel auf die Monitore, die, da sich der Anwalt zu ihm gedreht hatte, sich nun hinter diesem befanden. Auf jedem Monitor war gestochen scharf ein anderer Parkplatz zu sehen, die meisten ohne ein daraufstehendes Fahrzeug.

Hauswardt bemerkte Planktons Blick und drehte sich um. „Hier sehen Sie meine Parkplätze in Linz, Traun und Leonding", sagte er stolz. „Gehören alle mir."

„Und die überwachen Sie alle?", wunderte sich Plankton.

„Natürlich. Ah, schauen Sie!" Der Rechtsanwalt wies auf Monitor Nr. 5, auf dem soeben zu sehen war, wie sich ein Auto auf den durch die Kamera überwachten Parkplatz stellte. Hauswardt drückte einen Knopf der mit zahlreichen Knöpfen, Tasten und Reglern versehenen Anlage. „So, damit haben wir ein Foto vom Beginn der Besitzstörung samt eingeblendetem Datum und Uhrzeit. Damit läuft die Zeit."

„Welche Zeit?"

„Nun, Besitzstörungen bis zu zehn Minuten verfolge ich nicht weiter. Wenn er also innerhalb von zehn Minuten wieder wegfährt, lösche ich die Aufnahme, und er hat Glück gehabt. Wenn er allerdings stehen bleibt, wird automatisch alle zehn Minuten ein Foto gemacht – bis er wieder weggefahren ist. Dann übergebe ich die Daten – Automarke und -kennzeichen – der guten Gerti, die auf bewährte Weise den Fahrzeughalter erhebt."

„Und der bekommt dann eine Besitzstörungsklage angehängt?", fragte Plankton. „Wobei ich Ihnen mit dem Wort ‚angehängt' nicht nahe treten wollte – jedenfalls nicht allzu nahe."

„Kein Problem. Nein, das mit der Klage geht nicht ganz so schnell. Zuerst bekommt er eine Aufforderung zur Abgabe einer außergerichtlichen Unterlassungserklärung samt Kostenzahlung."

„246 Euro 18?"

„Nicht ganz so viel, aber dreistellig ist der Betrag schon. Diese Aufforderung müssten Sie eigentlich auch bekommen haben?"

„Kann mich nicht erinnern", sagte Plankton. „Hab ich vielleicht mit der Werbung weggeworfen."

„Na ja, ist ja jetzt auch egal."

„Äh, und wie viele erwischen Sie da so pro Tag?", war Plankton neugierig.

„Unterschiedlich", wollte sich Mag. Hauswardt nicht festlegen. „Es gibt gute Zeiten, schlechte Zeiten. In guten Zeiten zehn, 15, vielleicht auch 20, in schlechten natürlich weniger."

„Und die Parkplätze gehören alle Ihnen?"

„Die meisten habe ich gemietet", sagte der Anwalt. „Die habe ich in meinem Rechtsbesitz." Da er mittlerweile den Eindruck gewonnen hatte, ein bisschen zu viel aus dem Nähkästchen geplaudert zu haben,* setzte er dazu: „Ich mach aber schon auch noch was anderes, als Besitzstörer zu verfolgen."

„So? Wirklich? Kaum zu glauben. Was denn?"

„Mordverteidigungen."

„Mordverteidigungen?"

„Ja, Mordverteidigungen. Das ist mein Hauptbetätigungsgebiet, abgesehen von Besitzstörungsklagen."

„Sie verteidigen den Mord?"

„Nein, den Mörder natürlich. Oder noch lieber Mörderinnen. Es gibt in Oberösterreich in den letzten zehn Jahren

* Die Redewendung „aus dem Nähkästchen plaudern" stammt übrigens aus Theodor Fontanes Roman *Effi Briest* (1895), in dem die Titelfigur ihre geheimen Briefe im Nähkästchen versteckt, um sie vor ihrem Ehemann zu verbergen. Nähere Details im Roman *Effi Briest* von Theodor Fontane (1895).

kaum einen Mörder oder eine Mörderin, den beziehungsweise die nicht ich vertreten hätte. Die Gefängnisse sind voll von ihnen. Das ist sozusagen mein Ausgleichssport zu den eher faden Besitzstörungen: Mich mit dem Staatsanwalt – oder der Staatsanwältin, das werden ja immer mehr Frauen –, dem Richter – oder der Richterin, da ist es fast noch schlimmer – und vor allem den Geschwornen zu messen. Wenn es nicht mein Beruf wäre, würde ich es Berufung nennen."

„Interessant."

„Ja, Sie sagen es. Kommen Sie doch einmal zu Gericht, wenn ich wieder ein Plädoyer halte. Wenn Sie mir Ihre E-Mail-Adresse geben, lasse ich Ihnen meinen monatlichen Newsletter zukommen, dem können Sie alle Termine entnehmen. Keine Angst, mit dem Newsletterbezug sind keine Kosten verbunden, Sie können ihn auch jederzeit stornieren, und auch der Eintritt in den Verhandlungssaal ist gratis, für Sitzplätze kann ich allerdings nicht garantieren."

„Nein, danke", wehrte Plankton ab. Mittlerweile hatte er befunden, genügend Zeit seines Lebens in Anwaltskanzleien im Allgemeinen und in dieser Anwaltskanzlei im Besonderen zugebracht zu haben, weshalb er aufstand, um sich zum Gehen zu wenden. „Ich bin beruflich sehr viel unterwegs und hätte sowieso kaum Zeit ..."

„Kein Problem." Hauswardt fischte eine Karte aus seinem Anzug hervor und überreichte sie Plankton. „Wenn Sie einmal einen Anwalt brauchen wegen einer Besitzstörung oder weil Sie eines Mordes beschuldigt werden ..."

„Ich hoffe ja doch nicht", sagte Plankton und steckte die Karte ein.

Er ahnte noch nicht, dass er in absehbarer Zeit einen verzweifelten Blick auf die Karte werfen würde ...

13. Kapitel

Am Mittwoch um 9 Uhr 23 in der Früh hörte es in Rom endlich zu regnen auf.

Gegen Mittag stand der Magistratsbeamte Francesco Corelli unterhalb des Ponte Testaccio am Ufer des Tiber und dachte, was für ein Glück die Stadt und vor allem er – Francesco – hatten, dass der Regen offenbar gerade noch rechtzeitig ein Ende gefunden hatte. Der Pegelstand des Flusses war schon bedenklich angestiegen, wenn es nur noch ein paar Stunden weitergeregnet hätte, wäre der Hochwasseralarm auszurufen gewesen, und das hätte Arbeit für ihn bedeutet, denn er war in der Stadt Rom für Überschwemmungen aller Art zuständig. So aber …

Gerade bevor Corelli – überwältigt vom Glücksgefühl, heute wie üblich um 14 Uhr unmittelbar nach dem Mittagessen Schluss machen zu können – das Lied *I'm singing in the rain* anzustimmen – beziehungsweise anzupfeifen – begann, gefroren ihm die zu diesem Zweck bereits gespitzten Lippen zu einer unnatürlichen Grimasse.

Was stieg da vor ihm aus den Tiefen des Tiber an die Flussoberfläche? Es sah aus wie ein Paket – ja, wie ein überdimensionales, mit starken Seilen verschnürtes Paket, allerdings war es viel zu groß für ein Paket, etwa menschengroß …

Corelli trat näher ans Ufer und beobachtete, wie das Ding zunächst von der Strömung ein paar Meter flussabwärts getrieben wurde und sich dann an einem am Flussufer gestrandeten Baumstamm verfing.

Die Drift des Tiber drehte das Paket um die eigene Achse, und auf einmal konnte Corelli erkennen, was da vor ihm im Wasser schaukelte – ein menschlicher Körper, der rundum mit dicken Schnüren zusammengebunden war!

Details des Körpers waren aufgrund der festen Bandage nicht zu sehen, der Kopf ragte aber aus der kompakten Masse heraus. Corelli übergab sich direkt in den Fluss, der seine Kotze sofort stromabwärts in Richtung Tyrrhenisches Meer mitnahm. Der Kopf der Wasserleiche hatte überhaupt nichts Menschenähnliches mehr an sich, man konnte nicht einmal erkennen, ob es der Kopf eines Mannes oder einer Frau war, lediglich aufgrund der beiden Löcher, wo einmal die Augen gewesen waren, und des bisschen, was die Fische von der Nase übrig gelassen hatten, konnte man erahnen, dass der Tiber einen toten Menschen freigegeben hatte.

Etwa drei Stunden später betrat Giacomo Picciuni,* der Sekretär des Kardinals Gioacchino Rissoni, das Arbeitszimmer seines Chefs im Vatikanischen Palast zum traditionellen 15-Uhr-Kaffee. Auf einem Wagerl schob er zwei Tassen kochendheißen Cappuccino und eine Auswahl von diversen Mehlspeisen vor sich her, die er zuvor günstig in der Kardinalskantine erstanden hatte (sie waren vom Mittagsmenü übrig geblieben und um 50 Prozent reduziert gewesen).

„Ah, Giacomo, pünktlich wie immer, setz dich zu mir", begrüßte ihn der Kardinal freudig. Sein Sekretär reichte ihm eine Tasse und ein Stück Linzer Torte und setzte sich dann auf den Stuhl vor dem barocken Schreibtisch, hinter dem der Kardinal in einem Fauteuil lehnte.

Während der Kardinal – ähnlich seinem Tisch – ein eher barockes Aussehen hatte und Mitte 70 war, war sein Sekretär noch keine 50, groß, schlank, athletisch gebaut und mit edlen Gesichtszügen versehen. Sofern man sein Leben oder

* Unser soeben eingetroffener und hoffentlich ausgeschlafener Simultandolmetsch erklärt, dass dieser Name *pitschuni* ausgesprochen wird – so ähnlich wie der des Komponisten Puccini (1858–1924).

diese Geschichte verfilmt hätte, wäre George Clooney die Idealbesetzung für ihn gewesen, wobei dann auch klar gewesen wäre, welche Art von Kaffee Clooney-Picciuni dem Kardinal serviert hätte.

Da das furiose Finale der Geschichte ohnehin voll von unerwarteten Wendungen und immer neuen spannenden Situationen sein wird, sei – um dieses nicht zu überfrachten – hier schon verraten, dass Picciuni, ohne es zu wissen, der uneheliche Sohn des Kardinals war. Diesen hatte die unbändige Freude über die Ergebnisse des Zweiten Vatikanischen Konzils im kalten Dezember des Jahres 1965 in das Bett einer Studentin namens Pietra Picciuni getrieben und das Resultat dieses konzilsbedingten „Ausrutschers" des Geistlichen Gioacchino Rissoni (damals – mit Mitte 20 – war er natürlich noch nicht Kardinal gewesen, stand aber schon am Anfang seiner fulminanten klerikalen Karriere) war ein am 11. September 1966 (auf den Tag genau 35 Jahre vor dem Terroranschlag auf das New Yorker World Trade Center, aber das war bloß Zufall) geborenes hübsches Knäblein, das seine Mutter (die dann nie fertig studiert und auch nie geheiratet hatte, wenngleich sie schon noch mit dem einen und/oder anderen Mann – aber nie mit Frauen – ins Bett gegangen war) Giacomo genannt hatte. Rissoni hatte den Werdegang seines Sohnes – ohne dass dieser je davon erfahren hatte – vor allem nach dem frühen Tod der Mutter (Giacomos Mutter, nicht der des Kardinals, wobei diese allerdings auch etwa zur selben Zeit gestorben war, noch dazu beide bei Vollmond, das ist schon wieder so ein Zufall) immer im Auge behalten und – als Giacomo nach der Matura zufällig (Zufall Nr. 3!) ein Geistlichenamt angestrebt hatte – auch gefördert. Als vor Kurzem die Stelle des Kardinalssekretärs frei geworden war (sein früherer Sekretär Gaetano Denizotti war – nicht ganz so zufällig – in der Kantine tot zusammengebrochen, wobei nicht das Essen daran schuld gewesen war), hatte er dafür gesorgt, dass sein außerehelicher Sohn sie erhielt. (Diese Verwandtschaftsverhältnisse sind zwar für den Fortgang der Geschichte ohne jeden Belang, aber es musste einfach heraus ...)

„Schlechte Nachrichten", sagte der Kardinal, wenngleich sein Gesicht keinen anderen Ausdruck zeigte, als wenn er voll von guten Nachrichten gewesen wäre.

„Geht es Bruder Silve schlechter?", erkundigte sich Picciuni mitfühlend, seine Kaffeetasse zum Mund führend.

„Nein, nein, er scheint über den Berg zu sein. Schwester Nadia hat mir heute Vormittag berichtet, dass er schon wieder im Haus herumläuft, Musik macht und ins Freie drängt."

Der Kardinalssekretär zog eine Grimasse, die sich nicht auf den Cappuccino bezog und die auch sein Chef richtig deutete: „Du hast recht, wir müssen verhindern, dass er das Haus verlässt, aber einstweilen überwiegt meine Freude, dass es ihm wieder besser geht. Nein, die schlechte Nachricht ist: Crazy Bruno ist wieder aufgetaucht."

Die Neuigkeit war wie ein Schock für den Sekretär/Sohn des Kardinals. „Wieder aufgetaucht?!"

„Ja, im wahrsten Sinne des Wortes. Aus den Tiefen des Tiber an die Oberfläche – direkt vor die Nase eines Magistratsbeamten." Er rümpfte seine eigene Nase, weil er in seiner Jugend schlechte Erfahrungen mit römischen Magistratsbeamten gemacht hatte.

„Aber ich hatte ihn doch so gut verschnürt", verteidigte sich der Kardinalssekretär, „und an einem Stück Stein befestigt – genau wie in den Mafia-Filmen, die zu studieren Sie mir geraten haben!"

„Und trotzdem haben seine sterblichen Überreste sich durch die regenbedingten Fluten irgendwie losgerissen ... Ja, Gottes Wege sind unergründlich, und offenbar war es der

Wille des Herrn, dass Brunos Leichnam nicht für immer am Grunde des Tiber ruht. Wobei vom Leichnam ohnehin nicht mehr viel übrig sein kann, er lag immerhin drei Monate im Wasser, wenn ich mich nicht verrechnet habe."

Picciuni nickte. „Es war am 25. November, als Eure Eminenz mir befohlen haben ..."

Rissoni winkte ab. „Ich weiß schon, dass es nicht deine Idee war, Bruno zu töten – beziehungsweise ihn schon so bald zu töten, du wolltest ihn noch ein wenig foltern, um vor allem die Feinheiten dieses Waterboardings weiter zu studieren, aber es musste sein. Schließlich hatte er uns alles gesagt, was er wusste, mehr war nicht zu erwarten. Und ich habe dir daraufhin gegen drei Vaterunser und ein Gegrüßetseistdumaria die Absolution erteilt, dein Sündenregister ist daher nicht belastet, mein Sohn."

Es war eine der vielen kirchenimmanenten Spezialitäten, dass er zu seinem Sohn (der ja gar nicht wusste, dass er sein Sohn war) „Mein Sohn" sagen konnte, ohne dass es dem Sohn (der – wie gesagt – ja gar nicht wusste, dass er sein Sohn war) auffallen musste, dass er sein Sohn war. Es war ja auch Silve nicht wirklich sein Bruder und Nadia nicht seine Schwester, aber in höheren kirchlichen Kreisen scheinen offenbar alle irgendwie miteinander verwandt zu sein, ohne dass sie tatsächlich miteinander verwandt sind, und wenn dann einmal einer wirklich mit wem verwandt ist, fällt es keinem auf. So sagen ja auch viele Leute, auch Gleichaltrige, zum Papst ungeniert „Vater", ohne dass er wirklich ihr Vater ist. In Spitälern ist dies übrigens ähnlich, da laufen viele Schwestern herum, mit denen man gar nicht verwandt ist.

„Ich habe noch gut sein Gesicht – beziehungsweise was halt nach der Folter von seinem Gesicht noch übrig war – in Erinnerung, als er merkte, dass es zu Ende ging", sagte Picciuni mit selig verklärtem Lächeln.

„Es war sehr gut, dass du bei der peinlichen Befragung darauf geachtet hast, dass seine Schreibhand nicht beeinträchtigt wurde", lobte sein Vater/Kardinal. „So konnte er noch die Abschiedsbriefe an seine Lieben und an Sly eigenhändig schreiben, in denen er ihnen seinen Selbstmord ankündigte."

„Ja. Er war dann direkt erleichtert, als es vorbei war. Na ja, kein Wunder bei den Qualen, die er zuvor erleiden musste. Äh, seine Abschiedsbriefe haben Eure Eminenz wohl nicht in Rom zur Post gegeben?"

„Nein, natürlich nicht. Hältst du mich für einen kompletten Idioten, Giacomo? Ich habe sie Mee-Gees Sohn* mitgegeben, als er nach Linz fuhr, um dort zu erledigen, was noch getan werden musste. Ja, er ist bestens geeignet für derartige Aufträge, er war schon in vielen Berufen tätig und sein aktueller hat ihn prädestiniert dafür, sich Sly unauffällig zu nähern. Ich habe nicht mehr mit ihm über dieses Thema gesprochen, aber ich nehme an, dass er die Briefe irgendwo in Oberösterreich zur Post gegeben hat, hoffentlich ordnungsgemäß frankiert."

Sein Sekretär nickte. „Soweit ich das verfolgt habe, hat Brunos angeblicher Selbstmord zwar für einige Überraschung gesorgt, weil Bruno eigentlich nicht der Typ dafür war, aber die Abschiedsbriefe sind von den Behörden als echt anerkannt worden, und der Fall wurde, obwohl es keine Leiche gab, als Selbstmord zu den Akten gelegt."

„Na ja, jetzt gibt es eine Leiche, aber wenn wir Glück haben, bleibt sie unidentifiziert. So wie sie beinander ist ... Wasserleichen sind etwas Unschönes, Giacomo, merk dir das."

* Hier ist mit dem „Sohn" ausnahmsweise wirklich der leibliche Sohn gemeint, wobei der Simultandolmetsch anmerkt, dass er keine Ahnung hat, wer dieser Mee-Gee (so hat er den Namen jedenfalls verstanden, auf Englisch ausgesprochen *mi: dschi:*) sein soll, bisher ist er nämlich noch nicht erwähnt worden, Sie brauchen also gar nicht zurückblättern.

„Er war schon, bevor er ins Wasser kam, nicht mehr viel schöner", stellte Giacomo fest. „Sly Slenders Tod als Selbstmord hinzustellen, wird wohl nicht möglich sein?"

Der Kardinal schüttelte den Kopf. „Die Polizei ermittelt schon. Zwar tappt sie, was das Motiv betrifft, noch völlig im Dunkeln ..."

„In den österreichischen Zeitungen steht, dass ein gewisser ... äh, wie nennt er sich nur ... gesucht wird, äh, Rüdiger-Maria Mülleräh ..."

Bevor sich Picciuni mit dem zweiten Teil des Familiennamens abzuplagen begann (wobei ihm auch schon der erste Teil und der Doppelvorname große Schwierigkeiten bei der deutschen Aussprache bereitet hatten – mit Ausnahme von Maria, das war akzentfrei über die Lippen geflossen), unterbrach ihn der Kardinal: „Egal wie er sich nennt, Hauptsache, das Werk in Linz ist vollbracht. Glaub mir, die Moko wird Mee-Gees Sohn nicht erwischen."

„Äh, Moko? Das auf 744 Höhenmetern gelegene Dorf in Osttimor?"*

„Nein, Mordkommission."

„Aha. Und nun sind unsere Innominati wieder sicher?"

„Ich hoffe es. Ich glaube, dass mit Brunos und Slys Tod die Bedrohung abgewendet ist."

„Und wann können sie wieder zurück in ihre alte Bleibe im Norden der Stadt?"

Rissoni zuckte die Schulter.

„Ich weiß es nicht. Ich bin mir nicht einmal sicher, ob wir nicht eine andere Unterkunft suchen sollten. Seitdem kurz vor Weihnachten dort jemand aufgetaucht ist und sich derart auffällig umgesehen hat ..."

„Wenn wir nur wüssten, wer das gewesen ist!"

* Siehe etwa http://de.wikipedia.org/wiki/Opa_(Lolotoe).

„Ja, leider wissen wir das nicht. Schwester Letizia, die ich zur Sicherheit dort gelassen hatte, sieht dummerweise schon recht schlecht, ist aber zu eitel, eine Brille aufzusetzen, dabei ist sie schon fast 90, Schwester Letizia konnte mir jedenfalls keine genaueren Angaben machen, und als ich mich dann selbst auf die Lauer legte, ist die Person nicht wieder erschienen ... Nach Letizias Schilderungen könnte es sogar Sly gewesen sein."

„Warum ..." Der Sekretär brach ab, traute sich die Frage nicht zu stellen.

„Ich weiß schon, was du fragen willst – warum ich auch ausgerechnet eine offenkundig unfähige Person als Wache abgestellt habe. Ja, das ist meine Schuld, mea culpa, mea maxima culpa, aber der Kreis der Personen, der über unsere Innominati Bescheid weiß, ist halt sehr klein und wird auch immer kleiner. Personalengpass könnte man es nennen."

„Auch ich als Ihr Sekretär bin erst seit gut einem Jahr in das Geheimnis unserer Innominati eingeweiht", bemerkte Picciuni.

„Ja. Ich brauchte einen Vertrauten. Ich bin seit mehr als 30 Jahren Koordinator der Innominati, aber ich werde auch nicht jünger, und eines Tages wirst du meine Aufgaben übernehmen, mein Sohn. Ich hatte zwar ursprünglich deinen Vorgänger, den guten Gaetano, für diesen Job bestimmt, aber leider ... du weißt ... er ruhe in Frieden."

„Ihr Vertrauen ehrt mich", sagte sein Sekretär demütig.

„Das hat mit Vertrauen allein nichts zu tun", gab der Kardinal zurück. „Zum Teil ist es auch eine Notwendigkeit."

„Seit wann gibt es eigentlich die Innominati?", fragte der Sekretär. „Das haben Sie mir noch nicht enthüllt. Ich weiß, dass Mozart einer war, aber war er der erste Prominente unter den Innominati?"

„Aber nein, bei Weitem nicht!", rief Rissoni. „Wenn wir die Geschichte richtig betrachten, war Jesus der erste!"

„Jesus Christus?“

„Na, was glaubst du, was für einen Jesus ich meine? Den Sohn vom Toni Polster?“

„Verzeihen Sie.“

„Schon gut. Ja, wenn wir die Geschichte richtig betrachten, war Jesus Christus der erste Innominato.“

„Was meinen Sie mit ‚Wenn wir die Geschichte richtig betrachten‘?“, fragte George Clooney stirnrunzelnd.

„Nun, es gibt zwei Versionen vom Tod Jesu“, sagte der Kardinal bedächtig. „Die eine, offizielle, erzählt von seinem Tod am Kreuz und seiner Auferstehung, ich glaube, die ist dir bekannt ...“ Er schwieg, wollte offenbar über die andere Version nicht sprechen.

„Es gibt noch eine andere Version?“, rief sein Sekretär entsetzt. „Dass er *nicht* am Kreuz gestorben und *nicht* auferstanden ist?“

Der Kardinal nickte, schwieg aber weiter.

„Und welche Version stimmt nun?“, fragte Picciuni, als ihm das Schweigen zu lange dauerte.

„Welche Antwort erwartest du von mir als Kardinal der römisch-katholischen Kirche auf diese Frage?“, antwortete der Kardinal etwas mürrisch mit einer Gegenfrage. „Milliarden Christen auf der ganzen Welt glauben an Jesu Tod und seine Auferstehung, wie könnte ich da behaupten, er sei ein Innominato gewesen?“

„Das ist ... keine Antwort auf meine Frage“, stellte Picciuni trotzig fest, um dann langsam den Sinn des Ausweichens zu verstehen. „Das heißt ... Sie glauben auch, dass Jesus nicht am Kreuz gestorben und nicht auferstanden ist? Wenn Sie zuvor gesagt haben ‚Wenn wir die Geschichte *richtig* betrachten‘, dann meinen Sie offenbar, dass die *andere* Version die richtige ist? Die Version der Innominati? Das meinen *Sie*? Ein Kardinal der komisch-ratholischen Kirche?“ Der Kardinalssekretär vertauschte vor Aufregung zwei Konsonanten, vergaß auf das Ö-Stricherl und bekreuzigte sich.

„Ich kann es nicht sagen, mein lieber Giacomo", antwortete der Kardinal sanft. „Natürlich muss ich an die offizielle Version der Kirche glauben, aber es gibt Dokumente – überzeugende Dokumente –, sogar höchst überzeugende Dokumente ..."

„Dass Jesus ein ... Lügner war? Dass er gar nicht auferstanden ist?" Picciuni war erschüttert.

„Ja, das ist die andere Version", sagte Rissoni. „Und daher, mein lieber Giacomo, müssen die Innominati geheim bleiben. Unsere aktuellen Innominati sind harmlos, die wissen von all dem – der Geschichte ihrer Vorgänger – gar nichts, schon Mozart war völlig ahnungslos, aber in der Überlieferung ... die Dokumente ... Nicht auszudenken, wenn die publik würden, wenn auch nur bekannt würde, dass die Möglichkeit besteht, dass Jesus nicht am Kreuz gestorben und nicht auferstanden ist ..."

Picciuni war sprachlos. „Weiß der Papst davon?", fragte er dann.

Der Kardinal schüttelte den Kopf. „Wir Hüter und Koordinatoren der Innominati der letzten Jahrhunderte wollten den jeweils regierenden Papst nicht mit derartigen aufrührerischen Ideen belasten. Früher – vor dem Zweiten Vatikanischen Konzil – hätte man uns wahrscheinlich als Ketzer verbrannt."

„Das heißt also, wir müssen dafür sorgen, dass die Innominati weiterhin geheim bleiben?", fragte Picciuni, der sich nur schwer beruhigen konnte.

„Ja", sagte der Kardinal und nahm einen Schluck von seinem Kaffee. „Selbst wenn es noch einige Menschen das Leben kostet ..."

14. Kapitel

Ähnlich wie mit Gulaschsuppen ist es auch mit Kondomen: Wenn man im Supermarkt vor dem Regal steht, fällt die Entscheidung schwer. Das Angebot ist – vor allem seitdem Österreich der EU beigetreten ist – überwältigend.

Rupert Plankton stand am Mittwochabend kurz vor Ladenschluss im Supermarkt in der Lentia City vor der schwierigen Entscheidung, die für seine Bedürfnisse geeignetste Kondompackung auszuwählen. In seiner Anfängerzeit – in den 1980er-Jahren – hatte man sich bei unerwartet auftretenden Notfällen den Gummi, wie Heranwachsende das Kondom beziehungsweise Präservativ schon damals liebevoll genannt hatten, aus dem Automaten im Gasthaus oder in der WC-Anlage der Fußgängerunterführung geholt, zehn Schilling das Stück, da hatte man keine Auswahl gehabt, aber heutzutage ...

Nicht, dass Plankton fix damit rechnete, in der nächsten Zeit – oder vielleicht sogar schon heute Nacht – auf den Besitz eines Präservativs angewiesen zu sein, aber Vorsicht ist die Mutter der Porzellankiste, und sicher ist sicher und Adlerpenis sei wachsam ...

Plankton war schlichtweg überwältigt von der gigantischen Auswahl. Nach einer halben Stunde intensivster Preis- und Qualitätsvergleiche entschied er sich nach einem Blick auf seine zur Eile mahnende Uhr für die Packung mit dem am weitesten in der Zukunft liegenden Ablaufdatum, eilte mit dieser zur Kasse, verstaute das käuflich erworbene Produkt schamhaft in seiner Jackentasche und lief zum italienischen Restaurant, wo er zeitgleich mit Veronika eintraf.

„Ah, Veronika!“, rief er, noch etwas außer Atem. „Schön, Sie zu sehen. Toll sehen Sie aus!“

„Danke. Ja, ich freue mich auch“, gab Veronika zur Antwort.

Heute hatte sie sich in Schale geworfen; da Bekleidungsdetails wohl nur Leser*innen* interessiert (männliche Leser werden immer unruhig, wenn derartige Einzelheiten des Langen und Breiten beschrieben werden) und überdies die Zeit drängt (es war schon sieben Uhr abends), sei nur kurz erwähnt, dass sie – so wie sie angezogen war – genauso gut ins Neue Musiktheater oder ins Spielcasino gehen hätte können, und selbst zu einer ordnungsgemäßen weiblichen Adjustierung für einen Ballbesuch fehlte nicht allzu viel.

Plankton ließ sich vom Oberkellner zum reservierten Tisch geleiten, wo sie Platz nahmen und einen Aperitiv bestellten.

„Und – sind Sie fündig geworden?“, fiel Veronika sogleich mit der Tür ins Haus.

Plankton schüttelte den Kopf. „Nein“, sagte er bedauernd. „Lauter blöde Ergebnisse für den Begriff Innominati – so ähnliche wie wir gestern Abend gemeinsam gefunden haben. Aber ...“

„Aber?“

„Mir ist ein anderer Gedanke gekommen.“

„Ja? Was denn?“

„Was, wenn der Anschlag mit dem vergifteten Gramastettner Krapferl gar nicht Sly gegolten hat?“, stellte Plankton in den Raum.

„Nicht Sly gegolten?“ Veronika war über diese Bemerkung erstaunt. „Wem dann?“

„Nun ... mir!“

„Ihnen?“ Veronika schüttelte ungläubig den Kopf. „Sie meinen, dass man *Sie* vergiften wollte?“

„Nicht unbedingt vergiften. Aber vielleicht wollte man mir schaden.“

„Das verstehe ich nicht.“

„Überlegen Sie einmal: Wie stehe ich jetzt da? Mit einem von *mir* – dem berühmtesten und einzigen Speisologen der Welt! – gebackenen Gramastettner Krapferl wurde ein Mensch ermordet! Das kann meine Reputation nachhaltig beschädigen! Ich hatte ja noch Glück, dass es *Sly* erwischte, denn Sly war so prominent und beliebt, dass nun die Sly-Slender-Nachrufe alle Zeitungen füllen, sodass also für die Schlagzeile ‚*Eiszauber*-Teilnehmer von Speisologen-Krapferl gekillt' noch kein Bedarf ist, aber stellen Sie sich vor, wenn es einen ganz gewöhnlichen, uninteressanten Menschen getroffen hätte, dann würde wohl *ich* jetzt täglich die Schlagzeilen füllen!"

Veronika äußerte sich nicht weiter zu diesen Überlegungen und zog dann mit der Frage „Demnach wäre es ein Zufall gewesen, dass es Sly erwischte?" ihr persönliches Resümee daraus.

Plankton nickte. „Der Mörder hat irgendeines der Gramastettner Krapferln mit dem giftigen Zucker bestreut. Es war purer Zufall, dass dieses zu guter – für Sly eher schlechter – Letzt zu Sly gelangt ist, genauso gut hätte es irgendwer anderer vom Blech nehmen und essen können!"

„Aber Sly hat es doch von jemandem gereicht bekommen?", wandte Veronika ein. „War es nicht dieser Kabelroller, der Sly das Krapferl gegeben hat?"

„Das wissen wir nicht", sagte Plankton. „Der Kabelroller – genau gesagt ist er ja Kabelaufrollungsüberprüfungsunterstützer – hat sich jedenfalls das letzte Krapferl vom Blech genommen, wer dann Sly das vergiftete ausgehändigt hat, war auf dem Video nicht zu sehen."

„Aber wir nehmen doch an, dass es der Kabelroller – ja, ja, ich weiß schon, Kabelaufrollungsüberprüfungsunterstützer – war, weil er nachher spurlos verschwunden ist, wobei wir das ja auf sein schlechtes Gewissen geschoben haben?"

„Ja, schon. Aber es könnte auch so gewesen sein, dass es letztlich reiner Zufall war, wer es aß. Genauso gut hätte es Fred, Schorsch, Black Joe und wie die Sandler alle heißen, treffen können."

„Und das alles nur, um Ihrem Ruf zu schaden?", war Veronika skeptisch. „Und wer käme da als Täter infrage?"

„Na, wen hatte ich denn kurz zuvor im Gramastettner-Krapferl-Wettbewerb bis auf die Knochen blamiert?", stellte Plankton eine Gegenfrage.

Veronika lag schon die Antwort „Keine Ahnung, dieses Duell hat mich nicht sonderlich interessiert" auf der Zunge, aber nach kurzem Überlegen sagte sie: „Die beiden Gramastettner-Krapferl-Bäcker?"

Plankton nickte. „Ich habe mittlerweile Theo – Sie wissen schon, mein Moko-Freund – den Tipp gegeben, dass er das Alibi der zwei einmal überprüfen soll. Ob sie nach unserem gemeinsamen Auftritt auch hinter der Bühne waren und so Gelegenheit hatten, meine Krapferln zu manipulieren. Vielleicht findet man auch DNA-Spuren von ihnen oder Hautfetzen oder Urinreste oder weiß Gott was ..."

„Das alles würde aber nicht erklären, warum Sly vor seinem Tod ‚Innominati' sagte und warum dieser Kabelmensch spurlos verschwunden ist", wandte Veronika ein.

„Alles lässt sich erklären", sagte Plankton, ging aber nicht näher darauf ein, wie – woraus Veronika völlig richtig schloss, dass Plankton aktuell noch keinen Lösungsvorschlag anzubieten hatte.

„Und vor allem würde es das hier nicht erklären", sagte Veronika und holte aus ihrer Handtasche ein Kuvert hervor, das sie Plankton vor die Nase hielt.

„Meine Theorie würde ein Kuvert nicht erklären?", fragte er begriffsstutzig.

„Nicht das Kuvert, sondern was im Kuvert drin ist", erklärte Veronika, und nun war ihr spürbar Aufregung anzukennen. „Ich habe Post bekommen."

„Post?"

„Ja, Post. Von Sly."

„Sly hat Ihnen geschrieben?" Plankton schüttelte traurig den Kopf. „Veronika, Sie müssen sich damit abfinden, dass Sly tot ist! Unbarmherzig dahingemeuchelt."

„Der Postaufgabestempel stammt vom Freitag", sagte Veronika unbeirrt. „Er hat den Brief noch vor seinem Tod abgeschickt."

„Er hatte Ihre Adresse?", wunderte sich Plankton.

„Ja, natürlich. Ich war nicht nur irgendein Fan von ihm, ich war Leiterin des österreichischen Fanclubs! Wir standen in ständigem Kontakt – per E-Mail, auf Facebook, telefonisch und auch brieflich."

„Interessant. Und was hat er Ihnen geschrieben, ein paar Tage vor seinem Tod?"

„Na ja, das ist ja das Seltsame. In dem Kuvert war kein Brief, sondern nur das hier." Sie holte einen Zettel in der Größe DIN A6 aus dem Kuvert heraus.

„Was ist das? Ein Rätsel?"

„Ja, offenbar ist es ein Rätsel", stimmte Veronika zu.

Der Zettel sah folgendermaßen aus:

U	V	A	T	I	C	A	N	O	L
J	O	D	B	N	P	Q	Ö	I	L
T	J	E	A	N	A	X	G	H	Ü
B	D	L	E	O	N	O	R	A	L
I	N	N	O	M	I	N	A	T	I
O	N	U	N	I	D	I	F	W	N
Z	R	M	C	N	R	T	I	M	Z
F	O	R	Z	A	E	S	E	M	I
V	M	L	D	T	V	E	K	M	Z
Ä	A	S	R	I	E	D	A	R	Ö

„Und das hat Sly Ihnen geschickt?“, war Plankton perplex.

„Ja, am Freitag.“

„Darf ich das Kuvert einmal sehen?“

Veronika reichte Plankton den Umschlag. Es war ein ganz normales Fensterkuvert, frankiert mit einer am vergangenen Freitag abgestempelten 80-Cent-Briefmarke. Anstelle eines maschinen- oder handgeschriebenen Absenders befand sich an der entsprechenden Stelle ein Stempel mit dem Namen, der Postfachadresse und dem porträtierten Kopf von Sly Slender.

„Eindeutig ein Brief von Sly“, sagte Plankton beeindruckt. „Ein Fensterkuvert. Ihre Adresse steht hier aber nicht!“

„Es war noch ein Zettel eingeschoben, auf dem – mit Computer geschrieben – mein Name und meine Adresse standen, die man dann durch das Kuvertfenster sah. Diesen Zettel habe ich nicht mitgenommen, der schien mir nicht wichtig.“

„Aha. Gut. Und was soll das bedeuten?“ Er widmete seine Aufmerksamkeit nun wieder dem Blatt Papier, das ihm Veronika übergeben hatte. „Ist das Slys Handschrift?“

„Ja, eindeutig. Und es ist ein Rätsel“, sagte sie nochmals. „Ich weiß nicht, wie diese Art von Rätsel heißt, aber in all dem Buchstabengewirr verstecken sich Worte. Innominati kommt gleich zweimal vor.“

Plankton starrte auf den Zettel. „Ach ja, hier, mittlere Spalte von oben nach unten und mittlere Zeile von links nach rechts.“ Er griff in seine Jackentasche, fühlte das Kondompaket, holte aber nicht dieses hervor (dafür war es eindeutig noch zu früh), sondern einen Kugelschreiber und setzte dazu an, die beiden Worte einzurahmen.

Veronika war entsetzt. „Aber, Rupert, das ist möglicherweise ein Beweismittel! Sie können es doch nicht so einfach vollkritzeln!“

Plankton erschrak und hielt inne. „Oh! Sie haben recht! Natürlich! Wenn ich jetzt alle Worte, die ich da finde, einkringle, kann man vielleicht bald nichts mehr lesen. Ober! Herr Ober!“ Als aufgrund des lauten Rufens des Gastes tatsächlich ein Kellner erschien, primär um für Ruhe zu sorgen, fragte er: „Können Sie mir dieses Blatt Papier bitte dreimal kopieren? Sie haben sicher einen Kopierer, leugnen Sie nicht, Sie können die Kosten dann auf die Rechnung setzen, kann ja nicht viel kosten, so eine Schwarz-Weiß-Kopie ...“

„Sehr wohl, der Herr“, sagte der Kellner und verschwand mit dem Blatt.

„Aber, Rupert, Sie können doch das Beweisstück nicht aus den Händen geben“, hielt Veronika ihm vor. „Was ist, wenn ...“

„... der Kellner ein Innominato ist, anhand des Rätsels merkt, dass wir den Innominati auf der Spur sind, seine Kumpane verständigt und diese uns entführen, foltern und vielleicht sogar umbringen? Meinen Sie das?“

Veronika schwieg, denn dieses Szenario kam selbst ihr etwas übertrieben vor, dann sagte sie: „Wahrscheinlich haben Sie recht. Ich sollte mich nicht in einen regelrechten Verfolgungswahn hineinsteigern.“

In diesem Moment kehrte der Kellner auch schon zurück und überreichte Plankton den Originalzettel samt drei Kopien. Plankton bedankte sich, erinnerte den Ober daran, dass die Aperitive überfällig waren, steckte das Original ins Kuvert zurück und umrahmte auf einer Kopie die beiden Worte INNOMINATI.

„Und?“, sagte er dann. „Was bringt uns das jetzt? Und was soll es überhaupt bedeuten, dass Sly Ihnen dieses Rätsel geschickt hat?“

„Nun, ich glaube ...“, begann Veronika.

„Ja?“

„Ich glaube, es soll bedeuten: Liebe Veronika, ich werde bedroht, die Innominati sind hinter mir her, wenn mir am nächsten Wochenende etwas passieren sollte …“

„Liegt die Lösung in dem beiliegenden Rätsel verborgen?“, setzte Plankton den Satz fort.

„Ja, genau. Sinngemäß. Ich weiß, es klingt vielleicht etwas weit hergeholt …“

„Hm. Hm.“ Plankton runzelte die Stirn. „Vielleicht, vielleicht aber auch nicht.“ Er starrte auf das Rätsel, dann sagte er: „Das muss etwas zu bedeuten haben!“

„Was denn?“

„Ja, schauen Sie doch mal!“ Er zeigte ihr den Zettel mit den zwei umrahmten Worten.

„Ja, und?“

„Na, was sehen Sie jetzt?“

„Äh, einen Zettel …?“

„Die Rahmen! Sehen Sie sich die beiden Rahmen an. Die bilden ein …“

Veronika sah nochmals hin, dann begriff sie. „Ein Kreuz?“

U	V	A	T	I	C	A	N	O	L
J	O	D	B	N	P	Q	Ö	I	L
T	J	E	A	N	A	X	G	H	Ü
B	D	L	E	O	N	O	R	A	L
I	N	N	O	M	I	N	A	T	I
O	N	U	N	I	D	I	F	W	N
Z	R	M	C	N	R	T	I	M	Z
F	O	R	Z	A	E	S	E	M	I
V	M	L	D	T	V	E	K	M	Z
Ä	A	S	R	I	E	D	A	R	Ö

„Genau. Es muss irgendeine kirchliche Organisation hinter dem Ganzen stecken!“

„Und das schließen Sie aus dem Kreuz?“

„Ja, natürlich! Und hier ... in der ersten Zeile steht VATICANO!“ Plankton malte auch um dieses Wort einen Rahmen herum. „Und ein ROMA sehe ich da auch! Der Vatikan versteckt sich ja bekannterweise mitten in Rom.“ Er versah auch diese vier Buchstaben mit einem hübschen Rahmen. Dass er durch diese weiteren Umrahmungen das gerade erst entdeckte Kreuz zerstörte, fiel ihm nicht weiter auf.

„Rom und Vatikan“, sagte Veronika nachdenklich. „Heißt nicht das Gift, das Sly getötet hat, Vatikangift?“

„So ähnlich. Vatikanzucker.“

„Dann finden wir die Lösung des Rätsels in Rom, im Vatikan?“

„Liebste Veronika“, sagte Plankton, „wir können jetzt nicht auf gut Glück nach Rom fliegen. Ich bin ja beim *Da-Linzi-Code* auch nicht nach Linzi geflogen, das bekanntlich in China liegt,* sondern habe die Lösung des Rätsels hier in Linz gefunden. Wir brauchen noch mehr Anhaltspunkte!“ Er ließ die Buchstaben auf sich wirken. „Und ich weiß auch schon, wo wir anfangen“, sagte er wenig später.

„So? Wo denn?“

„Auf der Uni in Linz.“

„Aha.“ Veronika war erstaunt. „Warum denn das?“

„In der sechsten Zeile von oben steht UNI und in der äußersten rechten Spalte LINZ. Wenn Ihnen Sly mit diesem Rätsel einen Hinweis geben wollte, wollte er vielleicht ausdrücken: Beginn deine Suche auf der Linzer Uni!“

„Zeigen Sie einmal her!“

Plankton rahmte die Worte Uni und Linz ein, schraffierte sie zur Verdeutlichung auch noch und reichte Veronika das Papier.

* Siehe http://de.wikipedia.org/wiki/Linzi.

U	V	A	T	I	C	A	N	O	L
J	O	D	B	N	P	Q	Ö	I	L
T	J	E	A	N	A	X	G	H	Ü
B	D	L	E	O	N	O	R	A	L
I	N	N	O	M	I	N	A	T	I
O	N	U	N	I	D	I	F	W	N
Z	R	M	C	N	R	T	I	M	Z
F	O	R	Z	A	E	S	E	M	I
V	M	L	D	T	V	E	K	M	Z
Ä	A	S	R	I	E	D	A	R	Ö

„Ach ja, hier steht Linz“, sagte sie dann. „Könnte aber auch Linzi heißen, weil unter dem Z ist noch ein I. Vielleicht sollten wir doch nach China …?“

„Keinesfalls“, rief Plankton. „Oberhalb des LINZI steht LL und ich fahre deswegen auch nicht nach Lettland. Nein, wir beginnen morgen unsere Nachforschungen auf der Linzer Universität. Dann kann ich wenigstens gleich überprüfen, ob mein Fakultätsvorstandsbüro bereits standesgemäß eingerichtet wird.“ Er wartete kurz auf eine angemessene Reaktion von Veronika auf den letzten Halbsatz, die aber nicht kam. Dafür kam etwas anderes: „Ah, i nostri aperitivi!“, rief Plankton. „Wissen Sie schon, was Sie essen wollen, dann könnten wir gleich bestellen?“

„Ich hätte Gusto auf eine Pizza. Am liebsten eine Pizza Hawaii.“

„Ah, eine Pizza! Sehr gut. Wussten Sie eigentlich, dass sich die Vorläufer der Pizza bis in die Antike zurückverfolgen lassen? Fladenbrot als ein auf Stein gebackener, dicker Getreidebrei war die Urform des Brotes! Schon von den Etruskern, die 1000 vor Christus das heutige Italien im Stiefelbereich bewohnt, ist überliefert, dass sie …“

15. Kapitel

Rüdiger-Maria Müller-Wondraschevskinsky vulgo Rümmi fuhr sich mit der Hand hochzufrieden über seinen Kopf. Er war – wenn man sein aktuelles Aussehen mit dem von *vor* Sly Slenders Ermordung verglich – kaum wiederzuerkennen. Auf seine Glatze hatte er sich jetzt noch einen Feuer speienden Drachen tätowieren lassen, sein Gesicht schmückten (?) insgesamt acht Piercings an verschiedenen Stellen (Ohren, Nase, Ober-, Unterlippe, ich kann gar nicht hinschauen).

Sein Geldvorrat war durch diese Gesichtsmanipulationen zwar wieder um ein paar Scheine geschrumpft (im Preis war offenbar ein „Ich-hab-dich-sehr-wohl-erkannt-aber-bei-entsprechender-Bezahlung-verrat-ich-dich-nicht"-Aufschlag enthalten gewesen), aber der Künstler der PITT **P**iercing-, **I**mplantat-, **T**attoo- und **T**ätowier-GmbH & Co KG – in der Linzer Szene und auf einschlägigen Homepages kurz Meister PITT genannt – hatte sich das Geld redlich verdient. Er hatte großartige Arbeit geleistet, Rüdiger-Maria sah seinem – nach wie vor täglich in allen Zeitungen veröffentlichten – Fahndungsfoto kein bisschen mehr ähnlich.

Kurz überlegte Rüdiger-Maria, ob er – auch wenn er wegen des Mordes an Sly gesucht wurde und sich daran in absehbarer Zeit wohl nichts ändern würde – es nicht vielleicht doch wagen konnte, in Linz zu bleiben. Er war zwar in seinem Leben schon weit herumgekommen, einige entscheidende Monate hatte er sogar in St. Pölten verbracht, aber an und für sich gefiel es ihm ja in Linz, vor allem, seitdem endlich das Neue Musiktheater eröffnet war, und mit seinem derzeitigen Kopf würden ihn selbst gute Bekannte (enge Freunde hatte er ja sowieso nicht) nicht auf Anhieb erkennen. Allerdings konnte er gegen seine mangelnde Körpergröße kaum etwas ausrichten, er trug zwar schon höhere Einlagen in den Schuhen, aber die hatten ihm nur ein paar unbedeutende Zentimeter verschafft, sodass er – wenn er in Linz blieb – täglich Gefahr lief, doch von jemandem mit den Worten „He, bist du nicht der Rümmi, der von den Bullen gesucht wird und für den ich ein Schweine-Lösegeld kassier, wenn ich ihn ausliefere?" angesprochen zu werden. Schließlich hatte er in den letzten Jahren derart viele Kurzzeitjobs innegehabt, dass die Anzahl seiner ehemaligen Kumpel weit höher war als wenn jemand sein Leben lang als Croupier, Richter oder Chorsänger arbeitet und immer mit denselben langweiligen Kollegen zu tun hat, sodass die Gefahr, in Linz einem Bekannten über den Weg zu laufen, sehr groß war – tausendmal größer als in Burundi oder Neuguinea.

Dorthin gedachte Rüdiger-Maria allerdings ohnehin nicht abzuhauen, ihn zog es nach Italien, vor allem wegen der Pizza, dem Chianti und dem Strand (auch die Prostituierten machten glaubhaften Gerüchten zufolge den Fullservice dort um eine Spur billiger), und er wollte sich auch nicht einfach in einen Zug setzen oder einen Flieger besteigen oder per Anhalter das Land verlassen.

Der Jongleur auf dem Hauptplatz brachte ihn auf die Idee.

Der Linzer Hauptplatz ist das Zentrum der Stadt und mit 13.140 Quadratmetern einer der größten umbauten Plätze Österreichs. Er wurde um 1230 angelegt und ist aktuell 219 Meter lang und 60 Meter breit.* Im Laufe seiner Geschichte trug der Hauptplatz eine Vielzahl verschiedener Namen, unter anderem hieß er auch (man rate, wann) Adolf-Hitler-Platz. Jetzt heißt er nicht mehr so. Eine Touristenattraktion ist der Hauptplatz nicht nur wegen der zahlreichen rundum stehenden geschichtsträchtigen und auch hübsch anzusehen-

* Kontrollrechnung: 219 x 60 = 13.140.

den Gebäude und aufgrund des samstäglichen Flohmarkts, sondern auch wegen der auf vielen Fotos verewigten Dreifaltigkeitssäule, die – ähnlich wie der Pöstlingberg – eines der Wahrzeichen der Stadt ist. Die Dreifaltigkeitssäule wurde in den Jahren 1717 bis 1723 vom Salzburger Steinmetz Sebastian Stumpfegger (der 21 Kinder hatte, aber das nur nebenbei) auf der Mitte des Platzes an der Stelle des damaligen Prangers aus weißem Marmor erbaut. Anlass für die Errichtung waren erstens die abgewehrte Kriegsgefahr (1704), zweitens eine überstandene Feuersbrunst (1712) und drittens das Ende einer Pestepidemie (1713) gewesen; Linz war also auch schon vor Adolf Hitler ganz schön von Katastrophen heimgesucht worden, worauf auch der Text der Inschriftentafel hinweist, den in Linz jedes Kind im Kindergarten auswendig lernen muss, auf Latein und in der zweiten Klasse Volksschule dann auch noch auf Deutsch. Denn dort heißt es nach einer längeren, eher einschläfernden Stelle, die – wie es sich für eine Dreifaltigkeitssäule gehört – der Dreifaltigkeit gewidmet ist: PERENNE HOC MUNUMENTUM OB PESTEM, IGNES; BELLA AMOTA, SOPITA, SUB GLORIOSO IMPERIO CAROLI VI. CAESARIS SEMPER AUGUSTI, POSUERUNT ...*

An all diese Fakten, die Wikipedia entnommen sein könnten, dachte der Jongleur auf dem Hauptplatz nicht. Er warf, wie dies Jongleure rein beruflich öfters tun, eine größere Anzahl von Bällen in die Luft und verhinderte durch das Auffangen derselben nicht nur, dass sie zu Boden fielen,

* Den gesamten Text der Inschrift entnehme man entweder anlässlich eines Lokalaugenscheins direkt der Säule; wer deswegen nicht extra nach Linz anreisen will, der kann den Text (nachdem er sich wegen der Linz-Verweigerung ausgiebig geschämt hat) auch unter http://www.linz.at/Tourismus/7584.asp nachlesen, noch dazu gebührenfrei (Warnung: Es können allerdings Gebühren für die Nutzung des Internets anfallen).

wodurch der Jongliereffekt irgendwie verpufft wäre, sondern bewegte sie auch durch einige geschickte Handgreiflichkeiten in einer hübschen Kreisbahn herum.

Neben dem Jongleur stand ein kleiner schnurrbärtiger Mann – nicht ganz so klein wie Rüdiger-Maria, aber auch nicht viel größer –, der an die staunenden Herumstehenden oder Vorbeigehenden Zettel verteilte.

Auch Rüdiger-Maria erhielt einen solchen Zettel. Mit Interesse vernahm er, dass sich der Tschetschenische Nationalzirkus in der Stadt aufhielt. Er hatte seine Zelte auf dem Urfahraner Jahrmarktgelände aufgeschlagen und lud mit dem Zettel, bei dessen Vorweisen man überdies sagenhafte zehn Prozent Ermäßigung auf den regulären Kartenpreis bekam, zu den täglichen Vorstellungen um 15.00 Uhr und 19.30 Uhr, die noch bis einschließlich Sonntag andauern sollten. Das glücklicherweise in (wenn auch gebrochenem) Deutsch und nicht in Tschetschenisch verfasste Blatt Papier besagte weiters im Kleingedruckten, dass Linz die letzte Station des Zirkus auf seiner bislang erfolgreichsten (und auch ersten) Österreich-Tournee war, weil er sich im Anschluss daran nach Italien vertschüsste.

Italien! Zirkus!

Rüdiger-Maria liebte Italien (wer tut das nicht?) und seitdem er vor ein paar Jahren kurzfristig (zwei Tage lang) mit einer beim *Linzer Pflasterspektakel* auftretenden andalusischen Feuerkünstlerin liiert gewesen war, liebte er auch den Zirkus. Ach, wie gern wäre er Löwenbändiger oder Giraffendompteur geworden ...

„He, du“, wandte er sich an den Zettelverteiler. „Ja, du Kleiner da!“

„Zweimal Tag Vorstellung“, sagte der kleine Mann, der nicht nur von seinem Schnurrbart, sondern auch von einer Narbe auf der Wange entstellt wurde. (Wenn ihn wer nach der Ursache der Narbe fragte, erzählte er gern, dass er sie im Krieg gegen Russland erlitten hatte, in Wahrheit war sie ihm jedoch von seiner damaligen Lebensgefährtin zugefügt worden, als sie festgestellt hatte, dass er es zeitgleich auch mit ihrer Schwester trieb). „Zehn Prozent."

„Ich will nicht in die Vorstellung", entgegnete Rüdiger-Maria, „weil Löwennummer habt ihr wahrscheinlich eh keine, obwohl ihr aus Afrika stammt,* ich will zum Zirkus."

„Ja, Zirkus", verstand der kleine Tschetschene Bahnhof. „Zehn Prozent."

„Jetzt hör mir mal zu!", rief Rüdiger-Maria. „Ich will bei euch arbeiten – und dann mit euch nach Italien!"

„Ja, Italien. Italy. Arbeiten."

In diesem Moment mischte sich der Jongleur in die Unterhaltung ein. „Du willst im Zirkus arbeiten?", fragte er, munter weiterjonglierend. Wie Rüdiger-Maria dann später erfuhr, stammte der stets als Höhepunkt der Zirkusvorstellung 20 Minuten lang auftretende Jongleur nicht aus Tschetschenien, sondern aus Rumänien (Bukarest-Ost, nach der Ausfahrt die dritte Straße links und dann die Sackgasse hinauf, zweites Haus rechts, dort ist sein Geburtshaus – beziehungsweise war es, denn es wurde 2007 abgerissen, wer also extra wegen der Besichtigung seines Geburtshauses nach Rumänien gereist wäre, kann sich den Aufwand sparen). Er hatte einige Jahre in österreichischen Gefängnissen verbracht, wo er auch ein paar inhaftierten Politikern und Bankmanagern begegnet war, von denen er ausgezeichnet Deutsch gelernt hatte. Er hatte umgekehrt ihr Englisch verbessert.

„Ja. Natürlich nicht als Artist, aber ich bin zu fast allen Arbeiten zu gebrauchen. Zuletzt habe ich Kabel aufgerollt",

* Damit das klar ist: Der Autor und die Lektorin wissen sehr wohl, dass Tschetschenien nicht in Afrika ist, nur Rümmi weiß das nicht!

sagte Rüdiger-Maria, wobei Letzteres nicht 100-prozentig korrekt war, weil er beim ORF ja nicht die Kabel aufgerollt hatte, sondern nur den unterstützt hatte, der überprüft hatte, ob die Kabel ordnungsgemäß aufgerollt waren, aber wer schwindelt nicht dann und wann bei Vorstellungsgesprächen?

„Hm, so einen könnten wir vielleicht wirklich gebrauchen", überlegte Nicolae (so hieß der rumänische Jongleur des Tschetschenischen Zirkus mit Vornamen, was für den Fortgang der Handlung zwar eher von untergeordneter Bedeutung ist, weil er nach diesem Kapitel ohnehin nicht mehr in diesem Buch auftauchen wird, aber er wollte unbedingt namentlich genannt werden – da wäre es allerdings fast noch gescheiter gewesen, seinen kleinen tschetschenischen Kollegen mit dem Schnurrbart auf der Oberlippe und der Narbe auf der Wange namentlich vorzustellen, weil der wird in ein paar Tagen beziehungsweise Kapiteln ermordet, der Arme, aber der wollte – wahrscheinlich aus gutem Grund – nicht, dass sein wirklicher Name publik wird). „Viel gezahlt wird bei uns aber nicht."

„Egal", sagte Rüdiger-Maria. „Ich liebe die Zirkusluft, das freie Leben, die Atmosphäre in der Manege, das Brüllen der Löwen, das Trampeln der Hufe der tschetschenischen Pferde ..."

Und wenn wir erst einmal in Italien sind, dachte er sich, aber das sagte er natürlich nicht laut, *hau ich sowieso bei der erstbesten Gelegenheit ab ...*

Ein ähnlicher Gedanke war übrigens vielen tschetschenischen Zirkusmitarbeitern gekommen, als sie nach Österreich eingereist waren, und dass die meisten von ihnen den Gedanken ohne langes Zögern in die Realität umgesetzt hatten, war wahrscheinlich mit ein Grund, warum der Zirkus laufend neue Mitarbeiter suchte.

„Wenn du willst, kannst du dann gleich mit uns mitkommen", sagte Nicolae, „ich stell dich dann dem Chef vor."

„Gut."

„Vielleicht kannst du bei der Abendvorstellung gleich Hand anlegen. Irgendwelche Kabel zum Aufrollen werden sich bei gutem Willen ja finden lassen. Und zur Not lassen wir dich als größten Zwerg der Welt auftreten."

Abendvorstellung war okay für Rümmi. Zuvor hatte er aber noch etwas zu erledigen ...

16. Kapitel

Am Donnerstagvormittag trafen sich Plankton und Veronika um Punkt zehn Uhr vor dem Schlossgebäude der Johannes Kepler Universität. Die Johannes Kepler Universität Linz – kurz JKU* – ist mit über 16.700 Studenten die größte der vier Hochschulen von Linz. Sie wurde im Jahr 1966 als Hochschule für Sozial- und Wirtschaftswissenschaften eröffnet, 1969 um den Studienbetrieb der Technisch-Naturwissenschaftlichen Fakultät und 1975 um die Rechtswissenschaftliche Fakultät erweitert, weshalb sie seit nunmehr fast schon 40 Jahren alljährlich eine Riesenanzahl fix und fertiger Juristen ausspeit. Im selben Jahr – am 1. Oktober 1975 – erfolgte auch die Umbenennung der Uni in Johannes Kepler Universität Linz, Namenspate war nicht der damals für die Unis zuständige Minister, sondern ein gewisser Johannes Kepler, der zum Zeitpunkt der Umbenennung allerdings schon verstorben war und daher bei der Umbenennungsfete nicht mehr persönlich anwesend sein konnte, aber vom Bürgermeister beim kalten Buffet würdig vertreten wurde.

Der 364.000 Quadratmeter große Campus der JKU befindet sich im Bezirk Auhof im nordöstlichen Linzer Stadtteil St. Magdalena, die zahlreichen und – wie es scheint – beinahe täglich mehr werdenden Gebäude der Universität sind in einer Parkanlage rund um einen romantischen Teich angelegt, wo schon viele Liebesbeziehungen zwischen Studenten (aber auch zwischen Lehrpersonal und Studierenden) begonnen haben. Bestandteil der Anlage ist auch das malerische Schloss Auhof, das schon im regnerischen Spätherbst des Jahres 1350 erstmals urkundlich erwähnt wurde, bis 1961 – als es zur

* Anders als Schwarzeneggers WQS deutsch ausgesprochen, also *jot-ka-uuu*.

Errichtung der Hochschule angekauft wurde – im Besitz der Starhembergs war und nun das Rektorat und die Verwaltung der Uni beherbergt.

Um sich auf dem weiträumigen Universitätsgelände zu einem Rendezvous zusammenzufinden, war – wenn man der Mensa kulinarisch misstraute und beim Teich fürchtete, von einer Ente attackiert zu werden – das Schloss ein hervorragender, markanter Treffpunkt, und so hatten auch Plankton und Veronika keinerlei Schwierigkeiten, sich dort pünktlich um zehn einen etwas verspäteten „Guten Morgen“ zu wünschen.

„Hallo, Veronika!“, rief Plankton erfreut und deutete einen Wangenkuss an, worauf Veronika ihm bereitwillig auch die zweite Wange zum Küsschen hinhielt. „Sind Sie gut nach Hause gekommen? Haben Sie gut geschlafen?“

„Ja, danke. Auf beide Fragen. Es war ein sehr schöner Abend. Ich weiß jetzt alles über die Geschichte der Pizza.“

„Gut! Dieses Wissen werde ich ab kommendem Herbst hier an lernbegierige Studenten weitergeben“, sagte Plankton stolz und mit einer das gesamte Universitätsgelände umfassenden Handbewegung. „Und natürlich auch an Studentinnen. Ich war übrigens schon eine Stunde früher hier und habe mir mein zukünftiges Büro angeschaut.“

„Und? Ist es schön geworden? Einem speisologischen Fakultätsvorstand angemessen?“

„Nun, es wird schon, sie sind noch nicht recht weit. Derzeit dient es noch als Abstellkammerl für die Putzfrauen, aber es sind ja noch ein paar Monate bis dahin.“

„Fein. Und was machen wir jetzt?“

„Wir begeben uns auf die Suche.“

„Nochmals fein. Und wonach suchen wir?“

„Nach den Innominati natürlich.“

„Und Sie meinen, die haben hier sozusagen eine Zweigstelle auf der Uni?“, fragte Veronika skeptisch. Sie hatte am gestrigen Abend auch schon sehr vehement ihre Zweifel vorgebracht, ob der Weg zur Uni der richtige wäre, aber er hatte sich von seiner Idee nicht abbringen lassen, und Rupert Plankton konnte, wenn es um speisologische Angelegenheiten ging (und die Vergiftung eines Menschen, noch dazu des weltbesten Elvis-Presley-Interpreten, mit einer von ihm gebackenen Mehlspeise *war* für Plankton eine speisologische Angelegenheit), sehr stur sein.

Mittlerweile hatte sich Veronika bei Plankton eingehängt. Es war noch sehr kalt, knapp unter null Grad, es schneite sogar ein wenig, und sie hatten es eilig, in eines der Gebäude zu gelangen. Vom Teich her ertönte das Schnattern einiger Enten und Studentinnen.

„Wo wollen Sie anfangen?"

„Ich hab mir vor dem Schlafengehen und Pyjamaanziehen Slys Zettel nochmals angeschaut", sagte Plankton. „Und – Sie werden überrascht sein – da finden sich einige Namen darauf!"

„Ach ja? Namen?" Veronika war tatsächlich überrascht.

Plankton blieb stehen und holte eine noch nicht mit selbst fabrizierten Rahmen versehene Kopie von Slys Rätsel aus seiner Jackentasche. Dabei fühlte er, dass die Kondompackung noch immer – unangebrochen – an ihrem Platz steckte. „Hier", sagte er. „In diesem Buchstabenwirrwarr sind nicht nur unsere Innominati, ein paar Städtenamen und unsere Uni, sondern auch die Namen JEAN, LEO und NORA versteckt."

„Jean, Leo und Nora?", wiederholte Veronika. „Zeigen Sie einmal her."

Plankton fischte aus seiner Jackentasche auch noch den gestern schon fleißig im Einsatz gewesenen Kugelschreiber hervor, umrahmte auf der Rätselkopie die drei von ihm aufgefundenen Namen und reichte sie an Veronika weiter, die sie eingehend betrachtete.

„Tatsächlich. Jean, Leo und Nora", sagte Veronika sodann. „Und wer soll das sein? Professoren beziehungsweise Professorinnen? Studierende männlich beziehungsweise weiblich? Putzfrauen oder -männer?"

U	V	A	T	I	C	A	N	O	L
J	O	D	B	N	P	Q	Ö	I	L
T	J	E	A	N	A	X	G	H	Ü
B	D	L	E	O	N	O	R	A	L
I	N	N	O	M	I	N	A	T	I
O	N	U	N	I	D	I	F	W	N
Z	R	M	C	N	R	T	I	M	Z
F	O	R	Z	A	E	S	E	M	I
V	M	L	D	T	V	E	K	M	Z
Ä	A	S	R	I	E	D	A	R	Ö

„Ich habe nicht die geringste Ahnung", antwortete Plankton ehrlich. „Aber völlige Unkenntnis hat mich noch nie davon abgehalten, Dingen auf den Grund zu gehen. Ich habe vorhin nicht nur mein Büro – beziehungsweise was einmal mein Büro werden wird, hoffentlich – angesehen, sondern auch Nachforschungen in der Verwaltung angestellt. Die Damen und Herren dort waren recht hilfsbereit, wahrscheinlich haben mein internationaler speisologischer Ruf und die Tatsache, dass ich ab Herbst einer der Ihren sein werde, befehlsbefugt und einer eigenen Fakultät vorstehend, eine Führungsperson ..."

„Rupert, kommen Sie bitte zum Thema, mir wird kalt!"

„Ach ja, mir auch, gehen wir doch weiter, vielleicht da hinein in den Hörsaaltrakt."

Mit diesen Worten nahmen Veronika Hofer und Rupert Plankton die Verfolgung der Innominati wieder auf, betraten das Gebäude und setzten sich vor einem Hörsaal auf zwei Sessel.

„Also, wer sind nun Jean, Leo und Nora?“, nahm Veronika den Gesprächsfaden wieder auf.

„Die Leute von der Verwaltung haben für mich die Namen durch die Computer laufen lassen“, sagte Plankton stolz und zauberte von irgendwoher einen Zettel hervor, der ihm ausgedruckt worden war und die Daten enthielt.

„Studierende, Professoren, sonstige Beschäftigte, die registrierten Haustiere ... Das Ergebnis: Kein einziger Jean, aber natürlich Dutzende Johanns, kein einziger Leo, aber einige Leopolds und auch eine einsame Leopoldine – stirbt offenbar nie aus, dieser Name, kennen Sie übrigens das Lied *So dünn wie die Leopoldin'*, die Musik stammt von Carl Michael Ziehrer, das ist der mit der berühmten *Fächerpolonaise* ...“

Als Plankton in Veronikas Gesichtszügen eine deutliche Veränderung zum Negativen bemerkte, brach er den beabsichtigten Vortrag, den er über Ziehrer und Strauß zum Thema „Neujahrskonzerte in Vergangenheit, Gegenwart und Zukunft und unter besonderer Berücksichtigung des Dirigats von Franz Welser-Möst“ halten wollte, ab und fuhr fort: „Ach ja, und drei Noras – eine Studentin, Jus, drittes Semester, eine Putzfrau italienisch-türkischer Herkunft und eine schwangere Verwaltungsassistentin, Vater des Kindes unbekannt. Zumindest in der Verwaltung.“

„Und die klappern wir jetzt alle ab?“, war Veronika skeptisch.

„Es wird uns wohl nichts anderes übrig bleiben.“

„Genauso gut könnten wir nach Ried fahren und in den dortigen Geschäften nach Jod Ausschau halten.“

„Äh, das habe ich jetzt nicht verstanden“, gab Plankton zu. „Also sprachlich schon, aber inhaltlich habe ich damit Probleme ...“

„Nun, auch ich habe mir Slys Botschaft nochmals genau angesehen“, erklärte Veronika. „Auch vor dem Einschlafen und auch schon im Nachtgewand. Und wenn Sie sich die unterste Zeile anschauen, so steht da in der Mitte das Wort RIED – sehen Sie es?"

Plankton nickte.

„Und in der zweiten Zeile ganz links die ersten drei Buchstaben ergeben JOD!"

„Jod in Ried."

„Genau."

„Nun, ich kenne natürlich Ried,* und ich weiß auch, dass Jod – auch Iod – ein chemisches Element mit dem Elementsymbol I und der Ordnungszahl 53 ist, das im Periodensystem in der siebenten Hauptgruppe, 17. Gruppe, steht und somit zu den Halogenen gehört. Der Name leitet sich vom altgriechischen Wort ..."

„Schon gut", unterbrach ihn Veronika. „Und?"

„Jod ist allerdings auch ein lebenswichtiges Spurenelement, das regelmäßig mit der Nahrung aufgenommen werden muss", setzte Plankton, sich nun in seinem Fachgebiet zu Hause fühlend, fort. „Es ist unentbehrlich für eine normale Schilddrüsenfunktion. Ohne Jod können die Schilddrüsenhormone nicht gebildet werden. Die Schildkröten ..., äh, Drüsenhormone wiederum ..."

„Und?", fragte Veronika nochmals. „Was hat dieses Jod mit

* Für alle Leser (speziell die aus Norddeutschland und Übersee), die nicht wissen, wer, was oder wo Ried ist: Ried im Innkreis ist eine Stadt (laut Wikipedia eine Kleinstadt, was die Rieder wahrscheinlich nicht gern hören beziehungsweise lesen werden) im Westen Oberösterreichs mit 11.380 Einwohnen, etwa 80 Kilometer westlich von Linz und 60 Kilometer nördlich von Salzburg gelegen. 1145 wurde es erstmals erwähnt, 1857 – nachdem es der größte Markt Österreichs gewesen war – zur Stadt erhoben. Berühmt ist Ried unter anderem wegen dem sich seit Jahren erstaunlicherweise in der Bundesliga haltenden Fußballclub SV Josko Ried und wegen der etwas außerhalb wohnenden Kunst- und Kulturschaffenden Monika Krautgartner, die unter anderem das reizende Kinderbuch *Der kleine freche Apfelwurm* (Text H. Mini, erschienen 2012 im Verlag J. Heyn) illustriert hat.

Ried zu tun, oder umgekehrt – außer dass beide Worte einsilbig sind und am Ende ein d haben?"

„Das ist mir noch gar nicht aufgefallen", sagte Plankton aufgeregt. „Ob das was zu bedeuten hat? Ein D? Vielleicht ist damit ein hohes D gemeint, wie in dieser berühmten Arie aus dem *Postillon von Lonjumeau*?"

Gerade noch rechtzeitig, bevor Plankton zum Refrain der schwierigen Arie ansetzen konnte, rief Veronika energisch: „Nein, Rupert, ein hohes D aus einer Opernarie ist damit ganz sicher nicht gemeint, Sly hatte mit Opern rein gar nichts am Hut. Herrgott, Rupert, ich wollte Ihnen mit diesem Rieder Jod-Beispiel doch nur zeigen, dass es sinn- und zwecklos ist, was wir hier tun! Diese Worte können alles und nichts bedeuten! Genauso gut kann ich in der sechsten Spalte ganz unten das REVE hernehmen, was das französische Wort für Traum ist, und behaupten, Sly hätte das alles nur geträumt ..."

„Das heißt?" Plankton klang ziemlich niedergeschlagen.

„Das heißt, dass die wirklich eindeutigen Worte, die wir bisher identifizieren konnten, nur Innominati und Vaticano waren. Meinetwegen auch noch Roma, aber Rom sehe ich durchaus in Zusammenhang mit dem Vatikan."

„Wenn Sie damit sagen wollen, dass wir doch nach Rom müssen ..."

„Das könnte der richtige Weg sein", sagte Veronika. „Ich glaube, dass wir hier auf der Uni völlig falsch am Platz sind."

In diesem Moment näherte sich ihnen ein Mann – groß, fesch, gut gekleidet, im besten Alter. Plankton erkannte ihn sofort.

„Ja, Herr Mag. Hauswardt!", rief er und stand zur Begrüßung auf.

Der Rechtsanwalt, der eigentlich – ohne die zwei wahrgenommen zu haben – ohne weitere Kontaktaufnahme an ihnen vorbeigehen hatte wollen, blieb stehen. Er musterte Plankton, dann erkannte er ihn. „Oh, Herr Speisologe Plankton!“, rief er. „Freut mich, Sie zu sehen. Nochmals danke, dass Sie damals in meiner Kanzlei noch ein paar Minuten zugewartet haben, um meiner Gerti die zwölf Bücher zu signieren.“ Sein Blick wanderte langsam und mit zunehmendem Genuss zu der Frau an Planktons Seite.

„Das ist Frau Veronika Hofer“, übernahm Plankton die Vorstellung. „Frau Hofer – Mag. Hauswardt, Rechtsanwalt. Ach ja, und auch noch Verteidiger in Strafsachen, das darf man natürlich nicht vergessen.“

„Sehr erfreut.“ Der Anwalt reichte Veronika galant die Hand, und sein abschätzender, das Wahrgenommene in höchstem Maße gutheißender Blick machte deutlich, dass seine Gemahlin gute Gründe gehabt hatte, die alte Sekretärin ihres Mannes hinauszuwerfen und eine selbst ausgesuchte neue einzustellen, die allerdings – obwohl sie neuer war – um einiges älter war als die alte.

„Und was treibt Sie hier auf die Uni?“, wandte sich Hauswardt wieder an Plankton.

„Frau Hofer ist die länderübergreifende Sly-Slender-Fanclub-Vorsitzende“, sagte Plankton, als ob das ihre Anwesenheit auf der Linzer Universität rechtfertigen würde.

Der Rechtsanwalt wurde zwar aus dieser Erklärung nicht wirklich schlau, stutzte aber beim Namen Sly Slender. „Sly Slender? *Der* Sly Slender, der vor ein paar Tagen grausam beim *Eiszauber* ermordet wurde?“

„Genau der.“

„Er war ein großartiger Künstler“, lautete Hauswardts mit Balsam in der Stimme vorgetragenes (unanfechtbares) Urteil über Sly. „Ich verfolge den Fall sehr genau in den Medien.“ Er verschwieg, dass er durchaus berufliches Interesse an dem Fall hatte, weil er, sobald ein Mordverdächtiger verhaftet wurde, sofort als Verteidiger zur Stelle sein wollte.

Und nun bewies Rechtsanwalt Hauswardt, warum er so ein hervorragender Strafverteidiger war, denn obwohl Plankton mit seiner ausweichenden Antwort scheinbar geschickt von der Frage abgelenkt hatte, war ihm diese noch lange nicht aus dem Gedächtnis entflohen. „Und warum sind Sie deshalb auf der Uni? Gibt's hier ein Fan-Gedenktreffen? Ein Requiem in memoriam Sly Slender?"

„Da könnte ich Sie auch fragen, was Sie hier tun", antwortete Plankton mit einer spontanen Konterbemerkung, auf die er noch eine megaspontane Gegenfrage folgen ließ: „Sollten Sie nicht vor Ihren Monitoren sitzen und Ihre Parkplätze überwachen?"

Der Rechtsanwalt stimmte ein fröhliches Lachen an. „Touché, mein lieber Plankton, touché! Nein, heute ist die Anlage auf Automatik geschaltet, weil ich verhindert bin. Sie müssen wissen, ich bin auch Honorarprofessor – wobei der Begriff Honorar in zweifacher Hinsicht wörtlich zu nehmen ist: Zum einen ist es eine Ehre für die Uni, dass ich hier eine Vorlesung halte, und zum anderen bekomme ich auch ein Honorar dafür. Ich halte hier einmal pro Semester eine zweistündige Vorlesung zum Thema Besitzstörungsverfahren ab, und heute ist es wieder einmal so weit. Ja, der Trend beim Linzer Jus-Studium geht hin zu Expertenvorträgen. Wenn dann die Juristen fertige Magister* sind und bei Gericht ihr Rechtspraktikum absolvieren, wundern sie sich immer, dass es in der Praxis so völlig anders zugeht, als ihnen das auf der Uni beigebracht wurde, und daher gibt es zu speziellen Themen Vorträge beziehungsweise Vorlesungen von Experten aus der Praxis. *Ich* mache daher die Besitzstörungsklagen – ich gelte österreichweit als *der* Besitzstörungspapst, wenn ich das ohne falsche Bescheidenheit einmal so sagen darf –, der Mini

* Korrekt eigentlich *Magistri*, behauptet die Lektorin.

peitscht das Kündigungs- und Räumungsverfahren durch,* und der Grasser referiert über die Unschuldsvermutung."

Plankton wollte Hauswardt gerade verraten, dass er ab kommendem Herbst hier auch Vorlesungen abhalten würde, noch dazu viel mehr als er, nicht bloß eine läppische pro Semester, auch wenn sie zugegebenermaßen zweistündig war, aber da wurde der Rechtsanwalt von einer Gruppe Studentinnen bestürmt, die aus einem Hörsaal herausgelaufen kamen und ihn aufforderten, endlich mit der Vorlesung zu beginnen, auf die sie sich schon seit Monaten freuten.

So blieb Mag. Hauswardt nichts anderes übrig, als sich von Plankton und Veronika zu verabschieden und ihnen jeweils eine Visitenkarte anzubieten, deren Übernahme Plankton mit dem zutreffenden Hinweis ablehnte, bereits eine zu besitzen. Veronika nahm das Kärtchen in Empfang und las, während der honorarprofessorale Rechtsanwalt unter lauten Beifallskundgebungen den Hörsaal betrat, die darauf aufgedruckten Daten aufmerksam durch.

„Wo waren wir stehen geblieben?", wandte sich Plankton an Veronika, sobald sie wieder allein waren. „Ach ja, Ihr Joder Ried, äh, Rieder Jod hat uns von Leo, Jean und Nora abgelenkt."

„Ach, verfolgen Sie die Spur noch immer?", fragte Veronika. „Dann wird Sie das hier ja sehr interessieren." Sie hielt Plankton die Visitenkarte des Anwalts unter die Nase, wobei sie die Karte so zwischen den Fingern ihrer rechten Hand hielt, dass ein Teil des Namens des Rechtsanwalts von ihrem Daumen verdeckt war.

* Das entsprechende, zum Vortrag passende Fachbuch *Kündigungs- und Räumungsverfahren – das* Standardwerk zum Thema, sozusagen die „Delogierungsbibel" – ist 2012 in 1. Auflage im Manz-Verlag erschienen (na und, Sie wurden vor Produkplatzierungen gewarnt).

„Was denn?“ Plankton verstand nicht, worauf Veronika hinauswollte.

„Na, schauen Sie doch mal, was von Ihrem Herrn Rechtsanwalt übrig bleibt!“

„Übrig bleibt? Wieso? Haben Sie ihn kastriert? Und er ist nicht *mein* Herr Rechtsanwalt.“

Plankton schaute auf die Visitenkarte. Der Familienname und der unmittelbar davorstehende hintere Teil des Vornamens waren durch Veronikas Daumen abgedeckt, zu sehen waren nur die ersten drei Buchstaben seines Vornamens.

„Leo!“, las Plankton laut vor.

17. Kapitel

Reinhard Waldenberger lehnte sich in seinem kleinen, aber feinen Büro im ORF Landesstudio Oberösterreich entspannt in seinem Drehsessel zurück. Kurz überlegte er, ob er die Füße auf den Schreibtisch legen durfte, aber er fürchtete ein plötzliches Eintreten seiner Sekretärin, die grundsätzlich ohne anzuklopfen in sein Zimmer stürmte und dann immer schimpfte, wenn sie ihren Chef in dieser allzu legeren und ihrer Ansicht nach für einen Programmchef eines der führenden ORF-Landesstudios nicht angemessenen Körperhaltung vorfand. Meist erinnerte sie ihn dann bei diesen Gelegenheiten auch noch daran, dass er – auch wenn es schon ein paar Jahre her war – mit der Humanitätsmedaille der Stadt Linz ausgezeichnet worden war, und für deren Träger schickten sich Füße auf dem Tisch schon gar nicht.

Waldenberger hatte soeben ein Interview mit der Witwe von Sly Slender geführt, per Telefon, und durch seine bekannt einfühlsamen Befragungsmethoden hatte sich die vom Schmerz über den Verlust des geliebten Gatten gebrochene Frau geöffnet und ihre von Trauer, aber auch Dankbarkeit für die vielen gemeinsamen Jahre erfüllten Gefühle offenbart.

„Das Interview mit der Witwe war ein Wahnsinn“, lobte sich Waldenberger leise selbst. Über eine halbe Stunde hatte er mit Slys Witwe gesprochen, nur schade, dass für den Beitrag im *Mittagsjournal* nur dreieinhalb Minuten zur Verfügung standen.

Sein Praktikant war soeben in einem der Studios dabei, aus dem 33-minütigen Material die Highlights zusammenzuschneiden. Vielleicht konnte man den Rest des Interviews später einmal gebrauchen, wann endete eigentlich die Einsendefrist für den Pulitzer-Preis ...?

Frohgelaunt griff Waldenberger zu seinem scharfkantigen Brieföffner, um sich die Post zu Gemüte zu führen. Ja, es gab tatsächlich noch Hörer und Seher, die ihre Wünsche/Anregungen/Beschwerden brieflich (!) an den ORF herantrugen, die also nicht eine E-Mail oder eine SMS schickten oder anriefen! Für diese altmodischen Kunden war Reinhard Waldenberger zuständig, insbesondere weil er sich leicht tat, krakelige Schriften zu entziffern, und daher trat in dem Moment, als das Telefon zu klingeln begann, sein Brieföffner erstmals in Aktion.

Als das Läuten nicht aufhörte, legte Waldenberger Brief samt Öffner auf den Schreibtisch zurück und schaute auf das Display seines Telefons. Eine anrufende Nummer schien nicht auf, jemand rief mit unterdrückter Rufnummer an. Er schnappte sich den Hörer. „ORF Landesstudio Oberösterreich, Reinhard Waldenberger am Apparat", meldete er sich freundlich.

Dummerweise hatte er seinen Telefonapparat nicht auf Lautsprecher eingestellt, sodass wir den Anteil seines Gesprächspartners am folgenden Telefonat leider nicht wiedergeben können. Jedenfalls setzte sich Waldenberger, sobald er erkannt hatte, wer ihn anrief, kerzengerade auf. Seine Sekretärin wäre über die Körperhaltung voll des Lobs gewesen.

„Du!", rief er atemlos. „Dass du es wagst, anzurufen ... Wo bist du?"

Es ist leider nicht bekannt, ob ihm sein Gesprächspartner seinen augenblicklichen Aufenthaltsort verriet und ob er – *wenn* er ihn verriet – überhaupt die Wahrheit sprach, sodass Spekulationen darüber müßig sind. Auf alle Fälle ließ Waldenberger auf die Antwort ein „Du musst dich unbedingt stellen!" folgen.

20 Sekunden später sagte Waldenberger „Okay, okay" und dann auch noch ein drittes Mal „Okay". Dann schwieg er wie-

der eine Zeitlang, um dann „Hör mal, du weißt, auf mein Wort kannst du dich verlassen, sonst hättest du mich ja wohl auch nicht angerufen, na also“ in den Telefonhörer zu sprechen. Wieder folgte für einen längeren Zeitraum Schweigen, während dem Waldenberger allerdings ein paarmal gedankenvoll nickte – nicht bedenkend, dass dies sein Gesprächspartner ja nicht sehen konnte, schließlich chatteten sie nicht per Video miteinander.

„Wenn ich dir's schwöre“, sagte Waldenberger dann schon zum Abschluss des Telefonats, „keine Polizei, okay. Und wann ...? Da willst du mich überraschen, okay. Hab ich zwar gar nicht gern, solche Überraschungen, aber wenn du meinst ... Und wo ...“

Aber da hatte sein Gesprächspartner schon aufgelegt.

Gedankenverloren legte Waldenberger den Hörer wieder auf das Telefon. Seine gute Laune war verflogen. Keine Polizei, okay, das hatte er versprochen.

Aber keinen Rupert Plankton, davon hatte er nichts gesagt ...

18. Kapitel

„Rupert, schauen Sie, ein Zirkus!“, rief Veronika aufgeregt, als sie von der gerade über die Nibelungenbrücke brausenden Straßenbahn aus auf dem Urfahrmarktgelände das Riesenzelt „made in Chechenia“ sah.

Der geistig rege Leser mag sich nun wundern, warum Veronika und Plankton in der Straßenbahn sitzen (beziehungsweise stehen, denn um die Mittagszeit bekommt man nur schwer einen Sitzplatz, und in dem Alter, in dem sie von mitleidigen, freiwillig aufstehenden jüngeren Personen einen Platz angeboten bekommen, waren beide noch nicht) und nicht auf der Uni verdächtigen Personen namens Jean, Leo und/oder Nora nachjagen, aber das ist rasch erklärt: Also! Aufgrund von heftigen Protesten der Verwaltungsangestellten der Johannes Kepler Universität Linz, die sich entschieden dagegen verwehren, unter massivem Verstoß gegen einschlägige Datenschutzbestimmungen geheime – um nicht zu sagen intime – Daten an Prof. in spe Rupert Plankton weitergegeben zu haben, und die auch schon einen von der Gewerkschaft beigestellten Rechtsanwalt eingeschaltet haben, der dem Verlag und dem Autor mit kostenpflichtiger Unterlassungs- und Schadenersatzklage droht (dieser Anwalt ist *nicht* Mag. Hauswardt, der macht solche Sachen nicht), muss der Jean-Leo-Nora-Handlungsstrang leider ad acta gelegt werden. Bitte schwärzen Sie die entsprechenden Stellen im 16. Kapitel, im Word-Dokument des Autors wurden sie bereits gelöscht, ab der zweiten Auflage des Buches werden sie durch (weitere) belanglose Plaudereien ersetzt werden, eventuell wird dann die Jod-Ried-Fährte weiterverfolgt, vielleicht auch der Bedeutung des Wortes ONUNI – in Slys Rätsel in der sechsten Zeile links bis Mitte – nachgegangen.

Daher standen Plankton und Veronika nun – zu Planktons Freude eng aneinandergedrängt – in der Straßenbahn. Sie waren auf dem Weg zum Hauptplatz, von dem aus sie einen Abstecher zum sogenannten Kepler-Haus unternehmen wollten.

„Ja, ein Zirkus, tatsächlich“, gab Plankton eher gelangweilt zur Antwort. Er machte sich nicht allzu viel aus Zirkusdarbietungen, als er aber die Aufregung in Veronikas Gesicht bemerkte, fragte er: „Mögen Sie Zirkusse?“ Und als Veronika bejahte: „Möchten Sie sich mit mir die Vorstellung anschauen? Ich lade Sie ein! Was halten Sie von morgen Abend?“

„Aber, Rupert, Sie können mich doch nicht dauernd einladen!“, entgegnete Veronika, dabei sogar schamhaft ein wenig errötend.

„Doch. Kann ich“, widersprach Plankton. „Dann ist es also abgemacht. Ich besorge heute noch zwei Karten, und wir schauen uns morgen die Abendvorstellung an.“

In diesem Moment hielt die Straßenbahn fahrplangemäß an der Haltestelle Hauptplatz und spuckte Veronika und Plankton aus.

Was den Linzer Hauptplatz betrifft, so hat sich dieser seit dem 15. Kapitel nicht viel verändert. Er ist noch immer das Zentrum der Stadt, und auch seine zuvor verratenen Ausmaße von 219 Metern Länge und 60 Metern Breite sind seitdem im Wesentlichen gleich geblieben. Auch die Dreifaltigkeitssäule steht noch immer an ihrem angestammten Platz, der sie soeben anpinkelnde Hund der Frau M., ein Pudel, war allerdings im 15. Kapitel noch nicht da gewesen. Annähernd rechtwinklig gehen vom Hauptplatz einige meist sehr schmale Straßen weg. Wenn man den Hauptplatz von der Nibelungenbrücke, also von Urfahr kommend, betritt, befährt oder bereitet, führt als erste Straße beziehungsweise Gasse rechts die Hofgasse hinauf in die Altstadt, wo sich einige berühmt-berüchtigte Lokale befinden, die von mündigen Minderjährigen (das sind gemäß § 21 Abs 2 ABGB die 14- bis 18-Jährigen) gern zum Komasaufen besucht werden, und dann noch weiter hinauf zum Linzer Schloss. Links – in der gedachten Verlängerung der Hofgasse nach Überquerung des Hauptplatzes – führt die Rathausgasse genau in die andere Richtung, geht ja auch gar nicht anders, und zwar zum Pfarrplatz samt Stadtpfarrkirche.

Warum die Rathausgasse Rathausgasse heißt, ist wohl schwer zu erraten, darum sei es hier erklärt, nämlich deshalb, weil sich an ihr das Rathaus befindet, genau gesagt das Alte Rathaus. Dieses Gebäude wurde nach dem Stadtbrand von 1509, der leider nicht durch Fotos dokumentiert ist, erbaut. Der achteckige Rathausturm und einige gewölbte Räume im Inneren des Rathauses sind erhalten geblieben und von so großer, erhabener Schönheit, dass der Herr Bürgermeister der Stadt Linz nach wie vor das Alte Rathaus als Sitz benützt, obwohl es längst auch schon ein Neues Rathaus mit Elektroinstallationen, die nicht aus dem 16. Jahrhundert stammen, gibt. Weiters befindet sich im Alten Rathaus das Linzer Museum für Geschichte der Zahnheilkunde in Oberösterreich, zu dem der Eintritt dankenswerterweise frei ist (Öffnungszeiten Montag bis Freitag 9 bis 13 und 14 bis 18 Uhr, donnerstags bis 21 Uhr, alle Angaben ohne Gewähr), dessen Besuch allerdings nur unerschrockenen Gemütern empfohlen werden kann, die auch sonst keine Angst vor dem Zahnarzt haben. Apropos Angst und Schrecken: Weil schon einmal von einem Herrn Adolf H. die Rede war, sei auch noch erwähnt, dass dieser Herr H. am Abend des 12. März 1938 im Zuge des Anschlusses Österreichs an Deutschland vom Balkon des Alten Rathauses aus den ihm auf dem Hauptplatz heftig zujubelnden Linzern den Vollzug des Anschlusses verkündete. Der Jubel der Linzer war jedenfalls ein äußerlicher gewesen, ob auch ein innerlicher, ist unter Historikern umstritten, denn wie singt der in diesem Buch auch schon einmal erwähnte Prinz Sou-Chong in der Lehàr-Operette *Das Land des Lächelns* so schön: „Doch wie's da drin aussieht, geht niemand was an", wobei er mit „da drin" sein Herzilein meint und – bei entsprechender Regieanweisung – beim Singen auch auf sein Herz, zumindest auf seine Brust, deutet, damit sich auch die auskennen, die sonst nie ins Theater gehen. Altes Rathaus heißt das Alte Rathaus nicht nur deswegen, weil es schon recht alt ist, weil dann müssten viele Gebäude in der ganzen Welt die Beifügung „Alt" im Namen tragen, sondern weil es in Linz, wie bereits im Zusammenhang mit dem partout im Alten Rathaus verweilen wollenden Herrn Bürgermeister verraten wurde, auch ein Neues Rathaus gibt. Dieser 1985 eröffnete Megakomplex beherbergt die vorher über das gesamte Stadtgebiet verteilten Magistratsdienststellen und befindet sich im Stadtteil Urfahr direkt an der Donau gleich nach der Nibelungenbrücke, sodass der Bürgermeister, wenn er einen seiner Magistratsmitarbeiter persönlich sprechen möchte, je nach aktuellem Stand seiner Fitness nur vier bis sechs Minuten Fußweg hat (oder er fährt mit der Straßenbahnlinie 1, 2 oder 3 oder mit der Pöstlingbergbahn vom Hauptplatz aus eine Station weit bis zur Haltestelle Rudolfstraße, wobei es dann allerdings sein kann, dass er länger auf die Bim warten muss, als er zu Fuß unterwegs wäre).

Wer die Rathausgasse entlanggeht, gelangt unweigerlich zum Pfarrplatz. Auch dieser Platz trägt seinen Namen zu Recht, handelt es sich dabei doch um das Grätzel rund um die Stadtpfarrkirche Linz, die man mit der Stadtpfarrkirche Urfahr nicht verwechseln darf, die sich – wiederum ihrem Namen getreu – in Urfahr, und zwar in der Nähe der Kursana Residenz – einem unter Senioren und noch mehr ihren Erben sehr beliebten Alten- und Pflegeheim – befindet, die wiederum in der Nähe des Ars Electronica Centers (AEC) angesiedelt ist, das wiederum – nur durch die Nibelungenbrücke getrennt

– dem Neuen Rathaus gegenüber situiert ist, von dem man wiederum nur ein paar Minuten Fußweg zum Alten Rathaus und zur Linzer Stadtpfarrkirche hat. So übersichtlich ist Linz. Das Pfarrplatzgelände wurde vor dem Kulturhauptstadtjahr 2009* komplett umgebaut, insbesondere wurde unter den Platz eine Tiefgarage hineingezwängt. Der Straßenstrich war um diese Zeit vom Pfarrplatz schon längst verschwunden, dafür waren im Umkreis von einem Kilometer Laufhäuser und Sexodrome wie die Schwammerln aus dem Boden geschossen.

Wer allerdings, vom Hauptplatz kommend und die Rathausgasse entlangflanierend, schon vor der Kirche steht, ist – wenn sein Ziel das Kepler-Haus war – im wahrsten Sinne des Wortes zu weit gegangen, befindet sich doch das Kepler-Haus ziemlich genau in der Mitte zwischen Hauptplatz und Kirche, nämlich an der Adresse Rathausgasse 5. In diesem Haus wohnte in den Jahren 1612 bis 1627 der Astronom und Mathematiker Johannes Kepler, und weil Johannes Kepler – anders als der Gelegenheitsarbeiter Franz Mayrhofer, der damals ebenfalls ein paar Monate in diesem Haus lebte und von dem nicht sicher ist, ob sich sein Mayr- tatsächlich mit einem y schrieb – in der Folgezeit berühmt wurde, ist das Haus nun nach Kepler Kepler-Haus benannt und heißt nicht Mayrhofer-Haus (eventuell auch Mairhofer-Haus, je nach Schreibweise). Heute ist in diesem unter Denkmalschutz stehenden und in Privatbesitz befindlichen Gebäude unter anderem der Kepler-Salon eingerichtet, der „als Schaufenster der Wissenschaften und als Schaltstelle im Spannungsfeld zwischen Forschung und Alltag einen wichtigen Beitrag zur Lebenskultur in Linz leistet; das ehemalige Wohnhaus von Johannes Kepler in der Rathausgasse 5 wird dabei zum Ort des Dialogs der Wissenschaften mit der Bevölkerung und den Gästen von

* Ja, man glaubt es kaum, Linz war im Jahr 2009 europäische Kulturhauptstadt!

Linz“ (Zitat aus der Homepage des Kepler-Salons www.kepler-salon.at, auf die, da die Zeit drängt – Plankton und Veronika nähern sich schon dem Kepler-Haus! –, zwecks weiterer Informationen verwiesen werden muss/soll/darf/wird).

Dass Plankton und Veronika zum Kepler-Haus unterwegs waren, war auf Planktons Mist gewachsen. Er hatte – nach dem sehr überzeugenden Ried-Jod-Einwand von Veronika – eingesehen, dass die Uni-Fährte, die Sly seiner Ansicht nach gelegt hatte, auf überaus schwachen Füßen stand, und von einer weiteren Verfolgung dieser Spur Abstand genommen. Allerdings hatte er sich noch eines ausbedungen: „Wenn Sly in seinem Rätsel auf die Johannes Kepler Universität Linz verwiesen hat, so hat er möglicherweise dreimal um die Ecke gedacht, wie es diese genialen Musiker oft tun, denken Sie nur an Haydn in seinen Sinfonien, und meint in Wirklichkeit nicht die Uni, sondern deren Namensgeber Johannes Kepler als möglichen Hinweis auf die Innominati“, hatte er, begleitet von heftigem Kopfschütteln Veronikas, gemeint. „Schließlich finden sich auch die Initialen Keplers – J. K. – in dem Rätsel – zweite Spalte von links, dritter und vierter Buchstabe von oben, ja, das ist Ihnen noch nicht aufgefallen, stimmt's! Mit Kepler, von dem Sie sicher schon gehört haben – der berühmte Astronaut, äh, Astronom und Mathematiker –, assoziiere ich sofort das Kepler-Haus in der Rathausgasse. Dort müssen wir hin!“

Und da Rupert Plankton, wie schon einmal liebevoll angemerkt wurde, in Einzelfällen sehr, sehr stur sein kann, standen Plankton und Veronika nun bei langsam dichter werdendem Schneefall vor dem Haus Rathausgasse 5.

„Ein Leberkässemmerl wäre jetzt gut“, sagte Plankton sehnsüchtig, weil sie ein paar Sekunden vorher an einem einschlägigen Geschäft vorbeigekommen waren.

„Sie – ein Speisologe – geben sich zu Mittag mit einer Leberkässemmel zufrieden?“, wunderte sich Veronika.

„Nicht als Mittagessen", erwiderte er. „Eher als Aperitiv. Und sagen Sie nichts gegen Leberkäse! Leberkäse – in manchen exotischen Gegenden auch Fleischkäse genannt – kann etwas sehr Feines sein. Die Äthiopier beispielsweise verwendeten schon viele Jahre vor den Sumatra-Eingeborenen ..."

„Rupert, wir sind da! Das Kepler-Haus!"

„Oh! Ja, tatsächlich, das Kepler-Haus!" Plankton betrachtete das denkmalgeschützte, aber sonst eher unscheinbare Haus ehrfürchtig. „Der gute, alte Kepler! 400 Jahre ist es jetzt her, dass er hier gehaust, äh, gewohnt hat, sicherlich noch ohne den verlockenden Duft von Leberkäse aus einem in der Nähe situierten Laden, der ihn aber wahrscheinlich ohnehin nur von seinen Studien abgehalten hätte. Wer weiß, wenn es damals schon das Leberkäsegeschäft gegeben hätte, wüssten wir heute möglicherweise noch immer nicht, dass sich die Planeten auf elliptischen Bahnen bewegen, in deren Brennpunkt die Sonne steht", sinnierte Plankton, auf das 1. Keplersche Gesetz anspielend.*

„Vergessen Sie den Leberkäse, in dem eh weder eine Leber noch ein Käse ist", versuchte Veronika Plankton wieder zum Thema zurückzuführen, erntete dafür aber nur ein „Sie vergessen den Käse-Leberkäse!".

So trat Veronika selbst zum Hauseingang und studierte die links davon angebrachten Namensschilder. „Hier wohnen auch Menschen", sagte sie und las Plankton die Namen der Mieter vor, Plankton zuckte aber bei jedem nur die Schultern, die Namen sagten ihm nichts.

* Das 2. Keplersche Gesetz besagt übrigens, dass ein von der Sonne zum Planeten gezogener Fahrstrahl in gleichen Zeiten gleich große Flächen überstreicht, das 3., dass sich die Quadrate der Umlaufzeiten zweier Planeten wie die dritten Potenzen (Kuben) der großen Bahnhalbachsen verhalten (oder so ähnlich, keine Ahnung, kann auch umgekehrt sein). Zu Themen wie Straßenverkehr oder Zwangsversteigerung von Liegenschaften hat Kepler, soweit ersichtlich, keine Gesetze erlassen.

„Ich hatte mir gedacht, dass hier nur Leute wohnen dürfen, die Kepler heißen", bemerkte Plankton. „Aber wer weiß, vielleicht sind es Nachfahren von Kepler, schließlich hatte er meines Wissens ein paar Kinder. Ah, hier ist eine Inschrifttafel!" Plankton trat vor die Tafel und las den Text vor. „Kein Wort von den Innominati", sagte er dann.

„Hatten Sie das ernstlich erwartet?"

„Eigentlich nicht."

„Na gut. Jetzt haben Sie mich also zum Kepler-Haus geführt. Das ich übrigens schon gekannt habe, weshalb der touristische Gewinn für mich eher gering war, aber das nur nebenbei. Und? Sind wir jetzt schlauer?"

„Nein", gestand Plankton. „Ich bin jedenfalls nicht schlauer geworden und weiß nach wie vor nicht, was wir hier sollen. Wir drehen uns im Kreis, jagen Phantomen nach ... So wird das nichts. Ich schlage vor, wir gehen erst einmal etwas essen. Nicht weit von hier ist ein Restaurant mit hervorragender Bio-Küche und preisgünstigen Mittagsmenüs."

Während sich Veronika bei Plankton einhängte und sie am Beginn des Pfarrplatzes nach rechts zur Domgasse abbogen und dann am Alten Dom vorbei in Richtung Landstraße weitergingen, wo sich das von Plankton angesteuerte Bio-Lokal befand, trat ein nachdenklicher Ausdruck in Planktons Gesicht, den Veronika nicht so recht deuten konnte.

Apropos Alter Dom. Das ist auch so eine Sache. So wie es in Linz ein Altes und ein Neues Rathaus gibt, die beide auch tatsächlich als Rathäuser benützt werden, besitzt die Stadt auch einen Alten und einen Neuen Dom, die beide Domfunktion haben, wobei der im neugotischen Stil erbaute Neue Dom gebäudemäßig älter wirkt als der in Wahrheit ältere Alte Dom, den die Jesuiten schon in den Jahren 1669 bis 1683 erbauen ließen und der zur Bischofskirche wurde, als Kaiser Josef II. Linz zur Diözese machte. Anton Bruckner wirkte hier von 1856 bis 1868 als Domorganist – zu einem Zeitpunkt, als der Alte Dom noch nicht Alter Dom hieß, weil es noch keinen Neuen Dom gab, jedenfalls noch keinen fertigen, da dessen Grundsteinlegung unter Bischof Rudigier erst 1862 erfolgt war und die Bauarbeiten ziemlich lange Zeit in Anspruch nahmen. Erst 1924 – da war Bruckner schon längst tot, der Bischof übrigens auch – wurde der Neue Dom, nachdem die Kathedralfunktion vom Alten Dom auf ihn übertragen worden waren, geweiht. So viel also zu Alten und Neuen Gebäuden in Linz, apropos, es gibt auch noch eine Alte und eine Neue Welt, wobei die Alte Welt ein am Hauptplatz situierter Wein- und Kulturkeller ist, in dem auch die Linzer Krimiautoren-Gruppe *krimihochsieben* schon einmal (konkret am denkwürdigen Abend des 1. Dezember 2010) eine viel beachtete Lesung hatte, die Neue Welt allerdings – Überraschung! – nur ein mit touristischen Höhepunkten nicht unbedingt gesegneter Stadtteil im Süden von Linz ist.

Von alten Dingen zurück zu Planktons neuem Gesichtsausdruck. „Was haben Sie, Sie sind so schweigsam?", wandte sich Veronika an ihren Spazierpartner.

„Ich weiß es nicht, irgendetwas flog durch meinen Kopf, und als ich es fassen wollte, war es weg. Es hatte mit unserem bevorstehenden Mittagessen zu tun ..."

„In diesem Bio-Schuppen?"

Plankton blieb stehen. „Jetzt hab ich's!", rief er und holte Slys Rätselzettel wieder hervor. „Bio! Das Wort BIO steckt in dem Rätsel! Ich hatte es vor Augen, und als ich das Wort aussprach, war es weg. Aber jetzt, wo Sie es ausgesprochen haben, ist es wieder da." Er zeigte mit dem Finger auf den Zettel. „In der äußerst linken Spalte, die Buchstaben 4 bis 6 von oben: B – I – O ... BIO!"

Veronika überprüfte Planktons Behauptung und sagte dann: „Und was heißt das?"

„Nun, bio stammt grundsätzlich aus dem Griechischen und ist eine Vorsilbe, die Leben bedeutet. In der Alltagssprache sind damit allerdings Dinge wie Nahrungsmittel und Produktionsvorgänge gemeint, die als naturnah aufgefasst werden ..."

„Rupert, ich kenne den Begriff, und ich bin sogar in der Lage, ihn von öko zu unterscheiden. Ich meinte eigentlich, was dieses Wort *für uns* bedeutet – für uns, die wir Slys Tod aufklären wollen!"

„Aha. Gut. Na ja, dazu müssten wir zunächst einmal klären, in welchem Zusammenhang Sly dieses Bio gemeint hat. Bio ist ja – wie ich schon erwähnte – eigentlich nur eine Vorsilbe, sie wird meist mit anderen Silben gekoppelt wie Biologie, Biochemie, Bioelektrizität, Biosoziologie, die Liste ließe sich noch lange fortsetzen ..."

„Und könnte auch bedeuten, dass wir in einem Bioladen weiterforschen müssen?"

„Ja. Ja, das könnte es auch bedeuten, wobei ich da einen guten Bioladen in der Nähe kenne ..."

Mittlerweile hatten sie ihren Spaziergang wieder aufgenommen und gelangten, noch ein paar weitere Bio-Varianten diskutierend, wenig später in das von Plankton ausgesuchte Bio-Lokal, bei dessen Betreten sie von den *Fidelen Sandlern* begrüßt wurden – zwar nicht leibhaftig, aber der Wirt hatte das Radiogerät eingeschaltet und aus diesem ertönte leise das Lied *An so an Sandler.*

„Hören Sie, Sie spielen unser Lied!", rief Plankton, während sie in der Nähe der Heizung Platz nahmen, und summte mit. „Wirklich eine höchst eingängige Melodie. Erstaunlich, was für eine Karriere die fünf seit dem *Eiszauber* gemacht haben. Mir scheint, wann immer man das Radio einschaltet, spielen sie das *Sandler*-Lied."

„Ja, an diesem denkwürdigen Abend endete die eine große Karriere und begann möglicherweise eine andere", sagte

Veronika mit leichter Trauer in der Stimme, und Plankton musste sich sehr zurückhalten, um nicht Trost spendend ihre Hände zu ergreifen.

Eine Minute später verstummten die Volksmusikanten, weil die CD-Zuspielung aus war, und der Nachrichtensprecher ergriff das Wort. Veronika und Plankton widmeten sich dem Studium der in biologischem Grün gehaltenen handgeschriebenen (und daher, ehrlich, schwer lesbaren) Speisekarte, sodass sie auf das Radioprogramm nicht weiter hinhörten. Plötzlich aber schreckte Plankton zusammen. Nicht aufgrund des Preises für den Bio-Surbraten (wobei schwer zu entziffern war, ob der nun 11,99 oder 17,99 kostete – handgeschrieben sahen die Zahlen 1 und 7 fast gleich aus), nein, er hatte die von einer Frau im Radio gesprochenen Worte „Sly hatte noch so viel vor“ vernommen.

Er deutete Veronika, sie möge zuhören, und schrie „Lauter! Stellen Sie das Radio lauter“, welcher Wunsch allerdings vom Restaurantbetreiber nicht erhört wurde, vor allem weil ein anderer Gast laut „Wehe, du denkst auch nur daran!“ rief.

Veronika und Plankton konnten aber auch so – wenn auch mit einiger Mühe – hören, dass es Sly Slenders Witwe war, die da im Radio sprach. Offenbar wurde sie von Reinhard Waldenberger per Telefon interviewt.

„Er hatte sich so auf das Erscheinen seiner Biografie gefreut“, sagte Slys Witwe soeben. „In ein paar Monaten hätte sie auf den Markt kommen sollen, aber so wird sie halt posthum erscheinen und er wird bei der feierlichen Erstpräsentation von oben auf uns herabschauen ...“

Veronika und Plankton sahen sich an: Bio war also kein Bio-Laden, kein Biodiversitäts-Exploratorium* oder Ähnliches. Bio war – Slys Biografie!

* So was gibt es wirklich, siehe z. B. http://www.biodiversity-exploratories.de/.

[Kapitel 18a]

Die Anfragen beim Verlag häufen sich und machen es beinahe unumgänglich, hier den (aktuell bereits auf Nr. 26 platzierten) Hit der *Vier fidelen Sandler* – das bereits mehrfach erwähnte *An so an Sandler* – näher vorzustellen.

Lesern, die an Volksmusik kein Interesse haben, kann an Eides statt geschworen werden, dass sie dieses Kapitel verlustlos überspringen können. Es ist für den Fortgang der Handlung ohne jede Bedeutung und hat daher zur Strafe auch keine eigene Kapitelzahl bekommen. Also auf Wiedersehen im nächsten Kapitel.

Für alle anderen – danke, dass Sie hier geblieben sind – folgt nun der Text des Liedes – beziehungsweise die ersten fünf Strophen. Dem aufmerksamen Leser wird ja nicht entgangen sein, dass Ronald Wieslinger alias Ron Wiesli ein sehr produktiver Texter, um nicht zu sagen Dichter ist. Daher existieren bislang (Stand letzter Monatsfünfzehnter) 29 Strophen, von denen wie gesagt die ersten fünf hier wiedergegeben werden. Bei weiter reichendem Interesse möge der Text der übrigen Strophen direkt von den *Fidelen Sandlern* angefordert werden (bitte der Anfrage ein frankiertes Rückkuvert beilegen).

Was die Melodie betrifft (auf den Abdruck der Noten wurde nach langen verlagsinternen Diskussionen verzichtet), so sind die einzelnen Strophen Sprechgesang, irgendwo zwischen den Mozart'schen Rezitativen aus *Così fan tutte**

* Für Oberinspektor Rätisch, der von Mozart wahrscheinlich noch nie gehört hat: Der 1756 in Salzburg geborene Wolfgang Amadeus Mozart war ein zu seinen Lebzeiten recht bekannter Komponist, der 1791 von einer Geheimorganisation ermordet wurde (Näheres in der Autobiografie *Der Da-Linzi-Code*, ISBN 978-3-7011-7791-2) und unter anderem ein Musikstück namens *Die kleine Nachtmusik* komponiert hat, bei dem man besonders gut einschläft.

und dem Rap-Gesang von Sido* angesiedelt, die Melodie des Refrains (die titelspendenden Worte „An so an Sandler ...“) erinnert (zumindest den klassikkundigen Autor) verdächtig an die Melodie des Operettenlieds *Was kann der Sigismund dafür, dass er so schön ist*, aber das ist möglicherweise (hoffentlich) nur Zufall.

In diesem Sinne ...

1

Ja kennt's ihr schon den Meier?
Der geht gar oft auf Tour,
wie sich's g'hört für an Bayer,
für Liebe – für l'amour.
So kommt er auch ins Ländle,
trifft dort a schöne Maid,
doch die sagt bloß: „O Mändle,
mit dir hab i ka Freid!
Denn ...

(Refrain:) *An so an Sandler, so an reschen feschen Mannsbild,*
an so an kommt so leicht ka and'res Mannsbild ran,
auf so an Sandler ist die Damenwelt ja ganz wild
und ist sich einig: Nur der ist ein echter Mann!

2

*Den Meier reut das G'wissen,***
dass ihn das Glück verließ,
jetzt will er's erst recht wissen,
drum fährt er nach Paris.
Spricht an dort a Französin,

* Wiederum für Oberinspektor Rätisch: Sido ist ... na ja ... was soll man über Sido sagen ... Ach, Rätisch soll Dominic Heinzl fragen!

** Nach einer anderen Version, die Fred und Schorsch Wiesli bevorzugen: „Der Meier find't des b'schissen“.

spendiert ihr ein Souper,
doch sagt die drauf: „Net bös sein,
ich hoff, 's tut dir nicht weh.
Doch …

(Refrain:) An so an Sandler …

3
Der Meier hat Humor a,
denkt sich: „Ich fahr nach Rom!",
spricht an eine Signora,
sagt lockend zu ihr: „Komm!"
Drauf lacht die: „Nix amore,
du bist kein Sandler-Bua,
dir fehlt das Herz – il cuore,
für Liebe, horch mir zua:
Perché …

(Refrain:) An so an Sandler …

4
Der Meier seufzt: „Im Norden
hab ich vielleicht mehr Glück"
und fliegt rauf zu den Fjorden,
doch bald kehrt er zurück.
Denn auch die Damen Finnen,
die lachen ihn bloß aus,
sag'n „Du kannst hier nix g'winnen!"
und schicken ihn nach Haus.
Und wisst's ihr a warum? Ja? Na klar!

(Refrain:) An so an Sandler …

5

Der Meier ist verzweifelt,
fährt weiter noch umher,
doch glaubt's mir, 's ist verteufelt,
er hat es wirklich schwer.
Denn wo er auch nur hinreist,
sag'n d'Mädel ihm ins G'sicht,
dass er bloß auf Granit beißt,
da geht ihm auf ein Licht.
Jetzt weiß er:

(Refrain:) An so an Sandler … (2 x)

19. Kapitel

Am späten Nachmittag saß Rupert Plankton allein in seinem schmucken Wohnzimmer, vor ihm auf dem Tisch lief sein Laptop heiß. Es galt, an Sly Slenders Biografie heranzukommen beziehungsweise an das Manuskript, das wahrscheinlich bei irgendeinem Verlag im Safe eingesperrt war.

Plankton und Veronika waren sich einig gewesen, dass das Bio in Slys Botschaft die Vorsilbe des Wortes Biografie bedeuten sollte, und als Plankton den Zettel daraufhin nochmals mit der ihm eigenen Akribie untersucht hatte, hatte er sogar den zweiten Teil des Wortes – GRAFIE – gefunden.

U	V	A	T	I	C	A	N	O	L
J	O	D	B	N	P	Q	Ö	I	L
T	J	E	A	N	A	X	G	H	Ü
B	D	L	E	O	N	O	R	A	L
I	N	N	O	M	I	N	A	T	I
O	N	U	N	I	D	I	F	W	N
Z	R	M	C	N	R	T	I	M	Z
F	O	R	Z	A	E	S	E	M	I
V	M	L	D	T	V	E	K	M	Z
Ä	A	S	R	I	E	D	A	R	Ö

Ja, das Geheimnis steckte in Slys Biografie! *Wenn mir am nächsten Wochenende beim* Eiszauber *etwas zustößt,* sollte die Botschaft an Veronika wohl besagen, *sind die Innominati aus dem römischen Vatikan daran schuld, und den Grund dafür findest du in meiner Biografie.* Und nicht auf der Uni und auch nicht im Kepler-Haus …

Doch wie sollten sie an diese Biografie gelangen?

Veronika war zwar Oberhäuptling der Sly-Slender-Fans gewesen, und Sly hatte ihr gegenüber auch irgendwann einmal etwas von einem beabsichtigten Buch erwähnt, aber dass es eine Biografie werden sollte und diese offenbar schon fertig war und so gut wie vor der Veröffentlichung stand, war auch ihr neu gewesen. Fast war sie ein wenig enttäuscht über diesen – wie sie es offensichtlich empfand – Vertrauensbruch von Sly gewesen.

Doch zurück zum Problem: Wie an die Biografie herankommen? Verlage gab es wie Sand am Meer, und selbst wenn man die Liste der Verdächtigen auf österreichische, vielleicht sogar nur oberösterreichische Verlage eingrenzte, blieben noch viel zu viele übrig, als dass man bei der Suche gezielt ansetzen hätte können.

Plankton hatte Veronika nach dem köstlichen biologischen Mittagessen vorgeschlagen, sich erst einmal zu trennen. Da er sich bestsellerschreibbedingt mit Verlagen einigermaßen auskannte, wollte er – nach dem Besorgen der Zirkuskarten – zunächst einmal allein Nachforschungen anstellen. Dass er überdies gedachte, dem 45-minütigen Mittagsmahl ein ebenso langes Mittagsschläfchen auf der Wohnzimmercouch in seiner Wohnung folgen zu lassen, bei dem er weibliche Begleitung nicht unbedingt gebrauchen konnte (was für ihn sogar der Hauptgrund für die vorübergehende Trennung gewesen war), hatte er ihr gegenüber nicht erwähnt. Man(n) soll ja grundsätzlich beim zweiten gemeinsamen Essen nicht schon alle Karten auf den Tisch legen beziehungsweise alle schlechten Eigenschaften eingestehen, auf diese kommen die Partner noch früh genug von selber drauf.

Und so saß Rupert Plankton nun an diesem verschneiten Donnerstagnachmittag vor seinem tragbaren Computer und quälte sich mit der Frage ab, bei welchem Verlag Sly Slender wohl sein Manuskript unter Vertrag hatte.

Er hatte sich gedacht, dass das Buch – wenn es so gut wie veröffentlichungsreif war – vielleicht schon in irgendeinem Online-Verlagskatalog aufschien, und die entsprechenden Suchworte durch Google gejagt, aber ergebnislos.

Er hatte auch schon überlegt, Slys Witwe anzurufen und sie direkt zu fragen – es war ja schließlich nichts Unanständiges, seine Biografie zu veröffentlichen, er selbst würde das in fünf bis zehn Jahren wahrscheinlich auch tun –, aber leider fanden sich in dem vom Internet bereitgestellten Gratis-Telefonbuch, das seltsamerweise nach der Bezeichnung für einen mittelalterlichen Boten benannt ist, zwar österreichweit einige Einträge zu Slender, die sich aber alle als Figur-, Sonnen- beziehungsweise Bewegungsstudios entpuppten, und kein einziger zu einem Familiennamen Slender. Ganz abgesehen von dieser Pleite ging Plankton ohnehin davon aus, dass Sly Slender ein Künstlername war, wobei ihm aber der echte Name des Künstlers nicht bekannt war. Ja, bei Udo Jürgens wusste man, dass er eigentlich Bockelmann hieß, und auch bei Peter Alexander, in dessen letzter Show Plankton übrigens beinahe aufgetreten wäre, war bekannt, dass er in der Schule noch als Peter Neumayer an die Tafel gerufen worden war, aber bei Sly? Sly Slender kannte man nur als Sly Slender, aus und basta. Plankton erinnerte sich auch daran, dass auf dem Kuvert, in dem Sly Veronika das Rätsel geschickt hatte, nur eine Postfachadresse von Sly stand – ohne reale Adresse, ohne Telefonnummer. Auch so kam er also nicht recht vorwärts.

Und wenn er Waldenberger anrief? Der hatte es immerhin geschafft, die Witwe zu interviewen, und wenn man davon ausging, dass nicht sie – die Witwe – ihn – Waldenberger – angerufen hatte, sondern dass es umgekehrt gewesen war, musste Waldenberger wohl ihre Telefonnummer haben. Waldenbergers Nummer hatte Plankton seit der feuchtfröhlichen After-After-Show-Party nach dem *Eiszauber* in seinem Handy eingespeichert, und selbst falls er damals zustandsbedingt den einen oder anderen Handyeintippfehler begangen haben sollte, konnte er immer noch beim ORF anrufen und sich zu seinem guten, alten Freund verbinden lassen.

Plankton griff nach seinem Handy, das er – um ungestört am Computer arbeiten zu können – auf lautlos geschaltet hatte. Die Meldung „14 Anrufe in Abwesenheit" blinkte ihm auf dem Display entgegen.

Kurz überlegte er, dass das ja gar nicht stimmte, er war ja gar nicht abwesend gewesen (er war die ganze Zeit in seinem Wohnzimmer gesessen, in weniger als zwei Meter Abstand zum Handy, er hatte dieses nur lautlos gestellt, ja, es war wirklich kein Verlass auf diese Anzeigen auf Handys), dann sah er sich an, wer da so unerbittlich versucht hatte, ihn telefonisch zu kontaktieren. Einmal war es sein lieber Kollege Lafer gewesen, einmal der liebe Kollege Lichter (wahrscheinlich planten sie mit ihm eine gemeinsame leckere Kochsendung), die anderen zwölfmal hatte Reinhard Waldenberger versucht, Plankton zu erreichen, und genau in dem Moment, als Plankton sich darüber wunderte und sich fragte, was Reinhard Waldenberger so dringend von ihm wollte – wollte er ihn etwa auch telefonisch interviewen? –, klingelte das Handy wieder. Reinhard Waldenbergers 13. Versuch!

„Ja, hallo, Reini, mein Bester, was gibt es, wie steht das Befinden?", meldete sich Plankton gut gelaunt.

„Dass du auch einmal ans Telefon gehst!", schimpfte Waldenberger. „Ich hab es schon mindestens zehnmal versucht!"

„13-mal", korrigierte Plankton, der es mit derlei Details sehr genau nahm.

„Na siehst du, 13-mal sogar!"

„Wenn du abergläubisch bist und Probleme mit der Zahl 13 hast, legen wir jetzt auf, und du rufst mich noch einmal an, das wäre dann Nummer 14, okay?"

„Wie? Was? Nein, ich bin nicht abergläubisch. Du, der Rüdiger-Maria will sich mit mir treffen!"

„Der Kabelaufrollungsüberprüfungsunterstützungsingenieur, nach dem alle suchen?"

„Wie viele Rüdiger-Marias kennst du denn? Natürlich der! Er hat mich heute gegen Mittag angerufen ...“

„Du musst sofort die Polizei informieren, Reini! Warte, ich geb dir die Nummer von Theo Rätisch ...“

„Ich habe Theo Rätischs Nummer. Theoretisch und praktisch, um dieses Wortspiel nicht auszulassen. Die Sache hat nur einen Haken: Ich habe Rüdiger-Maria versprochen, dass ich die Polizei aus dem Spiel lasse.“

„Die Polizei aus dem Spiel lassen!“, rief Plankton verständnislos. „Wie kannst du ihm das versprechen? Er wird wegen des Mordes an Sly Slender gesucht ... Er ist ein Mörder, vielleicht sogar ein Killer!“

„Weiß ich ja. Er will mir etwas anvertrauen. Nur mir. Ganz geheim. Ohne Polizei.“

„Und was?“

„Das weiß ich noch nicht. Zu diesem Zweck will er mich ja treffen. Er vertraut mir. Du musst wissen, Ruppi, für die meisten ORF-Oberösterreich-Mitarbeiter – und nicht nur für die – bin ich so eine Art Vaterfigur. Oft kommen sie zu mir, um sich auszusprechen, mir ihre Sorgen anzuvertrauen, mich um Rat zu fragen, ob ich Taufpate ihrer Kinder werden will, Vertrauensperson beim Sorgerechtsstreit nach der Scheidung, Bewährungshilfe und solche Sachen ... Ich kann Rüdiger-Marias Vertrauen nicht missbrauchen, indem ich die Polizei nun doch verständige, obwohl ich ihm versprochen habe, sie nicht beizuziehen, das musst du verstehen.“

„Na ja, bis zu einem gewissen Grad, vielleicht ... Aber warum hast du dann *mich* angerufen? Noch dazu 13-mal?“

„Weil du nicht die Polizei bist. Keine Polizei, hab ich ihm versprochen, aber ich habe nichts von kein Rupert Plankton gesagt.“

„Schlau!“

„Genau. Kannst du kommen?“

„Was? Wann? Wohin?"

„Jetzt gleich. Vor ein paar Minuten hat er mich wieder angerufen, er ist schon auf dem Weg zu mir ins Büro, er kann jederzeit da sein."

„Reini, pass auf, der Mann ist gefährlich! Er hat wahrscheinlich Sly auf dem Gewissen!"

„Ach, vor Rüdiger-Maria fürchte ich mich nicht, der tut mir nichts. Und wenn er mir ein Gramastettner Krapferl oder sonst eine Mehlspeise anbietet, lehne ich einfach dankend ab. Trotzdem wäre es mir lieber, du würdest auch kommen und dem Gespräch beiwohnen."

„Na gut, ich mach mich gleich auf den Weg. In einer Viertelstunde bin ich bei dir!"

„Fein. Du weißt, wo mein Büro ist?"

„So ungefähr. Euer Portier wird's mir schon sagen."

„Gut. Dann bis gleich. Ciao." Waldenberger legte auf.

Plankton steckte sein Handy ein, erteilte seinem Notebook den Befehl herunterzufahren und fuhr dann, nachdem er sich überzeugt hatte, dass das Notebook gehorchte, selbst hinunter – nämlich in die Lentia-Tiefgarage zu seinem Auto.

Während der Lift sich quälend langsam nach unten bewegte, fiel Plankton ein, dass er ganz vergessen hatte, Waldenberger nach der Telefonnummer von Slys Witwe zu fragen – deswegen hatte er ihn ja eigentlich anrufen wollen –, aber er gedachte, das beim persönlichen Gespräch im Landesstudio nachzuholen.

Plankton wusste noch nicht, dass es zu einem Gespräch zwischen ihm und Waldenberger nicht mehr kommen würde, dass dessen Verabschiedungsgruß „Ciao" zuvor das vorletzte Wort gewesen war, das er von ihm gehört hatte beziehungsweise noch hören würde …

20. Kapitel

Wenn Plankton geglaubt hatte, den Weg von seiner Wohnung im Lentia-Hochhaus zu Waldenbergers Büro im ORF-Landesstudio am Europaplatz (früher Franckstraße, auch wenn manche das nicht gerne hören) in einer Viertelstunde zurücklegen zu können, so hatte er einige Faktoren nicht einkalkuliert.

Zwar betrug die Entfernung von seiner Wohnung zu Waldenbergers Büro entlang der Luftlinie* gemessen nur bescheidene 2,4 Kilometer, sodass eine Durchschnittsgeschwindigkeit von 9,6 Kilometern pro Stunde genügt hätte, um diese Strecke in 15 Minuten zurückzulegen (wobei Planktons Auto trotz des albernen Wunschkennzeichens auch durchaus in der Lage war, 9,6 Stundenkilometer oder gar schneller zu fahren), allerdings ist es in Linz straßentechnisch leider nicht möglich, von Punkt A zu Punkt B entlang der Luftlinie zu gondeln und daran sind nicht nur die gefinkelten Einbahnsysteme im Stadtzentrum schuld. Insbesondere hätte auch, damit Plankton die Strecke entlang der kürzesten Verbindung zurücklegen hätte können, eine vierte Donaubrücke vorhanden sein müssen (zwischen Nibelungen- und Eisenbahnbrücke), und deren Errichtung wo auch immer würde Plankton, der ja doch schon auf die 50 zuging, wohl nicht mehr erleben. Weiters musste man zu den von Plankton zurückzulegenden Weitenmetern auch

* Als Luftlinie bezeichnet Wikipedia die kürzeste Entfernung zweier Punkte in der Landschaft über den direkten Luftweg durch eine Strecke. Luftlinien verlaufen stets parallel zur Erdoberfläche, bei größeren Entfernungen ist dann die Kugelgestalt der Erde zu berücksichtigen. Bei der Berechnung der Luftlinienstrecke von der Lentia City zum ORF Landesstudio Oberösterreich kann die Erdkrümmung allerdings vernachlässigt werden.

noch rein örtlich (ortologisch) die nicht unbeträchtlichen Höhenmeter, die er auf seinem Weg von seiner Wohnung in einem der oberen Stockwerke des Hochhauses zum zweiten Untergeschoß der Tiefgarage mittels Lift überwinden musste, dazuzählen und rein zeitlich (zeitologisch) auch die Zeitspanne, während der er auf das Eintreffen des Lifts wartete, denn der befand sich natürlich wieder einmal ganz unten und hielt beim Hinauffahren in jedem Stockwerk an, ganz ähnlich wie der hintere Lift im Passage-Kaufhaus. In der Folge musste sich sein SP-EISO1-Auto zwei Stockwerke hoch serpentinenmäßig an die Erdoberfläche quälen, um dann erst einmal dem Fließverkehr auf der Gstöttnerhofstraße Vorrang zu geben (drei Fahrzeuge von links, zwei – davon ein LKW – von rechts). Es folgten quer durch Linz gut ein Dutzend Ampeln, von denen etwa 40 Prozent Rot zeigten. Das alles hätte vielleicht noch nicht so viel ausgemacht und Plankton wäre trotz dieser widrigen, aber in einer Weltstadt wie Linz am späten Donnerstagnachmittag zu erwartenden Umstände pünktlich innerhalb der angekündigten Viertelstunde bei Waldenberger angelangt, aber leider …

Leider erlauben die Verantwortlichen von ORF Oberösterreich das Parken auf dem Parkplatz unmittelbar vor dem Landesstudio nur auserwählten MitarbeiterInnen, die einen dazupassenden Chip, Schlüssel und Ausweis besitzen und ein täglich geändertes Passwort wissen müssen, dazu kommen noch Fingerabdruck- und Iris-Scans, und zu dieser bevorzugten Personengruppe gehörte Plankton nun einmal nicht. Daher musste er sich auf Parkplatzsuche begeben, und das ist in Linz – wenn man sein Fahrzeug auf einem Parkplatz abstellen möchte, wo es nicht Gefahr läuft, abgeschleppt oder Opfer einer Hauswardt'schen Besitzstörungsklage zu werden – nicht allzu leicht. So vergingen weitere sechseinhalb Minuten, bis Plankton endlich sein Auto in der Tiefgarage unter dem Südbahnhofmarkt abgestellt hatte – sechseinhalb Minuten, die für Reinhard Waldenberger über Leben und Tod entschieden.

Apropos Südbahnhofmarkt (Waldenberger kann noch warten, er überlebt dieses Kapitel sowieso nicht): Dieser Markt heißt nicht etwa so, weil sich dort aktuell ein Bahnhof befindet, aber ein gewisser Bezug des Namens dieses größten Grünmarkts von Linz zu einem Bahnhof ist schon gegeben, befand sich doch dort von 1859 bis 1872 das Bahnhofsgelände der Pferdeeisenbahn Budweis–Linz–Gmunden. 1949, als Pferdeeisenbahnen im Aussterben begriffen waren, übersiedelte der kriegsbedingt zerstörte Linzer Grünmarkt vom Hessenplatz hierher, und am 14. Dezember 1949 – einige hoffentlich seit Kurzem die verdiente Pension genießende Linzerinnen und Linzer werden sich vielleicht noch daran erinnern – wurde der Südbahnhofmarkt durch den damaligen Linzer Bürgermeister Dr. Ernst Koref eröffnet. Damit auch der spätere Bürgermeister Dr. Franz Dobusch dort etwas zum Eröffnen hatte, wurde Anfang der 1990er-Jahre unter dem Platz eine Tiefgarage gebaut – eben jene, in der Plankton nun parkte. Wenn es die nicht gegeben hätte, wäre er wahrscheinlich noch später im ORF-Landesstudio angekommen, aber das hätte Waldenberger auch nicht mehr gerettet, sodass von diesem Standpunkt her das Vorhandensein der Tiefgarage eigentlich egal ist. Radio Oberösterreich strahlt übrigens jeden Samstagvormittag vom Südbahnhofmarkt die Sendung *Arcimboldo live* aus, wobei es sich bei besagtem Arcimboldo um den italienischen Spätrenaissance-Maler Giuseppe Arcimboldo (1526 – 1593) handelt, und der Begriff „live“ im Zusammenhang mit einer Radio- oder Fernsehübertragung aussagt, dass die Übertragungstechnik auf dem Prinzip der Echtzeit beruht, wobei weitere technische Details dazu und auch die Verbindung des leider schon verstorbenen Herrn

Arcimboldo zur erwähnten samstäglichen Marktsendung aber jetzt nicht näher erläutert werden können, weil Plankton soeben bei der Eingangstür zum ORF-Landesstudio angelangt ist.

Der Portier kannte Plankton natürlich und ließ ihn ein.

„Zu Reinhard Waldenbergers Büro", keuchte Plankton, denn er war die etwa 100 Meter von der Tiefgarage zum ORF-Zentrum gelaufen.

Der Portier erklärte Plankton den Weg in groben Zügen, und Plankton rannte weiter.

Als er endlich in einem der oberen Geschoße auf dem Gang angelangt war, der nach einigen Metern eine Kurve nach rechts beschrieb, wo sich dann am hinteren Ende Waldenbergers Büro befand, blieb er kurz stehen, um Luft zu schnappen.

Laufen war seine Sache nicht, sobald eine sportliche Betätigung von ihm verlangt wurde, verwies er auf einen gewissen Mr. Churchill, wobei er damit *Winston* Churchill meinte und nicht *Frank* Churchill, der zwar zur selben Zeit, aber kürzer lebte (1901–1942 gegenüber 1874–1965, ein klarer Sieg nach Jahren für Winston) und ein amerikanischer Filmmusik-Komponist war, der unter anderem Melodien für die *Drei kleinen Schweinchen*-Filme und *Schneewittchen und die sieben Zwerge* komponierte, allerdings nicht alle, weil das berühmte *Probier's mal mit Gemütlichkeit*, das Balu der Bär singt (in der deutschsprachigen Fassung Edgar Ott, der unter anderem auch dem sprechenden Elefanten Benjamin Blümchen die Stimme geliehen hat, aber trotzdem nicht mit Elfriede Ott verwandt ist), wurde von einem gewissen Terry Gilkyson (1916–1999) geschrieben, der mit Winston Churchill so weit bekannt in keinerlei familiärer Beziehung steht und ihn auch nie bei einem Buffet oder sonst wo getroffen hat. Planktons Verweis auf Churchill bedeutete übrigens nicht, dass er einen Literaturnobelpreis sein Eigen nannte (das konnte ja noch kommen, Churchill war da auch schon immerhin 79 Jahre alt gewesen), sondern dass er es wie der berühmte Engländer mit „No Sports" hielt.

Äh, wo waren wir eigentlich? Benjamin Blümchen ... Balu der Bär ... Kleine Schweinchen ... Ach ja, klein!

Also, Plankton blieb stehen und schnaufte. In diesem Moment bog ein Mann um die Ecke – ein sehr kleiner Mann, der – als er Plankton erblickte – ebenfalls anhielt. Der Mann trug einen etwas zu großen, sehr gebraucht aussehenden Mantel, das kleidungsmäßig Auffälligste an ihm war aber eine Weihnachtsmannmütze, die er ziemlich weit ins Gesicht gezogen hatte, sodass sie erst knapp über den Augenbrauen endete. Plankton wusste sofort, wer da vor ihm stand. Er reagierte auf das Auftauchen des Mannes schon nach wenigen Hundertstelsekunden mit dem Ruf „Herr Müller-Wip ... äh, Wop ... äh, Won ..." Der zweite Teil des Familiennamens wollte ihm partout nicht einfallen, aber so intim, um ihn mit dem wesentlich einfacheren und einprägsameren Doppelvornamen Rüdiger-Maria anzusprechen, war Plankton mit ihm bislang nicht gewesen, vom familiären Rümmi ganz zu schweigen.

Als Rüdiger-Maria Planktons Ruf hörte, drehte er auf der Stelle um und begann zu laufen.

„So bleiben Sie doch stehen!", schrie ihm Plankton nach und setzte sich ebenfalls wieder in Trab. Sie rannten ... Aber lassen wir die zwei ruhig ein wenig durch das ORF-Landesstudio laufen, erklären wir lieber inzwischen die etwas seltsame Kostümierung von Rüdiger-Maria M-W.

Erstens ad Mantel: Es wurde früher ja schon erwähnt, dass Rümmi von seinem Kumpel Jörgi Altkleider geschnorrt hat – nein, Einspruch!, das ist jetzt ungerecht, Jörgi selbst war es, der Rümmi beim Waschen eingegangenes Gewand angeboten hat, damit er seinen ungebetenen Gast rasch wieder los wird –, und zu dieser Ausstattung gehörte eben auch ein altgedienter Mantel, der Rüdiger-Maria halt eine Spur zu groß war, aber das machte nichts; dass der Mantel unten fast bis zum Boden reichte, verlieh Rüdiger-Maria sogar eine Spur von extravagantem Chic à la Karl Lagerfeld.

Und zweitens ad Weihnachtsmannmütze: Die Radikalglattrasur seines Kopfes hatte dazu geführt, dass Rüdiger-Maria bei den aktuellen Temperaturen unter null Grad Celsius auf dem Köpfchen unangenehm fror, und so hatte er im Abverkauf eines Second-Hand-Ladens eine – ebenfalls gebrauchte – Weihnachtsmannmütze gekauft, die zwar jetzt im Februar sehr auffällig war, aber seinem kahl geschorenen Schädel behagliche Wärme spendete.

Und nun – nachdem das geklärt ist – zurück zur Verfolgungsjagd.

Rüdiger-Maria hatte einige Meter Vorsprung und darüber hinaus als – wenn auch mittlerweile aufgrund des Mordvorwurfs mit Einverständnis der Gewerkschaft entlassener, aber das wusste er noch nicht – ORF-Mitarbeiter den Vorteil der besseren Ortskenntnis, denn er lief an Waldenbergers Büro, dessen Tür geschlossen war, vorbei, bis zum Ende des Gangs, wo eine Treppe nach unten führte. Er rannte mit lautem Gepolter die Stiege hinab und wandte sich dann im darunterliegenden Stockwerk ohne lange zu überlegen nach links. Plankton war ihm zwar, immer noch (wenngleich zwecklos) „Bleiben Sie doch stehen!“ nachrufend, für einen überzeugten „No Sports“-Laufmuffel erstaunlich dicht auf den Fersen, aber vom linken Gang, in den Rüdiger-Maria eingebogen war, gingen nach einigen Büros links und rechts zwei Abzweigungen weg, und als Plankton an diesem Schnittpunkt angelangt war, war von Rüdiger-Maria keine Spur zu sehen, hören oder riechen.

Schwer atmend und mit rasendem Puls blieb Plankton stehen.

Wo war Rüdiger-Maria bloß hingelaufen?! Rechts oder links? Dieser verfluchte ORF-Irrgarten ...

„Herr Müller!", rief er, den zweiten Teil von Rüdiger-Marias Familiennamen notgedrungen verschweigend, erreichte dadurch aber nur, dass aus einem Büro in einiger Entfernung ein ORF-Mitarbeiter, der zufällig Müller hieß, den Kopf aus der Tür heraushielt und dann, als er merkte, dass nicht er gemeint war, denselben Kopf verärgert schüttelnd wieder im Büro verschwand.

Plankton wollte diesen Herrn schon „Haben Sie in letzter Zeit hier einen Mann vorbeilaufen gesehen?" fragen, sah aber ein, dass er durch ein zweckdienliches Verhör des Zeugen wertvolle Zeit verlieren würde. Da verließ er sich schon lieber auf das bewährte *Ene mene muh*.

Dessen Ergebnis war links.

Plankton lief einen weiteren, ziemlich finsteren Gang entlang, an dessen Ende ein Sendestudio war. Die Tür zu dem Studio war verschlossen, ein Blick durch ein Bullauge zeigte Plankton, dass es derzeit nicht benützt wurde. Vor dem Studio verzweigte sich der Weg wieder nach links und nach rechts, und da er zuvor links gelaufen war, entschied er sich nun für rechts, wobei sein mathematisches Wissen durchaus dafür ausreichte, um zu erkennen, dass seine Chance, zweimal den richtigen Pfad gewählt zu haben, nur eins zu vier betrug. Das waren 25 Prozent – unglaublich viel für Zinsen auf dem Sparbuch, verhältnismäßig wenig als Gewinnchance.

Er eilte den Weg entlang und – stand plötzlich im Atrium des Landesstudios vor der Portiersloge.

„Herr Professor!", wandte sich der Portier erstaunt an ihn. Er kannte Plankton noch aus der Zeit, als dieser Professor an der Essener Uni gewesen war. „Haben Sie sich verirrt? Ich habe Ihnen doch den Weg zu Herrn Waldenbergers Büro genau beschrie ..."

„Ja, ja, schon gut, ist hier vor Kurzem ein Mann vorbeigekommen? In den letzten zwei, drei Minuten? Ein sehr kleiner Mann, mit Weihnachtsmannmütze?"

Der Portier schüttelte den Kopf und sah Plankton zweifelnd an. „Weihnachtsmannmütze?", wiederholte er, um sicherzugehen, den Herrn Speisologen richtig verstanden zu haben. Diese Prominenten – und vor allem Professoren – verhielten sich ja manchmal sehr seltsam. „Jetzt im Februar?"

„Ja. Vielleicht hat er die Mütze beim Laufen aber auch abgenommen oder weggeworfen. Ein kleiner Mann ... sehr klein ... Rüdiger-Maria ...!"

Der Portier schlug die Hände vor dem Kopf zusammen. „Der gesuchte Rüdiger-Maria? *Unser* Rüdiger-Maria?"

„Ja! Natürlich der gesuchte Rüdiger-Maria, welcher denn sonst? Ist er hier vorbeigekommen?"

Der Portier schüttelte wieder den Kopf. „Nein, Herr Professor. Hier ist in den letzten Minuten überhaupt niemand vorbeigekommen. Wie kommen Sie denn bloß auf die Idee, dass Rüdiger-Maria hier vorbei ..."

„Gibt es außer dem Haupteingang auch noch andere Ein- und Ausgänge?", fragte Plankton.

„Nun, für Außenstehende nicht, Herr Professor", sagte der Portier bedächtig. „Aber es gibt sehr wohl noch andere Ein- und Ausgänge, die sind rund ums Gebäude verteilt, aber dafür braucht man einen Schlüssel ..."

„Dann ist er entwischt", ärgerte sich Plankton. Rüdiger-Maria besaß als (Ex-)ORF-Angestellter sicherlich einen Schlüssel, um überall ins Gebäude gelangen zu können, und über einen dieser Zu- und Ausgänge hatte er wohl unauffällig das Gebäude betreten, um Waldenberger aufzusuchen, und jetzt auch wieder verlassen.

Plankton beschloss, seine Jagd nach Rüdiger-Maria einzustellen und lieber zu Reinhard Waldenberger zu schauen. Er war schon sehr gespannt, was der ORF-Chef ihm über das Zusammentreffen mit dem gesuchten Mordverdächtigen zu berichten hatte.

So begab sich Plankton wieder zu Waldenbergers Büro hinauf und klopfte an die Tür.

Als keine Reaktion erfolgte, klopfte er nochmals, diesmal lauter, und rief dazu: „Reini, ich bin's, Rupert. Rupert Plankton. Ruppi!“

Da wieder keine Aufforderung zum Eintreten erklang, drückte er die Türklinke nieder, stieß die Tür auf und trat ein.

Reinhard Waldenberger saß in seinem Drehsessel und starrte Plankton mit weit aufgerissenen Augen an. In seiner Brust steckte ein Brieföffner, rund um die Eintrittsstelle des Öffners war sein Hemd blutdurchtränkt.

Der Mörder hatte die Waffe mit derartiger Wucht in Waldenbergers Oberkörper gestoßen, dass sie am Rücken wieder ausgetreten war und den Körper des Programmchefs am Sessel festnagelte.

Da merkte der vor Entsetzen erstarrte Plankton, dass Waldenberger noch nicht tot war, denn auf einmal öffnete er den Mund, um etwas zu sagen. Plankton trat an den Sessel. „Reini, halt durch, die Rettung kommt gleich!“, log er, wohl wissend, dass es hier nichts mehr zu retten gab.

Waldenberger schüttelte langsam und kraftlos den Kopf. Auch er wusste, dass er nicht zu retten war, dass er nur mehr wenige Augenblicke zu leben hatte, der Brieföffner hatte gleich ein halbes Dutzend lebenswichtige Organe durchstoßen oder zumindest gestreift – ja, wenn es den Blinddarm getroffen hätte, wäre das zu verschmerzen gewesen, wer braucht schon einen Blinddarm, aber Herz, Lunge, Milz ...

Als Plankton spürte, dass Waldenberger ihm verzweifelt etwas mitteilen wollte, trat er ganz dicht an ihn heran und legte sein Ohr an den Mund des Freundes. Waldenberger sammelte seine verbliebenen Kräfte für ein einziges – sein letztes – Wort, das er Plankton ins Ohr flüsterte.

Und so vernahm Plankton vom sterbenden ORF-Oberösterreich-Programmchef das Wort: „Innominati."

21. Kapitel

„Innominati! Was soll das heißen?"

Rätisch bellte Plankton die Worte entgegen. Er war stinkwütend. Wenn Waldenberger, an dem er seinen Zorn nun nicht mehr auslassen konnte, denn das wäre Leichenschändung gewesen, oder wenigstens Plankton ihn rechtzeitig verständigt hätten, dass Rüdiger-Maria auf dem Weg ins ORF-Landesstudio war, hätten sie ihn vielleicht gefasst, aber so ...

„Innominati", sagte Plankton mit Bestimmtheit. „Die Geheimorganisation, die hinter der Ermordung von Sly Slender steckt."

„So ein Blödsinn", sagte Rätisch. „Dieser Rüdiger-Maria hat Waldenberger erstochen. Ich weiß zwar noch immer nicht, warum, aber die Fakten liegen auf der Hand, also bleib mir mit diesen Immunen, äh, Immunati vom Leib."

„Innominati", verbesserte Plankton. „Aber wenn es Waldenberger doch gesagt hat ..."

„Rupert, das war – wenn überhaupt – das letzte Wort eines Sterbenden. Er kann weiß Gott was gesagt haben, vielleicht hat er auch nur noch die letzte Luft aus den vom Brieföffner durchstoßenen Lungen gepresst, und du bildest dir jetzt ein, irgendwas gehört zu haben."

„Aber auch Sly Slender hat als letztes Wort ‚Innominati' gesagt", platzte es aus Plankton heraus.

Rätisch sah seinen ehemaligen Schulkollegen an, als hätte dieser den Verstand verloren.

Die zwei Männer hatten sich vorübergehend in einem Büro im ORF-Zentrum einquartiert, das einige Zimmer von Waldenbergers Büro entfernt lag, das durch den Mord hochoffiziell ein Tatort geworden war. In letzterem hatten nun die

Spurensicherer das Sagen, und auch der Gerichtsmediziner Dr. Jatzosch war bereits eingetroffen und hatte als vorläufige Diagnose verkündet, dass der Tod des ORF-Programmchefs durch eine massive Stichverletzung in den letzten maximal zwei Stunden eingetreten war.

Plankton erklärte Rätisch daraufhin, warum er der Ansicht war, dass Sly nicht fünf Antworten auf fünf Fragen der fünf *Fidelen Sandler* gegeben hatte, sondern einen fünfsilbigen Hinweis auf die Mörderorganisation, die ihn auf dem Gewissen hatte. Dass Veronika von Sly überdies einen Zettel mit einem Rätsel zugeschickt bekommen hatte, auf dem ebenfalls das Wort Innominati enthalten war, sogar zweimal, noch dazu in Kreuzform, behielt er einstweilen lieber noch für sich, das wäre wohl zu viel auf einmal für den armen Kommissar gewesen.

„Das wird ja immer haarsträubender", sagte dieser auch erwartungsgemäß nach der Innominati-Eröffnung. „Ich glaube kein Wort davon. Nein, ich bin überzeugt, Rüdiger-Maria hat diesen Sly Slender ermordet, vergiftet ..."

„Und Waldenberger wusste irgendetwas, sodass er nun auch ihn umgebracht hat?"

„Genau."

„Und warum hat Rüdiger-Maria Sly vergiftet?", wollte Plankton wissen. Ihn ärgerte, dass Rätisch seiner Theorie keinen Glauben schenkte.

„Keine Ahnung, aber wenn wir ihn gefasst hätten – und das hätten wir, wenn du uns gnädigerweise rechtzeitig verständigt hättest –, hätte ich ihn sicherlich danach gefragt", antwortete Rätisch mit unverhohlenem Zynismus und viermal „hätte" in einem einzigen Satz.

„Wie oft soll ich mich denn noch entschuldigen und sagen, dass es mir leidtut und dass ich einsehe, dass ich einen Fehler gemacht habe?", fragte Plankton kleinlaut. „Immerhin habe ich mit Waldenberger einen Freund verloren. Zwar einen erst vor Kurzem gewonnenen Freund, aber unsere Freundschaft war sehr intensiv. Wir hatten noch sehr viel vor – dienstlich und auch privat. Im Sommer wollten wir in den Mühlviertler Bergen Bären jagen gehen ..."

„Bären jagen?"

„Na ja, vielleicht auch nur Beeren pflücken, so genau hab ich das nicht mehr in Erinnerung, was wir da bei der After-Show-Party ausgemacht haben ..."

„Schon gut", sagte Rätisch, nun etwas milder gestimmt. „Übrigens habe ich in der Zwischenzeit auch – deiner Anregung folgend – das Alibi dieser zwei Gramastettner-Krapferl-Bäcker überprüft."

„Und?"

Der Oberinspektor schüttelte den Kopf. „Fehlanzeige. Vergiss es. Sie haben nach der Blamage beim Wettbacken sofort mit hängenden Köpfen die Eishalle verlassen und sind sogleich heimgefahren. Sie sind nie auch nur in die Nähe des Backstagebereichs gekommen."

Plankton nahm dies ungerührt zur Kenntnis. „War auch nur so eine Idee von mir."

„Kein Problem", tröstete ihn Rätisch. „Ich bin dankbar für jede Art von Idee, die uns weiterhilft."

Als ihm die von Plankton soeben präsentierten Innominati wieder einfielen, setzte er mit säuerlicher Miene hinzu: „Für *fast* jede Art von Idee."

22. Kapitel

Es war schon zur Hauptabendfernsehzeit, also nach 20 Uhr 15, als Kardinal Gioacchino Rissoni seinem Sekretär Giacomo Picciuni vorschlug, vor dem Schlafengehen – wobei der Vollständigkeit halber zu erwähnen ist, dass sie vorhatten, *getrennt* schlafen zu gehen und sie sich derzeit noch in Rissonis Arbeitszimmer aufhielten – noch eine Partie *Farbenfische* zu spielen und dazu eine Flasche Amaretto zu leeren.

Farbenfische ist ein in Kardinalskreisen sehr beliebtes Kinder- und Familienspiel des in Linz und Umgebung weltberühmten oberösterreichischen Spieleautorenduos Mini/Reindl, das 2009 in einem renommierten deutschen Spieleverlag herausgekommen ist, Amaretto ist ein nicht nur in Kardinalskreisen gern konsumierter italienischer Likör, der aus Mandel- und/oder Aprikosenkernen hergestellt und mit Gewürzen wie Vanille verfeinert wird.

Da Kardinalssekretäre (und auch -sekretärinnen) ihren Chefs selten widersprechen, öffnete Picciuni ohne Widerrede die Spieleschachtel, schüttete den Würfel sowie die Fisch- und Wurmkärtchen auf den Schreibtisch und stellte die Flasche Amaretto samt zwei Gläsern bereit. Er persönlich hätte lieber *Das verrückte Labyrinth* oder *Coco Crazy* gespielt und Grünen Veltliner oder Sauvignon Blanc getrunken, aber wenn Rissoni farbige Fische legen und sich mit Likör berauschen wollte, na dann halt *Farbenfische* und Amaretto.

Rissoni schüttelte den Würfel in beiden Händen und ließ ihn dann über den halben Tisch laufen. Was würde die obere Würfelseite zeigen? Einen Fisch! Das berechtigte ihn dazu, ein Fischplättchen aufzudecken, das er vor sich hinlegte.* Dann reichte er den Würfel seinem Sekretär weiter, der prompt einen Wurm erwürfelte, was bedeutete, dass er einmal aussetzen musste. Der Kardinal griff schadenfroh grinsend wieder nach dem Würfel – in der Hoffnung, nun jene Seite zu würfeln, die zwei Fische anzeigte, weil dann durfte man in einem Spielzug gleich zwei Fischkärtchen aufdecken, einfach genial, dieses Spiel –, als sein Handy klingelte.

„Wer um Himmels willen ruft so spät in der Nacht noch an?", fragte er verärgert. „Wehe, wenn es nicht der Papst ist!" Er schaute aufs Display. Als er erkannte, wer der Störenfried war, sagte er nur „Oh!" und meldete sich mit einem freundlichen „Ja, mein Sohn?".

Und wieder ist die Ironie zu vermerken, dass er jemanden mit „Mein Sohn" anredete, der gar nicht sein Sohn war, während sein wirklicher Sohn – gar nicht wissend, dass er sein Sohn war! – ihm gegenüber saß – wobei er auch zu diesem ungeniert „Mein Sohn" sagen konnte, ohne dass dieser Verdacht schöpfen musste!

Nachdem er von einem Wortschwall in deutscher Sprache überschüttet worden war, rief der Kardinal auf Italienisch: „Brems dich ein, mein Sohn, du musst italienisch mit mir sprechen, mein Deutsch ist nicht gut genug. Na also. Was ist nun mit dem ORF-Programmchef Rainardo Waldenbergero?" Einige Zeit hörte der Kardinal nur zu, dann machten sich Sorgenfalten auf seinem alten Gesicht breit, und er warf ein: „Aber dass du ihn gleich erdolchen musstest! Wenn du unbedingt jemanden aus der Radio- oder Fernsehbranche beseitigen willst, dann hätte ich dir von Radio Vaticano ein paar geeignete Kandidaten nennen können, und auch beim ORF

* Wen der Spielablauf von *Farbenfische* interessiert: Hier der Link zu einer sogar von einem Video begleiteten Spielbeschreibung: http://www.spielama.de/?p=675.

Wien fallen mir ein paar ein …" Wieder lauschte er seinem Gesprächspartner und sagte dann: „Ja, ja, ich versteh schon, unter diesen Umständen war es wohl unumgänglich, und ich war schon immer dafür, reinen Tisch zu machen – strenge Rechnung, gute Freunde, tote Feinde … Part of the game."

„Mee-Gees Sohn?", formten Picciunis Lippen eine Frage, und Rissoni nickte. Er versuchte erst gar nicht, sein Handy auf Lautsprecher zu schalten – zum einen wusste er nicht, ob sein Gerät dies überhaupt konnte und wenn ja, welche Taste er hiefür betätigen musste, und zum anderen zog er es ohnehin vor, dass sein Sekretär nicht alles mitbekam, was er mit seinem Gesprächspartner beredete. Ihm war es lieber, Picciuni erhielt dann von ihm gefilterte Informationen, sicher ist sicher.

„Ich glaube, es wird höchste Zeit, dass du Österreich verlässt", sagte der Kardinal bestimmt. „Der Boden in Linz wird zu heiß für dich. Wie?" Er horchte wieder kurz zu, während der andere sprach. „Aha, in ein paar Tagen, gut, aber was hat das mit dem Zirkus zu tun?" Wieder hatte er Pause, während der sein Sekretär – das muss hier leider erwähnt werden – in einem scheinbar unbeobachteten Moment ein Fischkärtchen umdrehte und sich besah, welche Farbe der Fischteil hatte.

„Na gut", sagte Rissoni abschließend, „tu, was du glaubst, dass es getan werden muss. Aber sei vorsichtig. Ich brauche dich noch. Wir alle brauchen dich noch. Silve hat schon mehrmals nach dir gefragt … Wer? Wer, sagst du, ist dir auf den Fersen? Plankton? Etwa *Rupert* Plankton?" Und als der andere ihm bestätigte, dass es sich bei besagtem Herrn Plankton tatsächlich um Rupert Plankton handelte, stieß der Kardinal eine größere Anzahl von Verwünschungen in einem undefinierbaren italienischen (neapoletanischen?) Dialekt aus. „Der hat uns gerade noch gefehlt! Schon wieder dieser Rupert Plankton! Ruperto Plantonio! Ja, natürlich kenne ich

Plankton, er hat mir vor geraumer Zeit gute Dienste geleistet, als es darum ging ... aber das würde jetzt zu weit führen, noch dazu sind die Gespräche per Handy so teuer. Nimm dich jedenfalls in Acht vor Plankton, der Mann ist schlau! Nein, nein, er schaut nur ein wenig doof aus, aber das ist Fassade, er hat es faustdick hinter den Ohren. Also, höchste Vorsicht! ... Wie? Liquidieren? Nun, ich glaube, du hast in Linz einstweilen genügend Leute umgebracht ... okay, zwei erst, mit dem von morgen eventuell drei, aber trotzdem ... Daher würde ich sagen: Nur wenn es unbedingt sein muss. Wenn du sowieso vorhast, in ein paar Tagen Österreich zu verlassen ... Eben. Gut. Ciao, mein Sohn. Ja, ja, eh klar, Gott segne dich, mit allem Drum und Dran, wie immer."

Der Kardinal beendete das Gespräch mit sorgenvoller Miene, und sein Sekretär sah ihn fragend an. „Rupert Plankton?"

„Ja."

„Sollte ich den kennen?"

„Nicht unbedingt. Nun, Giacomo, dir ist wahrscheinlich bekannt, dass wir vor etwa zehn oder zwölf Jahren die Hostien, die der damalige Papst – du weißt schon, der Pole, il polacco – zu Ostern zur Heiligen Kommunion spendete, speisologisch überprüfen haben lassen und dass dann die – natürlich streng geheim gehaltene – Sensation herauskam, dass ..."

„Ja, das ist mir bekannt", unterbrach ihn sein Sekretär. „Und das war Rupert Plankton?"

„Ja, das war Rupert Plankton. Ein intelligenter Bursche. Auf ihn muss man achtgeben."

„Und wie kommt er ins Spiel?"

„Mee-Gees Sohn hat erwähnt, dass Plankton ihn bei der Ermordung des ORF-Programmchefs – ob vorher oder nachher oder währenddessen, habe ich mir im Schwall seiner Worte nicht gemerkt, ja, ich werde alt –, dass ihn also Plankton fast erwischt hätte. Aber … natürlich, jetzt ist mir alles klar! Die Gramastettner Krapferln, auf die Mee-Gees Sohn das Gift gegeben hat, waren die von Plankton gebackenen! Ich hatte ganz vergessen, dass ja dieser obskure Gramastettner-Krapferl-Backwettbewerb den Rahmen für die Vergiftung von Sly Slender abgegeben hat! Wenn ich gewusst hätte, dass einer der Kontrahenten des Wettbewerbs Rupert Plankton war, hätte ich Mee-Gees Sohn von dieser Mordmethode natürlich sofort abgeraten, dann hätte er Sly ganz einfach erwürgen, erstechen, erschießen oder von einem Hochhaus hinunterstoßen sollen – Hochhäuser gibt's ja genug in Linz, speziell im Bahnhofsviertel –, aber Mee-Gees Sohn will es natürlich immer besonders kunstvoll anstellen …" Der Kardinal versank in Erinnerungen. „Ich weiß noch, als er im März 2003 in St. Pölten dafür gesorgt hat, dass Kollege Groer für immer verstummt ist – gerade noch rechtzeitig, bevor er, den nahen Tod fühlend, das wahre Ausmaß des Missbrauchs gestehen wollte –, da hat er es besonders gefinkelt angestellt, aber das erzähle ich dir ein andermal, und eigentlich ist das ja eine furchtbar grausliche Geschichte – sowohl die Mordmethode als auch der wahre Hintergrund des Missbrauchs –, darum wird sie dir wahrscheinlich gefallen, doch jetzt zurück zu Rupert Plankton."

„Sie meinen also, weil es seine – Planktons – Krapferln waren, mischt er sich jetzt ein?"

„Das sähe ihm ähnlich. Ja, wir müssen auf der Hut sein. Nötigenfalls …"

„Ja? Nötigenfalls …?"

„Müssen wir Rupert Plankton liquidieren", sagte der Kardinal leichthin. „Und jetzt bin ich wieder dran mit dem Würfeln. Und glaub ja nicht, ich hätte nicht gesehen, dass du vorhin geschummelt hast …"

23. Kapitel

Am nächsten Vormittag wurde Rupert Plankton nicht vom Klingeln des Weckers, sondern von dem seines Handys geweckt.

„Ja, Plankton da“, meldete er sich verschlafen, ohne zuvor einen Blick aufs Display geworfen zu haben.

„Rupert, ist das wirklich wahr, was in der Zeitung steht – Waldenberger wurde ermordet?“, kam Veronika sofort zum Thema.

Plankton setzte sich im Bett auf. „Hallo, Veronika, guten Morgen ...“

„Guten Morgen, dass ich nicht lache, es ist zehn Uhr vorbei ...“

„Ich bin spät ins Bett“, rechtfertigte sich Plankton. „Rätisch hatte so viele Fragen, dass es beinahe Mitternacht geworden ist ...“

„Rätisch Fragen an Sie?“, wunderte sich Veronika. „Was haben Sie denn damit zu tun?“

Plankton setzte Veronika mit einer Kurzzusammenfassung über die gestrigen Ereignisse in Kenntnis und erntete von ihr als Reaktion: „Aber, Rupert, da haben Sie ja noch einmal Glück gehabt, dass Rüdiger-Maria nicht auch auf Sie losgegangen ist!“

Das hatte Plankton noch gar nicht bedacht. Ja, Rüdiger-Maria hatte, als er auf Plankton getroffen war, umgehend kehrtgemacht und war davongelaufen, aber genauso gut hätte er Plankton auch attackieren und, falls er noch einen zweiten Brieföffner mitgehabt hätte, sogar töten können ...

„Ach, mit dem Kleinen wäre ich schon fertiggeworden“, sagte er großspurig, obwohl ihm insgeheim ein kalter Schauer über den Rücken lief.

„Das hat sich Waldenberger wohl auch gedacht", wandte Veronika ein, „und der war" (gerade dass sie nicht sagte „im Gegensatz zu Ihnen") „durchtrainiert, sportlich fit, gut drauf, topp in Form ..."

„Jedenfalls hat er mir nichts getan", schloss Plankton dieses Thema, bei dem er langfristig nur verlieren konnte, ab. „Leider habe ich Waldenberger nicht mehr nach der Telefonnummer von Slys Witwe fragen können."

„Wozu brauchen Sie denn ihre Telefonnummer?"

„Um sie zu fragen, bei welchem Verlag Sly seine Biografie herausbringt. Ich bin im Internet nicht fündig geworden und hab mir gedacht, ich ruf sie einfach an und frag sie ..."

„Gute Idee", lobte Veronika. „Wobei – ihre Telefonnummer kann ich Ihnen auch geben. Da sie und Sly zusammenwohnten und ich Slys Festnetznummer habe, ist *seine* Festnetznummer wohl auch *ihre* Festnetznummer." Sie nannte eine sechsstellige Zahl.

„Sie ... Sie kennen die Telefonnummer?", war Plankton baff. „Dann hätte ich mich gestern gar nicht stundenlang abplagen müssen, und ein einfacher Anruf bei Ihnen hätte genügt?"

„Scheint so", sagte Veronika leichthin. „Und was haben Sie jetzt vor?"

„Ich rufe sie an, und dann fahre ich zu dem Verlag, um weitere Erkundigungen einzuziehen. Kommen Sie mit?"

„Tut mir leid, Rupert, aber heute geht es wirklich nicht. Ich muss arbeiten. Aber Sie werden das Kind schon schaukeln. Halten Sie mich auf dem Laufenden, ja?"

„Natürlich. Sie vergessen hoffentlich nicht, dass wir heute Abend ein Date haben?"

„Ja, die Zirkusvorstellung. Nein, das vergesse ich sicher nicht, ich freu mich ja schon so darauf."

„Gut. Also dann ... Soll ich Sie abholen?"

„Nein, ich fahre mit dem Auto hin. Treffen wir uns eine halbe Stunde vor Vorstellungsbeginn beim Eingang?"

„Ja. Ich freue mich schon."

„Ich auch. Also bis heute Abend."

Plankton wählte sofort die Nummer, die ihm Veronika genannt hatte, und tatsächlich meldete sich schon nach dem zweiten Läuten eine Frau mit einem traurig klingenden „Ja?".

„Äh, Frau Slender?", begann Plankton und kam sich reichlich blöd vor, weil die Frau ja sicher nicht wirklich Slender hieß.

„Wer ist denn da?", lautete ihre Antwort.

„Äh, mein Name ist Plankton, Rupert Plankton, ich war sozusagen ein Bekannter von Sly, wir sind letzten Sonntag noch gemeinsam aufgetreten, beim *Eiszauber* ..."

„Ach ja, der Rupert Plankton, dessen Gramastettner Krapferl meinen armen Mann vergiftet hat."

Ein schlechter Start für ein Telefonat, fand Plankton. „Nun, ja, genau dieser Rupert Plankton. Ich kann Ihnen gar nicht sagen, wie leid mir das alles tut, Sly war ein großartiger Künstler, der seine beste Zeit noch vor sich hatte ..."

„Und was wollen Sie von mir?", kam die Witwe zum Wesentlichen. Lobreden auf ihren verstorbenen Gatten hatte sie in den letzten Tagen genug vernommen.

„Äh, ich habe gestern ein Interview von Ihnen im Radio gehört, mit Reinhard Waldenberger, der ja jetzt auch tot ist ..." Irgendwie lief das Gespräch nicht ganz so, wie er sich das vorgestellt hatte – lauter Tote, von wem man auch sprach ...

„Ja, der arme Reini", sagte Sly Slenders Witwe bedauernd. „Wenn man bedenkt, dass Sly der letzte Künstler war, den er in seinem Leben bei einer Veranstaltung angekündigt hat – und ich die letzte Person, die er fürs Radio interviewt hat ..."

„Ja, Sie und Sly sind offenbar sein Schicksal gewesen, der Kontakt mit Ihnen beiden war für ihn absolut tödlich", meinte Plankton, bekam allerdings im selben Moment Zweifel, ob diese Bemerkung intelligent gewesen war.

Slys Witwe ging glücklicherweise nicht näher darauf ein, sondern fragte: „Ja, und? Reini hat mich interviewt – und?"

„Und dabei haben Sie erwähnt, dass Sly eine Biografie geschrieben hat, die nun posthum veröffentlicht werden wird."

„Ja, genau. Sly hatte sich so auf sein erstes Buch gefreut. Platten und CDs, auch goldene, hatte er ja zu Dutzenden, aber Buch wäre das sein erstes gewesen."

„Ja, das hat er mir auch gesagt", log Plankton. „In welchem Verlag wird es denn erscheinen?", erkundigte er sich sodann leichthin, aber mit heftig klopfendem Herzen, stellte das doch die zentrale Frage seines Anrufs dar. Wenn die nicht beantwortet wurde, hatte das ganze Gespräch keinen Sinn. Seine Angst war jedoch unbegründet.

„Im BIO-Verlag, BIO mit lauter Großbuchstaben", gab Slys Witwe bereitwillig Auskunft, und als Plankton durch ein „Hä?" zu erkennen gab, dass er von diesem Verlag noch nie gehört hatte, ergänzte sie: „Ein kleiner Linzer Verlag in der Wiener Straße, der Bio-Sachen herausgibt."

„Bio-Sachen?"

„Ja. Einerseits Bücher über Biologisches, andererseits Biografien. Ich glaube, sie haben sich noch nicht so richtig festgelegt, in welche Richtung das Verlagsprogramm gehen soll."

„Aha, Bio-Verlag, Biografien, verstehe. Und wo in der Wiener Straße?"

Die Frage war berechtigt, denn während etwa die zwischen der Lederergasse und der Museumstraße steckende Quergasse in der Nähe des Landesgerichts und der Landesgalerie mit gerade einmal 40 Metern und zwei Häusern sehr überschaubar ist, ist die Wiener Straße genau das Gegenteil, erstreckt sie sich doch – wenn schon nicht bis ganz nach Wien – so immerhin von der Blumau beim Volksgarten und Neuen

Musiktheater, also noch fast im Zentrum der Stadt, über mehrere Kilometer bis hin nach Ebelsberg und dann auch noch aus der Stadt hinaus, sodass eine Hausnummernangabe bei der Wiener Straße sehr zweckdienlich sein kann, weil zwischen der Wiener Straße 1 und der Wiener Straße 400 ein Fußmarsch von ein paar Stunden liegt.

Sly Slenders Witwe beantwortete auch diese Frage noch und wollte soeben zum Thema, warum Plankton das alles wissen wollte, überleiten, als Plankton „Ach Gott, jetzt kocht mir das Wasser über, ich hab mir Wasser für einen Kaffee zugestellt, also entschuldigen Sie, ich muss jetzt Schluss machen, weil sonst kocht mir das Wasser über, weil ich hab mir Wasser für einen Kaffee zugestellt, das mir sonst überkocht … das Wasser … also vielen Dank und alles Gute noch und Kopf hoch!“ rief und abrupt auflegte.

Der BIO-Verlag in der Wiener Straße! Plankton überlegte kurz, ob er Veronika anrufen und sie von diesem Zwischenergebnis verständigen sollte, entschied sich aber dagegen. Lieber präsentierte er ihr am Abend eine Fülle von Endergebnissen.

Nach einem kurzen Frühstück, einem ebenso rasch erfolgten Ankleiden und einem dringend notwendigen Toilettenbesuch (warum wird in anderen Büchern eigentlich nie erwähnt, dass der Held fallweise auch das WC aufsucht?) fuhr Plankton mit seinem speisologischen Fahrzeug zu der Adresse, die Sly Slenders Witwe ihm angegeben hatte. Er freute sich, gratis und ohne zeitliche Beschränkung auf der vom Schnee gut geräumten Wiener Straße parken zu dürfen, sperrte den Wagen ab und betrachtete das Haus, in dem sich der Verlag befand.

Es war ein hässliches mehrstöckiges Wohnhaus aus der Nachkriegszeit (wobei mit dem Krieg nicht der Hundertjährige, sondern der Zweite Weltkrieg gemeint ist), in dem sich Mietwohnungen befanden, aber offenbar auch Büroräumlichkeiten, denn neben der Eingangstür war ein noch verhältnismäßig neu ausschauendes Schild mit dem Text „BIO-VERLAG – Verlagsgesellschaft für Biologisches und Biografisches, 2. Stock“ aufgehängt.

Plankton drückte auf die Eingangstür, hatte neuerlich Grund zur Freude, weil nicht abgeschlossen war, öffnete sie und ging zu Fuß in den zweiten Stock hinauf – nicht, weil er zur Erhöhung der Fitness Stufensteigen zu seinem Lieblingssport erkoren hatte (für Leute wie ihn gab es definitiv keinen Lieblingssport), sondern weil dieses Haus über keinen Lift verfügte. Im zweiten Stock angelangt, atmete er ein paarmal kräftig durch, dann drückte er auf die Klingel neben der Tür, auf der das Schild „BIO-VERLAG“ angebracht war. Ein Summer ertönte, und er konnte die Tür aufdrücken.

Wie bei meinem Zahnarzt, dachte sich Plankton, und tatsächlich waren die Verlagsräumlichkeiten früher einmal die Praxis eines Arztes gewesen. Der Mediziner mit dem schönen Namen Dr. Alphons Burschitzky hatte nach einigen gerichtlich anerkannten Kunstfehlern beschlossen, das Metier zu wechseln, und einen Verlag gegründet, weil man in diesem Gewerbe weniger oft Gefahr lief, zu Schmerzensgeld- und Verunstaltungsentschädigungszahlungen verurteilt zu werden. Die angemieteten Räumlichkeiten hatte er sich behalten und nur die Zimmer umbenannt, sodass aus dem Wartezimmer das Sekretariat, aus dem ersten (großen) Ordinationsraum das Büro des Verlagsleiters und aus dem zweiten (kleinen) Ordinationsraum das der Lektorin geworden waren. Das zwischen den ehemaligen Ordinationen vorhandene WC hatte sowohl seine Funktion als auch seine Bezeichnung behalten dürfen. Nicht nur die aktuellen, sondern auch die früheren Bestimmungen der Räume waren heute noch ablesbar – die zu Arztzeiten aufgeklebt gewesenen Buchstaben „WARTEZIMMER“ waren beispielsweise so schlampig entfernt worden, dass das Wort noch immer zu entziffern war, obwohl nun „SEKRETARIAT“ darüber geklebt war, und beim Wechsel von „ORDINATION 1“ zu „VERLAGSLEITUNG DR. ALPHONS BURSCHITZKY“ war das nicht viel anders. Alle Türen und Zimmer (und das waren inklusive WC vier an der Zahl) befanden sich rechts vom Gang, das letzte Zimmer war das der Lektorin – unter dem Wort „LEKTORAT“ stand der – im Vergleich zu Dr. Burschitzky wesentlich kleiner und auch nicht durchgängig in Großbuchstaben geschriebene – Name „Mag. Bettina Stöckl“.

An der den Büros gegenüberliegenden Wand hingen zahlreiche Fotos, von denen die meisten den ehemaligen Arzt und frischgebackenen Verlagschef Dr. Burschitzky mit seinen Autoren zeigten, ein paar weitere waren offenbar bei einem gemeinsamen Betriebsausflug aufgenommen worden, weil sie einige Personen in von Foto zu Foto zunehmend illuminierterem Zustand bei irgendeinem Heurigen porträtierten. Auf diesen Fotos war der Verlagschef samt fünf ausnahmslos brünetten Frauen unterschiedlichen Alters zu sehen, wobei es sich bei diesen um die Gattin des Verlagschefs (57), die Lektorin (38), die Sekretärin (47), die Putzfrau (24) und die Lebensgefährtin der Putzfrau (42) handelte (aber das konnte Plankton natürlich nicht wissen).

Nach dem Betreten des Verlags und Abschreiten des Gangs wurde Plankton von einer brünetten Frau mittleren Alters mit der Frage „Ja, Sie wünschen?“ zurückgerufen, die aus dem Ex-Wartezimmer/Neo-Sekretariat getreten war und sich als Frau Klader vorstellte – zuständig für Büro und Marketing und überdies Empfangsdame des Verlags. Während Plankton insgeheim feststellte, dass diese Frau auch auf den Heurigen-Fotos abgebildet war (die 47-Jährige) und sie rein optisch die am meisten Besoffene gewesen war, pendelte sich sein FES unaufgeregt bei 48 bis 49 ein.

„Ja, also", begann Plankton unsicher. Kannte ihn die Frau oder nicht? Kennen oder nicht kennen, das war hier die Frage. Wenn sie ihn kannte – und davon musste er im Zweifel ausgehen (wer, bitte schön, kannte den einzigen Speisologen der Welt – Rupert Plankton – nicht?) –, konnte er beispielsweise zwecks Eröffnung des Gesprächs behaupten, eine Veröffentlichung eines seiner nächsten Bestseller im BIO-Verlag in Erwägung zu ziehen, etwa über *99 + 1 Rezepte für Topinambur-Püree*. Wenn sie ihn allerdings nicht kannte (und derzeit gab sie erstaunlicherweise noch keinerlei Zeichen des Erkennens – etwa ein gekreischtes „Herr Plankton, mein Gott, Herr Plankton, ja sind Sie's denn wirklich!?" – von sich), konnte er vorgeben, ein Reporter zu sein, der Wind von den in Kürze erscheinenden Memoiren von Sly Slender bekommen hatte und auf der Jagd nach Detailinformationen war.

„Ja, bitte?", fragte die Frau, als Plankton stumm blieb und nur wie ein Fisch nach Luft schnappte. Er beschloss, sich einstweilen noch nicht zu outen – weder in die eine noch in die andere Richtung. „Ich habe gehört", begann er ganz neutral und ohne zu verraten, wie/wo/wann/von wem er es gehört hatte, „dass Sly Slender bei Ihnen seine Biografie veröffentlichen wird."

„Ja, das ist richtig", sagte Frau Klader und nickte zur Bekräftigung dazu.

„Wann ist es denn so weit?", fragte Plankton vorwitzig.

„Nun, eigentlich hätte das Buch schon vor Weihnachten erscheinen sollen", sagte Frau Klader.

„Aha, vor Christmas schon. Ist grundsätzlich ja keine schlechte Zeit für eine Buchveröffentlichung. Und – ist etwas dazwischengekommen, mal abgesehen von Januar und Februar?"

„Der Autor hat noch einen Nachtrag geliefert", berichtete die Verlagssekretärin. „Und das hat die Veröffentlichung verzögert. Wahrscheinlich wird das Buch nun im Mai erscheinen, unsere Lektorin arbeitet fieberhaft daran."

„Ah, ein Nachtrag!", rief Plankton überrascht. „Warum denn das?"

„Nun, Genaueres kann ich Ihnen nicht sagen, schließlich bin ich nur die Sekretärin. Ich bin zwar nach Erscheinen der Bücher für die Vermarktung zuständig, aber nicht für die Manuskripte selbst."

Dann wurde ihre Stimme eine Spur leiser, ihr Ton verschwörerisch. „Ich glaube, während Slys Rom-Aufenthalt bei irgendeinem Konzert im letzten Sommer ist etwas so Aufregendes passiert, dass er es unbedingt noch in seine Memoiren einbauen wollte."

„Interessant", sagte Plankton und meinte das auch so. „Was denn Aufregendes?"

„Keine Ahnung", behauptete Frau Klader. „Ich habe das Manuskript nie gelesen, und Frau Mag. Stöckl hat mir nie Details erzählt ..."

„Frau Mag. Stöckl?", warf Plankton ein.

„Die Lektorin", erklärte Frau Klader. „Sie hat ihr Büro im letzten Zimmer hinten."

„Aha. Kann ich sie einmal sprechen?"

„Tut mir leid, aber Frau Mag. Stöckl ist diese Woche auf Urlaub. Am Montag kommt sie wieder in den Verlag."

„Oh, schade. Und Ihr Chef – der Verlagsleiter?"

„Dr. Burschitzky? Der ist heute auch nicht da. Er ist in Wien, hat dort irgendeinen Gerichtstermin.* Auch er kommt am Montag wieder."

* Sein letzter Kunstfehlerprozess, wobei bis zur rechtskräftigen Verurteilung die Unschuldsvermutung gilt.

„Das heißt, Sie arme Frau tragen heute hier die alleinige Verantwortung und halten die Stellung?“, schleimte sich Plankton ein.

„So könnte man es ausdrücken. Aber – womit kann ich Ihnen eigentlich helfen?“

„Nun, ich wollte die Lektorin sprechen – wegen Slys Biografie. Ich bin ein Freund von Sly – also gewesen, weil er ja jetzt tot ist –, das wissen Sie ja wahrscheinlich, dass er ermordet wurde, obwohl er das in seinen Memoiren sicherlich nicht erwähnt hat, dass er in absehbarer Zeit vergiftet wird, aber die Details erkläre ich dann der Frau Mag. Stöckl am Montag.“ Plankton war der Ansicht, dass nun der richtige Zeitpunkt für einen strategischen Rückzug gekommen war.

Die Verlagssekretärin nahm diese Erklärung nickend zur Kenntnis, fragte nicht weiter und sah Plankton zu, wie er die Verlagseingangstür wieder hinter sich schloss.

Dann ging sie in ihr Büro zurück, griff zum Telefon – und wählte eine lange Nummer …

24. Kapitel

Zirkusse machen in Linz meist auf dem Urfahraner Jahrmarktgelände Station. Dieser großflächige Platz direkt an der Donau auf der Urfahraner Seite wird zweimal im Jahr jeweils neun Tage lang für den Urfahraner Jahrmarkt – in eingeweihten Kreisen auch liebevoll Urfix genannt – genützt, die restlichen 347 (beziehungsweise in Schaltjahren 348) Tage des Jahres dient er vorwiegend aus dem Mühlviertel in die Stadt drängenden Pendlern als kostenloser Parkplatz, wobei die zur Verfügung stehende Parkfläche stets dann ein wenig beschnitten wird, wenn eine andere Veranstaltung – wie etwa ein Zirkus, ein Türkei-Festival oder der Hamburger Fischmarkt – ihre Zelte dort aufschlägt.

Das Urfahraner Jahrmarktgelände war vom Lentia-Hochhaus nicht einmal einen Kilometer entfernt, sodass sich Plankton gegen sieben Uhr am Abend bei leichtem Schneefall zu Fuß dorthin begab und sich frierend neben den Eingang zum Zirkus stellte. Pünktlich um sieben Uhr traf auch Veronika, warm angezogen, dort ein. Die zwei tauschten Wangenküsschen aus, dann fragte Veronika, während sie sich auf den Weg ins Zeltinnere machten: „Und? Haben Sie den Verlag ausfindig gemacht?"

Plankton nickte. „Er heißt BIO-Verlag – BIO mit drei Großbuchstaben – und hat seinen Sitz in der Wiener Straße."

„Noch nie gehört – also vom BIO-Verlag, von der Wiener Straße natürlich schon."

„Mir geht's beziehungsweise ging's genauso. Es ist ein kleiner Verlag, offenbar eine ehemalige Arztpraxis." Er berichtete ihr kurz von seinem vormittäglichen Besuch in den Verlagsräumlichkeiten und schloss, während sie sich unter der Zirkuskuppel in die Bänke zwängten und mit Befremden feststellten, dass tschetschenische Zirkuszelte nicht beheizt wurden, mit den Worten: „Wir müssen zu diesem Manuskriptnachtrag kommen!"

„Ich bin ganz Ihrer Meinung", stimmte ihm Veronika zu. „Aber wie? Wollen Sie mit der Lektorin sprechen?"

„Mit dieser Magistra Stöckl? Nein, davon verspreche ich mir nichts. Abgesehen davon, dass sie erst in drei Tagen wieder in den Verlag kommt, wird sie mir wohl kaum Auskunft geben."

„Stimmt. Wenn in Slys Nachtrag wirklich eine Aufsehen erregende Episode seines Lebens erwähnt ist, wird sie sich hüten, diese schon vorweg preiszugeben."

„Genau. Was war das wohl, das bei Slys Rom-Konzert passiert ist?"

Veronika zuckte die Schultern. „Er hat immer voll Begeisterung von diesem Konzert im Kolosseum gesprochen, etwa beim letzten Fan-Treffen zu Weihnachten, und auch auf seiner Facebookseite hat er darüber geschwärmt, aber Details irgendeines besonders spannenden Ereignisses hat er nie verraten."

„Dass wir da nicht gleich draufgekommen sind, dass es etwas mit Rom zu tun hat!", schalt sich Plankton. „Schließlich haben Sie bei unserem ersten Treffen im Café im Lentia schon gesagt, dass er vor einem halben Jahr einen viel umjubelten Auftritt in Rom hatte. Das Stichwort Rom hätte in Verbindung mit dem Rätsel, in dem ja Rom und der Vatikan genannt waren, eigentlich einen Geistesblitz in mir zünden müssen. Dazu noch die Art seines Todes ..."

„Was meinen Sie damit?"

„Na, der Vatikanzucker! Da haben wir ihn wieder, den Vatikan!"

„Sie glauben also, der Vatikan hat Sly ermordet?"

„Eher ermorden lassen, die Vatikaner machen sich sicherlich nicht selbst die Finger schmutzig."

„Also ein religiöser Hintergrund ... Moment mal! War nicht beim *Eiszauber*, als Sly starb, ein Geistlicher auf der Bühne?"

„Sie meinen Black Joe?" Und als Veronika nickte: „Ja, aber der war in geistlicher Hinsicht außer Dienst. Und was soll ein einfacher Sandler Aushilfspfarrer mit afrikanischen Wurzeln mit dem Vatikan zu tun haben? Abgesehen davon, dass mir die Annahme widerstrebt, dass Priester töten, verwendet der Vatikan zur Eliminierung missliebiger Personen doch sicherlich Profis und nicht seine eigenen römisch-katholischen Geistlichen. Eventuell schicken die wen von der Schweizergarde, soll ja vorkommen, dass die auch in Linz wüten, aber doch keine aktiven Priester ... Nein, da scheint mir viel plausibler, dass sie diesen Rüdiger-Maria dafür engagiert haben."

„Da haben Sie wahrscheinlich recht. Das heißt also, die Lösung des Rätsels liegt irgendwo in Rom beziehungsweise im Vatikan verborgen?"

Plankton nickte. „Und daher müssen wir ..."

„Ja? Was müssen wir? In den Vatikan fahren?"

Plankton schüttelte den Kopf. „Nein, uns Slys Manuskript besorgen. In dem steht sicher drin, was damals in Rom so Aufregendes vorgefallen ist, dass er sogar den ursprünglichen Erscheinungstermin seiner Biografie sausen ließ und lieber eine Ergänzung verfasste, die zu einer halbjährigen Verspätung führte."

„Und wie wollen Sie zu dem Manuskript kommen, wenn Sie nicht mit der Lektorin sprechen wollen?"

„Nun, heute ist Freitag", zeigte sich Plankton zeitlich voll orientiert, „das heißt, morgen ist Samstag, und am Samstag ist sicherlich niemand im Verlag."

Es dauerte ein paar Sekunden, bis Veronika begriff. „Sie wollen in den Verlag – einbrechen?"

„Einbrechen ist ein hässliches Wort“, bemerkte Plankton, um dann grinsend „Aber sehr zutreffend“ hinzuzufügen.

„Und wie wollen Sie in den Verlag hineinkommen? Haben Sie einschlägige Erfahrungen als Einbrecher?“

„Ich? Nein, leider. Aber die Tür öffnete sich durch einen Summer, genau wie bei meinem Zahnarzt, ich glaube, dass ich die aufbekomme. Ich habe damals bei meinen Nachforschungen in Mailand über das Geheimnis des Panettone – Sie wissen schon, diese italienische, sich Kuchen nennende Beleidigung für jeden anständigen Kuchen, der ich ein Kapitel in meinem Buch über die geheimnisvollen Rätsel berühmter Mehlspeisen gewidmet habe, das übrigens bereits in die zweite Auflage geht, in der ich nun auch noch das Geheimnis der Gramastettner Krapferln enthüllen werde, äh, wo war ich ... ach ja, beim Panettone in Mailand –, bei diesen Nachforschungen habe ich unter anderem – wenn auch mithilfe eines ehemaligen, pensionierten Tresorknackers – in einige verschlossene Räumlichkeiten der Mailänder Scala eindringen müssen, und dabei habe ich dem alten Knacker sehr aufmerksam auf die Finger geschaut.“

„Davon will ich lieber gar nichts wissen“, wehrte Veronika ab. „Na, jedenfalls wünsche ich Ihnen viel Glück.“

„Uns.“

„Was meinen Sie mit *uns*?“

„Sie wünschen *uns* viel Glück. Sie werden mich doch hoffentlich in den Verlag begleiten? Oder sind Sie morgen auch schon wieder arbeitsbedingt verhindert? Da hat das Arbeitsamt doch zu?“ Veronika hatte Plankton bei ihrem ersten gemeinsamen Essen berichtet, dass sie Sachbearbeiterin beim AMS war.

„Nein. Nein, morgen bin ich nicht verhindert. Ich soll also mitkommen?“

„Ja. Irgendwer muss ja auch Schmiere stehen.“

„Also, Rupert, wir hören uns an wie in einem billigen Kriminalroman.* Aber je mehr ich darüber nachdenke … Wenn wir wirklich Einsicht in Slys Manuskript und vor allem in den Nachtrag bekommen könnten …“

„Die Sekretärin hat gesagt, die Lektorin – diese Frau Mag. Stöckl, die diese Woche auf Urlaub ist – arbeitet eifrig daran, und wenn ich davon ausgehe, dass sie sich in ihren Urlaub keine Arbeit mitgenommen hat – wäre ja auch blöd, wenn sie das täte –, dann müsste das Sly-Slender-Manuskript wohl auf ihrem Schreibtisch liegen – ganz obenauf, damit sie am Montag in der Früh gleich damit weiterarbeiten kann.“

„Ich bin dabei!“, rief Veronika aufgeregt.

„Fein. Ich würde sagen, morgen am Abend, wenn es schon finster ist.“

„Gut. Aber jetzt will ich von Morden, Einbrüchen, Panettone und ähnlichen Grauslichkeiten nichts mehr hören, jetzt freue ich mich auf die Vorstellung.“

Diese begann dann pünktlich um halb acht, zeitgleich mit *Zeit im Bild*, und bestärkte Plankton zumindest in der ersten Halbzeit (oder wie immer der Teil vor der Pause bei Zirkusvorstellungen heißt) in seiner grundsätzlichen Abneigung gegen Zirkusse. Der Conferencier (oder wie immer der Mann im Frack im Zirkus heißt) sprach viel, aber ohne Mikrofon, und war daher ab der zweiten Reihe nicht mehr zu verstehen, der Clown (so heißt der doch?) sprach zwar lauter, erzählte aber ausschließlich tschetschenische Witze in der Originalsprache, und auch die akrobatischen Darbietungen rissen Plankton nicht vom Sessel. Ab der Nummer, bei der leicht bekleidete Damen mittleren Alters sich ohne erkennbaren Grund leere Teller zuwarfen (Plankton taten sie leid – die Damen, nicht die Teller –, bei den arktischen Temperaturen

* Na ja, billig, mit 17 Euro 90 …

innerhalb des Zirkuszeltes mussten sie sich früher oder später einen Schnupfen holen), ließ Plankton sein Auge daher im Zirkuszelt abseits der Vorstellung umherschweifen.

Plötzlich meinte er, jemand Bekannten erblickt zu haben. Der Mann, der da im Hintergrund der Szene dafür sorgte, dass die halbnackten Tellerwerferinnen immer frischen Nachschub an Geschirr hatten, sah doch aus wie ... wie ...

Nein, Blödsinn, schalt sich Plankton ob seiner Überlegungen. Nur weil der Mann klein und schmächtig war und ein Schnurrbärtchen trug, war er noch lange nicht Rüdiger-Maria! Und jetzt, wo Plankton seine Augen auf den kleinen Mann scharfstellte, sah er auch die Unterschiede. Abgesehen davon, dass er um einiges jünger war als die rund 50 Jahre, die Rüdiger-Maria schon auf dem Buckel hatte, hatte der Zirkusmitarbeiter eine auffällige Narbe auf der rechten Wange, und Plankton erinnerte sich sehr gut daran, dass Rüdiger-Maria auf keinem der vielen Fotos, die in der letzten Woche von ihm in den Zeitungen veröffentlicht worden waren, von einer Narbe verunstaltet war. Auch gestern, bei der kurzen Begegnung im ORF-Landesstudio auf dem Gang – Auge in Auge, Wange zu Wange – war Rüdiger-Marias Wange narbenlos gewesen. Da hätte genauso gut dieser kleine, schnurrbartlose, glatzköpfige Kerl beim Manegenausgang mit dem Feuer speienden Drachen auf dem Kopf, der gerade irgendwelche Kabeln zurechtrückte (der Mann, nicht der Drache, denn der war bloß auf dem Kopf auftätowiert), Rüdiger-Maria sein können, so eine blöde Idee ...

Wenig später – nach den halbnackten Damen kamen noch zwölf Männer in Bermudashorts mit Pudelmützen, die an elastischen Schnüren zogen und dabei, wenn sie sie losließen, laut „Hey, hey!“ riefen – war Pause (Plankton sagte sich insgeheim: endlich, Gott sei Dank, gelobt sei Jesus Christus), und das Publikum drängte vor das Zirkuszelt in den

Gastrobereich, um sich aufzuwärmen und heiße Getränke – Glühwein, Glühmost, Punsch, lauwarmes tschetschenisches Bier – zu konsumieren.

„Ja, hallo, Rupert Plankton!“, wurde Plankton plötzlich fünfstimmig angesprochen, und als er sich umdrehte, sah er – in die Antlitze der *Fidelen Sandler*!

„Ja, hallo!“, rief auch Plankton überrascht und reichte den fünf Männern der Reihe nach die Hand – Black Joe, Fred, Percy, Ron und Schorsch, die alphabetisch geordnet wie aufgefädelt nebeneinander dastanden, in warme Zivilkleidung verpackt, sodass sie, zumal sie Plankton bislang nur im Volksmusikgewande kannte, kaum wiederzuerkennen waren. Mit Ausnahme von Ron hielt jeder der Männer einen bereits halb geleerten Becher Punsch in der Hand, aus der Manteltasche von Percy ragte eine geöffnete Flasche Zwetschkenschnaps heraus, aus der sich die Männer offenbar während des ersten Teils der Zirkusvorstellung ausgiebig bedient hatten. Jedenfalls machten sie dem Eigenschaftswort in ihrem Gruppennamen – fidel – alle Ehre.

Ihre gute Laune pausierte nur kurzfristig, als sie ihre Bestürzung über die Ermordung von Reinhard Waldenberger zum Ausdruck brachten, dann sagte Plankton mit einer von Besitzerstolz begleiteten Handbewegung in Richtung Veronika, die soeben mit zwei Gläsern Glühwein vom Getränkestand zurückkehrte und zu ihnen trat: „Meine Begleiterin Veronika kennen Sie ja.“

„Ja, hallo!“, rief nun auch Veronika und gab, nachdem sie Plankton ein Glas gereicht hatte, den fünf Sandler Volksmusikanten außer Dienst nacheinander die Hand. „Was macht ihr denn da?“

„Zirkusvorstellung anschauen“, erklärte Ron das Offensichtliche. „Und nun beliebt das fahrende Volk zu pausieren, weshalb wir uns hier im Pausenraum erfrischen respektive erwärmen, zu welchem Zwecke temperierter Punsch unsere dürstenden Kehlen erquicken möge."

Während Plankton noch das soeben Gehörte zum besseren Eigenverständnis ins Linzerische übersetzte („Pause ist, Durst hamma, trink'n damma"), ergriff Fred mit schwerer Zunge das Wort: „Weil wir heute ausnahmsweise keinen Auftritt haben, haben wir uns gedacht, wir schauen uns einmal den Schoschonischen Sssirkus an", erklärte er.

„Tschetschenisch", verbesserte Black Joe, der offenbar etwas weniger der Flasche zugesprochen hatte als der nicht nur bei seinen Texteinsätzen leicht schwankende Fred.*

„Sag ich ja, schäschänisch", lallte Fred.

„Und da habt ihr euch gleich alle fünf verkleidet und seid ins schöne Linz gereist", diagnostizierte Veronika messerscharf.

„Ja, alle fünf. Man könnte es fast einen Betriebsausflug nennen", meinte Schorsch und kicherte.

„Ihr seid ja jetzt ganz groß im Geschäft", stellte Plankton anerkennend fest. „Wann immer man das Radiogerät aufdreht, hört man die *Fidelen Sandler* mit dem *Sandler*-Song."

„Da haben Sie schon recht, Rupert-Baby", sagte Percy, „der Auftritt letzten Sonntag beim *Eiszauber* hat unserer Karriere einen ganz schünen Schob, äh, schönen Schub verpasst."

„Wir hatten seitdem jeden Tag mindestens einen Auftritt", berichtete Schorsch voll Stolz, „nur heute haben wir frei."

„Gratuliere!", rief Plankton, und Veronika steuerte zur allgemeinen Unterhaltung die Bemerkung „Recht habt ihr, dass ihr eure Popularität ausnützt" bei.

„Genau, denn wie lautet in meiner alten Heimat in Ghana ein bekanntes Sprichwort?", stellte Black Joe eine Frage in den Raum, und als unerwarteterweise weder Plankton

* Vielleicht ist Black Joe auch nur messweinerprobt.

noch Veronika, noch die vier Wieslingers wussten, wie das Sprichwort hieß, verriet er es: „Man soll die Feste feiern, wie sie fallen."

„Ah, gutes Sprichwort, bilde mir allerdings ein, das schon mal gehört zu haben, obwohl ich in meinem Leben noch nie in Afrika war", behauptete Schorsch. „Ich war ja noch nicht einmal in der Türkei! Und in New York übrigens auch nicht. Ja, ja, feiernde Feste soll man fallen ..."

„Nein, falsch, Schorschi, festende Fallen soll man ... äh, freiern?", versuchte es Fred. „Oder waren es festende Feiern, die fallen? Nur wohin? Wohin fallen die festen Feiern?" Er bemühte sich krampfhaft, nicht selbst umzufallen.

„Fallende Feste soll man feiern", korrigierte Percy mit getragener Stimme, und Plankton gewann endgültig den – durchaus richtigen – Eindruck, dass die *Fidelen Sandler* die Wohltat des auftrittsfreien Abends ein wenig mit selbst mitgebrachtem Hochprozentigen vorgefeiert hatten. Die heutige Jugend nannte das „vorglühen". Nur Ron war nüchtern, weil ihm per Los (beziehungsweise durch ein verlorenes *Ene mene muh*) die Aufgabe zugefallen war, mit dem Auto zu fahren. Na, hoffentlich kotzten sie ihm bei der Heimfahrt nicht das Auto voll ...

„Und stellt euch vor", rief Black Joe aufgeregt, zu Veronika und Plankton gewandt, „wir sind zum übernächsten *Musikantenstadl* eingeladen worden! Dort sollen wir live playback spielen!"

„Großartig!", war Plankton begeistert. „Äh, *Musikantenstadl* – macht den noch immer der Karl Moik? Ohne dessen *Silvesterstadl* früher kein neues Jahr anfangen durfte? Oder ist das die Sendung vom Forcher?" Plankton konnte zwar einen Pavarotti von einem Domingo unterscheiden und auch ein Meerschweinchen von einem Känguru, aber bei den Volksmusikkaisern kam er stets ein wenig ins Schwimmen, fast wie sein Polizistenfreund Rätisch.

Nachdem sie die einschlägigen Präsentatoren von Volksmusiksendungen aufgezählt und heftig diskutiert hatten, wer der Beste von ihnen war (wobei Andi Borg die Silbermedaille umgehängt bekam, immerhin noch knapp vor Florian Silbereisen, dem Fred – was er für recht witzig hielt – den Namen „Bügeleisen" verpasste), bemerkte Fred: „Und ihr sswei beiden da", dabei ließ er seinen Zeigefinger von Plankton zu Veronika und wieder zurück wandern, „seid's ihr jetzto beinander so wie der Bügeleisen mit seiner Joschka, äh, Helene Fischer oder was?" Eine Mischung aus Neid und Respekt schwang in seiner Stimme mit, und Plankton erinnerte sich, dass damals beim *Eiszauber* ja ursprünglich Fred versucht hatte, mit Veronika anzubandeln. Wenigstens diesbezüglich hatte er – Plankton – den Sieg davongetragen.

Während Plankton nicht recht wusste, was er auf diese Frage antworten sollte, bemerkte Veronika schlagfertig: „Ihr fünf seid ja auch beinander."

„Neuigkeiten bei Sly?", wechselte Schorsch plötzlich das Thema. „Ich weiß schon, dass er tot ist, aber ich meine damit, ob man seinen Mörder schon hat? Sie haben da ja möglicherweise Informerinsiderationen, äh, Insiderinformationen, weil Sie den theoretischen Inspektor gut kennen."

Plankton schüttelte den Kopf. „Status meines Wissens unverändert", sagte er.

„Bin ja schon gespannt auf seine Biografie", kam es relativ alkoholunbeeinträchtigt aus dem Mund von Fred. Als ihn Percy daraufhin „Wassn für 'ne Biografie?" fragte, Ron der für seine Verhältnisse einfach gestrickte Fragesatz „Der Herr Kriminalinspektor gibt eine Biografie heraus?" über die Lippen kam und auch Schorsch und Black Joe Fred verwundert ansahen, erklärte er: „Na, hab im Radio ein Interview mit der Alten von Sly, also Witwe sagt man ja dazu, gehört, dass er eine Biografie geschrieben hat, die jetzt irgendwann in ein paar Monaten oder so erscheinen wird. Ihr wisst ja, ich arbeite bei der Gemeinde, da hab ich Zeit, Radio zu horchen."

„Sly eine Biografie?", sagte Percy. „Cool. Muss ich mir kaufen. Black Joe-Baby, erinnre mich daran, dass ich gleich morgen Slys Biografie kaufe."

„Sie erscheint offenbar erst in ein paar Monaten", erwiderte der schwarzhäutige Aushilfspriester nachdenklich, um dann mit leichtem Tadel anzufügen: „Hat doch Fred gerade gesagt. Hörst du nicht zu, wenn dein Bruder spricht?"

„Doch, doch, freilich hör ich Fred zu, gleich morgen besorg ich mir das Buch", sagte Percy, trank seinen Punsch aus und holte aus seiner Manteltasche die – wie sich herausstellte, als sie ans Tageslicht (beziehungsweise ans schummrige Flutlicht des Gastrobereichs) kam, bereits halb leere – Schnapsflasche heraus, um sich einen kräftigen Schluck einzuverleiben.

Mittlerweile hatten auch Plankton und Veronika ihren Glühwein ausgetrunken. „Geben Sie mir Ihr Glas, ich trag es für Sie zurück", sagte Veronika zu Plankton. „Ich habe nämlich je zehn Euro Einsatz für die Gläser zahlen müssen."

„Ich werd verrückt", behauptete Fred, und Schorsch ergänzte: „Mich laust der Affe!" Und als Plankton und Veronika sie verständnislos ansahen (was war so Besonderes daran, dass man für die Gläser Einsatz bezahlen musste?), meinte Fred: „Die ssswei Turteltäubchen sind noch per Sie miteinander!"

„Ja, das gibt's doch nicht!", rief nun auch Percy, und selbst Ron schüttelte, insgeheim bereits an einem zur Situation passenden Gedicht bastelnd, den Kopf.

„Na, das müssen wir aber schleunigs ändern, sonst wird das nie was mit euch sweien", sagte Fred. Leicht schwankend zeigte er auf Veronika. „Veronika-Mädel, du musst jetzt mit deinem lieben Robert" („Rupert!", warf Plankton ein) „egal, dann eben Rupert, mit dem musst du nun Bruderschaft trinken! Ob du willst oder nicht. Und umgekehrt Robert mit dir. Percy! Die Flasche!"

Percy reichte seinem Bruder mit der Bemerkung „Zu Befehl!" die Schnapsflasche, worauf Fred sowohl in Planktons Glas als auch in das von Veronika reichlich Schnaps goss und rief: „Los! Bruderschaft! Austrinken! Ex!"

Plankton sah, etwas peinlich berührt, Veronika an, dann streckte er ihr sein Glas mit den Worten „Na dann" entgegen. Die Arme der beiden Bruderschaftstrinker verkreuzten sich, dann nahmen sie je einen großen Schluck aus ihren Gläsern und husteten (der Schnaps war ziemlich scharf), was bei drei der fünf Volksmusikanten extreme Heiterkeit erregte – nur Ron, der bislang keinen Tropfen Alkohol getrunken hatte, und Black Joe, der von den Sandler Schnapskonsumenten im Promillewettkampf nur Platz vier belegte, hielten sich diesbezüglich zurück.

„Ich heiße Rupert", sagte Plankton dann.

„Weiß ich", antwortete Veronika, sprach dann aber doch auch – um dem Ritual Genüge zu tun – ihren Vornamen laut aus.

„Okay, jetzt wisst ihr also, wie ihr heißt, ihr Schnurzeltäubchen, und jetzt kommt das Beste", kündigte Fred, der Verbrüderungszeremonienmeister, an. „Der Kuss!"

Veronika hielt Plankton die Wange hin, jedoch Fred protestierte: „Nicht auf die Wange! Ja, bist du deppert! Der gute Fred sagte ‚Kuss', und damit meint der gute Fred einen richtigen, guten Kuss. Und wohin geht ein richtiger, guter Kuss? Richtig, gut auf den Mund!"

Plankton wurde ein wenig rot, dann spitzte er die Lippen, Veronika tat es ihm nach, und die beiden Münder trafen sich zu einem schamvollen Küsschen. Selbst der Kuss von Prinz William und seiner Kate auf dem Balkon nach ihrer Hochzeit war erotischer gewesen. Die Sandler Volksmusikanten brachen in lauten Jubel aus, dann nahm Veronika Plankton das Glas aus der Hand und sagte: „Dann, Rupert, gib mir also *dein* Glas, ich trag es für *dich* zurück“, worauf 3,5 der fünf Volksmusikanten erneut zu johlen begannen.

„Ja, Veronika, das ist sehr lieb von *dir*“, versuchte auch Plankton einen – allerdings sehr einfachen – geduzten Satz.

Black Joe sah auf seine Uhr. „He, Leute, in ein paar Minuten ist die Pause vorbei, wir sollten uns wieder reinbegeben.“

Seine Musikerkollegen nickten und machten sich auf den Weg zurück ins Zelt, Plankton und Veronika begleiteten sie. Unterwegs wandte sich Fred an Plankton: „Am Montag um zehn ist die Beerdigung von Sly – hab ich nicht im Radio gehört, dafür gleich in ein paar Zeitungen gelesen …“

„Ja, ja, ich weiß, Sie arbeiten in der Gemeinde … Und?“

„Gehen Sie hin zur Beerdigung?“, wollte Fred wissen. „Wir fünf gehen natürlich. Sind wir ihm irgendwie schuldig. Schließlich waren wir dabei, als er seine letzten Atemzüge … Sie wissen schon.“

Plankton nickte.

„Und dann“, setzte Percy fort, „wird da wohl einiges los sein bei so einem Promi-Begräbnis. Presse, Fernsehen, die *Seitenblicke* … Fast ein wenig schade, dass es dieses *Chili* nicht mehr gibt und diese Kino-*Wochenschau* …“

„Ja, jetzt, wo wir so einen Lauf haben“, sagte Schorsch, „dürfen wir uns die Gelegenheit nicht entgehen lassen, interviewt, fotografiert, vielleicht sogar gefilmt zu werden …“ Seine Augen glänzten.

Plankton nickte nochmals. Dann sagte er: „Ich hab noch nicht entschieden, ob ich zum Begräbnis gehe. Vor dem *Eiszauber* hatte ich Sly ja noch nicht einmal gekannt – also persönlich, meine ich –, und beim *Eiszauber* hab ich ihn eigentlich auch erst in totem Zustand kennengelernt. Also *er* tot, nicht ich.“

„Stimmt. Sie leben ja noch, auch wenn Sie küssen wie ein Toter", sagte Fred.

„Als guten Bekannten von Ihnen kann man ihn demnach wohl wirklich nicht bezeichnen. Und nur weil er von was gestorben ist, was Sie gekocht haben …" Schorsch ließ offen, ob diese letale Verbindung seiner Meinung nach Plankton zur Teilnahme am Begräbnis seines „Opfers" verpflichtete, und auch Plankton äußerte sich nicht dazu – auch nicht zur Tatsache, dass man Gramastettner Krapferln nicht kochte, sondern buk,* aber das wollte offenbar nicht in Volksmusikantenhirne hinein.

Plankton konnte noch nicht ahnen, dass er am kommenden Montag sowieso nicht in der Lage sein würde, an einem Begräbnis von wem auch immer teilzunehmen …

* Man kann auch backte sagen, aber buk klingt eleganter.

25. Kapitel

An diesem Samstag versank die Sonne um 17 Uhr 32 hinter den schneebedeckten Bergen von Linz. Um Punkt 17 Uhr 33 stiegen Plankton und Veronika vor einem bewussten Haus in der Wiener Straße aus dem speisologischen Fahrzeug, mit dem sie gemeinsam von der Lentia City hergefahren waren. Veronika war grau gekleidet, fast so grau wie vor sechs Tagen in der Eishalle, nur dass sie diesmal nicht ihre mausgraue Pelzhaube auf hatte, dafür hatte sie ein nicht minder graues Kopftuch umgebunden. Auch Plankton versuchte bekleidungstechnisch unauffällig daherzukommen; nachdem er sich aus dem Auto gequält hatte, streifte er über seine Hände Lederhandschuhe, deren Zweck offenkundig war – keine Fingerabdrücke zu hinterlassen.

„Hier ist es", flüsterte er Veronika zu. „Im zweiten Stock."

Veronika nickte, den Blick auf das Schild gerichtet. „Hoffentlich ist auch wirklich niemand da", flüsterte sie zurück.

„Wir läuten ganz einfach, bevor wir einbrechen", sagte Plankton, „und falls uns wider Erwarten jemand öffnet – vielleicht macht ja die Lektorin ein paar Überstunden –, lassen wir uns ganz spontan etwas Superintelligentes einfallen."

Veronika und Plankton erklommen so leise wie möglich den zweiten Stock, dann betätigte Plankton die Klingel neben der Eingangstür zum Verlag.

Alles blieb still, keine Reaktion.

„Dürfte also prima vista niemand da sein", murmelte Plankton. Er griff in seine Hosentasche und fischte eine Plastikkarte hervor.

„Ihre Kundenkarte vom Einkaufscenter?"

Plankton nickte. „Ja. Wenn ich die neulich mitgehabt hätte, hätte ich die Gulaschsuppe um zehn Prozent billiger bekommen." Obwohl er fühlte, dass sich Veronika der Sinn dieser Bemerkung nicht unmittelbar erschloss, erklärte er sie nicht näher, sondern fuhr fort: „Damit bekommt man angeblich jede Wohnungstür auf. Also mit so einer Karte, nicht mit einer Gulaschsuppe. Behauptet zumindest mein Mailänder Knacker. Und übrigens: Wir sind per Du!"

„Oh, entschuldige! Hatte ich glatt vergessen."

„Wir hatten ja gestern nach dem Zirkus leider keine Möglichkeit, unsere neu gewonnene – wie soll ich sagen – Vertrautheit ... unser Per-Du-Sein ... in der Praxis auszuleben."

Veronika nickte. Nach dem viel bejubelten Ende der gestrigen Zirkusvorstellung (wobei offen bleiben kann, ob die Vorstellung oder deren Endlich-aus-Sein bejubelt worden war) hatten sie sich rasch getrennt. Und das war so gekommen: Zunächst hatten die *Fidelen Sandler* erneut Kontakt zu Veronika und Plankton hergestellt, „um den gelungenen Abend noch in einer Bar oder so lustig ausklingen lassen zu können" (Zitat Fred), und weil weder Veronika noch Plankton an dieser Idee Gefallen gefunden hatten, hatte Veronika vorgegeben, müde zu sein, sich in ihr Auto gesetzt und war davongebraust. Derart allein gelassen, hatte auch Plankton keine Lust verspürt, mit drei bis fünf halb bis ganz besoffenen Männern den Abend und vielleicht auch noch die Nacht zu verbringen, sodass er ebenfalls behauptet hatte, hundetodmüde zu sein, und in seine Wohnung geflüchtet war. Daraufhin hatten auch die Volksmusikanten beschlossen, die Heimreise ins weit entfernte Sandl anzutreten, Ron (als Texter) und Percy (als Komponist) wollten sowieso noch an ihrem neuesten Werk arbeiten – einem Sandler Weihnachtslied. „Weißt du, Ruppi", (diesmal Zitat Percy), „ein Weihnachslied* musstu schreiben. Das kann noch so scheiße sein, ab Mitte November

* Kein Tipp- beziehungsweise Druckfehler, sondern Originalaussprache Percy!

kannstu sicher sein, dass es landauf, landab gespielt wird, Ö1 bis 3, Billa, Hofer, Lidl, Merkur, C&A, H&M, schau dir nur mal die Dinger vom Udo Jürgens an, *Merri Krissmess* und so, ja, das bringt Tantiemen, und darum müssen wir auch so ein Weihnachslied schreiben, möglichst rasch, und wenn es noch so ein Topfen wird ..."

Doch zurück zur Wiener Straße ...

Hier führte erstens Plankton seine Plastikkarte zur Tür, zischte zweitens Veronika zu: „Decken Sie mich ab, damit mich allfällige Neugierdsnasen von der gegenüberliegenden Wohnung aus nicht sehen können", erntete drittens daraufhin von Veronika den Hinweis, dass sie seit gut 21 Stunden nicht mehr per Sie waren, wiederholte daher viertens den Befehl „Dann deck mich doch du ab!" und sagte fünftens ein paar Sekunden später, offenbar selbst davon überrascht: „Die Tür ist auf!"

„Rupert!" Veronika sah Plankton mit einem gehörigen Maß an Bewunderung an. „Du hast es tatsächlich geschafft ...! Und du hast gerade mal ein paar Sekunden dafür gebraucht! An dir ist ein Einbrecher verloren gegangen! Du solltest dich beim *Supertalent* bewerben!"

„Damit ich mich jetzt nicht mit fremden Federn schmücke", wehrte Plankton leise und sehr nachdenklich die Lobeshymne ab. „Die Tür ist nicht deshalb auf, weil ich sie mit meiner Plastikkarte geknackt habe, sondern weil sie schon offen war!"

„Was? Schon offen?"

„Ja. Aber komm, gehen wir erst mal hinein!"

Plankton öffnete die Tür einen Spaltbreit, dann schlüpften er und Veronika in den Gang der Verlagsräumlichkeiten und schlossen die Tür wieder hinter sich zu.

„Die Tür war offen?", wunderte sich Veronika noch immer.

„Ja. Das Schloss ist offenbar beschädigt. Haben Sie – hast du nicht gehört, wie es beim Zufallen nicht ordentlich eingeschnappt ist?"

„Nein. Seltsam. Aber egal, Hauptsache, wir sind erst einmal herinnen."

„Hier rechts ist das Büro der Sekretärin", erklärte Plankton, der sich die Einteilung der Räume gut eingeprägt hatte (na ja, war ja nicht allzu schwierig, sich die Anordnung von drei Zimmern plus Klo eineinhalb Tage lang zu merken). „Dann das des Verlagschefs und ganz am Ende des Ganges das der Lektorin."

„Und du glaubst, im Büro der Lektorin befindet sich Slys Manuskript?"

„Ich hoffe es. Es könnte natürlich auch im Büro der Sekretärin sein. Schauen wir erst einmal dort nach."

Plankton öffnete die Tür zum ersten Büro und trat ein, dicht gefolgt von Veronika.

Das Durcheinander traf sie wie ein Schlag.

„Ja, wie sieht es denn hier aus!", rief Plankton. „Als ob ein Wirbelsturm durchs Zimmer gefegt wäre!"

Alle Schubladen des Schreibtisches und des Schranks waren herausgerissen und lagen ebenso wie das, was im Tisch und im Schrank vorhanden gewesen war, auf dem Boden verstreut.

„Hier hat aber jemand ziemlich verzweifelt nach etwas gesucht!", murmelte Plankton vor sich hin.

„Du glaubst, es ist uns wer zuvorgekommen?", fragte Veronika erschrocken.

Plankton zuckte die Schultern. „Ich nehme ja nicht an, dass die Sekretärin ihr Büro üblicherweise in diesem Zustand hinterlässt, wenn sie sich ins Wochenende begibt. Na ja, hier brauchen wir mit der Suche nach Slys Manuskript jedenfalls nicht beginnen. Schauen wir gleich ins Büro der Lektorin."

Sie verließen das Büro wieder, machten die Tür zu und gingen ans Ende des Ganges.

„Hoffentlich ist da drin nicht auch so ein Tohuwabohu“, sagte Veronika pessimistisch, während Plankton die Tür zu dem Zimmer öffnete, in dem an Werktagen die Lektorin Mag. Bettina Stöckl herrschte.

„Na Gott sei Dank“, entfuhr es Veronika, als sie feststellten, dass dieses Büro offensichtlich unangetastet war. Auf dem Schreibtisch standen Bildschirm und Tastatur eines modernen Computers (der Drucker befand sich in einer Ecke des Raums auf einem eigenen Tischchen), neben dem PC lagen einige in Mappen eingeschlagene Manuskripte.

„Eine ordentliche Dame, die Frau Lektorin“, lobte Plankton. „Schau her, sie hat alle Mappen beschriftet, damit man gleich weiß, was für ein Manuskript drin ist.“ Er las ein paar Titel vor, dann wurde er aufgeregt: „Hier! Hier ist es! *Love Me Tender – Die Sly-Slender-Story.*“ Er schlug die Mappe auf, und ein dickes Manuskript kam zum Vorschein.

„Das können wir unmöglich jetzt lesen“, sagte Plankton nach einem Blick auf die letzte Seite des Textes. „341 Seiten! Ja, er hatte ein langes Leben, der gute Sly.“

Veronika, die über seine Schulter schaute, meinte: „Noch dazu ist es nicht das, was wir suchen. Uns interessiert Slys Nachtrag. Schau mal, von wann das Manuskript ist.“

Plankton überflog die ersten Seiten, die ein von Sly geschriebenes Vorwort enthielten. Dieses endete mit „Linz, im Juni …“

„Juni“, betonte Veronika. „Offenbar hat Sly sein Manuskript im Juni fertiggestellt und dann beim Verlag abgegeben oder eingereicht oder wie immer man das nennt. In Rom war er dann erst im August. Was immer da in Rom passiert ist – in diesem Manuskript finden wir sicher nichts darüber.“

„Dann suchen wir weiter nach seinem Nachtrag.“

Planktons behandschuhte Hände griffen nach weiteren Mappen, plötzlich rief er: „Da! Da ist es! *Sly Slender – Nachtrag* steht darauf."

„Wunderbar!", freute sich Veronika. „Mach auf, es ist ja offensichtlich nicht viel drin in dem Umschlag."

Plankton öffnete die Mappe.

Sie enthielt ... ein einziges Blatt Papier – das Deckblatt mit dem Text *Love Me Tender – Die Sly-Slender-Story – Nachtrag*.

„Leer", sagte Plankton.

„Leer?", schrie Veronika.

„Ja, leer. Bis auf das Deckblatt."

Veronika nahm Plankton die Mappe – ungeachtet dessen warnenden Rufs „Du hast keine Handschuhe an, deine Fingerabdrücke, ja, Menschenskind!" – aus der Hand und überzeugte sich selbst davon, dass die Mappe, in der eigentlich der Nachtrag stecken sollte, nur ein wertloses Blatt Papier enthielt.

„Dann hat diese Person, die offenbar vor uns in den Verlag eingedrungen ist und das Büro der Sekretärin verwüstet hat, auch nach Slys Nachtrag gesucht", sagte Plankton entmutigt. „Und leider auch – vor uns – gefunden."

„Aber wer?", fragte Veronika.

Plankton zuckte die Schultern. „Irgendein Abgesandter der Innominati wahrscheinlich. Dass Sly eine Biografie geschrieben hat, war ja im Radio zu hören. Ich glaube, auch in irgendeiner Zeitung davon gelesen zu haben. Durchaus möglich, dass die Innominati befürchten, dass in Slys Memoiren ein Hinweis auf sie zu finden ist ..."

„Und daher stahlen sie das Manuskript?"

„Ja. Hast du eine bessere Erklärung?"

Veronika schüttelte den Kopf. „Im Moment jedenfalls nicht. Aber woher wussten sie, bei welchem Verlag? Davon war nämlich nichts in den Medien zu hören oder lesen."

„Nun, wenn *ich* herausgefunden habe, welcher Verlag das Buch herausbringen wird, dann war es für die Innominati wohl gleichermaßen ein Kinderspiel ...“

„Du meinst, über Slys Witwe ...?“

Plankton nickte. „Möglich. Und das werden wir gleich herausbekommen.“

„Was hast du vor?“

„Ich ruf sie an.“ Plankton holte sein Handy aus einer Innentasche seines Mantels, drückte sich bis zu der aus Anlass des gestrigen Anrufs gespeicherten Nummer von Slys Witwe durch und hatte sie wenig später am Apparat.

„Ja, Rupert Plankton nochmals“, meldete er sich. „Gnädige Frau“, bei dieser Ansprache fiel ihm ein, dass er den Vornamen von Mrs. Slender nicht wusste, „ich hätte noch eine Frage: Haben Sie außer mir sonst noch jemandem erzählt, in welchem Verlag Slys Memoiren erscheinen werden?“ Er hörte kurz zu und sagte dann: „Aha, DJ Ötzi hat Sie angerufen, weil er ein Vorwort für die Memoiren schreiben möchte, aus Respekt für den großen Künstlerkollegen, verstehe, verstehe. Und dem haben Sie dann gesagt, dass es der BIO-Verlag in der Wiener Straße ... alles klar. Danke. Wie? Nein, diesmal kocht kein Wasser für den Kaffee, aber ich höre es gerade klingeln, oder nein, klopfen, ja, es pocht ganz laut ... Wiederhören!“ Er legte auf.

„DJ Ötzi?“, fragte Veronika stirnrunzelnd.

„Na ja, jemand, der sich für DJ Ötzi ausgegeben hat“, sagte Plankton. „DJ Ötzi ist ja wirklich leicht nachzumachen, raue Stimme, in jedem zweiten Satz *Hey, Baby*, selbst ich könnte ihn mit ein bisschen Übung imitieren ...“ Planktons Miene wurde nachdenklich. „DJ Ötzi ...“

„Und dieser DJ Ötzi beziehungsweise Ötzi-Doppelgänger ist uns also zuvorgekommen und hat sich Slys Manuskript beschafft“, stellte Veronika entmutigt fest. „Aber was hast du? Du schaust so komisch ... so konzentriert?“

„Ich versuche mir gerade Slys Rätsel ins Gedächtnis zu rufen. Dieser DJ Ötzi hat mich an etwas erinnert. Also, die erste Zeile war Vaticano mit einem U davor und L danach – also Uvaticanol, klingt irgendwie wie ein rezeptpflichtiges Beruhigungsmittel, wenn du mich fragst, die zweite begann dann mit dem Jod …"

„Rupert, du hast ja ein fotografisches Gedächtnis!"

„Zu viel der Ehre! Aber es stimmt, ich habe mich in der Nacht, nachdem du mir das Rätsel übergeben hattest, sehr intensiv mit dem Text beschäftigt, sodass ich die Buchstaben fast auswendig weiß."

„Damit du dich aber nicht überanstrengst, helfe ich dir ein wenig", sagte Veronika und zog aus dem Inneren ihres grauen Outfits das Kuvert mit Slys Originalrätsel heraus.

„Du hast es mit! Gut. Zeig her!"

Plankton nahm den Zettel mit dem Rätsel in die Hand und nickte, als habe er nun die Bestätigung gefunden.

„Was hast du?"

„Wenn man will, kann man in dem Rätsel DJ Ötzi finden!"

„Was heißt das – wenn man will?"

„Nun, man muss zum einen bei der Schreibweise des Wortes Ötzi Abstriche machen und darüber hinaus auch von unten nach oben lesen."

Ohne sich darum zu kümmern, dass es sich bei dem Zettel um das Originalrätsel handelte, nahm Plankton vom Schreibtisch der Lektorin einen Kugelschreiber und umrahmte die Buchstaben, die seiner Ansicht nach einen Hinweis auf DJ Ötzi darstellten.

U	V	A	T	I	C	A	N	O	L
J	O	D	B	N	P	Q	Ö	I	L
T	J	E	A	N	A	X	G	H	Ü
B	D	L	E	O	N	O	R	A	L
I	N	N	O	M	I	N	A	T	I
O	N	U	N	I	D	I	F	W	N
Z	R	M	C	N	R	T	I	M	Z
F	O	R	Z	A	E	S	E	M	I
V	M	L	D	T	V	E	K	M	Z
Ä	A	S	R	I	E	D	A	R	Ö

„Von unten nach oben, okay, aber Ötzi ohne T – also ÖZI?“ Veronikas Stimme drückte massive Zweifel aus.

„Na ja, ich sag ja nicht, dass es so ist, aber …“

Veronika schüttelte den Kopf. „Bis jetzt waren alle Namen und Orte richtig geschrieben – Vaticano, Innominati, Roma, selbst dein Jean und die Leo-Nora* – ich glaube nicht, dass sich Sly gerade bei einem Sangeskollegen wie DJ Ötzi da eine Ausnahme erlaubt hat.“

Plankton nickte langsam mit dem Kopf. „Da hast du wahrscheinlich recht. Ach, ich sehe schon wieder Gespenster …“

„Nein, gar nicht, Rupert, die Idee, von unten nach oben zu lesen, halte ich für sehr gut. Gehört das nicht ohnehin zu dieser Art von Rätseln, die Wörter auch von unten nach oben und von rechts nach links zu verstecken?“

„Möglich. Ich bin kein Experte für derlei Rätsel. Meinen Sie … meinst du – ich hab mich noch immer nicht daran gewöhnt, dass wir jetzt intim sind –, meinst du, dass wir uns das Rätsel nochmals genauer anschauen müssen?“

„Das kann nicht schaden. Aber nicht jetzt und nicht hier. Rupert, ich möchte weg von hier. Wenn ich daran denke, dass

* Ja, ja, wir wissen, dass dieser Handlungsstrang nicht weiter verfolgt werden darf …

vor vielleicht nicht allzu langer Zeit jemand hier eingedrungen ist, jemand von den Innominati möglicherweise, die ja auch vor Morden nicht zurückschrecken … Mir läuft es ganz kalt den Rücken hinunter."

„Du hast recht, gehen wir. Zuvor holen wir uns aber noch den Text von Slys Manuskript." Plankton beugte sich nach vor und schaltete den Computer ein.

„Was hast du vor?", fragte Veronika überrascht.

„Nun, als mehrfacher Bestsellerautor weiß ich, dass Buchmanuskripte heutzutage auf dem Computer verfasst und dem Verlag als Datei zur Verfügung gestellt werden. Ich wette, dass sich eine Datei *Sly Slender Nachtrag.doc* oder so ähnlich auf der Festplatte dieses Computers befindet."

Veronika sah ihn bewundernd an. „Rupert! Das ist eine hervorragende Idee! Darauf wäre ich nie gekommen."

„Ja, du nicht, aber ich! So, das dauert jetzt noch ein bisschen, bis der Computer startklar ist … Hoffentlich ist der Zugang zu den Dateien nicht durch ein Passwort gesichert …"

Glücklicherweise stellte sich gut eine Minute später heraus, dass die Lektorin ihren Computer nicht vor unbefugten Zugriffen geschützt hatte. Plankton arbeitete sich bis zum Explorer vor und sah sich die Laufwerkstruktur an. „Aha, hier hat sie ihre Dateien …" Er klickte den Ordner an. „Mal schauen … Na, da haben wir es ja! Ein Unterordner *Sly Slender*." Er klickte auch diesen an, und einige Dokumentnamen erschienen auf dem Bildschirm. „Offenbar der Schriftverkehr mit Sly, der Verlagsvertrag – wäre interessant, wie viel Prozent die ihm zahlen – und hier, die Datei mit den meisten MB, das ist das Manuskript."

„Wir brauchen aber den Nachtrag!", mahnte Veronika.

„Na, dann nehmen wir doch diese Datei, die *Nachtrag* heißt. Ich öffne sie einmal, ob sie wirklich die ist, die wir suchen."

Nach einem Doppelklick auf den Dateinamen öffnete das Schreibprogramm das Dokument, und wenig später starrten Veronika und Plankton auf die Worte *NACHTRAG ZU MEINEN MEMOIREN AUFGRUND MEINER ROM-REISE VOM AUGUST VON SLY SLENDER*, die in Großbuchstaben mit 36er-Schrift die erste Seite des Manuskripts füllten.

„Los, druck den Text aus, dort in der Ecke steht der Drucker, und dann nichts wie weg!“, rief Veronika.

„Nicht so schnell, ich möchte auch das ursprüngliche Manuskript haben“, sagte Plankton.

„Du kannst jetzt nicht 341 Seiten ausdrucken!“, wandte Veronika ein. „Erstens haben wir nicht so viel Zeit und zweitens fällt das doch auf, wenn so viel Papier fehlt!“

„Ich drucke sie mir daheim aus“, entgegnete Plankton und startete das E-Mail-Programm des Computers.

„Wie daheim?“

„Ich schicke mir selbst die Dateien als Anhang per E-Mail“, sagte Plankton.

Er schrieb seine E-Mail-Adresse in das passende Feld und zog die beiden Dateien, die die Memoiren von Sly Slender und den Nachtrag enthielten, in das E-Mail hinein. Dann klickte er auf „Absenden“, wartete kurz, bis das E-Mail-Programm die Mail samt Anhängen verschickt hatte, öffnete den Unterordner „Gesendete E-Mails“ und löschte aus der dann aufscheinenden Liste versandter E-Mails das an seine E-Mail-Adresse verschickte Mail wieder heraus. Zu guter Letzt löschte er es auch noch im E-Mail-Papierkorb.

„Ein Computerexperte könnte natürlich spielend herausfinden, dass und was ich heute hier getan habe“, bemerkte er, „aber bei einem bloß beiläufigen Blick wird die Frau Lektorin nie und nimmer darauf kommen, dass wir hier waren.“

„Rupert, du bist ein Genie!“

„Danke für das Lob. So, und jetzt lassen wir den Computer herunterfahren und machen uns aus dem Staub, bevor die Innominati wiederkommen …“

26. Kapitel

Etwa eine halbe Stunde später betraten Veronika und Plankton des Letztgenannten Eigentumswohnung in der Liegenschaft EZ 500 Grundbuch 45212 Urfahr, wo sie sich aller Kleidungsstücke entledigten, die sich bei der in Planktons Wohnzimmer herrschenden Raumtemperatur von 23,5 Grad Celsius als überflüssig erwiesen. Sie setzten sich nebeneinander an den Wohnzimmertisch und legten eine Kopie von Slys Zettel in dessen Mitte.

Plankton startete sein Notebook, dann eröffnete er mit den feierlichen Worten „Na, dann schauen wir uns Slys Rätsel nochmals an, ob wir auch von unten nach oben und von rechts nach links sinnvolle Worte zusammenbekommen" die Lesung.

U	V	A	T	I	C	A	N	O	L
J	O	D	B	N	P	Q	Ö	I	L
T	J	E	A	N	A	X	G	H	Ü
B	D	L	E	O	N	O	R	A	L
I	N	N	O	M	I	N	A	T	I
O	N	U	N	I	D	I	F	W	N
Z	R	M	C	N	R	T	I	M	Z
F	O	R	Z	A	E	S	E	M	I
V	M	L	D	T	V	E	K	M	Z
Ä	A	S	R	I	E	D	A	R	Ö

„Wenn ich die erste Zeile – die mit dem Vaticano – von rechts nach links lese", bemerkte Plankton, „kommt LONACITAVU heraus. Sagt dir das was?"

Veronika schüttelte den Kopf.

„Die zweite Zeile – das ist ja kaum auszusprechen – heißt LIÖQPNBDOJ."

Wieder erntete Plankton ein Kopfschütteln, und bei den folgenden Zeilen war das Ergebnis kein anderes.

„Wenn wir jetzt von unten nach oben lesen, heißt die erste Spalte links ÄVFZOIBTJU. Na ja, das hat wohl ebenfalls nichts zu besagen. Aber da, die zweite beginnt mit AMOR! Das heißt bekanntlich Liebe. Ob das etwas zu bedeuten hat? Der Rest der Spalte ist dann aber wieder Blödsinn. NNDJOV. Insgesamt AMORNNDJOV. Na ja, schauen wir weiter."

Er las auch die folgenden Spalten von unten nach oben vor, wunderte sich in der sechsten über einen darin versteckten VERDI* und stutzte plötzlich bei der siebten.

„Was hast du?", fragte Veronika.

„Die siebte Spalte beginnt – von unten nach oben gelesen – mit DESTINO."

„Ja und?"

„Nun, das ist italienisch und heißt übersetzt Schicksal. Bekannt ist es als Bestandteil des Titels der Oper *La forza del destino*, auf Deutsch *Die Macht des Schicksals*, von ..." Er stutzte wieder.

„Verdi!", schloss Veronika opernkundig den Satz, und Plankton nickte. „Ja, Verdi. Eben jener Herr Verdi, der auch in der sechsten Spalte auftaucht!"

Planktons Blick raste über den Zettel, diesmal nicht nur von unten nach oben und von rechts nach links lesend, sondern auch kreuz und quer. „Da!", rief er plötzlich aufgeregt. „Ich hab es ja gewusst, dass irgendwo auch das FORZA versteckt ist!"

Er nahm einen Stift zur Hand und umrahmte ein paar Worte.

* Für Oberinspektor Rätisch: Italienischer Komponist (1813–1901) fürs *Wunschkonzert*; *Gefangenenchor* aus *Nabucco*, *Triumphmarsch* aus *Aida*, *Ich hab dein Knie geseh'n* aus *La Traviata* und ähnliche Dinge.

„In Slys Rätsel steckt *La forza del destino* von Verdi! Sogar das LA und das DEL hab ich gefunden! Und – da fällt mir gerade ein – die weibliche Hauptperson in dieser Oper heißt Leonora! Es stecken also wirklich Vornamen in dem Rätsel, aber es sind nicht zwei Personen – Leo und Nora –, sondern es ist – in einem gelesen – nur *ein* Name: LEONORA! Das kann kein Zufall sein!“

Er zeigte Veronika Slys Zettel mit den aktuellen Umrahmungen, diese nickte.

U	V	A	T	I	C	A	N	O	L
J	O	D	B	N	P	Q	Ö	I	A
T	J	E	A	N	A	X	G	H	Ü
B	D	L	E	O	N	O	R	A	L
I	N	N	O	M	I	N	A	T	I
O	N	U	N	I	D	I	F	W	N
Z	R	M	C	N	R	T	I	M	Z
F	O	R	Z	A	E	S	E	M	I
V	M	L	D	T	V	E	K	M	Z
Ä	A	S	R	I	E	D	A	R	Ö

„Leonora in der *Macht des Schicksals* von Verdi im römischen Vaticano bei den Innominati“, fasste Plankton die versteckten Spuren in Slys Rätsel in einem Satz zusammen. „Was das wohl bedeuten soll?“

„Spielt die Oper in Rom?“, fragte Veronika.

Plankton schüttelte den Kopf. „Nein. Zwar auch aktweise in Italien, aber hauptsächlich in Spanien. Grundsätzlich geht es in dieser Oper ja um das Übliche: Tenor liebt Sopran, Bariton ist dagegen. In diesem speziellen Fall aber nicht, weil er die Sopranistin – die im Stück eben Leonora heißt – auch liebt – so wie etwa in Verdis *Troubadour*, wo ja witzigerweise die Hauptperson auch Leonora heißt –, äh, wo war ich, ach ja, der Bariton ist also bruderbedingt gegen die Liebe zwischen

Tenor und Sopran, wobei in Verdis *Troubadour*, nebenbei bemerkt, der Bariton zufällig der Bruder des Tenors ist, beide dies aber nicht wissen, weil ihre Mutter, die Altistin …"

„Rupert, bleiben wir lieber bei der *Macht des Schicksals*, bevor es vor lauter Sängern zu unübersichtlich wird!"

„Gern. Also – Kurzzusammenfassung der Oper *Die Macht des Schicksals*!" Plankton holte tief Luft. „Tenor liebt Sopran und umgekehrt. Familie von Sopran ist dagegen, weil der Herr Tenor ist nicht standesgemäß. Sopran will mit Tenor abhauen, verduften, auf Nimmerwiedersehen, Papa von Sopran kommt dazwischen, Hände hoch, Tenor will sich ergeben, Ehrfurcht vor dem Alter und so, wirft Pistole weg, Schuss löst sich, Papa tot, die Macht des Schicksals hat zugeschlagen, Ende des ersten Akts."

Veronika nickte zum Zeichen, dass sie sich den Inhalt des ersten Akts verinnerlicht hatte.

„Sopran und Tenor flüchten getrennt", fuhr Plankton fort, „Sopran nach A, Tenor nach B, Bruder von Sopran, also Bariton, hinterher, will Rache, vendetta – für Mord an Papa und sowieso. Sopran geht ins Kloster, genau gesagt in eine Eremitage, um dort unerkannt und namenlos ihre letzten Tage als Einsiedler zu verleben, nur der Abt, der sie aufnimmt, weiß über ihre Herkunft Bescheid. Tenor und Bariton retten sich gegenseitig im Krieg das Leben, werden – natürlich ohne einander zu erkennen – Freunde, dann – als der Bariton die Zusammenhänge begreift – Feinde, beim Duell Tenor gegen Bariton werden sie getrennt, weil sonst wäre die Oper schon aus, Tenor begibt sich ebenfalls ins Kloster – zufällig in dasselbe, in dem sich Sopran schon seit einem Akt aufhält –, wo er ebenfalls unter falschem Namen aufgenommen wird."

Veronika nickte wieder, während Plankton kurz nach Luft schnappte.

„Jahre später", erzählte Plankton weiter, „findet Bariton Tenor im Kloster, fordert ihn zum Duell. Die zwei Ex-Freunde-nun-Feinde duellieren sich ein weiteres Mal, diesmal ohne vom Chor gestört zu werden, und das natürlich justament dort, wo Sopran unerkannt in Klausur lebt. Bariton wird tödlich verwundet, ruft nach Priester, Sopran eilt herbei. Sopran erkennt Tenor, Tenor erkennt Sopran, aber auch Bariton erkennt Sopran, verletzt Sopran – wenn du die Handlung bisher aufmerksam mitverfolgt hast, wirst du checken, dass die Frau Sopran die Schwester des Herrn Bariton ist –, verletzt also Schwester tödlich. Bariton stirbt, aber immerhin: Rache vollendet. Sopran stirbt in Armen von Tenor. Tenor überlebt, aber innerlich tot. Ende. Vorhang. Die Macht des Schicksals."

„Ja, in groben Zügen war mir das bekannt", sagte Veronika, die es nicht gewagt hatte, Plankton bei seiner Zusammenfassung des Operninhalts zu unterbrechen. „Und was hat das mit den Innominati zu tun?"

„Keine Ahnung", gestand Plankton. „Aber du musst zugeben, dass es doch höchst seltsam ist, dass diese Oper in Slys Rätsel auftaucht."

„Da kann ich dir nicht widersprechen", sagte Veronika. „Äh, wie weit ist denn dein Computer?"

In der Zwischenzeit war Planktons Computer zum Leben erwacht und Plankton startete sein Mail-Programm. „Ah, siehst du", sagte er, „elektronische Post von b.stoeckl@bioverlag.at." Er öffnete die beiden Anhänge und sagte: „Schauen wir uns seinen Manuskriptnachtrag als Erstes an."

„Jetzt bin ich aber gespannt", rief Veronika.

„Und ich erst", ergänzte Plankton. „*NACHTRAG ZU MEINEN MEMOIREN AUFGRUND MEINER ROMREISE VOM AUGUST VON SLY SLENDER*", las er vor.

„Ja, ja, aber kommen da drin die Innominati vor?"

„Das werden wir gleich sehen.“ Plankton öffnete das Bearbeitungsmenü seines Schreibprogramms, klickte auf den Befehl „Suchen“ und gab in das Feld „Suchen nach“ „Innominat“ ein.

„O weh!“, jammerte er wenig später.

„Was ist?“

„Der Suchvorgang innerhalb des Dokuments ist abgeschlossen, das gesuchte Element konnte nicht gefunden werden“, las Plankton die Meldung des Computers vor. „Abgesehen davon, dass ich nicht nach einem Element gesucht habe – chemische Elemente gibt es bereits genug –, bedeutet das, dass Sly in seinem Memoirennachtrag das Wort Innominati kein einziges Mal verwendet hat.“

„Oh, schade. Dann bleibt uns wohl nichts anderes übrig, als den gesamten Text zu lesen.“

„Ja.“ Plankton scrollte mit der Maus auf die erste vollständig beschriebene Seite des Dokuments. „Äh, soll ich dir jetzt Wort für Wort, Satz für Satz alles vorlesen oder soll ich erst einmal versuchen, mit meiner bewährten Schnelllesetechnik die Seiten zu überfliegen, um so möglicherweise rascher zu den interessanten Stellen vorzudringen?“

„Zweiteres“, sagte Veronika. „Die Wort-für-Wort-Methode können wir dann immer noch anwenden.“

„Gut. Ganz meine Meinung“, stimmte Plankton zu, während seine Blicke auch schon über den Bildschirm huschten. „Also, eingangs legt Sly dar, wie es zu der Konzerteinladung kam ... sein Hotel in Rom, das er bezogen hat ... purer Luxus offenbar ... 4-Sterne-plus ... mit Hallenbad und Sauna ...“ Er scrollte weiter. „Dann hier endlich das Konzert ... super Wetter ... Sonnenschein und 32 Grad zu Konzertbeginn, untergegangene Sonne und 29,3 Grad am Ende ... dann der Ablauf des Programms ... offenbar lauter Elvis-Nummern ... *Love Me Tender* ... *In the Ghetto* ... *Jailhouse-Rock* ...“

„Rupert, du brauchst mir jetzt nicht alle Nummern vorlesen, die Sly an diesem Abend gesungen hat."

„Gut, dann eben nicht. Nach dem Konzert geht er in seine improvisierte Garderobe ... Er beschreibt dann die Garderobe sehr detailliert ... und dann ..."

„Und dann?"

„Dann klopfte es an meiner Tür – also, nicht an meiner, ich zitiere jetzt aus dem Text – wörtlich, wie es sich gehört beim Zitieren. Es klopft also an seiner Tür, *und nach meinem freundlichen ‚Herein' betrat ein gebückter alter Mann den Container.* Du musst wissen, sie haben einen Container zu seiner Garderobe umfunktioniert."

„Gut, gut, was für ein Mann?"

„Der Greis trug eine Soutane. Ich bin zwar gläubig und fest davon überzeugt, dass es eine höhere Vorsehung gibt, die über uns waltet ... also, die religions- und weltanschaulichen Details dazu überspringe ich jetzt, Sly will jedenfalls darauf hinaus, dass er in kirchlichen Dingen nicht so bewandert ist, dass er anhand der Soutane die Ordenszugehörigkeit des alten Mannes erkannt hätte."

„Aber jedenfalls ein Priester", stellte Veronika fest.

„Ja. Na gut, die Priesterdichte ist in einer Stadt wie Rom wahrscheinlich höher als in Gallneukirchen oder Kirchschlag, und warum soll nicht auch ein Priester ein Sly-Slender-Elvis-Presley-Gedächtniskonzert besuchen, aber weiter. *Der alte Mann stellte sich auf Italienisch als Bruder Silve vor, jedoch schon an diesem einen gesprochenen Satz erkannte ich als weitgereister Sprachenkundiger, dass Italienisch nicht seine Muttersprache war.*"

Plankton scrollte im Word-Dokument weiter. „Im weiteren Gespräch stellt sich offenbar heraus, dass der alte Priester gebürtiger Amerikaner ist, und so können sich die zwei auf Englisch unterhalten", fasste Plankton zusammen.

„Ein amerikanischstämmiger alter Priester, der sich in Rom Slys Konzert anhört. Na und? Wie, hast du gesagt, hat er geheißen?"

„Wer? Sly?"

„Nein, der Priester."

„Silve", sagte Plankton.

„Ein seltsamer Name", bemerkte Veronika. „Hab ich noch nie gehört. Ich kenne als Männernamen Silvio, aber Silve ..."

„Hm, Silve ... Könnte eine Abkürzung für Silvester sein", überlegte Plankton.

„Silvester? Du meinst, wenn die Sektkorken knallen?"

„Nein, der Vorname Silvester. Oder Sylvester. Mit einem Ypsilon."

„So wie Sylvester ‚Sly' Stallone – der amerikanische Schauspieler, der mit den *Rocky*-Filmen berühmt geworden ist?"

„Genau." Plankton stutzte. „Sag das nochmals."

„Was?"

„Was du gerade gesagt hast."

„Den ganzen Satz?"

„Ja."

„Wörtlich nochmals?"

„Ja."

„Gut. Wenn du willst. Also. Du meinst, so wie Sylvester ‚Sly' Stallone – der amerikanische Schauspieler, der mit den *Rocky*-Filmen berühmt geworden ist? Hab ich es korrekt wiederholt?"

„Ja, danke. Hast du's nicht gehört? Sylvester *Sly!* Stallone", wiederholte Plankton mit einer deutlichen Betonung des mittleren Namens.

„Jetzt hab ich's kapiert! Sly! Sylvester Stallone trägt als mittleren Namen Sly!"

„Genau. Soviel ich weiß, ist Sly sein Spitzname. Michael Sylvester ‚Sly' Gardenzio Stallone, geboren 1946 ..."

„Aber wenn dieser Silve Sylvester ist, also Sly, der Rocky-Sly, hat dann Sly, also unser Sly Slender, dort Sly, also den Stallone, getroffen? Jetzt kenn ich mich überhaupt nicht mehr aus."

„Ich auch nicht. Aber es würde passen! Der Name. Die Herkunft. Amerikaner! Das Alter."

„Sylvester Stallone ist aber noch kein Greis. Sicher, er ist Ende 60 und sieht vielleicht sogar ein paar Jährchen älter aus, kein Wunder, wenn er in so vielen Filmen so viel boxen hat müssen, aber wie passt er in die Geschichte hinein? Als Priester?"

„Vielleicht hat er im letzten August in Rom einen Film gedreht, in dem er einen Priester gespielt hat?"

„Keine Ahnung. Und wenn – was hat das alles mit den Innominati zu tun?"

„Ich weiß es auch nicht."

„Lies lieber weiter."

„Okay. *Er sagte mit Tränen in den Augen*", las Plankton wieder aus dem Manuskript vor, *„dass seit 1977 kein Mensch die Elvis-Songs so gut interpretiert hatte wie ich heute bei diesem Konzert.* Äh, 1977 ist Elvis' Todesjahr."

„Du wirst es kaum glauben, Rupert, aber das hätte ich auch so gewusst."

„Manche Songs hätte selbst Elvis nicht besser performt. Etcetera, etcetera, Lob, Lob, Lob. Und wegen dieser Lobhudelei eines alten römischen Priesters glaubte Sly, einen Nachtrag zu seinen Memoiren schreiben zu müssen?"

„Vielleicht kommt noch etwas", sagte Veronika hoffnungsvoll. „Lass deine Augen hurtig weiter über die Seiten fliegen."

„Dann fragte er mich, ob ich Lust hätte, mit ihm in seiner Unterkunft ein paar Elvis-Sachen gemeinsam auf der Gitarre zu spielen. Ich sagte bereitwillig zu, er gab mir die Adresse bekannt, ein Haus in der Via Trabuccini 26 im Norden von Rom,

das offenbar ihm und ein paar Glaubensbrüdern und -schwestern als Kloster diente, und dann ...“

Und dann klingelte es an Planktons Wohnungstür.

Veronika und Plankton erschraken.

„Erwartest du noch jemanden?“, fragte Veronika leise.

„Nein, keinesfalls. Wer wird das sein?“

Plankton stand auf, Veronika fasste ihn am Arm. „Willst du etwa aufmachen?“, fragte sie erschrocken.

„Ja, warum denn nicht? Sonst erfahren wir nie, wer vor der Tür steht.“

„Aber wenn es die ...“ Sie verstummte.

„Innominati sind, wolltest du wohl sagen“, vollendete Plankton den Satz. Es war ihm anzumerken, dass er sich höchst unbehaglich fühlte. Zwei Menschen waren schon qualvoll ermordet und darüber hinaus ein Verlagsbüro heimtückisch verwüstet worden, möglicherweise war er nun die nächste Zielscheibe des unheilvollen Treibens?

„Ja, könnte doch sein“, sagte Veronika. In diesem Moment klingelte es wieder.

„Dann würde ich vorschlagen, du versteckst dich im Bad, denn wenn es wirklich jemand von den Innominati ist, hat er es auf mich abgesehen und nicht auf dich, und ich mache auf.“

„Aber, Rupert ...“

„Veronika, wenn es wirklich die Innominati-Killer sind, lassen sie sich von so etwas Läppischem wie meiner Eingangstür ganz sicher nicht davon abhalten, in meine Wohnung einzudringen. Da kann ich Ihnen gleich selber öffnen, und du wirst vom Badezimmerversteck aus Zeugin der Vorgänge. Los, keine Widerrede!“

Plankton ging zur Wohnungstür. Währenddessen huschte Veronika ins Badezimmer, wobei sie die Tür einen Spaltbreit offen ließ, um die weiteren Geschehnisse mitverfolgen zu können.

Als sich zum stürmischen Klingeln ungeduldiges Klopfen gesellte, rief Plankton: „Ja, ja, ich komme ja schon!“ Er warf einen Blick durch den Spion, erkannte, wer vor der Tür stand, und öffnete diese erleichtert.

„Ja, Theo, was machst denn du da?“, rief er.

„Rupert Plankton“, sagte Oberinspektor Rätisch förmlich. „Ich verhafte dich beziehungsweise Sie wegen des Mordes an Sly Slender und Reinhard Waldenberger ...“

27. Kapitel

An und für sich war ja die abendliche *Farbenfische*-Zeit über den Vatikan hereingebrochen, jedoch in Kardinal Gioacchino Rissonis Arbeitszimmer blieb an diesem Abend die Spieleschachtel unberührt im Regal stehen. Auf dem wuchtigen barocken Schreibtisch, an dem sich der Kardinal und sein Sekretär Giacomo Picciuni gegenübersaßen, lagen stattdessen ein paar Blätter Papier der Größe DIN A4, auf die Picciuni mit bleichem Gesicht starrte. Der Kardinal hatte sich in seinen Lehnstuhl zurückgelehnt und nippte an seinem Amaretto. Wenn er heute Abend schon auf eine Partie *Farbenfische* verzichten musste, so konnte er sich zumindest seine abendliche Likörration zuführen.

„Ich kann es nicht glauben", flüsterte Picciuni verstört und hob mit zitternden Händen einen der Zettel wieder auf, um ihn ungläubig ein weiteres Mal durchzulesen. „Ich möchte das Original sehen."

„Giacomo, sei kein Narr", schalt der Kardinal. „Ich selbst habe heute Nachmittag vom Original diese Kopien hergestellt. Extra für dich, denn ich kann den Text auswendig. Soll ich mich für die Echtheit der Kopien noch eigens verbürgen, damit du mir glaubst?"

„Nein, nein, Eminenz, natürlich nicht", beeilte sich Picciuni demütig zu sagen. „Wo ist das Original?"

„Du erwartest wohl nicht ernsthaft, dass ich dir das verrate?", gab der Kardinal leicht verärgert zur Antwort. „Die Originalschriftrolle ist gut verborgen – in einem Versteck, das nur ich allein kenne."

„Im Archiv?", fragte Picciuni weiter.

Mit dem Archiv sprach Picciuni das Vatikanische Geheimarchiv – in schönem Latein Archivum Secretum Apostolicum Vaticanum – an. Dieses sagenumwobene Geheimarchiv ist die zentrale Sammelstelle für die gesamten Akten der Kurie und der päpstlichen Diplomatie und umfasst aktuell 85 Regalkilometer Akten – kirchengeschichtlich Unbedeutendes ebenso wie den Prozess gegen Galileo Galilei, Briefe von Michelangelo, einen Brief Heinrichs VIII. mit der Bitte um Annullierung seiner Ehe und Dokumente über die Exkommunizierung von Martin Luther. Und apropos *Geheim*archiv: So geheim ist das Archiv gar nicht. Zwar wurden bis ins späte 19. Jahrhundert die Bestände weitestgehend unter Verschluss gehalten, was wiederholt (bis in die Gegenwart) zu den wildesten Spekulationen über die dort eingelagerten Dokumente führte, jedoch dürfen seit 1881 Historiker jedweder Nationalität und Religion in den vatikanischen Akten stöbern, sofern sie ein abgeschlossenes Studium und einen konkreten Forschungsauftrag vorweisen können. Robert Langdon durfte dort beispielsweise nach den Illuminati fahnden.

Rissoni schüttelte auf die Frage seines Sekretärs* den Kopf. „Seitdem die Päpste damit begonnen haben, die Dokumente des Archivs für die Forschung freizugeben, wurden natürlich die wirklich brisanten Akten aus dem Archiv entfernt. Du musst wissen, Giacomo, in den Gewölben des Archivs lagern – beziehungsweise lagerten, denn, wie ich schon sagte, wurden die brisanten Akten entfernt –, lagerten also Geheimnisse, die die Kirche bis ins Innerste erschüttern könnten – beziehungsweise hätten können, wenn wir die Dokumente nicht aus dem Archiv entfernt hätten, was wir aber getan haben, seitdem … sodass … äh …“ Kurz hielt der Kardinal in seiner Rede inne, um den Satzbau zu überdenken, dann fuhr er mit großem Enthusiasmus (und mit einem neu begonnenen Satz)

* Für diejenigen, die die Frage vergessen haben. Sie lautete: „Im Archiv?“

fort: „Wir müssen diese Geheimnisse ruhen lassen, Giacomo! Sie dürfen nie ans Licht der Öffentlichkeit gelangen! Nie, nie und nimmer! Und daher wurden wie gesagt die Geheimdokumente, damit sie wirklich geheim bleiben, geheim aus dem Geheimarchiv entfernt und in Geheimaktionen an wirklich geheime Stellen geheimgebracht, äh, hingebracht."

„Darunter auch dieses hier?", wies Picciuni auf die paar Blätter vor ihm.

Rissoni nickte. „Ich höchstpersönlich habe dieses brisante Dokument noch am selben Tag, an dem ich das Amt des Innominati-Koordinators von meinem im Sterben liegenden Vorgänger übernommen habe, aus dem Archiv geholt und an einem geheimen Ort deponiert. Und, mein lieber Sohn, diesen Ort werde ich dir erst nennen, wenn ich selbst im Sterben liege und dich für würdig erachte, meine Nachfolge anzutreten."

„Aber ist es auch echt?", fragte Picciuni. „Damit meine ich jetzt nicht, ob die von Ihnen angefertigten Kopien dem Original entsprechen, sondern ob das Original ..."

„Ich verstehe sehr gut, was du meinst, Giacomo, und ich versichere dir, ich selbst habe die Echtheit der Schriftrolle von Fachleuten überprüfen lassen."

„Dann ist dies tatsächlich ein Schriftstück unseres Herrn Jesus Christus" Aus Picciunis Tonfall ging nicht mit hundertprozentiger Deutlichkeit hervor, ob dies eine Frage oder ein Ausruf war, sodass hier mit Absicht kein Satzzeichen gesetzt wurde.

Der Kardinal fasste es als Frage auf und sagte: „Ja. Die darauf enthaltene DNA war ident mit der DNA, die wir von Jesus aufgrund anderer Funde haben. Ja, Giacomo, vor dir liegt ein schriftlicher Bericht von Jesus Christus unserem Herrn."

„Wo stammt er her? Also der Bericht, nicht Jesus."

„Aus Qumran. Du kennst ja wohl die Schriftrollen von Qumran."

Sein Sekretär nickte. Natürlich kannte er die Schriftrollen von Qumran, welche Frage! Damit sich der eine oder andere Leser (beziehungsweise die eine oder andere Leserin), die von diesen Schriftrollen noch nichts gehört oder das bereits Gehörte und Gewusste wieder vergessen hat, den Weg ins Internet beziehungsweise zu einem einschlägigen Buch erspart, sei hier kurz erwähnt, dass im Jahr 1947 ein jugendlicher Beduinenhirte* in einer Höhle in unmittelbarer Nähe von Qumran, einer Ruinenstätte im Westjordanland am Toten Meer, in einem Tonkrug einige antike Manuskripte fand. Im Zuge der weiteren Suche kamen im Folgejahrzehnt aus insgesamt elf Höhlen 30.000 Fragmente von 900 Schriftrollen ans Licht, die zumeist aus Ziegenhaut bestanden und in Hebräisch, Aramäisch, Nabatäisch oder Griechisch verfasst waren. Die Handschriften wurden durch die C14-Methode und mit den Mitteln der Paläographie als aus der Zeit zwischen dem 3. Jahrhundert vor Christus und dem Ende des 1. Jahrhunderts nach Christus stammend datiert. Die Texte beinhalten Unbedeutendes wie etwa Inventarlisten, aber auch Teile des Alten Testaments und Kommentare zu biblischen Texten. Da die Restaurierung und Übersetzung der Texte dann Jahrzehnte dauerte, entstand in für Verschwörungstheorien anfälligen Kreisen wie etwa bei Thrillerautoren der nicht von der Hand zu weisende Verdacht, dass in den Qumran-Rollen brisante Informationen enthalten waren, die der Vatikan gezielt zurückhalten wollte.

„Aus Qumran also", sagte der Kardinalssekretär und nickte. Das ergab Sinn. Jesus hatte sich in der Gegend aufgehalten, und auch die Zeit passte. „Und von wann genau stammen diese Zeilen?"

* Jetzt ist er auch schon ein älterer Herr, längst in Pension …

„Etwa aus dem Jahr 40 nach Christus."

„Woher wollen Sie das wissen?", rief Picciuni, der nach wie vor nicht glauben konnte – und auch nicht glauben wollte –, was er soeben gehört hatte. „Im Jahr 40 war Jesus schon gut zehn Jahre lang tot!"

„Nun, wenn ich behaupten würde, auf dem Dokument stünde ‚Qumran, am 6. September 40 n. Chr.', würdest du mich wohl zu Recht der Lüge bezichtigen", gab der Kardinal zur Antwort, und kurzfristig traten einige Lachfalten um seine Augen in Aktion. „Aber aufgrund einiger zeitgeschichtlicher Hinweise, die Jesus in seinen Texten einstreut – er erwähnt beispielsweise einmal den Tod von Kaiser Tiberius, der im Jahr 37 verstorben ist, für einen römischen Kaiser sensationellerweise sogar eines natürlichen Todes –, aufgrund dieser Hinweise kann man die Entstehungszeit der Schriften auf etwa 38 bis 41 nach Christus eingrenzen – auf eine Zeit eindeutig nach der Kreuzigung, die ja, wie du weißt, etwa ums Jahr 30 stattfand", sagte der Kardinal.

Als Picciuni weiterhin ungläubig den Kopf schüttelte, setzte er fort: „Du musst wissen, es gibt von Jesus ja nicht nur diesen einen Text, den ich dir in der aramäischen Originalsprache und zum leichteren Verständnis in beglaubigten lateinischen und italienischen Übersetzungen gezeigt habe, sondern insgesamt gut ein Dutzend, die er alle nach seinem Kreuzigungstod – seinem *angeblichen* Kreuzigungstod – verfasst hat."

„*Angeblicher* Kreuzigungstod! Jesus *ist* am Kreuz gestorben!", rief sein Sekretär im Brustton der Überzeugung aus. „Er ist für uns gestorben und dann wiederauferstanden ..."

Der Kardinal zuckte nur die Schultern und deutete mit einer Hand auf die Papiere, die vor seinem Sekretär auf dem Tisch lagen, wobei die Handbewegung besagen sollte: „Diese Schriften bezeugen das Gegenteil."

„Aber dann wäre doch alles nur ein Schwindel“, stammelte der Sekretär, dem Schluchzen nahe. „Jesus ein Innominato! Unser Glaube, die gesamte Kirchengeschichte ...“

„Was auch immer nun der Wahrheit entspricht, mein lieber Giacomo, jedenfalls wirst du einsehen, dass es wichtig ist – was heißt wichtig, für die Kirche überlebensnotwendig –, dass diese Schriften nie das Licht der Öffentlichkeit erblicken. Und dass auch das eine oder andere Menschenleben nichts ist im Vergleich zu der Katastrophe, die über uns käme, wenn Jesu Memoiren – ja, so kann man die Schriften wohl nennen: Jesu Memoiren – publik würden.“

„Und darum musste Sly Slender sterben? Weil er wusste ...“

Der Kardinal brach in ein Gelächter aus. „Sly Slender gewusst! Nicht im Traum! Kein lebender Mensch kennt den Inhalt dieser Schrift – außer mir und seit heute dir.“

„Aber unsere Innominati ...“

„Ich habe dir schon einmal gesagt, dass unsere heutigen Innominati ahnungslos sind. Aber nicht auszudenken, wenn jemand die Existenz unserer Innominati enthüllt und eine Verbindung herstellt zu ihren Vorgängern – bis hin zurück zu Jesus! Und dieser Sly Slender drohte, unsere Innominati ans Licht zu zerren.“

„Und darum musste Mee-Gees Sohn tätig werden.“

Als ob es auf dieses Stichwort gewartet hätte, klingelte in diesem Augenblick Rissonis Handy. Verärgert warf der Kardinal einen Blick auf das Display. Zu seinem Ärger gesellten sich Sorgenfalten, als er die Taste drückte, um die Verbindung herzustellen und sich mit den Worten „Ja, mein Sohn? Probleme in Linz?“ meldete.

Er horchte etwa eine Minute lang zu, dann sagte er: „Aha, der Zirkus bleibt noch zwei Tage länger in Linz, gut, gut. Wegen des großen Erfolgs verlängert? Ach so, kein Geld fürs Benzin zur Weiterreise, aha, na und?“ Nach einer Pause, während der er nur zuhörte, nickte er und sagte: „Verstehe, da musst du natürlich auch noch länger bleiben, aber schau, dass du dich möglichst bald absetzen kannst. Wir brauchen dich hier. Ja, ja, Gott segne dich." Er unterbrach die Verbindung, legte das Handy weg und sagte zu Picciuni: „Mee-Gees Sohn kommt etwas später. Der Zirkus hängt noch zwei Tage in Linz dran."

Picciuni nickte uninteressiert. Er hatte während des etwa zweidreiviertelminütigen Telefonats seinen Standpunkt überdacht und verkündete nun mit fester Stimme: „Eure Eminenz, ich weigere mich zu glauben, was in dieser Schrift steht." Als der Kardinal ihn überrascht ansah, erklärte er: „Ich bin katholischer Priester geworden, weil ich daran glaube, dass Jesus Christus für uns gestorben und wiederauferstanden ist. Weil ich davon überzeugt bin, dass er Wunder gewirkt hat, dass er Blinde und Lahme geheilt hat, Fische vermehrt ..."

„Ja, den Trick mit der Fischevermehrung und auch den mit dem Wasser-zu-Wein-Verwandeln, du weißt schon, bei dieser Hochzeit zu Kana, wo er so frech war zu seiner Mutter", fiel ihm der Kardinal ins Wort, und als ihn sein Sekretär fragend ansah, erklärte er: „Na, für mich ist das schon frech, wenn seine Mutter ganz harmlos zu ihm sagt: ‚Es ist kein Wein mehr da', und er antwortet ihr ‚Was habe ich mit dir zu schaffen, Weib? Meine Stunde ist noch nicht gekommen', beziehungsweise nach einer anderen Übersetzung: ‚Schreib mir nicht vor, was ich zu tun habe!', eigentlich eine Unverschämtheit, wenn ein Sohn so zu seiner Mama spricht, äh, wo war ich, ach ja, diese Wunder beziehungsweise Tricks erklärt Jesus auch in irgendeiner seiner Schriften, wenn du willst, suche ich sie dir nächstes Mal heraus ..."

„Jesus *hat* Fische vermehrt!", schrie Picciuni. „Und er *hat* Wasser in Wein verwandelt!"

„Ja, und David Copperfield *hat* die Freiheitsstatue verschwinden lassen", ergänzte der Kardinal zynisch, worauf Picciuni in brütendes Schweigen verfiel. Kopfschüttelnd starrte er auf die paar Papiere vor sich, die soeben versucht und es auch fast geschafft hatten, seinen Glauben ins Wanken zu bringen. Dann begann er das Glaubensbekenntnis vor sich hin zu murmeln: „Ich glaube an Gott, den Vater, den Allmächtigen ..."

Während der Kardinal still und zunehmend verärgert über die Reaktion seines Sekretärs die Blätter wieder einsammelte, gelangte Picciuni zur Stelle „gelitten unter Pontius Pilatus" und erhob dann die Stimme zu einem Schrei: „Gekreuzigt, gestorben und begraben, hinabgestiegen in das Reich des Todes, am dritten Tage auferstanden von den Toten!"

„Ach, glaub doch, was du willst", brummte der Kardinal unwirsch, zündete ein Streichholz an und hielt es an die Papiere, die sofort Feuer fingen und zu brennen begannen. Als er sie nicht länger halten konnte, ohne sich selbst die Finger zu verbrennen, warf er sie in den Kamin, sah zu, dass sie auch tatsächlich vollständig verbrannten, und wiederholte in Richtung Picciuni, der nach dem Ende des Glaubensbekenntnisses leise zu weinen begonnen hatte: „Glaub doch, was du willst."

28. Kapitel

„Theo, ich habe die zwei nicht ermordet!", sagte Plankton zum wohl schon zehnten Mal. Die zwei ehemaligen Schulkollegen saßen in der Moko Linz in einem der zahlreichen kleinen Verhörzimmer. Der Raum war keine zwölf Quadratmeter groß und fensterlos. Ein Tisch und zwei Sessel bildeten das einzige Inventar des Zimmerchens, und so wie im vorigen Kapitel der Kardinal und sein Sekretär einander am Tisch gegenübergesessen sind, saß nun auf dem einen Sessel Oberinspektor Theo Rätisch und ihm gegenüber Speisologe Rupert Plankton, dem man die Handschellen abgenommen hatte. Plankton hatte dem Polizisten an Eides statt geschworen, ihn nicht körperlich zu attackieren, noch dazu nahm Plankton aufgrund einer Vielzahl konsumierter TV-Krimis an, dass der Spiegel an der Wand hinter ihm einer dieser berühmten Einwegspiegel war, durch die man sie von einem der Nebenzimmer aus beobachten konnte, ohne dass er es merkte.

„Du hast zwar versucht, uns auf falsche Fährten zu führen", sagte Rätisch, „ich sage nur Gramastettner-Krapferl-Bäcker-DNA und Immunitati oder wie auch immer die heißen sollen, aber wir haben trotzdem noch andere Spuren verfolgt. So haben wir etwa die anderen Leute, die beim *Eiszauber* aufgetreten sind – Stars nennt ihr sie wohl –, einvernommen und ein gewisser, äh, Placido Domingo hat unter Eid ausgesagt, dass er gesehen hat, wie du im ersten Teil der Show nach deinem Auftritt die Gramastettner Krapferln mit irgendeiner Substanz bestreut hast."

„Diese irgendeine Substanz", rief Plankton gequält aus, „war Zucker! Ich habe die Gramastettner Krapferln nach meinem Auftritt in den Backstagebereich getragen, und weil ich angenommen habe, dass der eine oder andere Star

Gusto auf ein Krapferl haben wird, hab ich sie noch mit etwas Zucker bestreut! Placido selbst hat zwei davon gegessen, bevor er nach Bad Hall zur Probe für die Operettenfestspiele weitergefahren ist."

„Davon hast du aber am Sonntag nichts gesagt", hielt ihm Rätisch vor. „Und Zucker ... Ja, du hast sie mit Zucker bestreut – mit Vatikanzucker! Placido Domingo belastet dich! Er fürchtet übrigens deine Rache, weil er dich verpfiffen hat, und wollte ins Zeugenschutzprogramm übernommen werden."

„Was hätte ich denn für ein Motiv, meine eigenen Krapferln mit Gift zu bestreuen?", fragte Plankton.

„Wir haben unsere hauseigene Polizeipsychologin Heidelgund Kastler ein Täterprofil erstellen lassen", gab Rätisch zur Antwort. „Du kennst sie vielleicht, sie wird oft als sachverständige Psychologin zu Gerichtsverhandlungen beigezogen, und wenn sie sagt, dass der Täter einen Dachschaden hat, dann *hat* er einen Dachschaden ... Sie hat auch schon ein paar Bücher geschrieben, aber noch kein Kochbuch ..."

„Ja und?", warf Plankton ein. „Kann sie mir plausibel erklären, was für einen Grund ich gehabt haben könnte, Sly Slender – den ich vor dem *Eiszauber* persönlich nicht einmal kannte! – zu ermorden?"

„Ja, das kann sie."

„Na, dann lass mal hören!"

„Heidelgund meint – und da sie die psychologische Fachfrau ist, teile ich natürlich ihre Ansicht –, dass du es gar nicht konkret auf Sly Slender abgesehen hattest."

„Wie bitte?"

„Nach dem von ihr erstellten Täterprofil war der Täter eine Person, die gottgleich Macht über Leben und Tod ausüben wollte. Folgendes Szenario: Vor ihr – damit gemeint die Person, daher verwende ich die weibliche Form, in Wahrheit gemeint bist aber du –, vor dieser Person steht also ein Blech mit Gramastettner Krapferln. Sie – die Person – hat Gift mit. Sie weiß, irgendwer wird diese Krapferln essen, und sie – die Person – kann nun durch den Entschluss, dieses oder jenes oder mehrere oder gar kein Krapferl mit dem Gift zu bestreuen, darüber entscheiden, ob jemand lebt oder stirbt."

„So ein Blödsinn!", warf Plankton ein.*

„Und die Antriebskraft, die dazu führte, dass die Person meinte, über Leben und Tod entscheiden zu müssen, war …" Rätisch brach zur Erhöhung der Spannung den Satz ab.

„Na, da bin ich aber gespannt!"

„Euphorie."

„Euphorie?"

„Ja. Sagt Heidelgund."

„Aber was denn für eine Euphorie …?"

„Du hattest soeben in einem Aufsehen erregenden Duell die Gramastettner-Krapferl-Bäcker besiegt und enthüllt, dass du ein 100 Jahre altes Geheimrezept entschlüsselt hattest. In dieser Euphorie hast du, dich als Übermensch – um nicht zu sagen gottgleich – fühlend, beschlossen, diese Gottgleichheit auszuspielen und einem Menschen – ganz gleich wem – das Leben zu nehmen."

„Das ist doch Wahnsinn!"

„Ja, Heidelgund meint auch, dass dieses Motiv an Wahnsinn grenzt, und sie freut sich schon recht auf ihre Gespräche mit dir zwecks Erstellung des psychiatrischen Gutachtens."

„Und daher habe ich die Krapferln – oder eines der Krapferln – mit dem giftigen Zucker bestreut, damit irgendwer – ganz gleich wer – daran stirbt?"

„Darf ich das als Geständnis nehmen?"

„Nein. Nein! Hast du nicht das Fragezeichen am Ende des Satzes gehört?"

* … und so mancher Leser wird ihm zustimmen …

„Oh. Aha. Nein, hab ich nicht. Also kein Geständnis. Du gibst es also nicht zu?“

„Nein, natürlich gebe ich es nicht zu. Weil es nicht so war! Theo, ich habe die zwei nicht ermordet. Ach ja, weil ich gerade gesagt habe die zwei. Selbst wenn ich für den Mord an Sly – beziehungsweise an irgendwem, denn nach deiner These war es ja Zufall, dass es Sly erwischte –, selbst wenn ich also für den ersten Mord das von dir genannte absurde Motiv hatte – warum hätte ich dann Waldenberger töten sollen? Meine sonntägliche Euphorie war am Donnerstag ja wohl doch schon deutlich abgekühlt.“

„Nun, den Grund für den Mord an Waldenberger hast du mir neulich selbst genannt.“

„Ich?“

„Ja. 21. Kapitel, etwa in der Mitte. Waldenberger wusste irgendetwas, sodass du dann auch ihn umgebracht hast. Sag mir, Rupert, was wusste Waldenberger?“

„Woher soll ich das wissen?“

„Warum hast du ihn umgebracht?“

„Rüdiger-Maria hat ihn umgebracht!“, schrie Plankton. „Ich habe dir doch erzählt, dass er im ORF-Studio war ...“

„Weil du das gerade erwähnst: Es ist schon sehr bezeichnend, dass du der einzige Mensch bist, der behauptet, Rüdiger-Maria im ORF-Studio gesehen zu haben“, hielt Rätisch Plankton vor. „Der Portier zum Beispiel hat ihn nicht gesehen – und wer sonst als der Portier sollte die Leute sehen, die im ORF-Studio ein und aus gehen?“

„Weil er durch einen anderen Eingang ins Studio gelangt ist“, erklärte Plankton diesen Umstand. „Er war Mitarbeiter, oder ehemaliger Mitarbeiter, und hatte einen Schlüssel ...“

„Und trotzdem bist du der Einzige, der ihn gesehen haben will!“

„Du glaubst, ich habe das erfunden?“

„Genau. Und jetzt wäre es an der Zeit, dass du dein Gewissen erleichterst und deine bösen Taten endlich gestehst. Glaub mir, nachher geht es dir besser."

„Da gibt es nichts zu gestehen, weil ich es nicht war!", rief Plankton.

Rätisch sah auf seine Uhr, schien schon etwas ungeduldig zu sein. „Ich habe übrigens ganz vergessen, dich auf dein Aussageverweigerungsrecht hinzuweisen. Miranda gegen Arizona, du weißt schon.* Also: Du hast das Recht zu schweigen. Alles, was du sagst, kann und wird vor Gericht gegen dich verwendet werden. Du hast das Recht, zu jeder Vernehmung einen Verteidiger hinzuzuziehen."

„Dann werde ich mir wohl besser einen Anwalt nehmen. Ich darf ja wohl telefonieren?"

„Kein Problem. Hast du schon einen bestimmten Anwalt im Visier?"

„Nein", sagte Plankton. „Ich kenne gar keine Anwälte. Ich war bislang froh, mit diesem Berufsstand nichts zu tun zu haben." Plötzlich stutzte er. Er griff in seine Hosentasche, was Rätisch mit erhöhter Aufmerksamkeit quittierte. Man hatte Plankton zwar gefilzt, bevor man ihn zum Verhör in die Moko gebracht hatte, aber wer weiß, vielleicht hatte man eine Mini-Handgranate übersehen? Zu seiner Erleichterung zog Plankton allerdings keine Handgranate oder Maschinenpistole oder Panzerfaust, sondern eine Visitenkarte aus seiner Hosentasche, die er Rätisch vor die Nase hielt.

„Da", sagte er. „Den da – Mag. Leopold Hauswardt –, den nehme ich mir als Anwalt."

* Dieses aus Millionen Büchern und Filmen bekannte US-amerikanische Grundsatzurteil aus dem Jahr 1966 verpflichtet die Polizei, Verdächtige in Strafsachen vor der Vernehmung auf ihr Recht, einen Anwalt heranzuziehen, und ihr Recht, zu schweigen, hinzuweisen.

[Kapitel 28a]

Dieses Kapitel ist eigentlich völlig unnötig (und hat daher auch keine eigene Kapitelnummer bekommen, wer unbedingt will, kann es als Kapitel 28a beziffern), aber § 1 der Cliffhanger-Regeln besagt, dass, wenn ein Kapitel mit einem offenen Höhepunkt endet, diese Szene nicht gleich im nächsten Kapitel fortgesetzt werden darf, es muss mindestens ein Kapitel dazwischen hineingeschoben werden. Wenn also der Held am Ende eines Kapitels an einem Grasbüschel über eine Klippe hängt (Cliffhanger – gecheckt?), darf nicht das nächste Kapitel damit beginnen, dass er entweder hinunterstürzt oder doch noch hinaufklettern kann oder von einem Seeadler hinaufgezogen wird, da muss zunächst in einem eingeschobenen Kapitel noch darüber berichtet werden, wie seine Tante auf ihn wartet und dabei Hirn mit Ei zubereitet, wobei sie sich im Radio die Mittagsglocken anhört. Um dies konkret auf das vorliegende Buch zu übertragen: Da das 28. Kapitel mit der Nennung des Staranwalts Mag. Hauswardt endete, kann dieser nicht gleich zu Beginn des 29. Kapitels auftreten, da gehört noch irgendwas dazwischengezwängt.

Nur was?

Wer soll dieses eingeschobene, völlig überflüssige Kapitel tragen?

Schließlich ist Sonntag – der Tag des Herrn, an dem alle ruhen, alle Geschäfte geschlossen haben, allenfalls Wahlen oder Volksbefragungen oder Skirennen stattfinden ..., sprich ein üblicher Sonn- und Ruhetag, und daher gibt es über die handelnden Personen wenig zu berichten.

Über Plankton sowieso nichts. Für den galt nämlich Ruhetag wörtlich, denn in seiner kleinen Zelle in der Justizanstalt Linz, die er sich mit einem osteuropäischen

Einbrechervizekönig teilte, der kein Wort Deutsch verstand (oder verstehen wollte), aber unentwegt mit seinem Handy telefonische Anweisungen an seine Komplizen gab, konnte er an einem Sonntag ohnehin nichts anderes tun als ruhen.

Veronika verbrachte den Tag zuhause mit Arbeit. Sie hatte in der Vorwoche ohnehin viele Stunden Zeitausgleich nehmen müssen, sodass Arbeit liegen geblieben war, die sie nun am Sonntag nachholte. Sie las viel, und ihre Wäsche bügelte sie auch, während sie sich im Fernsehen den zweiten Durchgang des Damen-Riesentorlaufs ansah, bei dem Österreicherinnen die Plätze drei, sieben und 14 belegten.

Die fünf *Vier fidelen Sandler* hatten am Samstagabend einen anstrengenden Auftritt absolviert und waren am Sonntag dementsprechend müde. Percy schlief fast den ganzen Tag, Fred auch, und zwar in Missionarsstellung mit der besten Freundin seiner Frau, Schorsch hing vor dem Fernseher rum, und Ron dachte sich zwei weitere Strophen für den *Sandler*-Hit aus. Black Joe zelebrierte vormittags zwei Messen und grübelte am Nachmittag über sein weiteres Leben nach. Sollte er seinem bisherigen Beruf treu bleiben oder ganz ins Showgeschäft wechseln? Dieser Gedanke – sich in Zukunft zu 100 Prozent dem Volksmusikantentum zu verschreiben – war ihm in der letzten Woche – seitdem die Popularität der Musikgruppe so sprunghaft gestiegen war – schon öfters gekommen und ließ ihn nach wie vor nicht los.

Rüdiger-Maria saß in seinem Zirkuswohnwagen, den er sich mit drei der Schnürezieher teilte, und ärgerte sich darüber, noch zwei weitere Tage in Linz festsitzen zu müssen – und das nur deshalb, weil der Zirkusdirektor nicht genügend Geld für Benzin für alle Fahrzeuge zusammengespart hatte und daher noch mindestens zwei Vorstellungen spielen musste, um das Geld für die Fahrt nach Italien zusammenzubekommen. Noch dazu vermisste er (Rüdiger-Maria, nicht der

Zirkusdirektor) seine Weihnachtsmannmütze und fror daher auf dem Kopf. Entweder er hatte sie verloren oder einer dieser Tschetschenen hatte sie ihm geklaut …

Kardinal Rissoni verbrachte den Vormittag bei einigen Messen im Petersdom und den Nachmittag bei seinem geliebten Cappuccino und wunderte sich, dass sich sein Sekretär heute nicht anschauen ließ, aber gut, der eine oder andere freie Tag stand auch einem Kardinalssekretär zu.

Oberinspektor Theo Rätisch machte mit seiner Frau und seinen vier Kindern einen Winterspaziergang rund um den Pleschingersee und gibt daher auch nicht viel Stoff her,* daher wenden wir uns der einen Person zu, die zwar Auslöser für die ganze Geschichte ist, weil sie sich gleich im ersten Kapitel ermorden hat lassen, aufgrund ihres Todes aber nicht mehr handelnd eingreifen kann – Sly Slender.

Dieser slenderte, äh, schlenderte gerade auf dem Gang der Himmelerstaufnahmestelle herum, als ihm Oberamtsrat 249 auf dem Rückweg vom Klo zu seinem Büro entgegenkam.

„Oh, Sly!", rief er. „Ich darf Sie doch Sly nennen, Herr Slender klingt so förmlich. Meine Frau hat sich so gefreut über das Autogramm, vielen Dank nochmals."

„Gern geschehen", sagte Sly, aber es klang etwas mürrisch, sodass 249 „Ist etwas nicht in Ordnung?" nachfragte.

„Das dauert alles so lange", beschwerte sich Sly. „Jetzt bin ich schon eine Woche lang tot, aber das Verfahren, ob ich in den Himmel kommen darf, ist noch immer nicht abgeschlossen. Da gehen ja auf der Erde die Asylverfahren schneller!"

„Tja, bei einem berühmten Musiker ermitteln unsere Beamten halt bezüglich ethischem Wohlverhalten nach Konzerten ein wenig genauer", entschuldigte 249 die Verfahrens-

* Außer es interessiert wen, wie Rätischs Frau und Kinder heißen, wie alt sie sind … Nein? Okay, dann eben nicht.

verzögerung. „Und? Schon ein gemeinsames Duett mit Elvis performt?“

„Natürlich nicht“, sagte Sly, „aber Reini – Reinhard Waldenberger – hab ich getroffen. Stellen Sie sich vor, der wurde auch ermordet!“

„Ist mir bekannt“, sagte 249, der auch für das Erstgespräch mit Waldenberger zuständig gewesen war. „Nur dass der im Unterschied zu Ihnen weiß, wer ihn ermordet hat.“

„Ja, das wurmt mich nach wie vor, dass ich meinen Mörder nicht kenne“, sagte Sly.

„Und wenn Sie intensiv nachdenken? Sich Ihr Gehirn zermartern?“

„Komm ich trotzdem nicht drauf. Ich glaube mich zwar zu erinnern, dass der Mann, der mir das tödliche Krapferl gereicht hat, irgendeine Besonderheit hatte …“

„Eine Besonderheit? Welcher Art?“

„Ja, wenn ich das wüsste!“

„War er sehr klein?“, fragte 249, auf Rüdiger-Maria anspielend.

Sly zuckte die Schultern.

„Oder recht groß?“, bohrte 249 weiter und meinte damit Percy Wieslinger. Der Oberamtsrat hatte sich nach dem Erstgespräch mit Sly, obwohl es eigentlich nicht zu seinen Dienstpflichten zählte, im Internet und diversen anderen himmlischen Quellen über die *Fidelen Sandler* schlaugemacht und wusste daher über deren einzelne Mitglieder genau Bescheid. Aber wieder antwortete Sly weder postiv noch negativ.

„Oder auffallend rothaarig?“ Ron, eh klar.

„Eventuell vollbärtig?“ Schorsch.

Slender’sches Schulterzucken nach beiden Fragen.

„Narbe auf dem Kinn?“ Fred.

„Weiß nicht!“

„Na, dann bleibt nur mehr: Hauptberuf Priester?“

„Ich weiß es nicht“, gab Sly neuerlich gequält zur Antwort. „Ach, wenn ich wüsste, wer mich ermordet hat, gäbe ich einige Jahre meines Lebens …“

29. Kapitel

Am frühen Montagmorgen näherte sich Rechtsanwalt Magister juris Leopold Hauswardt, tadellos gekleidet und mit einem protzigen Lederaktenkoffer bewaffnet, eiligen Schrittes dem Haus, in dem sich seine Kanzlei befand. Im selben Moment, als er den Schlüssel ins Schlüsselloch steckte, um die Haustür aufzusperren – unabdingbare Voraussetzung, um ins Haus zu gelangen, da gab es vonseiten der Hausverwaltung auch für Rechtsanwälte keine Ausnahmen –, trat eine Frau aus dem Schatten eines auf der gegenüberliegenden Straßenseite in den Linzer Himmel wachsenden Baumes. Sie lief auf den Anwalt zu und sprach ihn mit der Frage „Herr Magister Hauswardt, haben Sie kurz Zeit für mich?“ an.

Der Rechtsanwalt sah die große, hübsche, blonde Frau verwundert an, dann flossen tröpfchenweise Erinnerungsfetzen in sein Hirn. „Ach ja, weiß schon, nein, nichts sagen, ich komm gleich drauf ...“ Er dachte angestrengt nach, ihm fiel auch ein, dass er die Frau vor ein paar Tagen auf der Uni getroffen hatte, in Rupert Planktons Begleitung, irgendwas mit Sly Slender und einem Fanclub, jedoch ihr Name ... „Weiß schon“, wiederholte er ein paar Minuten später. „Viktoria Huber.“

„So ähnlich“, sagte Veronika. „Veronika Hofer.“

„Na, sag ich doch, die Initialen stimmen“, meinte Hauswardt mit einem strahlenden Lächeln. „Was führt Sie zu mir?“

„Rupert Plankton“, antwortete Veronika, während der Anwalt die Tür aufsperrte und, gefolgt von Veronika, das Haus betrat. „Er ist verhaftet worden ...“

„Weiß schon“, behauptete Hauswardt zum bereits dritten Mal innerhalb von ein paar Sätzen. „Er hat mich noch am Samstagabend unmittelbar nach seiner Verhaftung von der

Moko aus angerufen, ob ich seine juristische Vertretung übernehme."

„Und? Tun Sie es?"

„Natürlich", sagte Hauswardt und sperrte, vor der Tür zu seiner Kanzlei angekommen, auch diese auf. „Er hätte keinen besseren Strafverteidiger finden können."

Hintereinander betraten sie das Rechtsanwaltsbürovorzimmer. Hauswardts Sekretärin Gerti Kloiber saß bereits an ihrem Schreibtisch, mit verheultem Gesicht. Auf dem Tisch lag aufgeschlagen die heutige Tageszeitung mit einem großen Bericht über die Verhaftung des berühmten Speisologen.

„Na, Gerti, wie geht's so?", begrüßte der Anwalt seine Sekretärin fröhlich.

„Sie haben Rupert Plankton wegen Mordes verhaftet", brachte Gerti unter Tränen hervor. „Unseren Rupert Plankton! Den wir verklagt haben!"

„Ja, so etwas kann passieren", gab Hauswardt eine altbekannte Weisheit zum Besten. „Aber ich kann Sie beruhigen, er hat bereits den besten Anwalt, den es gibt."

„Ja", rief Gerti, und ein Hoffnungsschimmer legte sich über ihre verweinten Augen. „Wen denn?"

Ihr Chef runzelte die Stirn und sah sie strafend an. „Was meinen Sie mit ‚Wen denn'?"

„Na, welchen Anwalt er sich genommen hat. Weiß man das schon?"

„Na, mich natürlich!", rief Hauswardt, missbilligend den Kopf schüttelnd. Irgendwie ließ Gerti bedingungslose Loyalität vermissen, da war ihre Vorgängerin ganz anders gewesen. In vielerlei Hinsicht! Er öffnete schwungvoll die Tür zu seinem Büro, deutete Veronika, sie möge mit ihm kommen, und schloss die Tür hinter ihr. Er legte seine Aktentasche auf den Schreibtisch und hängte den Mantel an den Haken der Garderobe, dann bot er Veronika mit einer lässigen Handbewegung einen Sitzplatz an – jenen Platz, auf dem vor nicht einmal einer Woche Plankton gesessen war und die Visitenkarte des Anwalts entgegengenommen hatte, nicht ahnend, dass er tatsächlich in ein paar Tagen anwaltlichen Beistand benötigen würde.

Veronika warf einen überraschten Blick auf die Vielzahl von – aktuell ausgeschalteten – Monitoren an der Wand. „Es geht mich zwar nichts an, aber hat Sie ein Elektronikkonzern für Ihre Dienste mit Naturalien bezahlt?", fragte sie, während sich Hauswardt ihr gegenüber in seinen Ledersessel setzte.

„Nein, keineswegs. Aber kommen wir lieber zum Fall Plankton, Frau Huemer."

„Hofer", korrigierte Veronika. „Rupert hat Sie also als Verteidiger engagiert?"

„Genau. Ich werde ihn noch heute Vormittag im Häfn, äh, im Gefangenenhaus aufsuchen. Ich bin eigentlich nur in die Kanzlei gekommen, um mir die Formulare für die Vollmacht und die Honorarvereinbarung zu holen."

„Gut. Wegen Ruperts Verteidigung bin ich hier. Besteht eine Chance, dass er – etwa gegen Kaution – auf freien Fuß kommt?"

Hauswardt schüttelte den Kopf. „Das ist bei Mordanklagen so gut wie ausgeschlossen. Nach § 173 Absatz 6 der österreichischen Strafprozessordnung – StPO – *muss* die Untersuchungshaft verhängt werden, wenn es sich um ein Verbrechen handelt, bei dem nach dem Gesetz auf mindestens zehnjährige Freiheitsstrafe zu erkennen ist – und das ist bei Mord der Fall; auf Mord, § 75 StGB, stehen zehn bis 20 Jahre oder lebenslang – äh, Fortsetzung im § 173 Absatz 6, es sei denn – es gibt immer ein ‚es sei denn', davon leben wir Juristen –, es sei denn, dass aufgrund bestimmter Tatsachen anzunehmen ist, das Vorliegen aller im Absatz 2 des § 173 angeführten Haftgründe sei auszuschließen. Und nach Absatz 2 ..."

„Schon gut, ich glaub's Ihnen ja", unterbrach ihn Veronika, um ungeachtet dessen eindringlich zu wiederholen: „Sie *müssen* ihn frei bekommen! Er war es nicht! Er hat die zwei nicht umgebracht!"

„Und das wissen Sie so genau?", konterte Hauswardt. „Kennen Sie ihn denn so gut?"

„Gut genug, um zu wissen, dass Rupert keiner Fliege etwas zuleide tun kann!"

„Einer Fliege vielleicht nicht, aber wenn er sich in die Enge gedrängt fühlt ..."

„In welche Enge?"

„Erzählen Sie mir etwas von Plankton. Wie gut kennen Sie ihn? Sind Sie gar mit ihm verwandt, verschwägert oder verbandelt?"

„Nein. Keineswegs. Und ich kenne ihn ..." Sie dachte nach. „Na ja, seit gut einer Woche."

„Na, da kenne ja *ich* ihn fast besser", rutschte es dem Anwalt heraus. „Ich fürchte, das wird nicht einfach, ihn da rauszuboxen. Wen soll er denn eigentlich umgebracht haben? Wenn ich das richtig in Erinnerung habe, zunächst diesen Sly Slender und dann den ORF-Waldenberger."

Veronika nickte, und Hauswardt sagte mit einem strahlenden Zahnpastalächeln: „Na wunderbar! Ist doch schon ein Anfang, wenn der Verteidiger weiß, wen sein Mandant auf dem Gewissen haben soll. Fangen wir mit diesem Sly Slender an. Der war ja vor allem als Elvis-Imitator berühmt."

„Interpret", korrigierte Veronika automatisch und mit einem gewissen Déjà-vu-Gefühl. „Sly Slender war Elvis-Presley-Interpret und nicht Imitator."

„Gut, gut. Und Plankton litt in seiner Jugend sehr darunter, dass sein Vater immer diese Elvis-Presley-Platten auflegte."

„Wie?"

„Immer wieder dieselben Schnulzen. *Love Me Tender* ...

Was soll schon am Vorratsbehälter einer Dampflokomotive liebenswert sein! Der kleine, heranwachsende Rupert hätte viel lieber Heino und Rex Gildo gehört, aber nein, der Papa legte immer wieder den picksüßen Elvis auf."

„Wie bitte?" Veronika war sprachlos.

„Wen wundert es da, dass Rupert einen Hass gegen seinen Vater entwickelte, dem er aber keinen freien Lauf lassen konnte, denn sein Vater war viel stärker, viel kräftiger als er, noch dazu zahlte er Rupert das monatliche Taschengeld in bar aus, und daher substituierte er den Vaterhass durch einen Hass auf alles, was mit Elvis Presley zusammenhing, und als er am Abend des *Eiszaubers* aus nächster Nähe Sly Slender diese alten Elvis-Hadern spielen und singen hörte, brachen alle Erlebnisse aus der Jugendzeit in ihm wieder hervor. Ja, meine Damen und Herren Geschwornen, ist es nicht naheliegend und nachvollziehbar, dass er geradezu notgedrungen zu dem Gift griff, das er zufällig bei sich trug, und mit diesem den Elvis-Imita ..., äh Interpreten Sly Slender auf eine humane, weitgehend schmerzfreie Methode für immer zum Schweigen brachte? Ich selbst hätte nicht anders gehandelt. Ich plädiere daher auf Freispruch, jedenfalls für mildernde Umstände, und danke dem hohen Gericht für die Aufmerksamkeit."

„So wollen Sie Ihre Verteidigungsstrategie anlegen?", rief Veronika entsetzt. „Auf mildernde Umstände? Aber er war es nicht! Er hat Sly nicht umgebracht. Er ist unschuldig!"

„Liebe Viktoria!"

„Veronika!"

„Egal. Mich als Verteidiger darf nicht interessieren, ob mein Mandant schuldig oder unschuldig ist. Dass sie unschuldig sind, behaupten alle. Der eine oder andere ist es vielleicht auch, aber ich muss versuchen, auch für die Schuldigen das Bestmögliche herauszuholen. Das bin ich meinem Ruf schuldig. Wenn wir auf Totschlag plädieren –

Totschlag ist Mord, begangen in einer allgemein begreiflichen Gemütserregung* –, bei einer Verurteilung bloß wegen Totschlags kommt er vielleicht mit 14 Jahren davon. Die Hälfte davon muss er absitzen, in sieben Jahren ist er wieder heraußen. Darum geben die Richter ja oft auch das Doppelte der Strafe her, weil sie wissen, dass die Verurteilten nach der Hälfte der Strafe bedingt entlassen werden ..."

„Aber ..."

„Irgendwie erinnern Sie mich an meine frühere Konzipientin", wechselte Hauswardt plötzlich das Thema. „Cornelia hieß sie. Die war auch groß, schlank, fesch ... allerdings brünett." Er öffnete eine Lade seines Schreibtisches und kramte einen scheckkartenähnlichen Ausweis hervor, den er Veronika zeigte. „Das ist sie. Cornelia. Ihre Legitimationsurkunde. Die hat sie mir zur Erinnerung da gelassen, als sie mich verlassen hat."

„Legi ...?"

„... timationsurkunde. Damit sie vor Gericht für mich als Rechtsanwaltsanwärterin auftreten und verhandeln kann. Beziehungsweise konnte. Ja, das waren noch Zeiten. Dann allerdings hab ich geheiratet und musste notgedrungen mein Personal auswechseln ... die Sekretärin, die Konzipientin, alle Putzfrauen, sogar die Briefträgerin ... Dumm gelaufen ... Ich weiß gar nicht, was aus Conny geworden ist. Ich glaube, sie hat dann reich geheiratet, möglicherweise sogar einen Klienten, und sich aus der Juristerei zurückgezogen. Hab nie wieder was gehört von ihr." Sein träumerischer Blick ging in die Ferne, offenbar hatte ein sehr gutes Arbeitsklima zwischen ihm und seiner Konzipientin geherrscht.

Veronika hatte den Ausweis in die Hand genommen. Tatsächlich sah die Frau auf dem Foto ihr ein wenig ähnlich,

* § 76 StGB – leicht zu merken, gleich ein Paragraf nach dem Mord.

auch vom Haarschnitt her, wenngleich Cornelias Haare, wie der Anwalt treffend bemerkt hatte, brünett und nicht blond waren.

„Um zu Rupert zurückzukommen ..."

„Ach ja, mein neuer Mandant!" Hauswardt sprang auf und suchte auf dem Tisch die beiden Formulare, die er in seine Aktentasche gab. „Ich muss zu ihm, die Strategie seiner Verteidigung im Detail besprechen. Kann ich Ihnen sonst noch irgendwie behilflich sein?"

„Nein", sagte Veronika, sich ebenfalls erhebend. „Ich wollte vor allem sichergehen, dass Rupert einen guten Anwalt bekommt. Und dass er möglichst bald freikommt."

„Letzteres kann ich Ihnen nicht versprechen, aber ich werde natürlich mein Möglichstes tun."

„Fein. Dann alles Gute. Und grüßen Sie ihn von mir."

Mit diesen Worten und ohne Hauswardt zum Abschied die Hand zu geben verließ Veronika – etwa eine Minute vor dem Anwalt – die Rechtsanwaltskanzlei.

Als sie auf der Straße stand, öffnete sie ihre zur Faust geschlossene rechte Hand.

30. Kapitel

Zu den absoluten Top-Sehenswürdigkeiten von Linz, die kein Tourist versäumen darf, gehört die Justizanstalt. Wenn man also jemanden kennt, der in Linz einsitzt – sei es als Untersuchungshäftling, sei es als Strafgefangener, männlich oder weiblich, dick oder dünn, ganz egal –, man zögere nicht, ihn beziehungsweise sie zu besuchen. Landesgericht Linz, Ecke Museumstraße, Fadingerstraße,* einzig legaler Eingang vom Parkplatz aus, über die Stufen hinauf, die Tür öffnet sich einladenderweise vollautomatisch, zur Besucherschranke, dort wird man dann leider durchleuchtet und muss notgedrungen alle Waffen abgeben – Dolche, Pistolen, Revolver, Pumpguns, Kanonen, was immer man bei sich trägt, tja, die gestrenge Hausordnung verbietet das Tragen von Waffen, aber keine Angst, nach dem Verlassen des Gebäudes bekommt man alles wieder zurück (noch besser, man lässt die Dinger gleich im Auto) –, je nach Kondition mit dem Lift oder zu Fuß in den ersten Stock hinauf, dort dann zunächst nach rechts, dann nach links, dann wieder nach rechts,** an der Tür der Landesgerichtspräsidentin vorbei, am Ende des Ganges dann nach rechts, und schon steht man beim Eingang zur Besucherzone. Kann natürlich sein, dass dort ein Stau ist, weil die Justizanstalt ist immer gut besucht, und es kann natürlich auch sein, dass vor einem eine brünette, korpulent wirkende Frau mit Aktentasche steht, die den Betrieb ein wenig aufhält, weil sie zum ersten Mal in diesen heiligen Hallen

* Während der Straßenname „Museumstraße“ durchaus Sinn macht, weil sich ein Museum – konkret die Landesgalerie – in dieser Straße befindet, wird man in der Fadingerstraße ihren Namensgeber –, den Bauernführer im oberösterreichischen Bauernkrieg von 1626, Stephan Fadinger, vergeblich suchen.

** Keine Angst, es ist alles gut beschriftet.

ist und dem Justizwachebeamten beim Empfang erst klarmachen muss, was sie hier will.

„Zum Plankton wollen Sie?“, fragte der fesch uniformierte Beamte zweifelnd. „Besuchszeit ist heute aber keine.“

„Nein, ich will ihn doch nicht besuchen, um Gottes willen, nie im Leben freiwillig!“, rief die Frau. „Ich bin Konzipientin bei seinem Verteidiger“, erklärte sie dann und holte einen Ausweis aus ihrer Manteltasche, den sie dem Beamten kurz unter die Nase hielt und dann wieder einsteckte. „Rechtsanwalt Magister Hauswardt. Den kennen Sie sicher.“

„Den Hauswardt? Natürlich kenn ich den“, sagte der Mann. „Wer kennt den nicht? Er war gestern den ganzen Vormittag bei seinem Mandanten, dem Plankton. Er hätte keinen besseren finden können. Also der Plankton den Hauswardt, nicht umgekehrt.“ Er runzelte die Stirn. „Ich wusste gar nicht, dass der Hauswardt eine Konzipientin hat. Sozusagen eine Hauswartin.“ Er grinste über seinen gelungenen Scherz und musterte die brünette Frau, ob sie auf seinen Sprachwitz einging.

„Erst seit Kurzem“, sagte die Frau, das Wortspiel missachtend, was den Justizwachebeamten dann doch ein wenig kränkte. „Der Chef hat mich geschickt, ich soll nochmals ein paar Sachen mit dem Plankton – unserem Herrn Mandanten – durchgehen. Zur Sicherheit, ob er eh alles richtig verstanden hat, ist ja sein erster Mord. Also der vom Plankton, nicht der vom Hauswardt.“

Der Beamte nickte und griff nach dem Telefonhörer. Während er eine Nummer wählte, sagte er: „Zeigen S’ noch einmal her, Ihren Ausweis.“

Die relativ große, brünette, warm angezogene Frau, der offenbar wegen der Hitze Schweißperlen auf der Stirn standen, holte nochmals ihren Ausweis hervor und zeigte ihn dem Justizwachebeamten ein zweites Mal. Der warf einen kurzen Blick darauf und nickte. „Holts mir den Plankton her", bellte er in den Telefonhörer hinein, „seine Anwältin will mit ihm sprechen." Dann legte er den Hörer wieder auf und sagte: „Vernehmungszimmer Nr. 3. In ein paar Minuten ist er da."

Die Anwaltskonzipientin bedankte sich, ging an den Besucherzimmern vorbei, wo sich Inhaftierte mit Angehörigen durch ein sie trennendes Glas unterhalten können, und betrat das derzeit noch leer stehende Vernehmungszimmer Nr. 3. Es war ein schlichtes, nicht sonderlich einladendes, spärlich nur mit Tisch und Sesseln eingerichtetes Zimmer mit einem – wie unfair – vergitterten Fenster. Nicht einmal ein Foto des Bundespräsidenten oder der Justizministerin oder wenigstens des Linzer Bürgermeisters hing darin. Nervös ging die Frau in dem Zimmerchen im Kreis herum, ohne ihren Mantel abzulegen, bis endlich ein Justizwachebeamter Rupert Plankton hereinführte und mit den Worten „Da ist er, Ihr Herr Mandant" wieder verschwand.

„Frau Doktor oder Magister oder Diplomingenieur, egal was Sie sind, Sie müssen mich hier herausholen, man foltert mich!", rief Plankton zur Begrüßung. „Stellen Sie sich vor, gestern zum Mittagessen, geben die doch glatt das Rotkraut auf denselben Teller wie den Hirschbraten, sodass die Saucen ineinander verschwimmen ..."

Während Planktons verzweifeltem Hilferuf hatte die Frau ihren Mantel ausgezogen und auf den Garderobehaken gehängt. Unkonventionellerweise trug sie darunter noch einen weiteren Mantel (kein Wunder, dass sie so geschwitzt hatte), den sie nun ebenfalls ablegte und aufhängte. Dann griff sie sich auf den Kopf ... und zog ihre Haare herunter ...

„Veronika!", rief Plankton überrascht.

„Pst!", mahnte Veronika, die brünette Perücke in ihre Aktentasche stopfend.

„Was machst denn du da? Man hat mir gesagt, die Konzipientin vom Hauswardt …"

„Ich habe mich als seine Konzipientin ausgegeben … Ich habe dem Hauswardt einen Ausweis seiner ehemaligen Gehilfin geklaut, die mir ein wenig ähnlich schaut …"

„Aber, Veronika!", rief Plankton.

„Du bist doch gar keine Anwältin! Du kannst mich nicht verteidigen! Du hast doch nicht Strafrecht studiert, sondern nur Arbeitslosenrecht!"

„Ich will dich doch nicht verteidigen, du Dummerchen, ich will dich hier rausholen!"

„Rausholen?"

„Pst! Schrei nicht so! Vielleicht hört man mit!"

Plankton schüttelte den Kopf. „Hauswardt behauptet, dass sie es nicht wagen, die Gespräche zwischen Beschuldigtem und Anwalt abzuhören. Die sind immerhin vertraulich. Du weißt schon, Beichtgeheimnis und so. Und wir werden auch nicht mit versteckter Kamera gefilmt. Sagt er zumindest."

„Na gut. Dann könnte mein Plan klappen."

„Dein Plan?"

„Mein Plan, dich hier herauszuholen. Wir müssen doch nach Rom!"

„Nach Rom?"

„Ja, nach Rom. Mein Gott, Rupert, musst du jedes Wort wiederholen, das ich sage?"

„Jedes Wort? Nein, muss ich nicht. Aber entschuldige, man verblödet hier ein wenig, wenn man nichts zu tun hat, als auf das Essen zu warten – und dann noch dazu so enttäuscht wird! Du willst mit mir nach Rom?"

„Ja, wir müssen doch herausfinden, warum Sly ermordet wurde. Und wenn wir das herausgefunden haben, wissen wir auch, *wer* ihn ermordet hat. Und dann kannst du deine Unschuld beweisen."

„Meine Unschuld? Ja, ja, ich weiß schon, schon wieder Wort nachgeplappert, entschuldige. Aber Hauswardt ..."

„Dein guter Anwalt Hauswardt will auf mildernde Umstände plädieren", hielt ihm Veronika, das Können des Staranwalts etwas geringschätzend, vor. „Dann sitzt du vielleicht nicht lebenslänglich, aber 15 Jahre sind eine lange Zeit. Rechne dir aus, wie alt du bist, wenn du wieder aus dem Gefängnis rauskommst ..."

„Aber ich will gar nicht ins Gefängnis", beteuerte Plankton glaubhaft. „Ich will auch keine mildernden Umstände, weil ich es nämlich nicht war! Ich habe die zwei nicht getötet!"

„Ich glaube dir ja, Rupert. Und darum müssen wir selbst tätig werden. Und die Lösung des Rätsels ist in Rom verborgen."

„In Rom? Entschuldige, schon wieder!"

„Ja, in Rom! Erinnerst du dich nicht mehr an die Worte in Slys Biografienachtrag? Wie er von diesem Priester namens Silve in die Via Trabuccini eingeladen wurde ..."

„Ja, ich erinnere mich. Weiter zum Lesen sind wir ja leider nicht gekommen, weil wir justament an dieser spannenden Stelle unangemeldeten Besuch von meinem lieben Freund Theo erhielten."

„Genau. Und darum müssen wir dort selbst Nachschau halten."

„Aber hast du nicht das Manuskript fertiggelesen, nachdem mich die Polizei abgeführt hatte?", fragte Plankton verwundert. „Du hast doch im Bad versteckt ausgeharrt ..."

Veronika schüttelte abwehrend den Kopf. „Du hast doch auf Geheiß des Inspektors den Computer heruntergefahren – damit er nicht wegen Überhitzung zu brennen anfängt, wie er gemeint hat, bei Notebooks soll das schon mal vorkommen, und wer weiß, ob deine Haushaltsversicherung den Totalbrand des Lentia-Gebäudes abdecken würde –, und als ihr dann weg wart und ich mich wieder aus dem Badezimmer herausgetraut habe, habe ich ihn nicht neuerlich eingeschaltet, weil ich mir gedacht habe, dass du deine Daten sowieso durch ein Passwort gesichert hast ..."

Plankton nickte. „Verstehe. Hab ich zwar nicht, aber egal. Das heißt, wir wissen nicht, was sich dann in der Via Trabuccini – war es nicht Hausnummer 26? – abgespielt hat."

„Richtig. Und daher müssen wir selber hin."

„Aber wie soll ich hier raus?"

Veronika klappte ihre Aktentasche wieder auf und holte die Perücke hervor. „Du ziehst dir die Perücke über und den Mantel an, den ich als oberen anhatte, und übst, wie eine Frau zu gehen. Ich zeig dir dann ein paar Tricks. Dann schnappst du dir meine Aktentasche und spazierst an dem Justizwachebeamten beim Eingang vorbei. Wenn du es gut anstellst, wird er nicht merken, dass nicht ich es bin."

„Und du?"

„Ich warte noch ein bisschen, und wenn dann aus einem der Nebenzimmer ebenfalls jemand weggeht, ziehe ich den zweiten Mantel an, schließe mich dem Weggehenden an und schaue, dass ich mit ihm gemeinsam hinauskomme."

„Genial. Aber ob es auch klappen wird?"

„Wir müssen es zumindest versuchen. Mehr als dass sie uns auf die Schliche kommen und auch mich einsperren, weil ich versucht habe, einem Untersuchungshäftling zur Flucht zu verhelfen, kann nicht passieren. Und auf der anderen Seite winkt vielleicht ..."

„Die Freiheit!", rief Plankton enthusiastisch. „Und die Auflösung des Rätsels!"

„Genau."

„Und wo treffen wir uns?"

Veronika sah sich um, ob nicht vielleicht doch irgendwo eine Wanze angebracht war, sodass man ihr Gespräch belauschen konnte. „Vor dem Gebäude, in dem wir uns kennengelernt haben", flüsterte sie.

„Also vor der Eisha ...", begann Plankton, wurde aber von Veronika unterbrochen.

„Da hätte ich es ja gleich selber aussprechen können", sagte sie tadelnd. „Also, dann setz dir erst einmal diese Perücke auf ..."

31. Kapitel

Die Eishalle ist etwa zehn Minuten Fußmarsch vom Landesgericht Linz entfernt und bietet diesem gegenüber den unschätzbaren Vorteil, dass man mit etwas Glück in unmittelbarer Nähe einen Gratisparkplatz erhalten kann. Ja, wahrscheinlich wissen das die zuständigen Stellen in der Stadtverwaltung gar nicht: Entlang der Unteren Donaulände, zwischen der Eishalle und dem Parkbad, gibt es tatsächlich eine Handvoll Parkplätze, bei denen die Stadt noch nicht die Hand aufhält! Veronika hatte auf ihrem Weg von zuhause zum Gericht einen solchen Parkplatz erspäht und diese in Linz am helllichten Tag als geradezu sensationell zu wertende Gratisparkgelegenheit genützt. Zu diesem Zeitpunkt hatte sie ja noch befürchten müssen, dass ihr Befreiungsversuch vielleicht fehlschlagen und auch sie verhaftet würde, sodass es von Vorteil war, den Wagen so abgestellt zu haben, dass er weder abgeschleppt noch mit Strafzetteln überhäuft wurde. Und so mussten zunächst Rupert und sodann Veronika nun nach dem Verlassen des Gerichtsgebäudes jeweils zehn Minuten zu Fuß gehen, bevor sie sich in die Arme schließen konnten.

Ja, ungelogen, kein Scherz, ehrlich, no joke, die neuerliche Begrüßung von Plankton und Veronika fiel herzlich aus! Als Plankton, der schon gut eine Viertelstunde vor dem Eingang zur Eishalle wartete, Veronika herankommen sah, breitete er seine Arme aus, und Veronika ließ sich tatsächlich in diese fallen, und auch wenn sie sich nicht richtiggehend küssten, kam die Wiedersehensumarmung einer Liebkosung ziemlich nahe.

„Du hast es also auch geschafft", sagte Plankton. Die Perücke hatte er, um von Kinder zum Eislauftraining bringenden Müttern nicht schief angeschaut zu werden, abgenommen und in seinen Leihmantel gestopft. „Bin ich froh."

„Ja. Wie du siehst. Als ich gehört habe, dass der Anwalt im Nebenzimmer mit seinem Mandanten fertig war – beziehungsweise eigentlich war es umgekehrt, der Mandant war mit seinem Anwalt fertig, aber egal –, jedenfalls bin ich da auch gegangen. Wir sind dann zu zweit hinaus.* Mit etwas Glück haben sie bis jetzt noch nicht einmal gemerkt, dass du nicht mehr zu ihren Gästen gehörst."

„Ja. Du hättest mich sehen sollen, wie ich – Charleys Tante gleich – am Justizwachtler vorbeimarschiert bin." Ja, mit Arnold Schwarzenegger verband Rupert Plankton nicht nur erstens die österreichische Herkunft und zweitens ein ähnliches Fraueneinstufungssystem, sondern auch das auf etwa demselben Niveau stehende schauspielerische Talent.

„Ja, schade, dass ich das versäumt habe", sagte Veronika bedauernd.

„Und was machen wir jetzt?"

„Wir fahren nach Rom."

„Fahren? Mein Gott, entschuldige, jetzt plappere ich dir schon wieder alles nach."

„Kein Problem, das wird schon wieder. Ja, fahren. Fliegen können wir wohl nicht. Um ein Flugzeug zu besteigen, braucht man erstens ein Ticket und zweitens einen Reisepass, und wir sollten unser Glück nicht über Gebühr strapazieren."

„Und womit fahren wir? Auto oder Zug?"

„Auto."

„Mit deinem Auto?"

* Die Mannschaft der Justizanstalt Linz legt mit 98,6 Prozent der gültig abgegebenen Stimmen Wert auf die Feststellung, dass es in der Praxis nicht möglich ist, Gefangene auf diese Weise zu befreien, hat sich aber vom Autor überzeugen lassen, dass das nur ein Roman ist, in dem ohnehin alles von vorne bis hinten erstunken und erlogen ist.

„Ja, natürlich. Du wirst wohl kaum deine Autoschlüssel mithaben."

„Nein. Ich hab gar nichts mit. Keinen Ausweis, keine Schlüssel, kein Geld. Nichts. Niente."

„Na, Hauptsache, du hast deine Italienischkenntnisse bei dir, denn die werden wir dann in Rom dringend brauchen. Ich verstehe zwar auch ganz gut Italienisch, aber du sprichst es wohl perfekt."

„Ja, geht so", sagte Plankton mit sympathischer Bescheidenheit. „Als ich damals undercover im Vatikan war, habe ich von Schwester Letizia gut Italienisch gelernt. Letizia war ..."

„Das kannst du mir alles während der Fahrt erzählen", unterbrach ihn Veronika. „Und glaub mir, wir haben eine lange Fahrt vor uns!"

32. Kapitel

Mit Luftlinienmessungen ist das so eine Sache. Schon bei Planktons Wohnung in der Lentia City haben wir festgestellt, dass deren Entfernung zum ORF Landesstudio Oberösterreich entlang der Luftlinie gemessen nur schlappe 2,4 Kilometer beträgt, die bei einer Geschwindigkeit von 50 Stundenkilometern innerhalb von weniger als drei Minuten zu bewältigen wäre, während man entlang der vorhandenen Straßen (noch dazu, wenn man sich bemüht, die einschlägigen Straßenverkehrsregeln, rote Ampeln, gegen die Einbahn fahrende Radfahrer, unmotiviert die Fahrbahn betretende Fußgänger, auf die Fahrbahn kackende Hunde und derlei alltägliche Nebensächlichkeiten zu beachten) doch deutlich länger benötigt.

Was für die Entfernung zwischen der Lentia City und dem ORF Landesstudio Oberösterreich recht ist, ist für die zwischen der Linzer Eishalle und dem Zentrum von Rom nur billig. Die macht entlang der Luftlinie auch nur rund 727 Kilometer aus, wenn man allerdings nicht, einem Vögelein gleich, diese Direttissima wählt, sondern sich mit dem Auto von Linz nach Rom begibt, werfen einschlägige Routenplaner 1080 zu fahrende Kilometer aus, was bei einer (immerhin autobahnbedingt möglichen) Durchschnittsgeschwindigkeit von 100 Stundenkilometern fast elf Stunden Fahrzeit bedeutet.

Da Veronika und Plankton keine Vögelein waren, sondern erdgebunden mit Veronikas Auto unterwegs waren, kamen sie erst lange nach Einbruch der Dunkelheit in der Stadt an, die man – aus Gründen, denen man ein eigenes Kapitel widmen könnte* – die „Ewige Stadt" nennt. Unterwegs

* „Kein Platz", sagen die Verlagsverantwortlichen, „komm endlich zum Finale!"

hatten sie nur dreimal haltgemacht. Das erste Mal in der Nähe von Innsbruck, damit Veronika vor dem Brenner ihren Wagen noch einmal zu den günstigeren österreichischen Benzinpreisen volltanken konnte (wobei sie an der Tankstelle auch ein bescheidenes Mittagsmahl zu sich nahmen), das zweite Mal in der Nähe von Verona, wo sich Plankton in einem Großkaufhaus erstens ein paar Klamotten kaufte (er konnte ja nicht ewig in Veronikas Zweitmantel herumlaufen) und zweitens einen Kurzhaarschnitt verpassen ließ, damit er einem eventuell auch in Italien verbreiteten Fahndungsfoto nicht mehr ähnlich sah. Die italienische Friseuse Luisa Simionato (mit der am 5. Mai 2010 knapp vor ihrem 100. Geburtstag unerwartet früh verstorbenen Operndiva Giulietta Simionato nicht verwandt oder verschwägert) war mit einer Haarschneidemaschine mit einem 6-mm-Aufsatz über Planktons Haupt gefahren, sodass er nun wohl von seiner eigenen Mutter nicht erkannt worden wäre. Veronika gefiel Planktons neuer Look. „Rupert", hatte sie angesichts dieses Radikalsommerhaarschnitts spontan gesagt, „du schaust echt cool aus. Viel männlicher als vorher." Und der dritte Halt hatte irgendwo zwischen Florenz und Rom stattgefunden, wo Veronika ein weiteres Mal getankt hatte. Und – um auch das zu erwähnen – bei jedem Halt waren die zwei auch aufs Klo gegangen. Getrennt natürlich, weil auch in Italien gibt es baulich voneinander getrennte Damen- und Herren-WCs.

Als Veronika und Plankton in der Nähe der Via Trabuccini in einem kleinen Hotel eincheckten, war es schon elf Uhr nachts.

Die Via Trabuccini ist – auch in Rom – weitgehend unbekannt. Wenn man sie bei Google Earth eingibt, kann es sein, dass sie von der Suchmaschine gar nicht gekannt wird, sodass sie, hilfsbereit wie sie ist, nachfragt, ob man etwa die Via

Trabucco in 90146 Palermo* meint. Meint man aber nicht, weil man will ja in die Via Trabuccini.

Auch in 99,9 Prozent der im Handel erhältlichen Stadtpläne von Rom ist die Straße nicht verzeichnet. Veronikas Navi fand sie trotzdem. Also, zum Mitschreiben: Wenn man von der A 1, von Florenz kommend, in der Nähe der Ortschaft Fiano Romano auf die E 35 abbiegt, gelangt man unweigerlich auf die Rom umringende A 90. Auf dieser darf man sich aber, nachdem man von der E 35 nach rechts auf sie abgebogen ist, nicht lange aufhalten, sondern man fährt keine 500 Meter später von der Autobahn ab und biegt in die Via Salaria ein. Auf dieser dann etwa einen Kilometer weiter, und schon ist sie da – zwar nicht die Via Trabuccini, die verläuft zwei Parallelstraßen weiter, aber die Unterkunft, die Veronika und Plankton zum Zwecke der Übernachtung auswählten.

Sie hatten übereinstimmend befunden, dass es keinen Sinn machte, sich jetzt in der Dunkelheit (um elf Uhr nachts ist es auch in Rom im Februar schon finster) auf den Weg zum gesuchten Haus zu machen, in das Sly damals von diesem Priester eingeladen worden war. Sie waren müde und wünschten sich nichts sehnlicher, als eine Nacht in einem bequemen Bett durchzuschlafen. Ja, in *einem* Bett, Plankton und Veronika hatten beschlossen, sich in dem Drei-Sterne-Hotel als Paar auszugeben, und dementsprechend ein Doppelzimmer gebucht, sie waren ja keine Teenager mehr.

Da Plankton umständebedingt keinen Lichtbildausweis mit sich führte und auch Veronika es vorzog, ihre Identität nicht preiszugeben – möglicherweise wurde mittlerweile ja auch schon nach ihr als Fluchthelferin international gefahndet –, gaben sie bei der Rezeption des kleinen Hotels, als sie nach den Reisepässen gefragt wurden, vor, die Ausweise im

* Ebenfalls Italien, aber Sizilien, kein Vergleich mit Rom.

Koffer verstaut zu haben, sie würden sie dann morgen vor der Abreise herzeigen … ja, und sie würden auch bar bezahlen, kein Problem, jetzt gleich, im Voraus, ohne Quittung … Dies wurde von der Hotelangestellten freudig erregt zur Kenntnis genommen, und so bezogen Plankton und Veronika wenig später ein kleines Zimmer im zweiten Stock.

Nachdem sie ihre Mäntel abgelegt hatten, setzte sich Plankton müde auf die linke Seite des Doppelbetts, um zu signalisieren: „Diese Seite ist meine!“ Er schlief in Doppelbetten immer links. „So, jetzt sind wir also da in Rom“, sagte er.

„Ja“, bestätigte Veronika diese allein aufgrund des unmittelbar vor Roms Ortsanfang in den Boden gerammten Rom-Ortsanfang-Schildes offenkundige Tatsache und legte ihr Köfferchen auf den rechten Teil des Bettes, um anzudeuten: „Mir völlig egal, auf welcher Seite ich schlafe, Hauptsache, ich schlafe.“

Sie zog ihre Schuhe aus und sagte: „Ich bin schon sehr gespannt, was der morgige Tag für uns bereithält.“

„Ich auch. Zuvor brauche ich aber ein paar Stunden Schlaf. Ich bewundere dich, Veronika. Ich kenne nur wenige Frauen, die 1000 Kilometer mit dem Auto fahren und dann so frisch ausschauen wie du.“

Wenn Plankton ehrlich war, kannte er überhaupt keine Frauen mit diesen Eigenschaften.

„Danke für das Kompliment“, sagte Veronika geschmeichelt. „Aber die Frische täuscht. Ich werde mich jetzt unter die Dusche stellen.“

„Gut. Ich dann wohl auch. Schon um den Gefängnisgeruch wegzubekommen.“

„Das ist sicher keine schlechte Idee. Aber ich zuerst.“

Mit diesen Worten ging Veronika auch schon ins Badezimmer und schloss die Tür hinter sich. Wenig später hörte Plankton, wie Wasser zu rauschen begann. Um nicht stante pede* einzuschlafen, stand er auf und schaute aus dem Fenster hinaus. Die Aussicht war nicht besonders, das Zimmer ging auf den Hinterhof hinaus, vom speziellen Flair der Ewigen Stadt war hier nichts zu merken.

Etwa zehn Minuten später hörte das Rauschen des fließenden Wassers auf – nicht, weil das Hotel die Wasserrechnung nicht bezahlt und daher die Mafia die Wasserzufuhr gestoppt hatte, nein, Veronika hatte offenbar ihr Duschvergnügen beendet. Fein, dann konnte er auch ...

Plankton verließ den Fensterplatz und ging zur nach wie vor geschlossenen Tür, hinter der sich das Badezimmer befand.

„Veronika, bist du fertig?", rief er.

„Ja", kam es als Antwort, dann ging die Tür auf und Veronika stand vor ihm, verführerisch nach Duschgel duftend. Ja, Duschmittel herstellen, das konnten die Italiener, fast so wie Opern schreiben und Kurzhaarschnitte verpassen ...

„Oh! Veronika!", sagte Plankton verlegen. Nur wenige Zentimeter trennten seinen noch vollständig mit Hemd und Hose bekleideten Körper von ihrem, um den nur ein dünnes Badetuch geschlungen war, das etwa 15 Zentimeter oberhalb der Knie endete und am oberen Ende den Ansatz ihrer Brüste gerade noch frei ließ. „Du riechst fantas ..."

Zum „tisch" kam Plankton nicht mehr, weil es für Männer ausgesprochen kompliziert ist, vollständige Wörter zu sprechen, wenn sie gerade von einer Frau geküsst werden.**

* Die Lektorin meint, der Ausdruck sei eigentlich falsch, weil stante pede stehenden Fußes heißt, und da Plankton sitzt und nicht steht, müsse man eher schreiben sitzenden Körpers oder sitzenden Hinterns, aber dazu reichen die Lateinkenntnisse des Autors nicht aus und der Italienischsimultandolmetsch, der das vielleicht übersetzen könnte, schläft sich vor der Übersetzungsschlussoffensive (insbesondere in Kapitel 34 wird er gefordert werden) noch aus.

** Umgekehrt wohl genauso.

„Veroni …“, ließ Plankton dem ersten Kuss das nächste unvollständige Wort folgen.

„Pst!“, sagte sie, legte ihren Zeigefinger auf Planktons Lippen und küsste ihn dann erneut, diesmal sogar unter Einsatz ihrer Zunge, die sich sanft, aber drängend einen Weg in Planktons sich bereitwillig öffnenden Mund bahnte. Er schlang die Hände um Veronikas Hüften und drückte sie fest an sich, wobei sie bald um die Leibesmitte einen extrem harten Widerstand verspürte. Einige Zeit verharrten sie in dieser Position, dann, als sich ihre Münder lösten, strich Plankton mit einem Finger zärtlich über Veronikas Wangen, die feucht waren. Nur kurz fragte er sich, ob dieser Zustand noch vom Duschen herrührte, dann wanderten seine Finger auf Veronikas Rücken, wo sie auf den Seemannsknoten trafen, der das Badetuch zusammenhielt. Mit einiger Mühe gelang es ihm, den Knoten zu lösen, und das Tuch fiel zu Boden.

Veronika stand nackt vor ihm.

Plankton war ja schon bisher bewusst gewesen, dass sie zu den attraktivsten Frauen zählte, die er je gesehen hatte,* in den Nächten im Gefängnis hatte er sogar erotisch geträumt von ihr, aber ihre wahre nackte Schönheit verschlug ihm nun doch den Atem.

„Würdest du dich von mir extrem sexuell belästigt fühlen, wenn ich dir sagen würde, dass diese zwei ein Dirndl gut ausfüllen würden?“, fragte er leise mit belegter Stimme, während seine Hände Besitz von Veronikas Brüsten nahmen, sie umfassten und zart streichelten.

„Nein“, hauchte Veronika, beugte sich vor und knabberte Planktons Ohrläppchen an (das rechte). „Und es gibt noch eine Vielzahl anderer Sachen, die mich im Augenblick sexuell nicht belästigen würden, sondern eher im Gegenteil.“

* 58 Punkte, mehr sag ich nicht.

Plankton ließ – ungern, aber für sein weiteres Vorhaben musste es sein – Veronikas Busen los, ergriff dafür ihre Hand und führte sie zum Bett, wo sie sich widerspruchslos auf den Rücken legte. Plankton beugte sich über sie und küsste sie wieder, zunächst auf den Mund, sodann auf ihren Hals, dann ließ er seine Lippen über ihre Brüste wandern. Veronika schien seine Zärtlichkeiten zu genießen, ihre Finger kraulten seinen kurz geschorenen Hinterkopf. Plankton entzog ihr allerdings bald seinen Kopf, da er an ihrem Körper immer tiefer wanderte, ihren Nabel küsste und sich schließlich auch von diesem zentralen Stützpunkt aus noch etwas weiter in Richtung untere Körperhälfte bewegte. Veronika stöhnte auf, als er am Ziel angelangt war.

Planktons Bemerkung „Ich hab's mir ja gleich gedacht, dass du nicht wirklich blond bist" war dann für längere Zeit der einzige Text, der zwischen ihnen gesprochen wurde ...

33. Kapitel

Die am folgenden Morgen über Rom stehende und auf die Erde herabstrahlende Sonne sah im Norden der Stadt ein sich verliebt an den Händen haltendes Paar, das beschwingten Schrittes die Via Trabuccini entlangspazierte.

Die Via Trabuccini ist – nicht nur verglichen mit der Wiener Straße in Linz, die im 23. Kapitel ihren beeindruckenden Auftritt hatte – nicht sonderlich lang. Sie ist eine Einbahnstraße in nördlicher Fahrtrichtung und derart weit vom Zentrum der italienischen Hauptstadt entfernt, dass man in ihr sogar wochentags gratis und unbeschränkt parken darf. Die Häuser entlang der Straße sind nicht sehr hoch und auch nicht sehr schön, die meisten wurden in den 1930er-Jahren erbaut, in Österreich hätte man Hitler-Bauten zu ihnen gesagt, der entsprechende, für Rom passende Ausdruck wäre wohl Mussolini-Bauten. Die Häuser stehen unmittelbar an der Fahrbahn, nur durch einen schmalen Gehsteig getrennt, lediglich das Haus Nr. 26 ist etwas zurückgesetzt mit einer kleinen ungepflegten Wiese davor. Das Haus Via Trabuccini 26 unterscheidet sich auch sonst von den anderen Gebäuden, etwa von den benachbarten Nummern 24 und 28, weil es kein Mussolini-Wohnbau ist. Nach einem Brand im November 1974 – im selben Monat sind witzigerweise auch die Schaffer-Werke in Urfahr abgebrannt, wo dann das Lentia-Hochhaus hingeknallt wurde, jedoch dürfte zwischen den beiden Bränden kein unmittelbarer Zusammenhang bestehen, wäre allerdings interessant, da mal nachzuforschen –, nach dem Brand wurde jedenfalls nicht wieder ein Mussolini-Bau hingestellt, diese Zeiten waren damals dann doch schon vorbei, sondern ein bloß zweigeschoßiges Gebäude errichtet, das in der Folge jahrelang als Kindergarten diente, und damit die Kinder nach dem Verlassen des Kindergartens nicht gleich direkt auf die Straße rannten, sondern eine faire Überlebenschance hatten, setzte man das Haus etwas zurück und versah den Platz zwischen Haus und Fahrbahn mit einem Garten. Da es nach Ablauf der einschlägigen italienischen Gewährleistungsfristen durch das Dach ins Gebäude hineinregnete und der Putz abzubröckeln begann, stand die Stadtverwaltung im Jahr 1998 vor der Alternative: Kindergarten renovieren oder ausziehen, und da Letzteres billiger gewesen war, hatte die Stadt das Haus um den symbolischen Kaufpreis von 1000 Lire der römisch-katholischen Kirche verkauft, die es notdürftig saniert und Ordensleute darin untergebracht hatte.

Als Veronika und Plankton nun vor das Haus traten, wirkte es allerdings verlassen und neuerlich renovierungsbedürftig.

„Via Trabuccini ventisei“, sagte Plankton.*

„Ja. So steht es da. Und? Siehst du was?“

„Nein. Schaut verlassen aus. Und sei ehrlich – möchtest du in so einer Bruchbude wohnen?“

„Im August hat hier aber offenbar jemand gewohnt“, entgegnete Veronika. „Zumindest ist Sly hierher eingeladen worden.“

„Oha!“, rief Plankton. „Hat sich da hinter dem Vorhang im Erdgeschoß nicht etwas bewegt?“

Veronika blickte in die angegebene Richtung, und tatsächlich war ein leichtes Wehen des Vorhangs zu bemerken, als ob ihn vor Kurzem jemand zur Seite gezogen hätte.

„Komm, wir schauen hinein“, sagte Plankton tatendurstig und betrat auch schon den Weg, der mitten durch die Wiese zur Eingangstür führte.

* Der Simultandolmetsch, der in höchster Alarmbereitschaft steht, behauptet, ventisei bedeute sechsundzwanzig, und der Autor ist geneigt, ihm zu glauben.

„Aber was willst du sagen?"

„Da fällt mir schon was ein. Ich habe dieses dauernde Zaudern und Abwarten satt!" Er trat vor die Tür und klopfte. Wenig später wurde die Tür geöffnet und eine alte – um ehrlich zu sein uralte – Frau in weißer Ordenstracht schaute heraus und sah Plankton misstrauisch an.

„Ja? Sie wünschen?", fragte sie auf Italienisch.

Plankton musterte die Frau. In seinem Gehirn arbeitete es, und da es Planktons Gehirn gewöhnt war, rasch zu arbeiten, rief er wenige Sekunden später: „Letizia? Mia cara nonna Letizia?"*

„Ja", gab die Nonne vorsichtig zur Antwort. „Mein Name ist Letizia. Schwester Letizia. Aber ..." Nun betrachtete sie Plankton mit zusammengekniffenen Augen ausgiebig, und als ihr Plankton gestenreich zu verstehen gab, dass sie sich auf seinem derzeit fast kahlen Kopf Haare dazudenken musste, ging plötzlich ein Leuchten über ihr Gesicht. „Ruperto?", rief sie. „Ruperto Plantone? Lo speisologo?** Bist du es wirklich?"

„Ja, nonna Letizia, ich bin es! Na so ein Zufall!"

„Lass dich anschauen, mein Junge", sagte die alte Nonne. „Groß bist du geworden. Und alt. Mein Gott, wie viele Jahre ist es her ..."

„Fast zwei Jahrzehnte", sagte Plankton. „Ja, damals war ich natürlich noch viel jünger. Aber du – du hast dich kaum verändert."

„Ach, hab ich damals schon so alt ausgesehen?", erwiderte Schwester Letizia mit einem schalkhaften Lächeln. „Aber was

* „Was ist jetzt?", fragt der Dolmetsch verwirrt. „Soll ich jetzt übersetzen oder nicht?" – „Übersetzen!", lautet die Antwort aufgrund einer Blitzumfrage bei den LeserInnen. Also: „Letizia? Meine liebe Schwester Letizia?" (Anmerkung: Schwester im Sinne von Ordensschwester, Nonne, also nicht biologisch ...)

** „Rupert Plankton? Der Speisologe?", übersetzt der Dolmetsch, aber das hätten wir auch so zusammengebracht.

treibst du in Rom, Rupertino? Hast du wieder einen Auftrag von Cardinale Cappuccino übernommen?“

Plankton runzelte die Stirn. „Der Kardinal lebt noch? Kardinal Rissoni?“

„Ja, natürlich. Du warst doch damals in seinen Diensten, als du die Geheimzutaten der Hostie von Papst Woytila herausfinden solltest.“ Sie sprach den Familiennamen von Johannes Paul II. ein wenig geringschätzig aus. Ihrer Meinung nach hatte ein Papst Italiener zu sein, und nicht Pole oder gar Deutscher, Argentinier ging ja gerade noch, und wenn er obendrein noch katholisch war, umso besser.

„Ja, richtig. Dass du dich noch daran erinnerst!“

„Du warst immer mein erklärter Liebling, mio caro Ruperto“, sagte die Ordensschwester, und eine Träne der wehmütigen Erinnerung trat in ihr Auge. Dann musterte sie Veronika. „Ist das deine Frau? Ich bilde mir ein, ich habe sie schon einmal gesehen.“

„Nein, das ist nicht meine Frau“, erklärte Plankton lachend. „Entschuldigt, dass ich euch noch nicht miteinander bekanntgemacht habe.“ Nachdem er sich vergewissert hatte, dass Veronika den bisherigen Inhalt des in Italienisch geführten Gesprächs verstanden hatte, stellte Plankton der Nonne Veronika als seine Mitarbeiterin in einem speisologischen Geheimauftrag vor, war ja nicht einmal gelogen, und ergänzte, zu Veronika gewandt, jedoch auf Schwester Letizia deutend: „Ich hab dir ja erzählt, dass ich mein hervorragendes Italienisch von dieser wunderbaren Frau gelernt habe.“

Die beiden Frauen reichten sich freundschaftlich die Hand.

„Aber was machst du da eigentlich in diesem offenbar weitgehend verlassenen Haus?“, fragte Plankton sodann. Und aufgrund einer spontanen Eingebung beschloss er, aufs Ganze zu gehen, und fragte: „Und wo ist Bruder Silve? Geht es ihm gut?“

Leichtes Misstrauen zeigte sich wieder in Schwester Letizias Gesicht. „Silve? Du kennst Silve?"

„Aber freilich. Ich bin mir nicht sicher, ob ich ihm einmal persönlich begegnet bin", setzte er vorsichtig hinzu, „aber du selbst hast mir doch einmal von den Innominati erzählt."

Letizia zuckte bei der Nennung der Innominati zusammen und runzelte ungläubig die Stirn. „Bist du dir sicher?"

„Aber ja! Woher wüsste ich denn sonst ..."

Letizia wog das Für und Wider der Argumente gegeneinander ab und nickte sodann. „Richtig. Woher wüsstest du denn sonst ... Nun, Bruder Silve geht es gut. Er war einige Zeit krank, aber nun ist er fast wieder der Alte, singt seine alten Lieder, streift in der Stadt herum ... Aber unsere Innominati sind nicht mehr hier. Wir mussten sie übersiedeln. Ich halte hier allein noch die Stellung, falls jemand auftaucht ..." Sie ließ offen, welche Aufträge sie für den Fall hatte, dass jemand auftauchte.

„Übersiedeln?", fragte Plankton. „Aber warum?"

„Es gab eine Bedrohung", sagte Letizia geheimnisvoll, „aber wie es scheint, haben wir sie abgewendet. Mee-Gees Sohn hat in Linz volle Arbeit geleistet."

Plankton schluckte ein paarmal verstört. Wenn mit dieser „vollen Arbeit" die Ermordung von Sly Slender und in der Folge auch noch die von Reinhard Waldenberger gemeint war, musste er auf der Hut sein. Und wer, zum Donnerwetter, war Mee-Gees Sohn? Er beschloss, besser nicht danach zu fragen, denn vielleicht konnte Letizia aus der Erkundigung nach Mee-Gee beziehungsweise seinem Sohn schließen, dass Plankton mit seinem angeblichen Wissen um die Innominati nur bluffte. Daher ging er auf das Thema „Bedrohung der Innominati" nicht näher ein und fragte vielmehr: „Und wohin sind sie übersiedelt, unsere guten Innominati?"

„Ins Zentrum", verriet Letizia. „Wo sie Cardinale Cappuccino jederzeit griffbereit hat."

„Aha. Direkt in den Vatikan hinein?“

„Aber nein, du Dummerchen, doch nicht *so* zentral. In der Via della Madonna di Riposo sind sie jetzt. Das ist etwa einen Kilometer vom Vatikan entfernt.“

Sie teilte Plankton auch noch die Hausnummer mit und beschrieb ihm den schnellsten Weg von der Via Trabuccini dorthin.

„Aha“, sagte Plankton nochmals. „Und wer ist noch aller da von der alten Truppe? Bruder Silve ...“

„Ja, Schwester Nadia, Bruder Clafo, seit Kurzem ist Schwester Mya bei uns, dann noch Bruder ...“ In diesem Moment läutete im Inneren des Hauses ein Telefon.

Die Ordensschwester stieß einen herzhaften Fluch aus und sagte: „Mein lieber Rupertino, ich muss dann wohl ans Telefon, vielleicht ist es der Kardinal ...“

„Kein Problem, cara nonna Letizia. Vielleicht besuche ich dich später nochmals, dann könnten wir einen Kaffee miteinander trinken und über die gute alte Zeit quatschen ...“

„Das wäre fein. Ciao“, sagte Schwester Letizia und eilte, nachdem sie Plankton ihre Handynummer zwecks späterer Terminvereinbarung gegeben hatte, die Tür hinter sich zuwerfend zum Telefon.

Plankton atmete tief auf.

„Das war sehr mutig von dir“, meinte Veronika, die sich in das Gespräch zwischen Plankton und der Nonne nicht eingemischt hatte. „‚Wie geht es Bruder Silve?‘ Ich hätte mich das nicht getraut, so direkt zu fragen.“

„Ich musste es wagen“, verteidigte sich Plankton. „Ich kann ja nicht den ganzen Vormittag um den heißen Brei herumtanzen oder wie man da sagt. Jetzt haben wir wenigstens die aktuelle Adresse.“

„Dann würde ich mal sagen: So schnell wie möglich in die Via della Madonna di Riposo!“

Da die Parkverhältnisse im Zentrum von Rom beinahe halb so schlimm sind wie in Linz, beschlossen Veronika und Plankton, Veronikas Auto gratisparkend am Beginn der Via Trabuccini zurückzulassen und mit einem Taxi ins Zentrum zu fahren. Während sie auf den fahrbaren Untersatz warteten, sagte Veronika zu Plankton: „Und du hast damals vor gut 20 Jahren tatsächlich den Papst kennengelernt?"

„Ja. Ich wurde in die Papstküche eingeschleust und als neuer Bediensteter selbstverständlich dem Chef – dem Papst – vorgestellt. Er war sehr freundlich zu mir. Ich erinnere mich noch, wir haben einmal gemeinsam Bigos gekocht."

„Äh, erlaube die Frage, aber ist das was Unanständiges?"

„Bigos? Nein, Bigos ist das polnische Nationalgericht. Bigos zuzubereiten ist nicht sonderlich kompliziert, das schafft selbst ein Papst. Es ist ein Schmoreintopf aus Sauerkraut und Weißkohl, mit Rind- und Schweinefleisch, verschiedenen Würsten, Waldpilzen und Karotten sowie ..."

„Hast du sonst auch schon speisologische Aufträge in erlauchter Umgebung ausführen dürfen?", unterbrach ihn Veronika, die dieses Thema mehr interessierte als das Bigos-Rezept, und sei es auch vom Papst höchstpersönlich in natura umgesetzt worden.

Plankton nickte. „Der Höhepunkt für mich waren die sechs Wochen bei der Queen."

„Der britischen Königin?"

„Ja, natürlich. Oder glaubst du, ich meine die britische Rockband mit Freddie Mercury?"

„Nein, natürlich nicht. Und wie lautete da dein Auftrag?"

„Nun, du kennst ja die beinahe ans Abartige grenzende Vorliebe der englischen Königin für ihre Corgi-Hunde. Und ein paar ihrer Hunde zeigten damals – 1996 – ein höchst seltsames Verhalten, torkelten herum, bissen die Putzfrau, lachten, wenn Shakespeare-Dramen im Fernsehen gezeigt wurden, verzogen aber keine Miene, wenn Mister Bean seine Späße trieb, und ähnliche Abnormitäten. Die Queen meinte, irgendetwas im Essen wäre schuld daran, und da ich damals schon *der* Experte für alles Speisologische war – obwohl ich damals noch recht jung war –, verbrachte ich im Herbst 1996 sechs herrliche Wochen auf diversen englischen Schlössern in hautnahem Kontakt mit der Königsfamilie. Damals lebte ja auch Queen Mum noch, das war vielleicht eine Nummer!"

„Und?"

„Was und?"

„Hast du herausgefunden, was am Verhalten der Hunde schuld war?"

„Natürlich. Das war ein Kinderspiel. Es war von vornherein klar, dass einer der Lakaien die Corgis der Queen betrunken gemacht hatte, indem er ihnen Gin und Whisky ins Futter mischte. Ich habe aber den Fall trotzdem sehr gründlich untersucht und wie gesagt sechs Wochen …"

„Herbst 1996", überlegte Veronika. „Da lebte Lady Di noch. Hast du auch sie kennengelernt?"

Statt einer Antwort überzog ein schmerzlicher Ausdruck Planktons Gesicht.

„Rupert?", fragte Veronika besorgt. „Was ist mit dir?" Plötzlich verstand sie. „Warst du in sie verliebt?"

Plankton sagte wieder nichts.

„Ist ja keine Schande", fuhr Veronika fort. „Sie war eine attraktive und sicher auch liebenswerte Person." Und als sie merkte, dass sich eine heimliche Träne in Planktons Auge stahl, rief sie: „Jetzt verstehe ich! Du warst nicht nur verliebt in sie, da war was zwischen euch, stimmt's?"

Nun nickte Plankton. „Sie war damals – im Herbst 1996 – gerade frisch von Prinz Charles geschieden, die Affäre mit Dodi Al-Fayed stand noch bevor, sie war frei, ich war frei, sie war jung, ich war jung, sogar ein paar Jahre jünger als sie, aber da hab ich großzügig darüber hinweggesehen ...“

„Mein Gott, ist das süß“, rief Veronika. „Du hattest eine Affäre mit Lady Di! Und warum ist es nichts aus euch geworden?“

„Der englische Hof hat gegen unsere Verbindung intrigiert. Die Ex des angehenden Königs – damals wusste man ja noch nicht, dass Charles Jahrzehnte später noch immer nicht König sein würde – mit einem bürgerlichen Speisologen. Am britischen Königshof geht es zu, du machst dir keine Vorstellung davon, das ist ärger als im Vatikan oder bei einer Linzer Gemeinderatssitzung. Wir haben schließlich eingesehen, dass unsere Verbindung keine Zukunft hat. Ich bin dann nach sechs herrlichen, glücklichen Wochen mit gebrochenem Herzen wieder auf den Kontinent zurück und hab mich in meine Arbeit vergraben, Diana hat sich mit diesem Dodl, äh, Dodi eingelassen, na, und im Jahr darauf, am 30. August 1997, ist sie in Paris tödlich verunglückt.“

„Wie traurig“, sagte Veronika, und nun war sie die dritte Person in diesem Kapitel, der eine Träne ins Auge stieg. „Weißt du, ich liebe diese Adelsgeschichten! Du musst mir dann noch mehr von ihr erzählen, aber da kommt erst mal unser Taxi!“

Im Taxi sprachen Veronika und Plankton dann nichts. Sie ließen sich an der angegebenen Adresse im Stadtzentrum absetzen und standen vor dem Haus in der Via della Madonna di Riposo, in dem sich nach Angaben von Schwester Letizia die Innominati befinden sollten.

„Jetzt sind wir endlich am Ziel unserer Reise angelangt“, sagte Veronika leise. „Und wie willst du weiter vorgehen? Verlässt du dich wieder auf dein Glück, klopfst einfach und hoffst, dass sich jemand in dem Haus befindet, den du aus deinen Jugendtagen kennst?“

„So ähnlich“, sagte Plankton. „Nur dass ich gar nicht lang klopfen muss, weil ich mich einfach diesem älteren Herrn dort anschließe.“

Plankton zeigte auf einen gebeugt gehenden alten Mann, der in eine Kutte samt Kapuze gekleidet war, eine Gitarre trug und soeben vom Gehsteig zum Haus abbog.

„Du meinst, das ist …“

„Bruder Silve, behaupte ich einmal. Komm mit!“

Plankton ergriff Veronikas Hand und eilte dem Ordensmann nach. Unmittelbar vor dem Hauseingang holten sie ihn ein.

„Bruder Silve!“, rief Plankton auf Italienisch.

Der Mann drehte sich um und sah Plankton prüfend an. „Kennen wir uns?“, fragte er dann ebenfalls auf Italienisch, aber mit stark amerikanischem Akzent.

„Nein, wir kennen uns nicht, aber Sly – Sly Slender – hat mir von Ihrem Treffen im vergangenen Sommer berichtet.“

Freudige Erinnerung brachte das runzelige Gesicht des alten Geistlichen zum Strahlen. „Sly, der gute Sly. Wie geht es ihm? Hoffentlich gut?“

„Na ja, es geht so“, antwortete Plankton ausweichend. „Sly hat mir von Ihrem gemeinsamen Musizieren berichtet, in der Via Trabuccini.“

„Ja, damals haben wir noch in der alten Unterkunft gewohnt, in der Via Trabuccini. Ach, dieses verfluchte Italienisch“, schimpfte Silve plötzlich und verfiel ins Englische.* „Könnten wir vielleicht englisch miteinander sprechen? Ich bin zwar schon seit Langem hier in Rom, über 35 Jahre mittlerweile, aber an diese Sprache habe ich

* Auch die (wenigen) englischen Gesprächsteile werden im Folgenden ins Deutsche übersetzt, Service des Verlags, wobei – zur Kostenersparnis – der Verlagsleiter selbst beim Dolmetschen Hand angelegt hat.

mich noch immer nicht gewöhnt. Ich habe auch mit Sly englisch gesprochen."

„Kein Problem", sagte Plankton auf Englisch. Mittlerweile hatte Silve die Tür aufgeschlossen und das Hausinnere betreten, Veronika und Plankton folgten ihm.

„Wir haben damals unser gemeinsames Konzert auf Kassette aufgenommen", sagte Silve. „Wollt ihr das hören?"

„Das wäre großartig", behauptete Plankton.

„Dann gehe ich mal rauf in mein Zimmer und hole die Kassette und den Kassettenrecorder", sagte Silve gutgelaunt und ging, die aus einem Nebenzimmer tretende, in Tracht gekleidete Schwester mit „Hallo, Nadia" grüßend, auf die Treppe zu. Vor der ersten Stufe schob er die Kapuze vom Kopf herunter, unerwartet dichtes schwarzes – wohl schwarz gefärbtes – Haar mit ausgeprägten Koteletten kam zum Vorschein, und drehte sich noch einmal um. „So gut wie Sly hat sonst niemand meine Songs gesungen", sagte er und begann, lautstark *Love Me Tender* anstimmend, den Treppenaufstieg.

Während es Plankton wie ein Schlag traf, weil ihm mit einem Mal klar wurde, um wen es sich bei den Innominati handelte, sprach ihn die Nadia genannte Schwester auf Italienisch mit leichtem englischen Akzent freundlich mit „Ja? Sie wünschen?" an.

Plankton starrte die Frau an. Entgeistert rief er „Di ..." aus, jedoch zu mehr als der ersten Silbe des Wortes kam er nicht mehr, weil er im selben Augenblick von hinten einen starken Schlag auf den Hinterkopf verpasst bekam, der ihn in die Knie zwang.

So sah er nicht mehr, dass Sekunden später auch Veronika ohnmächtig zu Boden sank, nachdem ihr eine andere Person von hinten ein mit Chloroform getränktes Tuch auf Mund und Nase gepresst hatte ...

34. Kapitel

Hämmernde Kopfschmerzen begleiteten Planktons Erwachen aus der Ohnmacht. Unmittelbar vor dem Wiedereintritt in die Bewusstseinsphase hatte er wirres Zeug geträumt. Er saß in einem Theater bei einer Aufführung der Oper *Die Macht des Schicksals*, links neben ihm hatte Veronika Platz genommen, rechts Sly Slender, der ungläubig die Geschehnisse auf der Bühne verfolgte. Plötzlich schrie Sly „Aufhören! Aufhören!", worauf die Sopranistin (Leonora) samt Chor fluchtartig die Bühne verließ und Platz machte für die *Fidelen Sandler*, die, kaum hatten sie sich formiert, ihren *Sandler*-Hit anstimmten. Black Joe fehlte allerdings anfangs, der kam erst gegen Ende des Lieds im Priestergewand auf die Bühne, einen riesigen Gymnastikball vor sich her rollend. Bei näherem Hinsehen entpuppte sich der Ball als Erdkugel, auf die sich Black Joe setzte und laut johlend über Afrika auf den Bühnenboden hinunterrutschte. Dann betrat auch noch Bruder Silve mit einer Gitarre die Bühne und zog sich seine Ordenskutte aus, worauf Sly heftig zu applaudieren begann und sich – als Ende des Traumgeschehens – daranmachte, ebenfalls die Bühne zu erklettern, um gemeinsam mit Silve *Love Me Tender* zu singen ...

Plankton stöhnte auf – nicht wegen des unverständlichen, verstörenden Traums, sondern aufgrund der rasenden Kopfschmerzen.

Nur nicht die Augen aufschlagen, vielleicht werde ich beobachtet, und die sollen nicht wissen, dass ich schon wach bin, ging es Plankton durch den Kopf. Irgendwie fühlte er sich in seiner Bewegungsfreiheit gehindert, wahrscheinlich hatte man ihn gefesselt. Er versuchte, seine augenblickliche Lage mit geschlossenen Augen und ohne für die Umgebung wahrnehmbare Bewegung auszumachen. Zweifellos lag er auf dem Rücken, auf einem ebenen, aber harten Untergrund, der sich anfühlte wie ein Tisch. Plankton befahl zunächst seinem linken und dann seinem rechten Arm, sich eine Winzigkeit zur Seite zu bewegen, und musste feststellen, dass seine Hände über seinem Kopf fixiert waren, die Arme parallel nebeneinanderliegend. Auch seine Beine konnte er nicht bewegen. Sowohl an den Händen als auch an den Füßen fühlte er einen Widerstand, der wohl von einem Seil, Strick oder sonstigem Bindemittel* herrührte. Gut, man hatte ihn gefesselt, aber warum in dieser ausgestreckten Position? Fast wie auf einer Streckbank ...

Und wo ist Veronika?, war sein nächster Gedanke. Ob sie auch hier irgendwo steckte ... Ob sie noch lebte ... Aber ohne seine Augen aufzumachen oder nach ihr zu rufen, würde er das nicht feststellen können ...

Plötzlich fühlte Plankton einen stechenden Schmerz am Oberarm und rief, die frühere Vorsicht außer Acht lassend, laut: „Au!"

„Ah, Herr Plankton, Sie sind ja doch wach!", sagte eine männliche, gemütlich klingende Stimme auf Italienisch. „Da könnten Sie mir zuliebe eigentlich auch die Augen aufmachen."

Plankton öffnete wie gewünscht die Augen und erkannte zum einen, dass der Schmerz am Oberarm von einer Injektionsnadel verursacht worden war, die ein Mann im Priesterornat um die 50, der George Clooney entfernt ähnlich sah, soeben auf ein Tablett legte, und zum anderen, dass der Mann, der ihn angesprochen hatte, Cardinale Cappuccino war.

* Bindemittel im Sinne von Seil, Strick etc., mit dem man gebunden wird (eh klar), und nicht im Sinn eines Stoffes, durch den Feststoffe mit einem feinen Zerteilungsgrad (wie zum Beispiel Pulver) miteinander beziehungsweise auf einer Unterlage verklebt werden.

„Kardinal Rissoni!“, sagte Plankton mit rauer Stimme.

„Es ehrt mich, dass Sie sich nach so vielen Jahren noch an mich erinnern“, antwortete der Kardinal gutgelaunt. „Ich hätte Sie allerdings fast nicht wiedererkannt. Sind Sie mit dem Kopf unter einen Rasenmäher gekommen? Früher hatten Sie so schönes, fast beneidenswert langes Haar.“

Und dann erkannte Plankton auch noch, dass seine Vermutung stimmte. Er lag tatsächlich mit gefesselten Armen und Beinen ausgestreckt auf einer Streckbank. Sein Oberkörper war nackt, die Hose hatte man ihm allerdings nicht ausgezogen.

„Darf ich vorstellen – unser Sprechzimmer“, sagte Rissoni mit einer ausladenden Handbewegung und einem gewissen Stolz in der Stimme. „Das Zimmer, in dem wir die Leute zum Sprechen bringen. Nur wenige bekommen es zu sehen – und noch viel weniger können von ihm der Nachwelt berichten.“

Plankton ließ – so gut ihm dies in seiner waagrechten Liegeposition möglich war – seinen Blick durch den Raum schweifen und stellte mit Entsetzen fest, dass die Streckbank, auf der er festgebunden war, nur eines von vielen Foltergeräten war, die sich in diesem über 100 Quadratmeter großen und durch zahlreiche an der Decke angebrachte Neonleuchten gut ausgeleuchteten Raum befanden. Es sah aus wie in einem Museum für mittelalterliche Folterinstrumente. Plankton erschauderte. Viele der Geräte hatte er in Horrorfilmen schon einmal gesehen, konnte sie aber nicht einmal benennen. Bei seinem Rundblick entdeckte er auch Veronika, die mit auf den Rücken gebundenen Händen regungslos in einiger Entfernung auf dem Steinboden lag. Auch ihr hatte man die Oberbekleidung, allerdings mit Ausnahme des BHs, ausgezogen, vielleicht – so mutmaßte Plankton – sollte auch sie eine Spritze erhalten, was durch Bluse, Pullover und Mantel hindurch wohl nicht so leicht möglich war. Er atmete erleichtert auf. Die gefesselten Hände deuteten immerhin darauf hin, dass Veronika noch lebte und wahrscheinlich nur bewusstlos war, weil einer Toten hätten sie ja nicht die Hände auf den Rücken binden müssen ...

„Was ist mit ihr?", fragte Plankton mit heiserer Stimme auf Italienisch.

„Oh, die Wirkung von Chloroform hält anscheinend etwas länger an als der gute, bewährte Schlag auf den Kopf", vermutete Rissoni. „Wobei mir nach wie vor nicht klar ist, wie die Frau in die Geschichte hineinkommt, aber das werden Sie mir dann sicherlich berichten."

„Lassen Sie sie gehen", verlangte Plankton. „Sie weiß von nichts."

„Das Wahrheitsserum wirkt offenbar noch nicht", schmunzelte Rissoni. „Sie schauen so verwundert? Das, was Ihnen mein bewährter Sekretär soeben injiziert hat, ist ein Wahrheitsserum. Es bewirkt, dass Sie mir dann die Wahrheit erzählen werden. Die volle Wahrheit, so wahr Ihnen Gott helfe."

„Gar nichts werde ich Ihnen erzählen", entgegnete Plankton bockig.

„Nun, *dass* Sie reden werden, dafür wird dieses Gerät sorgen, auf dem Sie im Moment festgebunden sind", erwiderte der Kardinal.

„Eine Streckbank mag zwar etwas mittelalterlich auf Sie wirken, aber es ist ein sehr modernes Gerät. Baujahr 2008. Noch dazu ‚Made in Germany', in West Germany natürlich. Gute deutsche Fabriksarbeit. 15 Jahre Garantie. Sie wissen ja wahrscheinlich aus diversen Filmen oder Büchern, wie so eine Streckbank funktioniert. Im Mittelalter wurde das Seil, mit dem die Hände am einen Ende festgebunden sind, mit einem Handhebelrad langsam angezogen. Die Wirkung werden Sie in Kürze selbst verspüren: Zunächst halten Sie mit all Ihren Muskeln gegen die Spannung – Ihre Arm-, Bein-

und Bauchmuskeln versuchen das Beste. Bald aber lässt Ihre Kraft nach, zuerst in den Armen, dann in den Beinen. Dann reißen die Bänder und Muskelfasern. Weiteres Strecken zerreißt die Bauchmuskeln, und schließlich werden Ihre Glieder ausgerenkt und letztendlich aus den Gelenken gerissen. Die Wirkung der modernen Ausgabe ist dieselbe, nur dass das antiquierte Handhebelrad durch eine Computersteuerung ersetzt wurde. Ich kann hier – Sie können es von Ihrer Position aus leider nicht sehen, aber ich nehme an, Sie glauben mir, wenn ich es Ihnen sage –, ich kann hier also eingeben, mit welcher Geschwindigkeit – in Zentimetern pro Minute – ich die Streckung vornehmen möchte und brauche mich nicht mehr mit einem Hebelrad abzuplagen. Der Computer wiederum errechnet anhand Ihrer Körperkonstitution, Ihres Gewichts etc., in wie vielen Minuten bei Ihnen das erste Band reißt, wann der erste Knochen aus den Gelenken gelöst wird und all diese für den Fortschritt der Folter nicht ganz unwichtigen Details und zählt dabei die Zeit auf Null herab, wobei ich dazu sogar die Sprache einstellen kann, in der er zählt. Vom letzten Einsatz her ist er noch auf Deutsch eingestellt, ich glaube, das können wir so lassen."

„Ich ... ich weiß aber von gar nichts", behauptete Plankton. Das injizierte Serum wirkte offenbar noch nicht.

„Nun, mein lieber Plankton, Sie haben insofern Pech, als ich vor wenigen Stunden – übrigens, Sie waren zwei Stunden und 24 Minuten bewusstlos, falls Sie das interessiert – mit Schwester Letizia telefoniert habe. So ein Zufall – ein von Gott gelenkter Zufall, will mir scheinen –, dass ich just in dem Moment das Bedürfnis verspürte, ein paar Worte mit ihr zu plaudern, als Sie bei ihr waren. Sie hat mir natürlich gleich voll Freude erzählt, dass Sie sie soeben besucht hatten – und dass Sie ihr gegenüber Bruder Silve und die Innominati erwähnt hatten."

„Darum also waren Ihre Männer schon in der Via della Madonna di Riposo, als wir dorthin kamen?“

„Ja. Unsere Innominati sind derzeit ja nicht allzu weit vom Vatikan entfernt untergebracht, sodass wir – beziehungsweise meine Männer – vor Ihnen dort sein konnten. Ach ja“, er wandte sich an seinen Sekretär, der während des bisherigen Gesprächs stumm und regungslos neben dem Kardinal stehen geblieben war und offenbar in sich versunken auf weitere Anweisungen wartete. „Es bleibt uns wohl nichts anderes übrig, als unsere Innominati neuerlich zu übersiedeln. Sie sind auch in der Via della Madonna di Riposo nicht sicher. Noch wissen wir ja nicht, wer noch aller außer dem geschätzten Herrn Plankton von ihnen weiß, daher ...“ Der Kardinal holte einen Briefumschlag aus seinem Gewand und reichte ihn seinem Sekretär. „Hier ist der Marschbefehl. Veranlasse sofort die Übersiedlung, in einer Stunde müssen sie die Via della Madonna di Riposo verlassen haben. Alles Nähere – wohin sie zu bringen sind – steht hier drin. Ich verlasse mich auf dich.“

Der Kardinalssekretär nahm das Kuvert mit einer leichten Verbeugung in Empfang und verließ den Raum.

„Wo sind wir hier überhaupt?“, fragte Plankton.

„Unter dem Petersdom“, antwortete Rissoni bereitwillig. „Ich weiß nicht, ob Sie das Buch oder den Film *Illuminati* von Dan Brown kennen? Da gibt es diese Szene, in der der Camerlengo im Petersdom die Stufen hinabsteigt. Um hierher in diesen Raum zu gelangen, müssen Sie dort, wo er dann im Film nach rechts geht, nach links abbiegen, dann den Gang entlang, links, rechts, links, und dann kommen Sie zu einer Tür, die in dieses Zimmer führt. Die, durch die soeben mein treuer Sekretär verschwunden ist. Die wenigsten Leute wissen von diesem Raum.“

„Dem Folterkeller.“

„Wenn Sie ihn so bezeichnen wollen, meinetwegen. Ich nenne ihn wie gesagt lieber Sprechzimmer. Hereingekommen sind Sie allerdings nicht auf dem von mir soeben geschilderten Weg – würde ja wohl auch auffallen, wenn die Schweizergarde zwei bewusstlose Menschen durch den Petersdom trägt –, sondern auf dem Schleichweg." Der Kardinal wies in die andere Richtung. „Unsere Eiserne Jungfrau, die Sie jetzt leider von Ihrer Position aus nicht sehen können – ein Gerät, das wir nur mehr in seltenen Fällen anwenden –, unsere Eiserne Jungfrau also hat eine doppelte Rückseite, wenn Sie in sie hineinschlüpfen und die Rückseite aufdrücken, gelangen Sie in einen schmalen Gang, der zur Kanalisation führt, und wenn Sie da etwa 150 Meter geradeaus gehen, ist rechts eine Abzweigung, die zu einem stillen Plätzchen am Tiber führt, wo man über ein rostiges Gitter ungestört aus- und einladen kann, wenn Sie verstehen, was ich meine. Aber Sie sehen, Plankton, ich erzähle Ihnen alles bereitwillig und gebe Ihnen auf alle Fragen Antwort, und Sie wollen mir nicht die Höflichkeit erweisen, es ebenso zu tun?"

„Den Unterschied scheint mir auszumachen, dass Sie nach dem Ende unseres Gesprächs diesen Raum lebendig wieder verlassen, während ich …" Plankton ließ den Satz unvollendet, getraute sich gar nicht an die Zukunft zu denken.

„Damit könnten Sie nicht unrecht haben", räumte der Kardinal ein. „Daher würde ich vorschlagen, wir beginnen mit der Prozedur, um nicht allzu viel wertvolle Zeit zu verlieren." Er drückte auf einen seitlich an der Streckbank angebrachten Kippschalter, ein Summen ertönte, und Plankton fühlte, wie die Maschine, auf der er lag, kurz an den ihn fesselnden Seilen zog.

„He!", rief er. „Was soll das?"

„Ich programmiere die Streckbank ein", verteidigte sich der Kardinal. „Tun Sie doch nicht so wehleidig, ich habe ja noch nicht einmal angefangen." Er beugte sich über das elektronische Display. „Also, Deutsch lassen wir, wir nehmen zwei Zentimeter pro Minute und als Begleitmusik schlage ich das *Adagio* aus Mozarts *Klavierkonzert Nr. 31* vor."

Plankton, der – wie früher schon erwähnt wurde – ein Klassikfan war, rief: „Mozart hat nur 27 Klavierkonzerte geschrieben, eines mit Nr. 31 gibt es nicht."

„Wenn Sie es sagen." Der Kardinal ging auf Planktons Einwand nicht ein, sondern tippte auf der Maschine herum. „Besser passen würde vielleicht ohnehin das Tenorsolo aus Mozarts *Orpheus und Eurydike* mit dem bezeichnenden Anfang ‚So muss verlassen ich die Welt'. Ja, das nehmen wir."

Während Plankton „Mozart hat keine *Orpheus*-Oper geschrieben, Sie verwechseln ihn wohl mit Gluck!" rief und sich zugleich über sich selbst wunderte, dass er mit dem Mann, der ihn in Kürze foltern, vielleicht sogar ermorden würde, über die Urheberschaft von Opern stritt, programmierte der Kardinal die Maschine um, tippte schließlich auf „Speichern" und schaltete sie wieder aus.

„Seit wann wissen Sie von den Innominati?", fragte Kardinal Rissoni, und auf einmal war jede Freundlichkeit aus seiner Stimme verschwunden.

Plankton sah ein, dass es keinen Sinn hatte, den schweigsamen Helden zu spielen. „Sly hat, während er starb, den Leuten, die um ihn herumstanden, das Wort Innominati zugerufen. Ich habe das als Hinweis auf seinen – oder seine – Mörder verstanden."

Rissoni nickte und gab sich mit dieser Erklärung vorerst einmal zufrieden. „Und wie sind Sie auf Rom gekommen?"

„Sly hat uns ein Rätsel zukommen lassen", sagte Plankton, ohne das „uns" in dem Satz näher zu erläutern. „Einen Hinweis in Rätselform. Wir haben ihn entschlüsselt und herausgefunden, dass die Lösung hier in Rom – im Vatikan – zu finden ist."

Rissoni nickte neuerlich und akzeptierte auch diese Erklärung. „Und wie sind Sie in die Via Trabuccini gelangt?"

Plankton ersparte sich den Witz „Zu Fuß" als Antwort, zum Scherzen war ihm im Moment gar nicht zumute, und sagte bereitwillig: „Diesen Hinweis gaben uns Slys Memoiren. Sein noch unveröffentlichtes Manuskript, das wir uns vom Verlag beschafft haben. In dem hat er seine Begegnung mit Silve genau festgehalten und dass er von ihm in die Via Trabuccini eingeladen wurde ..."

„Der Narr!", rief Rissoni, sich noch immer über diesen unverzeihlichen Fehler von Silve ärgernd, der alle späteren Ereignisse ausgelöst hatte. „Mehr als 30 Jahre lang war er vernünftig, aber jetzt, in der letzten Zeit, wo er alt wird, wirft er immer öfter alle Vorsicht über Bord. Ja, langsam wird es gefährlich, Silve frei herumlaufen zu lassen. Sie wissen natürlich, wer Silve wirklich ist?"

„Ja. Und ich weiß auch, wer Nadia in Wirklichkeit ist."

„Gut. Das erspart mir einiges an Begründung."

„Bruder Silve ist – Elvis Presley. Und Nadia – Lady Diana."

„Zwei unserer Innominati", sagte der Kardinal stolz.

„Aber ... ich verstehe nicht. Ich habe sie natürlich erkannt, Elvis an seiner Stimme, als er *Love Me Tender* anstimmte, und an seinem charakteristischen Haarschnitt ..."

„Ich habe ja gesagt, er soll sich unbedingt die Haare schneiden lassen, wenn er wieder fit ist", schimpfte der Kardinal, „weil er sonst aussieht wie früher, eben wie Elvis Presley!"

„Und Diana sowieso", setzte Plankton fort, „weil ich damals ..." Er stockte.

„Sprechen Sie es ruhig aus, dass Sie und Nadia – beziehungsweise Diana, wie sie damals noch hieß – kurz ein Paar waren", ermunterte ihn der Kardinal. „Ich weiß darüber Bescheid."

„Ja, genau, aber die zwei sind doch tot! Elvis Presley ist 1977 gestorben, am 16. August 1977 durch plötzlichen Herztod, so jedenfalls die offizielle Version, und Diana – *meine* Diana – am 31. August 1997 durch diesen schrecklichen Autounfall in Paris ... Wie können die zwei hier in Rom sein und noch leben?"

„Weil sie eben Innominati sind", sagte der Kardinal.

„Und was bedeutet das?"

„Sagt Ihnen der Begriff Aussteiger etwas?", stellte der Kardinal eine Gegenfrage. „Natürlich sagt er ihnen was. Menschen geben alles auf, was ihnen im Leben vor dem Ausstieg wichtig war. Ihre Arbeit, Freunde, Bekannte, Gewohnheiten ... Je größer der Druck ist, der von außen auf einem lastet, umso mehr ist die Bereitschaft da, alles hinter sich zu lassen, auszusteigen aus der Gesellschaft, einzusteigen in eine Welt, in der das frühere Leben nicht mehr zählt ..."

„Die Innominati sind – Aussteiger?"

„So könnte man sagen. Aussteiger, die – wenn sie von politischer, kultureller oder sonstiger überragender Bedeutung sind – wir hier im Vatikan aufnehmen. Leute wie Elvis Presley oder Lady Diana, um die zwei Ihnen bekannten Beispiele zu nennen."

„Dann haben sie ihren Tod nur vorgetäuscht?"

Der Kardinal nickte. „Das Vortäuschen des Todes ist eine unserer Spezialitäten. Manchmal geht das schnell: Bei Elvis etwa vergingen zwischen seinem Entschluss, ein Innominato zu werden, und der tatsächlichen Umsetzung nur zwei Wochen, oft – wie etwa bei der Inszenierung von Lady Dianas Autounfall – arbeiten wir monatelang daran. Manchmal ist es natürlich auch schwierig, ähnlich aussehende Leichen zu bekommen ..."

Plankton fröstelte, obwohl es in dem Raum nicht kalt war, eine Fußbodenheizung spendete behagliche Wärme. „Diana ... Warum ist sie ausgestiegen? Warum hat sie alles aufgegeben? Dodi, ihre beiden Söhne ..."

„Können Sie sich das nicht vorstellen?
„Nein."
„Wirklich nicht?"
„Nein!"
„Dass Sie die Ursache dafür waren?"
„Ich?!"
„Ja, Sie! Der Speisologe Rupert Plankton, in den sie sich hoffnungslos, aber auch zukunftslos verliebt hatte. Da sie aufgrund der äußeren Umstände *mit* Ihnen nicht leben *konnte*, aber *ohne* Sie – ohne den einzigen Mann, den sie wirklich liebte – nicht leben *wollte*, hat sie beschlossen, ihr bisheriges Leben aufzugeben und, wenn Sie es so bezeichnen wollen, auszusteigen."

„Aber sie hat doch dann nach mir diesen Dodi kennengelernt ..."

„Die – angebliche – Liaison mit Dodi Al-Fayed war bereits Teil des Planes. Alle sollten glauben, sie sei mit ihm liiert und gemeinsam mit ihm tödlich verunglückt, aber in Wirklichkeit ..."

„Ging sie hierher und wurde eine Innominata?"
„Genau."
„Und Elvis?"
„Auch er wurde seines bisherigen Lebens überdrüssig. Der ungeheure Stress, der King of Rock'n'Roll zu sein – sein zu müssen! Dauernd Auftritte, Plattenaufnahmen, Filme, Fernsehen, Interviews, flüchtige Bettgeschichten, dazu die gesundheitlichen Probleme, Alkohol, Medikamente und so weiter ..."

„Und daher hat auch er seinen Tod vorgetäuscht und kam zu Ihnen?"

„So ist es."
„Aber woher wusste er von Ihnen? Woher wusste Diana von Ihnen? Sie werden ja Ihre Dienste nicht gerade in Zeitungen annoncieren."

„Nein, natürlich nicht, aber glauben Sie mir, wir haben überall unsere Fühler ausgestreckt. Wenn jemand reif ist, ein Innominato zu werden, dann merken wir das. Da gibt es genügend Anzeichen in den Verhaltensweisen der betreffenden Person, die uns den Schluss ziehen lassen, dass sie am Ende ihrer Kräfte ist, dass sie aussteigen möchte. Dann nehmen wir Kontakt auf und schwups – eines Tages ist es so weit und der Entschluss ist gefasst. Aber nicht dass Sie jetzt glauben, jeder X-Beliebige könnte, wenn er des Lebens überdrüssig ist oder einfach so aussteigen möchte, etwa um Frau und Kinder oder die Geliebte oder Schulden loszuwerden, ein Innominato werden. Nein, dazu muss man schon gewisse Fähigkeiten haben, von denen wir profitieren können."

„Wie beispielsweise Elvis Presley."

„Genau. Sie würden staunen, welch wundervolle Songs er als Innominato geschaffen hat. Es ist ungeheuer schade, dass diese niemals den Weg in die Öffentlichkeit finden werden."

„Und wie viele Innominati gibt es?"

„Das wechselt natürlich ständig, weil logischerweise die Innominati auch bei uns einmal eines natürlichen Todes sterben. Jimi Hendrix beispielsweise war nur fünf Jahre bei uns, von 1970 bis '75, leider noch vor meiner Zeit, ich durfte ihn nicht kennenlernen. Dummerweise konnte er nicht einmal bei uns von den Drogen lassen."

„Jimi Hendrix war auch ein Innominato?", rief Plankton sprachlos, ohne zu bemerken, dass er auf seine Frage nach der augenblicklichen Anzahl der Innominati keine richtige Antwort erhalten hatte.

„Ja natürlich", sagte der Kardinal, dann wurde seine Stimme zugleich leiser und eindringlicher. „Ist Ihnen denn nie aufgefallen, Plankton, dass unverhältnismäßig viele Musiker in jungen Jahren sterben? Ich erinnere Sie nur an Beispiele aus der jüngsten Vergangenheit: Amy Winehouse,

Whitney Houston, Michael Jackson … Auffallend viele früh Verstorbene, finden Sie nicht? Und Sie werden wahrscheinlich auch schon vom Club 27 gehört haben – von jener Gruppe von Rock- und Blues-Musikern, die alle im Alter von 27 Jahren gestorben sind – *angeblich* gestorben sind. Unter ihnen besagter Jimi Hendrix, aber auch Janis Joplin, Kurt Cobain …"

„Und die sind alle Innominati? Michael Jackson? Amy Winehouse? Kurt Cobain?"

Der Kardinal lachte. „Nein, alle nicht. Ein paar von ihnen sind wirklich gestorben. Aber um Ihnen ein weiteres Beispiel zu geben aus dem Bereich der klassischen Musik – Sie sind ja ein Klassikfan, wie ich gemerkt habe, können einen Gluck von einem Mozart unterscheiden, Respekt, Respekt: Tenöre!"

„Tenöre? Ja? Was ist mit ihnen?" Plankton war gespannt, er liebte Tenöre.

„Viele von ihnen sind auffallend jung gestorben. Fritz Wunderlich zum Beispiel. Er hat – angeblich – 1966 mit 36 Jahren bei einem Sturz über eine Treppe einen Schädelbruch erlitten. Er soll über ein Schuhband gestolpert sein. Ich sage dazu nur: Er stand unmittelbar vor seinem nervlich enorm belastenden Debüt an der New Yorker Metropolitan Opera. Oder – bleiben wir bei den Deutschen: In gewisser Weise Wunderlichs Vorgänger war Peter Anders. Der war 46, als er 1954 einen tödlichen Autounfall hatte. Oder nehmen wir als Nächsten Joseph Schmidt: 1942 mit nur 38 Jahren in einem Schweizer Internierungslager gestorben. Ist das nicht Ironie des Schicksals? Ihm – dem Juden – gelingt die Flucht vor den Nazis, und dann stirbt er im Exil, in der Schweiz, in einem Lager! Oder kennen Sie Mario Lanza? Ich sehe, Sie nicken. Gestorben im Jahr 1959 mit 38 Jahren, weil er sich zu Tode gefressen hat. Oder kürzlich – im Sommer 2011: Salvatore Licitra, gerade erst 43 geworden, fährt mit einem

Motorroller ohne Helm infolge eines während der Fahrt erlittenen Hirnschlags gegen eine Mauer. Oder – damit ich endlich zum Schluss komme, denn ich rede zu viel, eigentlich sollten ja Sie hier das Sagen haben und ich die Fragen stellen – nehmen Sie den Tenor aller Tenöre, Enrico Caruso: gestorben 1921 – mit 48 Jahren!"

„Und Sie wollen sagen, das waren oder sind alles Innominati? Aussteiger?"

Wieder lachte der Kardinal. „Dieselbe Antwort wie zuvor: nicht alle. Drei der sechs Genannten. Ich verrate Ihnen nicht, welche. Ein paar Geheimnisse müssen Sie mir schon noch lassen."

Plankton sagte einige Zeit nichts, weil er das soeben Gehörte erst geistig verdauen musste, plötzlich fühlte er, wie ihn der Kardinal eingehend betrachtete.

„Was haben Sie?", fragte er. „Was starren Sie mich so an?"

„Weil ich zuvor gesagt habe, dass wir als Innominati nur Leute nehmen, die gewisse Fähigkeiten aufweisen, von denen wir profitieren können ..."

„Ja?"

„Wenn ich mir Sie so anschaue ..." Der Kardinal kämpfte offenbar mit sich selbst.

„Ja? Was meinen Sie damit?"

„Nun, Sie sind der weltbeste Speisologe. Wir könnten aus Ihren Fähigkeiten zweifellos Nutzen ziehen."

„Wollen Sie mich – anwerben?", fragte Plankton ungläubig. Mittlerweile wusste er schon nicht mehr, ob die Schmerzen in seinem Kopf noch von dem Schlag herrührten, der ihn im Haus der Innominati niedergestreckt hatte, oder schon von den unglaublichen Dingen, die er in diesem Folterkeller zu hören bekam.

„Ich überlege nur laut", sagte der Kardinal, der sich selbst nicht im Klaren war, ob er das tatsächlich wollte. „Von Ihrer

Seite her ist die Alternative ja nicht sonderlich rosig." Der Kardinal ließ seinen Blick von Plankton auf die Streckbank wandern.

„Sie bieten mir also an, ein Innominato zu werden – oder zu sterben?"

„Das haben Sie sehr gut zusammengefasst."

„Und was muss man so tun, um ein Innominato zu werden?"

„Nun, als Allererstes muss man offiziell sterben, aber das ist ein Kinderspiel, mit dem Vortäuschen von Toden haben wir jahrhundertelange Erfahrung. Von Ihnen wird natürlich verlangt, Ihr bisheriges Leben völlig aufzugeben. Keinerlei Kontakt mit Leuten von früher. Ist ja auch irgendwie logisch, weil wenn Sie offiziell tot sind ... Sie verstehen? Und als äußeres Zeichen müssen Sie Ihren Namen ablegen. Sie sind dann ohne Namen – Innominato."

„Jetzt verstehe ich den Sinn der Bezeichnung Innominati!", rief Plankton aufgeregt. „Den Aussteigern wird ihr Name weggenommen!" Plötzlich wurde ihm die Bedeutung von Slys Hinweis auf Verdis *Macht des Schicksals* klar. Auch in dieser Oper begab sich die Heldin Leonora in Klausur, legte ihren wirklichen Namen ab und lebte – von allen anderen totgeglaubt – abgeschieden von der Welt weiter!

„Ja. Sie sind dann nicht mehr Elvis, Diana, Rupert, sondern sie sind ohne Namen."

„Aber Elvis heißt doch jetzt Silve, und Diana Nadia! Sie haben doch Namen!"

„Nach einer gewissen Bewährungsfrist, während der Sie wie gesagt innominato – ohne Namen – leben müssen, erhalten Sie dann wieder einen Namen. Sie sind dann für den Rest Ihres Lebens Bruder Sowieso. Seit Mitte des 19. Jahrhunderts hat sich eingebürgert, dass man einen Namen bekommt, der aus den Buchstaben des früheren Vornamens zusammengesetzt wird."

„Ein Anagramm! Und so wurde aus Elvis – Silve?"

„Ja. Und aus Diana Nadia. Ich überlege gerade, was man aus Rupert machen könnte. Manche Vornamen eignen sich nämlich sehr schlecht dazu, um neue Namen aus ihnen zu basteln. Fritz etwa. Hm, ein Pertur ginge sich aus. Gefällt Ihnen Pertur? Bruder Pertur. Sie können natürlich auch selbst Vorschläge machen."

„Und dann lassen Sie mich hier frei? Wenn ich der Welt entsage, ein Innominato werde?"

„Na ja, bevor ich dies entscheide, müssen Sie mir natürlich alles berichten, was Sie wissen."

„Und was ist mit *ihr*?", fragte Plankton, und es war auch dem Kardinal klar, dass er damit Veronika meinte, die nach wie vor bewusstlos und gefesselt auf dem Boden lag.

„Nun, ich sagte Ihnen ja schon, dass mir die Rolle dieser Frau in der ganzen Geschichte noch nicht klar ist. Sie werden mir dann in allen Details erzählen, was sie damit zu tun hat, und wenn ich mit Ihnen fertig bin, wird *sie* mir alles erzählen, und ich hoffe für Sie beide, dass sich Ihre Geschichten decken. Ich fürchte allerdings, dass die Fähigkeiten dieser Frau nicht ausreichen werden, um sie für die Weihen einer Innominata würdig zu halten – und das hat jetzt nichts damit zu tun, dass die Rolle der Frau in der katholischen Kirche rein grundsätzlich … wenn Sie verstehen, was ich meine …"

„Das heißt, Sie werden sie töten – und mich leben lassen?"

„Ich bewundere immer wieder, Plankton, wie Sie komplizierte Sachverhalte mit einem Satz auf den Punkt bringen."

„Nie im Leben mache ich da mit!", rief Plankton. „Sie müssen sie leben lassen! Wenn Sie sie jetzt, während sie noch bewusstlos ist, irgendwo hinbringen und etwa auf einer Autobahnraststätte aussetzen, wird sie wieder heimfahren und niemandem etwas sagen. Sie hat Sie nie gesehen, Sie haben von ihr nichts zu befürchten, und …"

„Bemühen Sie sich nicht", unterbrach ihn Rissoni schroff. „Der Tod dieser Frau ist nicht verhandelbar."

„Dann werden Sie auf mich als Innominato auch verzichten müssen", sagte Plankton und kam sich dabei sehr heroisch vor. Schade, dass Veronika das nicht hören konnte ...

„Na gut. Wie Sie wünschen. War ohnehin nur so eine spontane Idee von mir", sagte der Kardinal. „Damit kommen wir auch gleich zu der schon mehrfach aufgetauchten Frage: Wer ist die Frau?"

Plankton sagte nichts und sah absichtlich in eine andere Richtung, vom Kardinal weg. Als eine Judaswiege* in sein Blickfeld geriet, schloss er rasch die Augen.

„Jetzt werden Sie unhöflich", tadelte Rissoni. „Wollen Sie wirklich, dass ich die Maschine einschalte?"

„Sie weiß alles", sagte Plankton und erschrak gleichzeitig. Eigentlich hatte er sagen wollen „Sie weiß *nichts*", aber offenbar wirkte das Wahrheitsserum bereits, sodass ihm diese Bemerkung ungewollt herausgerutscht war.

„Hab ich mir ja gedacht", sagte Rissoni und unterdrückte mühsam ein Grinsen. „Nur – wer ist sie?"

Da Plankton ahnte, dass er im Falle einer Antwort wieder gegen seinen Willen die Wahrheit sagen würde, schwieg er.

„Cliffhanger!", ächzt der im Dauereinsatz befindliche Simultandolmetsch. „Ich muss dringend aufs Klo!"

„Jetzt reißt mir aber bald die Geduld!", rief der Kardinal ungehalten und drückte auf den Knopf.

* Für diejenigen, die mit Foltergeräten nicht so vertraut sind: Die Judaswiege besteht aus einem drei- oder vierbeinigen Holzgestell, das nach oben spitz zuläuft. Das Folteropfer wird mittels einer Seilwinde mit dem Gesäß auf die Spitze niedergelassen – den Rest kann man sich wohl selbst ausmalen.

35. Kapitel

In den ORF-Landesstudios ist es üblich, dass nach der Verabschiedung eines Mitarbeiters – egal ob diese aufgrund von Pensionierung, Jobwechsel oder Todesfall erfolgt ist – der Inventarminator das Büro des Dahingegangenen aufsucht und über die von diesem hinterlassenen Gegenstände ein peinlich genaues Inventar anlegt. Etwa: Postzahl 1: ein PC der Marke A samt Monitor B, Maus C und Tastatur D; Postzahlen 2–4: drei Bleistifte, einer davon ungespitzt; Postzahl 5: ein Radiergummi; Postzahlen 6 und 7: zwei Kugelschreiber blau, einer angeknabbert; Sammelpostzahl 8: 36 Blätter Papier, davon 31 unbeschrieben und wiederverwendbar (PZ 8a), 5 auf einer Seite beschrieben und zur weiteren Schmierpapierverwendung tauglich (PZ 8b); Sammelpostzahl 9: 37 Büroklammern; Postzahl 10: ein Foto von einer Frau und zwei Kindern, 10 x 18 cm, in Farbe mit braunem Rahmen und so weiter.

Der Inventarminator des Landesstudios Oberösterreich hieß Ludwig. Nachdem er unmittelbar nach der am Donnerstagabend erfolgten Ermordung von Reinhard Waldenberger noch von der Spurensicherung verjagt worden war, betrat Ludwig – nach Einhaltung der im ORF Gewohnheitsrecht bildenden, fünf Tage dauernden Trauerwoche – an dem dem Todestag folgenden Mittwoch um 14 Uhr 37 das (ehemalige) Büro von Reinhard Waldenberger und machte sich an seine schwierige und verantwortungsvolle Aufgabe, das von diesem hinterlassene Büroinventar in seine Liste einzutragen. Um 16 Uhr 36 – er hatte bereits drei Zettel vollgeschrieben und war bei Postzahl 47 angelangt – zog er eine Schreibtischschublade heraus. Ein Diktiergerät befand sich darin. Der Inventarminator vermerkte das Gerät samt genauer Typenbezeichnung als Postzahl 48 in seiner Liste, nach einem kurzen Blick auf das Display versah er die PZ 48 mit dem Beisatz „volldiktiert“.

Ludwig wollte sich soeben dem weiteren in dieser Schublade befindlichen Gegenstand widmen – einem Sackerl Hustenzuckerl mit laut Packungsangabe 30 Zuckerln (Beisatz: „Geöffnet, darin 26 einpapierlte Zuckerln, Ablaufdatum unmittelbar bevorstehend, Warnhinweis des Inventarminators an die Intendanz: Möglichst rasch verbrauchen!“) als er stutzig wurde.

Inventarminatoren sind sehr sensible Menschen. So wie ihnen auffallen würde, wenn in einem geöffneten Hustenzuckerlsackerl, das vollgefüllt laut Sackerlaufschrift 30 Zuckerln enthält, auch nach der Öffnung noch immer 30 Zuckerln drin sind – woraus sie schließen würden, dass der Sackerlbesitzer das Sackerl zwar geöffnet, sich aber kein Zuckerl herausgenommen hatte, was irgendwie verdächtig wäre, denn wer reißt ein Sackerl mit Zuckerln auf und nimmt sich dann keines heraus –, so kam dem ORF-Oberösterreich-Inventarminator Ludwig mit einem Male seltsam vor, dass das Diktiergerät volldiktiert war, nämlich zu 100 Prozent volldiktiert. Kein Mensch – zumindest kein ORF-Mitarbeiter – sprach so viel in sein Diktiergerät hinein, dass dessen Kapazität vollständig – ohne eine einzige Restsekunde! – ausgenützt wurde, immer war wenigstens ein bisschen restliche Zeit vorhanden!

Ludwig nahm das Diktiergerät PZ 48 nochmals in die Hand und stellte fest, dass sich auf diesem eine einzige, elf Stunden dauernde Aufnahme befand. Elf Stunden betrug die Maximalaufnahmedauer dieses Diktiergeräts, das somit offenbar ohne Unterbrechung fast einen halben Tag (oder eine halbe Nacht, das ging aus der Displayanzeige nicht hervor) lang gelaufen war, bis es am Ende seiner Kapazität angelangt war.

Ludwig spulte die Aufnahme stirnrunzelnd an den Anfang zurück und drückte auf den Wiedergabeknopf.

„Ja, hallo, ihr Hinterbliebenen“, erklang die aufgesetzt fröhlich klingende Stimme von Reinhard Waldenberger (als ob er eine Ahnung gehabt hätte …). „Ich werde mich in Kürze mit Rüdiger-Maria treffen, der ja bekanntlich wegen des Mordes an Sly Slender gesucht wird. Er hat mich um dieses Treffen gebeten und weiters, dass ich die Polizei nicht verständige. Das hab ich ihm versprochen, und ein Reinhard Waldenberger verspricht sich zwar manchmal, aber er hält auch seine Versprechen, wie ihr alle wisst. Sicherheitshalber nehme ich das Gespräch mit ihm auf Tonband auf, aber so, dass er es nicht merkt, indem ich das eingeschaltete Gerät in die Schreibtischschublade gebe. Sollte mir etwas passieren, könnt ihr dann alles auf dieser Aufnahme hören. Also, tschüss! Wir sehen uns! Irgendwo.“

Der Inventarminator des ORF Landesstudios Oberösterreich war ein sensibler, aber kein neugieriger Mann. Er drückte auf die Stopptaste und wählte mit dem Telefon, das auf Waldenbergers Schreibtisch stand (und das er natürlich ebenfalls – als Postzahl 7 – inventarisiert hatte), die Nummer des Intendanten.

36. Kapitel

Eine Sekunde, nachdem Kardinal Rissoni den Schalter umgekippt hatte, ging ein Ruck durch Planktons Körper, und er fühlte, wie die Seile, die ihn an Händen und Füßen fesselten, gestrafft wurden und an seinen Armen und Beinen zogen.

„Hören Sie auf!“, schrie er.

„Wer ist die Frau?“, schrie Rissoni zurück.

„Hören Sie auf!“, brüllte Plankton nochmals. Wenige Augenblicke später erklang aus einem Lautsprecher, der an der Decke des Raums angebracht war, Klaviermusik, zu der sich nach einer kurzen Einleitung eine Tenorstimme gesellte, die mit den Anfangsworten „So muss verlassen ich die Welt“ eine zutiefst traurige Arie begann. Auch wenn Plankton aktuell andere Sorgen hatte, raubte ihm die ungeheure Schönheit des Lieds den Atem. Er wusste genau, dass er diese Melodie in seinem Leben, in dem er Tausende Lieder und Arien gehört hatte, noch nie vernommen hatte, und gleichzeitig meinte er auch, dass dieses Musikstück das schönste war, das je komponiert worden war. Dazu passte auch die außergewöhnliche Schönheit der Stimme, die sie sang. Sie klang auffallend wie Fritz Wunderlich, aber nicht der jugendliche, ungestüme, vitale Wunderlich, den alle Welt kannte, sondern ein älterer, reiferer, melancholischer …

Wie gesagt hatte Plankton aktuell allerdings andere Sorgen, als mit voller Aufmerksamkeit der Arie zu lauschen. Wie es der Kardinal bei der Beschreibung der Wirkung der Streckbank vorausgesagt hatte, versuchte Plankton ganz automatisch gegen die von den angezogenen Seilen bewirkte Streckung seines Körpers mit all seinen Muskeln dagegenzuhalten, was ihm aber nicht lange gelang. Schon bald ließ die Kraft in seinen Armen nach und die Schmerzen wurden beinahe unerträglich. Dann hörte er auch noch die Computerstimme laut in akzentfreiem Deutsch „Noch zwei Minuten 20 Sekunden bis zum ersten Riss“ ansagen ...

„Veronika“, rief Plankton atemlos. „Die Frau heißt Veronika Hofer. Sie ist Vorsitzende der Sly-Slender-Fan-Gruppe.“

Der Kardinal nickte befriedigt und drückte gemächlich auf den Knopf, der die Maschine ausschaltete. Augenblicklich spürte Plankton, wie die ungeheure Spannung in seinen Gliedern deutlich nachließ und sich sein geschundener Körper erholen konnte.

„Na also, geht ja, warum nicht gleich“, bemerkte der Kardinal. „Ein Sly-Slender-Fan also. Wie ist sie zu Ihnen gestoßen?“

Plankton berichtete dem Kardinal, wie Veronika nach dem *Eiszauber* den Backstagebereich betreten hatte, um von Sly ein Autogramm zu erhalten, und all die Ereignisse nachher, einschließlich des von Sly Veronika geschickten Rätsels, konnte sich dann aber die Frage nicht verkneifen: „Diese Arie zuvor? War das Fritz Wunderlich?“ Und als der Kardinal dies bejahte: „Was war das für eine Musik? Die habe ich nie zuvor gehört.“

„Wie ich Ihnen schon sagte“, antwortete der Kardinal, und nun war er wieder ganz der leutselige, gemütliche Patenonkel von vorher. „Eine Arie aus Mozarts *Orpheus und Eurydike*.“

„Aber ...“

„Ich weiß schon, was Sie sagen wollen, Sie kennen keine derartige Oper von Mozart. Er hat sie auch erst 1821 komponiert. Sein Stil war da schon sehr ausgereift, finden Sie nicht? Nicht in Richtung Romantik – Weber, Wagner und Konsorten –, er hat nach dem Ende der Klassikepoche ganz andere Wege eingeschlagen, als einziger, im wahrsten Sinn unvergleichlicher ...“

„Aber ... 1821? Mozart ist 1791 gestorben!“

Ein wenig verärgert über Planktons Begriffsstutzigkeit schüttelte der Kardinal den Kopf. „Mein lieber Plankton, worüber reden wir hier schon seit bald einer Stunde? Über die Innominati! Mozart war ein Innominato! Er lebte ab seinem angeblichen Tod 1791 bis zu seinem wirklichen Tod 1844 bei uns!"

„Mozart ein Innominato?" Plankton konnte es nicht fassen. „Dann ist er nicht 1791 gestorben?"

Kardinal Rissoni schüttelte den Kopf.

„Und er wurde nicht von dieser Geheimorganisation ermordet?"

„Nein, wurde er nicht. Aber 1791 war seine Lage so prekär – die Gläubiger liefen ihm nach, die Geheimorganisation, die Sie angesprochen haben, wollte ihn ermorden, und mit seiner Konstanze gab es auch gewisse Probleme –, dass er von uns als Innominato angeworben wurde. Er hat dann bei uns noch wunderbare Sachen komponiert, Dutzende Klavierkonzerte, etwa 20 Opern – darunter eben eine neue Fassung des *Orpheus*, kein Vergleich mit dem von Gluck, obwohl der auch gar nicht so schlecht ist, und vieles andere. Auch sein *Requiem* hat er noch ein paarmal umgeschrieben. Es ist nur schade, dass wir diese Stücke nicht in voller Instrumentation aufführen können, so viele Musiker haben wir dann hier auch wieder nicht, und daher gibt es von der Arie aus seinem *Orpheus*, die Sie zuvor gehört haben, auch nur diese eine Aufnahme in einer Klavierfassung von 1994 mit Fritz Wunderlich. Da war der gute Fritz auch schon weit über 60."

„Die schönste Musik, die ich je gehört habe", sagte Plankton ehrfurchtsvoll.

„Ja? Nun, da haben Sie Mozarts andere Sachen noch nicht gehört. Wir hatten in den letzten Jahrhunderten einige Komponisten hier. Hatten, wie gesagt, Vergangenheitsform. Die heutigen E-Musik-Komponisten sind es nicht wert ...

Da ist es ähnlich wie bei der Kategorie Staatsoberhäupter/ Politiker/Monarchen. Auch von dieser Sorte haben wir derzeit nicht allzu viele bei uns. Nicht, dass es nicht einige gäbe, die gern aussteigen würden, speziell in Österreich kämen einige aktuelle und ehemalige Minister infrage, aber es fehlen ihnen die Talente, die sie für uns interessant machen! Das war früher anders. Gut, nächste Woche kommt sich jemand aus dieser Kategorie vorstellen, mal sehen. Ihre Habsburger etwa, mein lieber Plankton, haben mehrfach Spuren bei den Innominati hinterlassen."

„Inwiefern?", fragte Plankton. Einerseits, weil es ihn wirklich interessierte, andererseits, je länger er mit dem Kardinal plauderte, umso länger blieb er am Leben ...

„Nun, lassen wir das Mittelalter aus und beginnen wir mit Kronprinz Rudolf. Der ist Ihnen ein Begriff? Ja? Gut. Nun, Kronprinz Rudolf kam mit seinem Vater – Kaiser Franz Joseph – nicht zurecht, hatte ganz andere politische Vorstellungen. Für ihn gab es nur zwei Möglichkeiten: ein Putsch gegen seinen Vater – oder ein Innominato zu werden. Ja, vielleicht wäre der Putsch die bessere Alternative gewesen, er hatte ganz vernünftige Ansichten, der Bruder Flurdo – das war dann sein Innominato-Name –, vielleicht wäre dann das 20. Jahrhundert ganz anders verlaufen."

„Und Mary Vetsera?"

„Ach, Sie kennen die Geschichte? Nun, in Österreich kennt die Affäre Mayerling wahrscheinlich jedes kleine Kind. Nun, für die kleine Mary hatten wir keinen Bedarf, die musste Rudolf auch eigenhändig erschießen, für die Tötung seines Doubles sorgten dann wir, das gehört sozusagen zum Auftragsumfang. Rudolfs Mutter – die Kaiserin Elisabeth, Sie kennen sie wohl nur unter ihrem Pseudonym Sisi – wäre übrigens auch von ihrer Psyche her innominatareif gewesen, aber wir haben bei ihr beim besten Willen keine

Eigenschaften gefunden, mit denen sie sich für uns nützlich erweisen hätte können, da können sie die *Sissi*-Filme noch so oft im Fernsehen wiederholen, Sie werden keinen einzigen Grund finden, der sie innominatawürdig erscheinen ließe. Ja, die Kaiserin Elisabeth wurde dann wirklich erstochen, ihr Neffe Franz Ferdinand allerdings ..."

„Ja? Der Thronfolger, der in Sarajevo erschossen wurde?"

„Genau der. Ich sehe, Plankton, Sie haben die österreichische Geschichte intus. Ja, Franz Ferdinand hatte überhaupt keine Freude damit, seinem Onkel Franz Joseph als Kaiser auf den Thron zu folgen. Man hatte ihm das Leben schon schwer genug gemacht, indem man seiner Verehelichung mit Gräfin Sophie Chotek nur unter der Bedingung zugestimmt hatte, dass er einen formellen Thronverzicht für seine Nachkommen aus dieser Ehe unterzeichnete, und nun auch das noch – diesem monströsen unregierbaren Riesenreich Österreich-Ungarn als Kaiser vorzustehen! Nein, danke!"

„Und so wurde er ein Innominato?"

„Er und sie. Ausnahmsweise. Franz Ferdinand stellte zur Bedingung, nur mit Sophie gemeinsam zu uns zu stoßen. Na ja, machten wir halt einmal eine Ausnahme, einmal ist keinmal. Franz Ferdinand war dann reichlich überrascht, hier auf seinen Thronfolgervorgänger, seinen Cousin Rudolf, zu stoßen!"

„Dann ist der Auslöser des Ersten Weltkriegs ...", überlegte Plankton.

„Sie sind ein schlauer Kerl, Plankton!", lobte Rissoni. „Ich weiß, was Sie denken. Und wir hier im Vatikan, die mit den Innominati zu tun haben beziehungsweise hatten, haben uns auch oft die Frage gestellt, wie die Geschichte des 20. Jahrhunderts wohl verlaufen wäre, wenn wir Franz Ferdinand und seine Frau damals *nicht* hier aufgenommen hätten, wenn sie *heil* von ihrer Reise aus Sarajevo wieder heimgekehrt wären, wenn Kaiser Franz Joseph somit *keinen* Grund gehabt hätte, Serbien den Krieg zu erklären, wenn, wenn, wenn ... Der Erste Weltkrieg hätte womöglich nicht stattgefunden, und ohne den Ersten auch nicht der Zweite, Hitler hätte möglicherweise auch so Karriere gemacht, aber als Kunstmaler ... Ja, dass der Alte – also Kaiser Franz Joseph – so reagieren würde, damit hat keiner von unseren Experten damals gerechnet. Eine fatale Fehleinschätzung. Glauben Sie mir, mein lieber Plankton, der Vatikan – oder jedenfalls der wissende Teil des Vatikans – ist sich seiner Verantwortung für die vielen Millionen Toten in den beiden Weltkriegen sehr wohl bewusst."

„Ich kann das alles nicht glauben", sagte Plankton.

„Sie können aber versichert sein, dass ich Ihnen in Ihrer Lage keine Märchen erzähle. Um noch ein weiteres Mitglied der Habsburger-Dynastie zu erwähnen – nein, nicht Otto, der ist mit seinen 99 eines natürlichen Todes gestorben, aber sein Vater ..."

„Kaiser Karl?"

„Bravo, Plankton. Geschichte: Sehr gut. Nun, ich sage nur eines: Ist es nicht höchst seltsam, dass ein junger, gesunder, kräftiger Mann, der die Strapazen eines jahrelangen Krieges unbeschadet überlebt hat und imstande war, in kürzester Zeit acht liebreizende Kinder zu zeugen, in einem Touristenparadies wie es Madeira ist, mit 35 Jahren an einer läppischen Erkältung stirbt?"

Plankton sagte nichts. Der Kardinal erwartete aber auch gar keine Antwort und fuhr fort: „Aber wir sind vom Thema abgekommen. Ich bin wieder dran mit dem Fragen. Wer weiß außer Ihnen beiden noch von den Innominati? Zum Beispiel der Kommissar, dieser Inspektor Rätisch: Wie viel weiß er?"

Plankton zögerte mit der Antwort. Er wollte nicht auch noch seinen Schulfreund in Gefahr bringen. Der hatte ihn zwar vor ein paar Tagen verhaftet, aber das war wohl nicht persönlich gemeint gewesen. Derlei Kleinigkeiten sollten auf eine jahrzehntelange Freundschaft keinen Schatten werfen.

„Plankton, ich warte auf eine Antwort", meldete sich der Kardinal grantig. „Soll ich wieder auf das Knöpflein drücken? Die Maschine merkt sich, wo sie aufgehört hat, sie fängt nicht immer wieder mit der harmlosen Massage von vorne an!"

„Nein, nein", beeilte sich Plankton zu sagen. „Ich denke ja nur nach. Ich bin mir selber nicht im Klaren, wie viel er weiß. Ich habe ihm gegenüber die Innominati einmal erwähnt, aber er hat mich nicht ernst genommen. Er hat *mich* ja sogar verhaften lassen, weil er meint, *ich* hätte Sly umgebracht! Wegen meiner Gramastettner-Krapferl-Euphorie."

„Das müssen Sie mir jetzt erklären."

Plankton tat dies* und sagte abschließend: „Und daher meint er, *ich* hätte Sly vergiftet. Und dabei waren es doch Sie beziehungsweise einer Ihrer Schergen. Wobei ich noch immer nicht verstehe: Sly musste sterben, nur weil er Elvis Presley getroffen – und wohl auch erkannt – hat?"

„Das ist zwar eine grob vereinfachende Begründung, aber prinzipiell haben Sie recht. Wissen Sie, Plankton, unsere Innominati sind völlig harmlos. Sie – und mit ihnen wir, die wir die Aufsicht über sie haben – wollen nichts anderes, als dass sie in Frieden und Abgeschiedenheit ihr weiteres Leben verbringen. Nur Silve – es ist Ihnen doch recht, wenn ich Elvis weiterhin Silve nenne, ich habe mich in den letzten Jahrzehnten an seinen neuen Namen so gewöhnt –, Silve wie gesagt ist in letzter Zeit aus diesem Lebensstil ausgebrochen. Als er auf einem Plakat las, dass der weltbeste Elvis-

* Wir wiederholen das hier nicht, die Folterkammerkapitel sind sowieso schon recht lang geworden, wer das mit der Gramastettner-Krapferl-Euphorie vergessen hat, kann es im 28. Kapitel nachlesen.

Interpret, Sly Slender, in Rom ein Konzert geben würde, war er nicht zu halten. Er kaufte sich von seinem Taschengeld eine Eintrittskarte und setzte sich ins Kolosseum. Er war von Herrn Slenders Darbietung so begeistert, dass er ihn nach der Vorstellung aufsuchte, und nicht nur das, er lud ihn auch in die Via Trabuccini ein, wo die zwei dann sogar miteinander musizierten."

„Und dort muss Sly dann herausgefunden haben, dass Bruder Silve in Wahrheit der wider Erwarten höchst lebendige Elvis Presley ist."

„Genau. Seltsamerweise überraschte ihn das nicht einmal sonderlich, offenbar war er sowieso davon überzeugt, das Elvis noch lebte – auf welche Art auch immer."

„Und weiter? Was ist dann passiert? Schließlich ist Sly unbehelligt nach Linz zurückgekehrt."

„Wir haben erst Wochen später von diesem gemeinsamen Musizieren erfahren!", ereiferte sich der Kardinal. „Ach, ich muss mir wohl selbst den Vorwurf machen, die Innominati nicht besser überwacht zu haben, aber in den letzten Jahren war das nicht notwendig gewesen! Jetzt bin ich natürlich klüger und weiß: Vertrauen ist gut, aber Kontrolle ist besser, viel besser. Jedenfalls tauchte eines Tages im Oktober – zwei Monate nach dem Konzert – ein Mann in der Via Trabuccini auf, der dreist anläutete und dann so merkwürdige Fragen stellte, dass Schwester Nadia mich verständigte."

„Diana!", rief Plankton aus und dachte an seine Geliebte, wie zärtlich sie zu ihm gewesen war (und er zu ihr natürlich auch, denn Liebe ist für Plankton keine Einbahnstraße).

„Wir schnappten uns den Mann", berichtete Rissoni weiter, „und brachten ihn hierher. Ach ja, von ihm her ist das Gerät noch auf Deutsch eingestellt! Es war ein gewisser Bruno-Den-Familiennamen-weiß-ich-jetzt-nicht-mehr, in der Branche bekannt als Crazy Bruno."

„Slys Lieblingsgitarrist!", rief Plankton.

„Ah, Sie kennen ihn? Nun, bei eingehender Befragung stellte sich heraus, dass Sly ihm anvertraut hatte, dass er in Rom dem leibhaftigen Elvis Presley begegnet war. Bruno dachte zunächst, Sly wäre verrückt, also Crazy Sly und nicht Crazy Bruno, wenn Sie den kleinen Scherz erlauben, als Sly sich aber nicht davon abbringen ließ, beschloss Bruno, sich das einmal selbst in natura anzusehen, und reiste nach Rom. Eine Reise ohne Wiederkehr."

„Er ist tot?", fragte Plankton entsetzt.

Der Kardinal nickte. „Nachdem er uns alles gesagt hatte, bestand keine Veranlassung mehr, ihn am Leben zu lassen. Bruno hat bereitwillig einen handgeschriebenen Abschiedsbrief verfasst, dass er Selbstmord begehen wolle – den Grund, den er dafür angeführt hat, habe ich leider vergessen –, mein Sekretär hat dann noch ein paar Tests mit ihm angestellt, aber das wollen Sie sicher nicht im Detail hören, und dann verließ er diesen Raum getragenerweise durch die Eiserne Jungfrau."

Plankton schluckte ein paarmal und fröstelte. Stand ihm und Veronika dasselbe Los bevor – tot aus diesem Raum hinausgetragen zu werden?

Der Kardinal fuhr fort: „Aus Crazy Brunos Verhör ergab sich zwar, dass von ihm – Bruno – niemand von Silve erfahren hatte, Bruno hatte ja selbst nicht daran geglaubt, aber wir mussten wohl oder übel Sly überwachen. Wenn er Bruno gegenüber den Mund nicht gehalten hatte, bestand wohl die Gefahr, dass er anderen Leuten gegenüber auch Andeutungen machen würde. Dass er die sensationelle Begegnung sogar in seinen Memoiren erwähnten wollte, ahnten wir damals noch nicht. Und wir konnten es nicht zulassen, dass die Welt von den Innominati erfuhr! So übersiedelten wir unsere Innominati, rein sicherheitshalber, vom Norden der Stadt hierher ins Zentrum und schickten Mee-Gees Sohn nach Linz."

Schon wieder dieser Sohn eines gewissen Mee-Gee, fuhr es Plankton durch den Kopf. Wo hatte er den Namen schon einmal gehört? Richtig, Schwester Letizia hatte ihn erwähnt. „Mee-Gees Sohn hat in Linz volle Arbeit geleistet", hatte sie gesagt. Also war Rüdiger-Maria Mee-Gees Sohn? Aber wer war Mee-Gee?

„Und der hat in Linz volle Arbeit geleistet", stahl Plankton unbefugterweise den Satz von Schwester Letizia, worauf der Kardinal nickte.

„Ich muss allerdings nach seiner Rückkehr aus Linz ein ernstes Wörtchen mit ihm reden", schränkte der Kardinal ein. „Seine Mordmethoden in allen Ehren, aber dieses umständliche Gramastettner-Krapferl-Vergiften auf offener Bühne oder hinter geschlossener Bühne, egal, das hätte wirklich nicht sein müssen. Das hat nur Sie auf den Plan gerufen, stimmt's?"

„Ja", bestätigte Plankton. „Mit von mir gebackenen Mehlspeisen *werden* keine Menschen vergiftet, das kann ich nicht auf mir sitzen lassen!"

„Dafür habe ich vollstes Verständnis", sagte der Kardinal mit einer kleinen, ehrfurchtsvollen Verbeugung. „Leuchtet mir ein, dass das an Ihrer Ehre kratzt. In dieser Hinsicht seid ihr Österreicher den Sizilianern sehr ähnlich. Tut mir sogar bis zu einem gewissen Punkt leid, dass es Sie jetzt auch in diese Geschichte hineingezogen hat. Aber wie heißt es so schön: C'est la vie. Das nächste Mal soll es Mee-Gees Sohn auf die übliche Tour machen. Erstechen, erschießen, erwürgen ..."

„Was ich aber noch immer nicht verstehe", sagte Plankton, „wenn die Innominati so harmlos sind – warum ist es dann nötig, alle Menschen zu ermorden, die von ihrer Existenz wissen?"

Kardinal Rissoni wiegte bedächtig den Kopf. „Das ist eine gute Frage, Plankton, eine ausgezeichnete Frage. Ich weiß allerdings nicht, ob ich Ihnen die Antwort darauf geben soll, denn die Erklärung rüttelt an den Grundfesten der Kirche."

„Ach, kommen Sie, Rissoni", sprach Plankton im selben Tonfall zurück, „wenn Sie mich dann sowieso umbringen, wenn ich Ihnen alles gesagt habe, können Sie wenigstens meine Neugier befriedigen und mich in dem Wissen sterben lassen, dass durch meinen Tod die Grundfesten der Kirche bestehen bleiben."

Der Kardinal überlegte kurz, dann nickte er und sagte: „Sie haben recht. Diese Erklärung bin ich Ihnen fast schuldig. Nun – es gibt eine zweite Dimension der Innominati."

„Eine zweite Dimension?", wunderte sich Plankton. Kam jetzt irgendetwas mit Außerirdischen?

„Ja. Die eine Dimension ist die irdische – unsere harmlosen Innominati, von denen Sie ja ein paar kennengelernt haben. Keinerlei kirchlicher Bezug – außer dass niemand so schön Kirchenlieder singt wie der alte Fritz."

„Und die andere Dimension ist eine kirchliche?", fragte Plankton.

„Sie haben es erfasst. Und diese andere Dimension – der Gründer der Innominati – darf nie bekannt werden! Sein Outing – und nicht die stetig wiederkehrenden Fragen nach Verhütungsmitteln, dem Zölibat oder dergleichen – wäre das Ende der römisch-katholischen Kirche."

„Der Gründer der Innominati?", wiederholte Plankton stirnrunzelnd. „Das wäre dann wohl der allererste Aussteiger?"

Der Kardinal nickte.

„Und wer war dieser erste Aussteiger?", fragte Plankton. „Irgendein Papst? Oder ein später Heiliggesprochener?"

Der Kardinal schüttelte den Kopf und sagte leise: „Viel schlimmer. Jesus Christus."

37. Kapitel

Inventarminatoren sind sehr gründliche Leute. Man könnte sie akribisch nennen, mit einem Hauch Autismus. Wenn Ludwig beispielsweise jemanden anrief und dieser Jemand hob nicht ab, dann ließ er es zwölf Mal läuten. Nicht elf Mal und nicht 13 Mal, sondern exakt zwölf Mal, und jedes einzelne Läuten zählte er mit, wobei Inventarminatoren mit dem Zählen keinerlei Schwierigkeiten haben, sie müssen ja oft beim Inventarisieren ziemlich viele Sachen zählen (Blätter Papier, Heftklammern, Hustenzuckerln, wie wir schon gesehen haben), und das beherrschen sie aus dem Effeff.

Der Intendant des Landesstudios Oberösterreich ließ Ludwig nicht so lange warten. Schon nach dem zweiten Läuten meldete sich – nein, nicht der Intendant selbst, sondern seine Automatenstimme, also der telefonische Anrufbeantworter, der Ludwig (beziehungsweise eigentlich jedem, der ihn anrief) mitteilte, dass der Besitzer der Stimme heute schon sein Büro verlassen hatte und nicht gedachte, vor morgen Vormittag wieder in diesem zu erscheinen.

Da Inventarminatoren nach dem jeweiligen Intendanten und dem Cafébetreiber die drittwichtigsten Personen der Landesstudios sind, besaß Ludwig natürlich die Privathandynummer seines obersten Chefs, die er nun auch ohne nennenswerte Scheu wählte.

„Hallo, Ludwig, ja, ich seh, dass Sie's sind, machen Sie's kurz, ich bin in einer dringenden Sitzung wegen der Zukunft des *Musikantenstadls*, ich nehme an, es ist wichtig", meldete sich der Intendant sofort auf dem Handy.

Der Inventarminator schilderte dem Intendanten seinen mysteriösen Fund beim Inventarisieren des Waldenberger-Büros, erklärte ihm minutiös, was ihn so mysteriös machte, dann sagte der Landesstudiochef: „Nun, ich komme heute nicht mehr ins Studio zurück. Sie haben doch sicher einen Schlüssel zu meinem Büro, Ludwig? Ja? Dachte ich's mir doch. Legen Sie das Diktiergerät auf meinen Schreibtisch, ich horch mir die Sache morgen in der Früh dann an, okay?"

Ludwig war damit einverstanden und beendete das Gespräch. Inventarminatoren bevorzugen es, wenn überhaupt nur kurz zu telefonieren, aber noch lieber schreiben sie Mails. Und noch noch lieber Inventarlisten.

Wer weiß, wenn Ludwig das Diktiergerät gleich zur Polizei getragen hätte und nicht noch ein weiterer Tag verstrichen wäre, vielleicht hätte das Leben von diesem, äh, Dings gerettet werden können ...

38. Kapitel

„Jesus Christus!", rief Plankton überrascht. „Jesus Christus war Aussteiger und Gründer der Innominati?"

„So ist es."

„Und woher wollen Sie das wissen?"

„Es gibt Dokumente, die das belegen. Man könnte diese Dokumente als Jesu Memoiren bezeichnen."

„Und was sind das für Dokumente?"

„Hören Sie, Plankton, ich unterhalte mich hier gern mit Ihnen", sagte der Kardinal leicht gestresst, „aber alle Details müssen Sie auch wieder nicht wissen. Noch dazu haben wir extra wegen Ihnen beiden die Fußbodenheizung eingeschaltet, und die kostet ziemlich viel Geld. Glauben Sie mir einfach, Jesus Christus ist nicht am Kreuz gestorben und auferstanden, sondern er ist wenige Stunden vor seinem ‚Tod' – ich hoffe, Sie haben die Anführungszeichen vor und nach dem Wort Tod mitbekommen? – ausgestiegen ..."

„Was heißt das, er ist ausgestiegen? Wer ist dann am Kreuz gestorben? Es *ist* doch jemand am Karfreitag am Kreuz gestorben?"

„Ja, nur halt nicht Jesus Christus, sondern wer anderer. Sie kennen ihn aus dem Neuen Testament."

„Ich kenne viele Personen aus dem Neuen Testament, machen Sie es nicht so spannend!" Fast hätte Plankton dazugefügt: „Wir haben nicht ewig Zeit!"

„Simon von Cyrene."

„Simon von Cyrene? Der Mann, der Jesus geholfen hat, das Kreuz zu tragen?"

„Genau der. Ach, Plankton, ich liebe es, mit jemandem zu plaudern, der die biblischen Grundbegriffe und Eckdaten intus hat, dem man nicht erst alles lang und breit erklären muss.

Mit Crazy Bruno war das viel komplizierter. Ja, Simon von Cyrene, der Jesus geholfen hat, das Kreuz zu tragen, den meine ich und keinen anderen. Nur dass es umgekehrt war. Nicht Simon hat Jesus geholfen, das Kreuz zu tragen, sondern Jesus hat Simon geholfen, weil nämlich Simon gekreuzigt wurde und nicht Jesus."

„Das glaube ich nicht", sagte Plankton geschockt.

„Glauben Sie's oder nicht", erwiderte der Kardinal ungerührt. „Ich zitiere nur aus Jesu eigenen Schriften. Wobei: Die Lehre, dass tatsächlich Simon von Cyrene gekreuzigt wurde und nicht Jesus, ist nicht unbedingt neu. Abgesehen davon, dass auch im Koran steht, dass nicht Jesus hingerichtet wurde, sondern ein anderer, der ihm ähnlich sah – in Sure 4, 157, da staunen Sie, wie gut ich den Koran kenne –, wobei – meiner bescheidenen Ansicht nach soll man nicht alles glauben, was im Koran steht, abgesehen davon vertrat auch der gnostische Häretiker Basilides von Alexandria diese Lehre, allerdings mit der lachhaften Begründung, weil Jesus die Gestalt des Simon angenommen habe und umgekehrt. Auf Ideen kommen diese Häretiker,* wenn sie zu viel nachdenken! Die Wahrheit ist viel profaner!"

„Ja? Erzählen Sie!"

„Nun, um die wahre Geschichte zu verstehen, muss man die Rolle von Pontius Pilatus neu beleuchten. Pontius Pilatus – Ihnen brauche ich das ja nicht zu sagen – hat – so steht es in der Bibel – Jesus verurteilt und töten lassen. Nur – Pontius Pilatus *wollte* Jesus gar nicht verurteilen und töten lassen! Er war vielmehr von diesem Mann beeindruckt und versuchte mit allen Mitteln, seine Freilassung zu erwirken, ja, er über-

* Ein Häretiker ist jemand, der von der offiziellen Glaubenslehre abweicht; die dazu passende Lehre heißt Häresie (aus dem altgriechischen αἵρεσις, haíresis = Wahl, Anschauung, Schule, Ketzerei).

legte sogar, sich Jesus anzuschließen, konnte das aber nach reiflicher Überlegung des Für und Wider mit seinem Job und seinen Karriereaussichten nicht vereinbaren! Einige seiner Mittel, Jesus freizubekommen, sind sogar in den Schriften des Neuen Testaments erwähnt, werden aber nicht richtig gedeutet. Erinnern Sie sich an die Bibelstelle, Plankton, wo Pontius Pilatus vor das Volk tritt und sagt: ‚Ich finde keine Schuld an ihm'? Nach einem anderen Text ruft er dem Volk zu: ‚Was hat er denn Böses getan?' Und Sie erinnern sich wohl auch daran, dass es Brauch war, dass der Statthalter der Volksmenge einen Gefangenen freigab, und Pilatus dem Volk *Jesus* anbot, weil er hoffte, ihn auf diese Weise freizubekommen, das Volk aber *Barabbas* freilassen wollte? Pontius Pilatus war in der Zwickmühle. Einerseits konnte er sich dem Willen des Volks nicht widersetzen, ohne einen möglichen Aufstand befürchten zu müssen, andererseits wollte er Jesus nicht kreuzigen lassen, weil er ihn – ich sagte es schon – für einen Heiligen hielt. Laut Neuem Testament fügte er sich dann darein, in Wahrheit verfiel er – gemeinsam mit Jesus! – auf den Plan, statt Jesus einen anderen kreuzigen zu lassen. Und deshalb wusch er seine Hände in Unschuld."

„Und Jesus hat bei diesem Plan mitgemacht?", fragte Plankton schockiert.

Der Kardinal nickte traurig.

„Ein anderes Opfer war rasch gefunden – dieser Simon von Cyrene. Er war dummerweise zufällig zur Stelle – zur falschen Zeit am falschen Ort, dieser Spruch hat schon damals gegolten –, und er sah Jesus sogar – so schreibt Jesus in seinen Memoiren – ein wenig ähnlich. Gleiche Größe, gleicher Ernährungszustand, gleicher Bart, sogar eine ähnliche kleine Warze auf der rechten Wange etc. Man setzte Simon unter Drogen, römische Maskenbildner sorgten dafür, dass er Jesus noch ähnlicher sah, sie tauschten die Kleider, und nach ein wenig Folter – Stichwort Geißelung – war von Simons Gesicht sowieso kaum mehr was zu erkennen, na und beim Weg zur Kreuzigung half ihm Jesus sogar, das Kreuz zu tragen."

„Unglaublich! Und was geschah danach mit Jesus?"

„Jesus verließ Jerusalem noch am selben Tag. Es ist ja bekannt, dass er dann noch seinen Jüngern ein paarmal erschienen und eines Tages spurlos von der Bildfläche verschwunden ist. Aufgefahren in den Himmel, beten wir im Glaubensbekenntnis. In Wahrheit war er ein Aussteiger. Der erste Innominato."

„Und statt ihm ist dieser Simon von Cyrene gekreuzigt worden?"

„So ist es. Ein perfider Plan von Pontius Pilatus und Jesus Christus, finden Sie nicht? Und daher verstehen Sie wohl, mein lieber Plankton: Dass diese Geschichte nicht publik wird, muss uns ein paar Opfer wert sein. Sie sind ein intelligenter Mensch, Sie können sich ausmalen, was mit der katholischen Kirche geschehen würde, wenn bekannt würde, dass Jesus *nicht* am Kreuz gestorben ist, dass er *nicht* auferstanden ist, sondern dass er ein verräterischer Feigling war, der den Tod von Simon von Cyrene – und nicht nur von dem – auf dem Gewissen hat ..."

„Ach, auch noch von anderen?", warf Plankton ein, jedoch in diesem Moment regte sich etwas bei der Tür, durch die vor etwa einer Stunde der Kardinalssekretär verschwunden war. Offenbar stand dort schon seit längerer Zeit jemand, denn mit einem Mal schrie ein Mann beinahe hysterisch „Jesus *war* kein verräterischer Feigling! Jesus *ist* am Kreuz gestorben! Jesus *ist* auferstanden!" und stürzte in den Raum.

„Giacomo!", rief der Kardinal entsetzt, als er den Mann erkannte, und auch Plankton in seiner unbequemen Lage sah spätestens, als der Mann noch drei Meter vom Kardinal entfernt war, dass es sich bei dem Heranstürmenden um den Kardinalssekretär handelte.

Was Plankton noch sah, war, dass der Mann einen Gegenstand in der Hand hielt, den er aus Ritterfilmen kannte, und ihm fiel auch gleich ein, wie dieser Gegenstand hieß, nämlich Hellebarde! Es kann dahingestellt bleiben, ob diese der Familie der Hieb- und Stichwaffen zugehörige Waffe im vatikanischen Sprechzimmer auch tatsächlich dazu benutzt wurde, um Leute zum Sprechen zu bringen, oder ob es sich bloß um ein Dekorationsstück handelte, das vom Vatikan irgendwann einmal als Steuerabschreibposten angeschafft worden war, jedenfalls hatte diese spezielle, nun in Giacomo Picciunis Händen befindliche Hellebarde jahre-, wenn nicht jahrzehntelang ihren angestammten Platz gleich beim Eingang zum Sprechzimmer gehabt – leider für jemanden, der schon minutenlang unbemerkt dem Gespräch zwischen dem Kardinal und Plankton gelauscht hatte und nun von Mordgelüsten gesteuert wurde, zum Ergreifen und Mitnehmen wie geschaffen.

„Jesus *ist* am Kreuz gestorben! Jesus *ist* auferstanden!", brüllte der Kardinalssekretär neuerlich, während er wie ein wütender Stier auf den Kardinal losstürmte – mit dem Unterschied (zum Stier), dass er nicht Hörner auf seinen Gegner gerichtet hatte, sondern die Spitze der Hellebarde.

So eine Hellebarde hat ja bekanntlich auf der Seite zwei Klingen – eine breite und eine kurze (die breite wird Beil oder Barte, die kurze Haken genannt) – und am Ende eine weitere, spitz gearbeitete Klinge, die – vor allem, wenn die Waffe so gehalten wird, wie es Picciuni im vorliegenden Fall tat – als Spieß eingesetzt werden kann. Eben diese spitze Klinge drang mühelos in die Brust des Kardinals ein, als sich Picciuni mit dem ganzen Gewicht seines Körpers auf seinen (bald ehemaligen) Dienstgeber stürzte. Der Aufprall des einen Körpers auf den anderen war dabei so heftig, dass nicht nur beide zu Boden stürzten (wobei der Kardinal wohl auch aufgrund der Tatsache, soeben von einer Hellebarde aufgespießt worden zu sein, früher oder später umgefallen wäre), sondern überdies – um nicht zu sagen überflüssigerweise – die Beinprothese des Kardinals aus ihrer Verankerung gerissen wurde und sich mit nicht unbeträchtlichem Schwung vom Schenkel des Kardinals entfernte und in die Lüfte erhob.

Im selben Moment, in dem der Kardinal rücklings auf dem Boden anlangte, über ihm sein Sekretär, der ihn, immer wieder „Jesus war kein Verräter!“ schreiend, zu würgen begann, segelte die Prothese gegen die Streckbank, von der aus Plankton entsetzt die Ereignisse hautnah aus nächster Nähe mitverfolgte, und gelangte am vorläufigen Ende ihres Flugs zu dem zwar kleinen, aber für Fluggeräte nicht unerreichbaren Schalter, der zum Ein- und Ausschalten der Foltermaschine bestimmt war und den sie nun mit einem lauten Klicken betätigte.

Während Rissonis Prothese im Anschluss daran – gleichsam erschöpft, als habe sie mit dem Wiedereinschalten der Streckbank ihre gesamte Kraft verströmt – zu Boden polterte, fühlte Plankton, wie die Seile von Neuem an seinen Gliedmaßen zerrten. Wenig später begann Mozarts Klaviermelodie erneut von vorne zu spielen, und auch Wunderlichs Tenor setzte kurz darauf wieder ein.

„Nein! Aufhören!“, rief Plankton, nicht die Musik, sondern die Streckung meinend, aber weder der Kardinal noch sein Sekretär, der vom Würgen dazu übergegangen war, den Kopf des Kardinals mit heftigen Faustschlägen zu bearbeiten, waren in der Lage, auf seine Rufe zu reagieren.

Veronika wäre vielleicht dazu in der Lage gewesen. Sei es, weil die Wirkung des Betäubungsmittels an ihrem natürlichen Ende angelangt war, sei es, weil der Tumult, der vor allem durch das hysterische Gebrüll des Kardinalssekretärs verursacht wurde, sie vorzeitig aus der Ohnmacht erwachen hatte lassen, jedenfalls fand sich Veronika zu ihrer Überraschung mit auf den Rücken gebundenen Händen und – abgesehen von ihrem BH (gut, dass sie den heute in der Früh angezogen hatte) – mit nacktem Oberkörper auf einem offenbar gut geheizten Steinboden wieder. Was war geschehen? Das Letzte, an das sie sich erinnerte, war, dass Bruder Silve mit einer Stimme, die nach Elvis Presley geklungen hatte, zu singen begonnen hatte. Und dann? Blackout. Und was war das nur für ein Geschrei? Ein Mann, dessen Stimme sie keiner ihr bekannten Person zuordnen konnte, schrie dauernd, dass Jesus kein Verräter gewesen sei, und in diese monoton wiederholten Worte mischten sich Rufe von Plankton – ihrem geliebten Rupert –, die sich nach Todesangst anhörten! Von ihrer Liegeposition aus konnte sie die schreienden Männer allerdings nicht sehen. Überhaupt gewöhnten sich ihre Augen nach der stundenlangen ohnmachtsbedingten Dunkelheit erst langsam an die fast gleißende Helligkeit in diesem Raum, und sie nahm ihre Umgebung anfangs nur unscharf wahr. Und warum lag sie halbnackt auf dem Boden? Was hatte man mit ihr vor? Und wenn man etwas mit ihr vorhatte, warum hatte man sie *oben* ausgezogen und nicht (auch) unten?

Plankton vernahm mittlerweile mit Schrecken die Computerstimme der Maschine, die mit glasklarer Aussprache „Noch eine Minute 40 Sekunden bis zum ersten Riss“ ansagte. Vor allem seine Armmuskeln schmerzten bereits dermaßen, dass er es fast nicht mehr aushalten konnte, und noch immer zogen die Seile an seinen Händen. Wie hatte der Kardinal die Maschine programmiert? Zwei Zentimeter die Minute? Das hieß, dass bis zum Reißen des ersten Bandes oder Muskels sein Körper noch weitere drei Zentimeter gedehnt würde! Die Schmerzen waren schon jetzt fast nicht mehr zu ertragen …

Der Kardinalssekretär hörte so plötzlich, wie er in den Raum gestürmt war, damit auf, das bereits völlig verschwollene Gesicht des Kardinals weiter zu traktieren. Als ob mit einem Mal die Besinnung in ihn zurückgekehrt wäre, stieß er sich vom Kardinal ab, sprang hoch, rief: „Nein! Nein!" und lief, wieder „Jesus war kein feiger Verräter!" schreiend, aus dem Folterzimmer hinaus.

Die kurz darauf eintretende Ruhe – auch das Mozartlied war am Ende angelangt – tat direkt weh, dauerte aber nicht lange, da schon wenig später Plankton „Abschalten! Schalte doch irgendwer die verdammte Maschine ab!" schrie. Unmittelbar darauf war wieder die Stimme des Computers mit den Worten „Noch 30 Sekunden bis zum ersten Riss!" zu hören.

In diesem Moment erhob Kardinal Rissoni unter unaussprechlichen Mühen seinen Oberkörper und setzte sich auf. Zombiegleich streckte er seinen rechten Arm aus, in Richtung Ausgang, wo sein Sekretär hinausgelaufen war, und sagte mit leiser Stimme: „Ego te absolvo." Das abschließende, ehrlich gemeinte „Mein Sohn"* brachte er nicht mehr über die Lippen, dafür richtete er seinen Blick auf Plankton. Die rechte Hand beschrieb in der Luft eine zittrige Bewegung zur Streckbank, mit letzter Kraft – begleitet von einem Blick, der Plankton noch lange Rätsel aufgeben sollte – drückte er den Knopf, um die Maschine abzuschalten, dann sank sein Oberkörper wieder zu Boden und er tat seinen letzten Atemzug.

Die Maschine erstarb mitten im Satz („Noch zehn Seku ..."), und Plankton schrie seine Schmerzen, zugleich aber auch seine Erleichterung heraus.

* Der geistig rege Leser wird sich erinnern, dass der Kardinalssekretär der leibliche Sohn des Kardinals ist (wurde im 13. Kapitel lang und breit erklärt), Ersterer hat daher soeben, ohne dies zu wissen, seinen Vater ermordet.

„Rupert!“, ertönte es plötzlich von einer anderen Stelle des Saales.

„Veronika“, rief Plankton. „Bist du wach? Komm her! Beeil dich! Schnall mich hier los!“

Andere, „gewöhnliche“ Thrillerschreiber würden hier das Kapitel beenden, vielleicht noch hinzufügen: „Nachdem sie sich gegenseitig losgebunden hatten, verließen sie eilig die Folterkammer und fuhren auf dem schnellsten Weg zurück nach Linz“, dies ist aber ein Thriller, der – wie der Leser bzw. die Leserin vor allem anhand der letzten Kapitel erkannt hat – um extremste Realitätsnähe bemüht ist, daher sind wohl noch die drei Hindernisse, die Plankton und Veronika an einer raschen Abreise aus Rom entgegenstehen, aus dem Weg zu räumen: Erstens ist Veronika gefesselt, zweitens ist Plankton an die Streckbank gebunden und drittens: Wie hinauskommen aus diesem Raum?

Wer an der Lösung dieser Probleme kein Interesse hat, mag erstens in Zukunft wieder „gewöhnliche“ Thriller lesen und zweitens gleich beim nächsten Kapitel weiterlesen (beziehungsweise kann er auch das überspringen, braucht man auch nicht unbedingt für die Zusammenhänge), für die anderen (hoffentlich die absolute Mehrheit) jedoch Folgendes: Veronika gelang es, trotz ihres nach wie vor benebelten Zustands aufzustehen. Sie wankte zu Plankton und starrte entsetzt auf diesen und den tot auf dem Boden liegenden Kardinal hinunter.

„Was machst du da?“, fragte sie. „Und wer ist das?“

„Kardinal Rissoni“, antwortete Plankton. „Ich erzähle dir nachher alles. Bind mich los, wir müssen hier raus.“

„Leichter gesagt als getan“, gab Veronika gequält zurück und zeigte Plankton ihre an den Rücken gefesselten Hände. „Wie soll ich dich da losbinden?“

„Hm, zuerst müsstest du wohl deine Hände freibekommen. Da, die Hellebarde!“

„Ja?“ Veronika blickte mit Abscheu auf die mittelalterliche Waffe, die in der Brust des Kardinals steckte. „Was ist mit ihr?“

„Ich weiß nicht, wie diese seitlichen Klingen da heißen,* aber sie sind sicher scharf genug, dass du deine Fesseln aufschneiden kannst. Wenn du deine Hände an einer der Klingen reibst …“

Plankton erklärte Veronika noch näher, wie er sich diese Prozedur vorstellte, dann setzte Veronika die Anweisungen in die Tat um.

Wenn der Papst oder sonst irgendwer in diesem Augenblick das Sprechzimmer betreten hätte, hätte er eine Frau mit (fast) nacktem Oberkörper vorgefunden, die über einem auf dem Boden liegenden Geistlichen hockte und, dem Gesicht des Katholiken den Rücken zukehrend, mit dem Oberkörper auf- und abwippende Bewegungen machte. Dieser Jemand hätte sich wohl züchtig abgewendet, dann hätte er allerdings nicht mehr gehört, wie die Wippende plötzlich „Au!“ ausrief, weil die spitze Klinge der Hellebarde sie in den Unterarm geschnitten hatte.

Wenig später schrie Veronika wieder auf und stand auf. „So geht es nicht, Rupert!“, sagte sie. „Da ich nicht sehen kann, wie das Seil an der Klinge reibt, habe ich mich schon zweimal geschnitten!“ Tatsächlich floss aus zwei Stellen ihrer Unterarme Blut.

„Dann machen wir es anders“, sagte Plankton, der in Momenten höchster Not und Lebensgefahr recht rasch im Denken war. „Klettre auf mich herauf, ja komm schon, wir haben nicht viel Zeit, es kann jederzeit jemand zurückkommen.“

Obwohl Veronika groß gewachsen war, war die Streckbank zu hoch, als dass sie vom Stand auf sie hinaufsteigen hätte kön-

* Aber wir wissen es: Die breite wird Beil oder Barte, die kurze Haken genannt.

nen, daher schob sie mühsam mit den Beinen ein Foltergerät, das wie ein Sessel aussah, allerdings anstatt einer bequemen Sitzpolsterung spitze Nägel enthielt, zur Streckbank und verwendete die – nagellosen – Armlehnen des Sessels, der in der Folterfachsprache Beichtstuhl heißt, als Aufsteighilfe. Schließlich stand sie auf der Streckbank und blickte auf Plankton herab. „Ja und?", fragte sie.

„Jetzt setzt du dich so auf mich wie zuvor auf den Kardinal, nur dass du deine gefesselten Hände zu meinem Mund halten musst. Ich versuche, den Knoten mit meinem Mund aufzubekommen."

Veronika ließ sich in die Hocke nieder und kam auf Planktons Bauch zu sitzen, was diesem ein schmerzerfülltes „Au!" entlockte.

„Tu nicht so, so schwer bin ich auch wieder nicht", sagte Veronika pikiert. „Letzte Nacht bin ich auch auf dir gesessen, da hast du dich nicht beschwert."

„Da waren aber auch nicht alle meine Muskeln zum Zerreißen angespannt", verteidigte sich Plankton. „So, jetzt her mit den Fesseln zu meinem Mund."

Als Veronika ihre Hände in Positur gebracht hatte, begann Plankton, mit seiner Zunge und seinen Zähnen das Seil zu bearbeiten. Ihm kam dabei zugute, dass die Person, die Veronika gefesselt hatte, keinen ausgefallenen Knoten geknüpft hatte (schließlich war ja nur vorgesehen gewesen, die Frau kurzzeitig zu fesseln, sie sollte ja bald ebenfalls auf einer Streckbank festgebunden werden), dass die Hellebarde an einigen Stellen bereits leichte Beschädigungen der Schnur bewirkt hatte und zu guter Letzt auch dass – wie Veronika in der letzten Nacht wohltuend erfahren hatte – Plankton mit seiner Zunge geschickt umzugehen wusste. Jedenfalls stand Veronika nach knapp zwei Minuten mit von den Fesseln befreiten Händen vor ihm. „So, und jetzt mach mich los!", verlangte er.

„Das sagst du so leicht", erklärte Veronika nach einem Blick auf die Seile, die um Planktons Hände geschlungen waren. Diese verschwanden nämlich im Inneren der Maschine und boten daher keine Angriffspunkte für eine Aufknüpfung.

„Hm, wenn man die Maschine wieder einschaltet – nein, tu das auf gar keinen Fall, ich überlege jetzt nur laut, wenn du die Maschine wieder einschalten *würdest*, hörst du den Konjunktiv –, dann streckt sie mich weiter und in zehn Sekunden reißt bei mir irgendwas. Wenn du sie wieder einschalten würdest – wieder Konjunktiv –, dann würde sich allerdings auch das Display aktivieren und dann könntest du wahrscheinlich durch irgendeinen Befehl die Fesselung widerrufen, aber dafür hättest du wie gesagt nur zehn Sekunden zur Verfügung, und ich habe keine Ahnung, was dann wirklich auf dem Display erscheint und was du alles drücken und eingeben müsstest, daher müssen wir es auf andere Weise versuchen."

„Gern. Aber wie?"

„Siehst du hier irgendwo ein Messer? Ein Folterkeller ohne Messer ist doch kein richtiger Folterkeller. Mit einem Messer könntest du mich losschneiden."

Veronika begab sich auf die Suche, fand dabei zwar ihre und Planktons restliche Bekleidung, ordnungsgemäß zusammengelegt und sortiert auf dem Sitzplatz einer Garotte abgelegt, aber kein Messer.

„Dann nimm die Hellebarde", sagte Plankton.

„Was? Wie?"

„Zieh sie ihm aus der Brust, und mit der breiten Klinge hackst du dann die Seile auseinander."

„Aber – das kann ich nicht. Ich kann ihm doch nicht dieses Ding aus dem Körper ziehen!"

„Veronika, jetzt ist nicht die Zeit für falsche Sentimentalitäten. Dieser Mann wollte uns umbringen! Und wenn sie ihn dann begraben, müssen sie ihm vorher sowieso das Ding aus der Brust ziehen, da kannst du ihnen die Arbeit genauso gut abnehmen."

Veronika zögerte weiterhin, sodass Plankton eindringlich rief: „Veronika, willst du, dass seine Häscher kommen und uns töten? Wir müssen hier raus!"

Er bildete sich ein, in einiger Entfernung einen Tumult zu hören, der möglicherweise davon herrührte, dass der Kardinalssekretär auf wen auch immer gestoßen war.

„Ja. Gut, ich tu's", sagte Veronika, nahm den Stiel der Hellebarde in beide Hände und zog mit aller Kraft daran. Mit einem leisen „Plopp", begleitet von einem plötzlichen Blutstrahl, der sich aus der nun freigelegten Wunde über das schöne Kardinalsgewand ergoss, verließ die Waffe den Körper, den sie getötet hatte, und lag nun, mit einer blutroten Spitze, in Veronikas Hand.

„O Gott, ich glaub das alles nicht", ächzte Veronika und machte mit der Hellebarde versuchsweise einige Hiebe in der Luft, wodurch sie einige Blutstropfen verspritzte.

„So, ich bin jetzt so weit", sagte sie dann. „Zieh deine Finger ein, mach sie zur Faust, dass ich nicht versehentlich einen erwische. Gut. Und jetzt! Augen zu und durch!"

Mit einem kräftigen Hieb – und einem grässlichen Geräusch, als der Stahl der Klinge durch die Schnüre auf das Plastik der Streckbankauflage traf – durchtrennte Veronika die Seile sowohl bei Planktons Händen als auch bei seinen Füßen und warf dann die Hellebarde angewidert weg.

„Los, steh auf, Rupert, dort sind unsere Kleider, wir ziehen uns an, und dann nichts wie weg!"

„Du musst mir helfen", sagte Plankton, der sich mühsam – und ohne Einsatz seiner Arme – aufgesetzt hatte.

„Wobei?"

„Beim Anziehen. Bei allem. Ich habe überhaupt keine Kraft

in den Armen. In den Beinen geht's so halbwegs, ich werde also laufen können, aber meine Arme gehorchen mir nicht."

Es gelang Plankton, von der Streckbank herunterzusteigen, die Arme hingen ihm dabei leblos vom Körper hinunter. Veronika, die sich mittlerweile rasch angezogen hatte, brachte Rupert sein Gewand und half ihm in Leibchen, Hemd, Pullover und Mantel hinein. Nun hörte auch sie schon den Lärm, keine 100 Meter von hier. „Wie kommen wir hier raus?", rief sie entsetzt, als sie erkannte, dass sie durch die Tür, durch die der Kardinalssekretär hinausgelaufen war, nicht fliehen konnten.

„Kein Angst, es gibt einen Schleichweg", sagte Plankton. Er trat zu dem etwa mannshohen Foltergerät, das als Eiserne Jungfrau bekannt war. Das Gerät war geöffnet und zeigte die in die Tür eingearbeiteten Nägel.

„Hier hinein? Du bist verrückt."

„Hier müssen wir durch. Vertrau mir, ich weiß es vom Kardinal. Durch dieses Ding sind wir auch hereingetragen worden, und hier müssen wir wohl auch hinaus."

Veronika warf einen Blick ins Innere der Eisernen Jungfrau. „Hier geht es aber nicht durch. Da ist eine Rückwand."

„Ja, aber es ist eine doppelte Rückwand", versicherte Plankton. Veronika deutete ihm, er solle die Tür des Foltergeräts mit seinem Fuß offen halten, trat in die Jungfrau hinein und drückte auf die Rückwand. Nichts geschah.

„Wahrscheinlich muss das Gerät geschlossen sein, damit der Mechanismus die Rückwand öffnet", vermutete Plankton.

„Untersteh dich und wirf die Tür zu!", schrie Veronika. „Ich spreche mein Lebtag kein Wort mehr mit dir!" Als sie sah, dass Plankton keine Anstalten machte, die nägelbesetzte Tür auf ihren Körper zufallen zu lassen, wurde sie wieder ruhiger.

„Es muss möglich sein, seinen Körper so zwischen die einzelnen Nägel zu zwängen, dass sich die Tür schließen lässt, ohne dass man von ihr aufgespießt wird", überlegte Plankton. „Jedenfalls wenn man so schlank ist wie du."

„Schmeichler! Aber trotzdem ..."

„Ich sage das nicht, um zu schmeicheln, Veronika. Siehst du nicht, die Abstände zwischen den einzelnen Spitzen sind verhältnismäßig groß! Weißt du, Schatz, ich würde ja gern selbst als Erster versuchen, durch dieses Gerät in den dahinterliegenden, uns zur Flucht verhelfenden Gang zu gelangen, aber mir fehlt die Kraft in den Armen und Händen, um die Rückwand aufzudrücken, daher musst wohl du ... Wir können allerdings auch ein, zwei Stunden warten, bis die Kraft zurückkehrt ..."

„Nein, schon gut", sagte Veronika, „ich mach's. Versuche einmal, die Tür vorsichtig zu schließen." Plankton schob die Tür mit einem Fuß langsam zu. Die riesigen spitzen Nägel kamen Veronika bedenklich nahe, plötzlich rief sie „Halt!" und verdrehte ihren Körper, um ihn zwischen die Nägel manövrieren zu können. Nach einigen beinahe akrobatischen Verrenkungen sagte sie: „So, jetzt bin ich so weit. Jetzt müsstet du die Tür zumachen können, ohne dass ich aufgespießt werde."

„Na, dann versuchen wir das jetzt", sagte Plankton. „Viel Glück!"

Ja, viel Glück, dachte sich auch Veronika. Sie wagte nicht daran zu denken, was sein würde, wenn zwar nun die Tür ins Schloss fiel, aber weder die Rückwand der Jungfrau geöffnet werden konnte noch Plankton die Tür wieder aufbrachte. In diesem Moment machte es auch schon „Klick", und sie war in der Maschine gefangen. Vollständige Finsternis umfing sie.

„Und?", rief Plankton von draußen. „Bekommst du die Rückwand auf?"

„Dazu muss ich erst einmal hinkommen", antwortete Veronika. Das war gar nicht so einfach in dieser unnatürlich verrenkten Körperhaltung, in der sie zwischen den tödlichen Nägeln in dem Gerät kauerte. Schließlich gelang es ihr, eine

Hand frei zu bekommen und diese zur Rückwand zu führen. Sie drückte darauf, sie drückte etwas fester ... und tatsächlich, auf einmal gab die Wand mit einem deutlichen Klicken nach, öffnete sich einer Tür gleich nach hinten ... und gab den Blick auf einen durch elektrisches Licht beleuchteten Gang frei!

Veronika rief: „Ich hab's geschafft!", und befreite sich aus ihrer unbequemen Position. „Hier ist tatsächlich ein Gang!"

„Großartig!", rief Plankton. „Nur wie komme ich jetzt da durch? Wir müssen uns beeilen, ich höre Lärm von draußen!"

Veronika, die bereits im Geheimweg stand, hatte einen Schalter in der Mauer entdeckt. „Ich glaube, ich kann die Jungfrau aus- und einschalten", sagte sie. „Ich probier es einfach einmal." Sie drückte auf den Schalter, und tatsächlich sprang die Tür der Eisernen Jungfrau auf. Sie knallte Plankton ans Knie, der laut aufschrie.

„Oh, Entschuldigung", sagte Veronika, als sie sah, was sie angerichtet hatte. „Von hier aus habe ich dich nicht stehen sehen."

„Kein Problem, Hauptsache, der Weg ist jetzt frei", sagte Plankton, der nun – aufgrund des lädierten Knies leicht humpelnd und mit nach wie vor kraftlos nach unten hängenden Armen – durch die geöffnete Maschine schritt. In dem Moment, als er neben Veronika im Gang auftauchte, betraten zwei uniformierte Schweizergardisten die Folterkammer.

„Schnell, mach die Tür zu!", rief Plankton, und Veronika drückte augenblicklich auf den Schalter.

„Cardinale Cappuccino!" Glücklicherweise wurde die Aufmerksamkeit der beiden Uniformierten von dem auf dem Boden liegenden Kardinal gefesselt, sodass sie nicht sahen, wie sich in nicht allzu weiter Entfernung von ihnen die Tür der Eisernen Jungfrau langsam wieder schloss ...

[Kapitel 38a]

Schon wieder so ein Kapitel ohne eigene Zahl! Ja, der Autor will Bestandsaufnahme machen, wer denn aller schon tot ist (und zwar echt tot und nicht bloß innominatimäßig). Inventur sozusagen. Vorgabe vom Verlag waren mindestens genauso viele Tote wie im *Da-Linzi-Code*, also vier aufwärts. Na gut, dann schauen wir mal!

Erstens: Sly Slender. Der ist schon ziemlich lange tot, seit dem ersten Kapitel.

Zweitens: Reinhard Waldenberger. Der musste etwas später dran glauben, ist aber auch schon eine gute Weile her.

Drittens: Crazy Bruno. Wobei: Wenn man es genau nimmt, ist der ja schon vor dem ersten Kapitel gestorben, also sozusagen auf Seite null oder minus eins, aber als Toter aufgetaucht ist er dann mitten im Buch. „Aufgetaucht" ist hier übrigens ein Wortspiel, weil er ja im wahrsten Sinn des Wortes aufgetaucht ist, nämlich aus dem Fluss Tiber. Wasserleiche und so. Ist jetzt die Frage, ob einer, der schon tot war, bevor das Buch überhaupt angefangen hat, streng betrachtet als Toter im Buch zählt oder nicht. Zählen wir ihn fürs Erste einmal halb.

Viertens (beziehungsweise – wenn Crazy Bruno nur halb zählt – dreieinhalbtens): Als Neuzugang der Herr Kardinal. Okay, der hat Pech gehabt, man soll sich halt seine Mitarbeiter genau aussuchen, bevor man ihnen verantwortungsvolle Aufgaben überträgt, aber wie heißt es so schön: Shit happens. Noch dazu war er eh schon alt, der Cardinale Cappuccino, Mitte 70 oder so, ein Fuß hat ihm auch schon gefehlt, noch dazu der rechte (obwohl – bei den Füßen ist's eigentlich meist egal, ob einem der rechte oder der linke fehlt, anders als bei den Händen, Schreibhand und so), und dann noch der viele Zucker im Kaffee ... so ein ungesundes Leben ...

Aber da war doch noch was beziehungsweise wer. Irgendwer sollte doch auch noch ins Gras beißen …

Ach ja, der tschetschenische Zirkusmitarbeiter, der uns seinen Namen nicht verraten wollte. Von dem wurde im 15. Kapitel ja auch gesagt, dass er in ein paar Tagen beziehungsweise Kapiteln ermordet wird, aber warum bloß, was hat er angestellt? So was Blödes, man sollte sich wirklich alles aufschreiben, ein ordentliches Exposé machen, dann kann das nicht passieren, dass man solche Kleinigkeiten innerhalb von ein paar Kapiteln wieder vergisst …

Halt! Jetzt weiß ich's wieder! Den kleinen Tschetschenen bringt seine Gier ums Leben. Stiehlt der doch glatt dem Rüdiger-Maria die Weihnachtsmannmütze. Sind ja viele arme Kerle dabei, bei den tschetschenischen Zirkusmitarbeitern, und der eine oder andere sehnt sich natürlich nach etwas Geld und noch mehr Reichtümern, aber für die bescheideneren von ihnen tut's auch schon mal etwas Kleineres, etwa eine wohlig warme winterfeste Weihnachtsmannmütze, aber dass man da hergeht und einem anderen Zirkuskollegen die Mütze stiehlt, das gehört sich nun wirklich nicht. Nun, vielleicht ist die Hemmschwelle etwas herabgesetzt gewesen, weil der Rüdiger-Maria kein Tschetschene war, nicht einmal einen Hauch von tschetschenischen Vorfahren kann er aufweisen, der Rüdiger-Maria; einen tschetschenischen Landsmann hätte der kleine Tschetschene (zu dumm, dass er uns seinen Namen nicht verraten hat, jetzt muss ich immer Tschetschene schreiben oder sogar kleiner Tschetschene, um ihn von den anderen, nicht so kleinen Tschetschenen zu unterscheiden, mit einem Namen täte man sich leichter, nennen wir ihn halt Josef oder noch besser Joseph mit einem ph am Schluss, das klingt edler, dem Kaiser Franz Joseph, der vor ein paar Seiten erwähnt wurde, seinen Joseph schreibt man ja auch mit einem ph, soll er also noch einen noblen, quasi kaiserlichen Namen bekommen, der kleine Tschetschene, wo er eh nur mehr zwei Seiten lang zu leben hat), einen tschetschenischen Landsmann hätte der Joseph also möglicherweise nicht bestohlen, obwohl ich mir da auch nicht ganz sicher bin, soll aber kein Vorurteil sein, Gott bewahre, jedenfalls hat der Joseph dem Rüdiger-Maria eines Nachts die Weihnachtsmannmütze geklaut. Zuerst hat er sich eh nicht getraut, sie aufzusetzen, der Rüdiger-Maria war ja weit und breit der Einzige vom Zirkus, der eine solche Mütze besessen hat, nicht einmal der Zirkusdirektor hatte eine, weil dem reicht sein Zylinder, den er in der Vorstellung immer auf hat, völlig, der braucht keine Mützen und dergleichen, und der hat dann sowieso so ein fürchterliches Riesentamtam gemacht, als er den Verlust bemerkt hat – also der Rüdiger-Maria und nicht der Zirkusdirektor, weil dem war das völlig egal, dass der Rüdiger-Maria seine Mütze nicht mehr gefunden hat, der hat eher Geldsorgen gehabt, der Herr Zirkusdirektor, er hätte halt doch nicht einen Teil der Einnahmen in dem Laufhaus vertun dürfen, wo die Sexyhexy beschäftigt ist –, und wenn dann der Joseph – um wieder vom Joseph zu berichten, weil der wird ja ermordet und nicht der Zirkusdirektor –, wenn also der Joseph plötzlich im Zirkuszelt oder beim gemeinsamen Frühstücksbrunch mit einer Weihnachtsmannmütze auf dem Kopf aufgetaucht wäre, hätte der Rüdiger-Maria natürlich sofort gewusst: Eh klar, der Joseph war's, den Hund, den diebischen, tschetschenischen, den erschlag ich jetzt, aber am Dienstagvormittag, vor der letzten Vorstellung, hat der Joseph sie dann doch genommen, die Mütze, zunächst mal in seiner Hosentasche versteckt, und dann hat er das Zirkusgelände verlassen und einen Spaziergang in Richtung Brücke gemacht, und zwar – falls es wen interessiert – in Richtung Eisenbahnbrücke, weil vom Zirkuszelt aus kommen zwei Brücken infrage, wo er hingegangen sein könnte;

die eine westlich vom Urfahrmarktgelände – stromaufwärts – ist die Nibelungenbrücke, von der wir früher schon einmal gehört haben, aber das hatte nichts mit dem Joseph zu tun, sondern mit dem Linzer Bürgermeister, der einen seiner Rathausmitarbeiter besuchen wollte, den Grund weiß ich nicht mehr, muss ich dann nachlesen, wirklich blöd, dass man mitten unter dem Schreiben eines Buches ganz vergisst, was man vor zwei, drei Monaten geschrieben hat, aber das weiß ich noch, dass der Bürgermeister zu Fuß über die Brücke gegangen ist, wahrscheinlich hat er die Straßenbahn versäumt, weil sonst geht er eher nicht so viel zu Fuß, glaube ich, und da geht er – das ist jetzt ein guter Tipp für unser Stadtoberhaupt, aber wahrscheinlich weiß er das eh –, da geht er also besser über die Nibelungenbrücke, weil über die Eisenbahnbrücke – das ist die andere infrage kommende, östlich vom Urfahrmarktgelände, donauabwärts, schon ein paar Meter weiter in Richtung Schwarzes Meer, wo ja bekanntlich die Donau hineinfließt, ist eh ein Wahnsinn, wenn man das bedenkt, wenn ich heute von der Nibelungenbrücke aus in die Donau runterspucke, gehört sich natürlich nicht, aber nur mal angenommen, dann fließt das ein paar Stunden/Tage/Wochen/Monate später – wann genau, weiß ich auch nicht, das müsste man einmal stoppen – in Rumänien ins Meer, also ich selber war ja noch nie in Rumänien, aber meine Spucke kommt dort problemlos hin, ganz ohne Visum und Urlaub – also über die Eisenbahnbrücke wäre das doch ein ziemlicher Umweg, um vom Alten zum Neuen Rathaus zu gelangen, und der Herr Bürgermeister hat ja seine Zeit auch nicht gestohlen.

Wie bin ich jetzt überhaupt auf den Linzer Bürgermeister gekommen, weil der ist eigentlich völlig unschuldig daran, dass jetzt dem Joseph, der sich mittlerweile seine Mütze schon aufgesetzt hat, jemand nachschleicht und ihm dann in der Nähe von dem großen Spielplatz vor der Eisenbahnbrücke einen großen schweren Gegenstand – von meinem PC aus kann ich leider nicht erkennen, was das für ein Ding ist, aber zur Eisenbahnbrücke würde passen, dass es ein Brückenträger aus Eisen ist – über den Kopf zieht, sodass das Hirn aus der Josephinischen Schädeldecke spritzt (das wiederum kann ich schon sehen, sehr gut sogar). Der Joseph ist sofort tot, wenigstens hat er nicht lang leiden müssen, weil andernfalls wäre er vielleicht in 30 Jahren elendiglich an irgendeiner Geschlechtskrankheit zugrunde gegangen, weil ein Weiberer war er auch, der Joseph, da muss sich selbst der Wieslinger Fred warm anziehen, und schuld daran, dass er erschlagen wurde, war wie gesagt die Weihnachtsmannmütze, die er dem Rüdiger-Maria geklaut hat, das hätte er besser bleiben lassen, aber wer immer das jetzt dem Joseph angetan hat, hat an der Weihnachtsmannmütze sowieso kein Interesse mehr, kein Wunder, so wie die aussieht nach dem heftigen Schlag auf Josephs Kopf, da hat natürlich die Mütze auch was abgekriegt – Blut, Gehirnteile, Knochenstückchen, vielleicht auch etwas Sperma, ich kenn mich da nicht so aus, der Gerichtsmediziner Dr. Jatzosch (um den auch noch einmal in dem Buch zu erwähnen – hallo, Ferdinand!) wird das dann schon herausfinden, DNA und so –, all diese wie sagt man da Körpersäfte oder so ähnlich machen sich gar nicht gut auf einer Weihnachtsmannmütze, aber auf anderen Kopfbedeckungen wahrscheinlich auch nicht. Eventuell schaut das auf einem Stahlhelm dekorativ aus, aber wenn der Joseph einen Stahlhelm aufgehabt hätte, wär ihm eh sein Hirn nicht aufgeplatzt durch den Schlag. Na, und darum lässt der Mann, der den Joseph erschlagen hat – dass es ein Mann ist, ist ganz deutlich zu erkennen, auch von so weit weg – den Joseph einfach weihnachtsmannbemützt liegen und geht den Weg, den er gekommen ist, wieder zurück.

So. Damit hätten wir also den Joseph als Toten Nr. 5 (ich

hab beschlossen, wir zählen den Crazy Bruno ganz, schließlich ist er zu 100 Prozent tot, keine Widerrede). Wie bestellt sogar einen mehr als im *Da-Linzi-Code*, der Autor hat seine Schuldigkeit getan.

Aber irgendwie werd ich das Gefühl nicht los, dass aller guten Toten sowieso sechs sind …

39. Kapitel

Plankton und Veronika näherten sich am Donnerstag gegen zwölf Uhr Mittag dem Neuen Dom in Linz. High Noon ...

Die Nacht hatten sie nach ihrer Flucht aus Rom in einem Hotel in der Nähe von Innsbruck verbracht. Nach dem Austritt aus dem römischen Kanalisationssystem durch das von Kardinal Rissoni beschriebene Gitter hatte sie ein aufgrund der Geruchsbelästigung die Nase rümpfender Taxifahrer zu Veronikas Auto kutschiert und mit diesem hatten sie dann sofort die Heimfahrt angetreten.

Da sie in die Nacht hineingekommen waren und Veronika zu müde war, um nochmals die Strecke Rom–Linz in einem durchzufahren (Plankton fiel als Fahrer aus – nicht nur weil er keinen Führerschein mit sich führte, sondern vor allem, weil die Kräfte in seinen Armen für das Lenken eines Kraftfahrzeuges noch nicht ausreichten), waren sie nach dem Wiedererreichen der Republik Österreich über den Brenner bei Innsbruck von der Autobahn abgefahren und hatten sich das erstbeste noch offene Hotel gesucht. In diesem hatten sie die Nacht verbracht – diesmal ohne Sex, weil für Plankton zu gutem Sex auch der einfühlsame Einsatz der männlichen Hände gehörte, und der war ihm einstweilen noch nicht möglich, und da seine Devise „Wenn schon kein guter, dann besser gar kein Sex“ lautete, gab es für die zwei eine sexlose Nacht.

In der Nacht hatte Plankton wieder diesen seltsamen Traum gehabt – allerdings mit kleinen Nuancen: Sly saß zwar weiterhin ungläubig in der Opernaufführung, aber Silve/Elvis tauchte nicht mehr auf, wahrscheinlich weil dessen Anteil an der Handlung schon vollends geklärt war. Dafür betrat statt ihm Planktons italienischer Lieblingspizzabäcker

Francesco aus Lignano die Bühne und begann, Mini-Pizzen ins Publikum zu werfen ...

Gefrühstückt hatten Veronika und Plankton dann schon zeitig in der Früh, und dabei hatte Plankton, dessen Gliedmaßen übrigens nach einer ruhig und entspannt verbrachten Nacht abgesehen von einem muskelkaterähnlichen Zustand wieder voll einsatzfähig waren, Veronika mit den Worten „Ich glaube, ich weiß jetzt, wer Sly das vergiftete Gramastettner Krapferl gereicht hat" überrascht – und noch viel mehr mit dem Beisatz: „Rüdiger-Maria war es nämlich nicht."

Er hatte Veronika anvertraut, wen und warum er den Genannten verdächtigte, und weiters, wie er gedachte, diesem mit ihrer Hilfe eine Falle zu stellen. Daraufhin hatten sie rasch das schöne Tirolerland verlassen und waren weiter in Richtung Linz gefahren. Knapp vor Linz hatte Plankton eine Telefonzelle aufgesucht. Von seinem oder Veronikas Handy aus zu telefonieren, traute er sich nicht, womöglich wurden diese Geräte überwacht.

Beim ersten Telefonat gelangte er nur an eine Automatenstimme, der er geduldig zuhörte. Beim zweiten Anruf wurde endlich abgehoben.

„Ja? Gemeindeamt Sandl?", fragte Plankton. „Gut. Können Sie mich bitte mit Fred Wieslinger verbinden?"

40. Kapitel

Oberinspektor Theo Rätisch drückte auf die Starttaste des Diktiergeräts, das ihm der Intendant des ORF-Landesstudios höchstpersönlich in die Moko gebracht hatte, und lauschte mit seinem Kollegen dem Gespräch, das Reinhard Waldenberger für die Nachwelt aufgezeichnet hatte:

R. W.:* „Ja, hallo, ihr Hinterbliebenen! Ich werde mich in Kürze mit Rüdiger-Maria treffen, der ja bekanntlich wegen des Mordes an Sly Slender gesucht wird. Er hat mich um dieses Treffen gebeten und weiters, dass ich die Polizei nicht verständige. Das hab ich ihm versprochen, und ein Reinhard Waldenberger verspricht sich zwar manchmal, aber er hält auch seine Versprechen, wie ihr alle wisst. Sicherheitshalber nehme ich das Gespräch mit ihm auf Tonband auf, aber so dass er es nicht merkt, indem ich das eingeschaltete Gerät in die Schreibtischschublade gebe. Sollte mir etwas passieren, könnt ihr dann alles auf dieser Aufnahme hören. Also, tschüss! Wir sehen uns! Irgendwo."

(2 Minuten 22 Sekunden Stille, dann Klopfen.)

R. W.: „Herein!"

(Öffnen der Tür, Schritte.)

R. W.: „Ja? Ah, der Weihnachtsmann besucht mich! Was kann ich für Sie tun?"

R.-M. M-W.:** „Aber, Reinhard, kennst du mich nicht mehr? Ich bin's! Rüdiger-Maria! Das ist doch nur eine Weihnachtsmannmütze!"

R. W. *(überrascht)*: „Was? Du bist es? Rüdiger-Maria? Ja, wie schaust denn du aus? Junge! Hast dir eine Glatze sche-

* Abkürzung für Reinhard Waldenberger (kaum zu glauben, nicht wahr?).

** Abkürzung für Rüdiger-Maria Müller-Wondraschevskinsky.

ren und einen Drachen drauftätowieren lassen! Wirkt aber irgendwie fesch bei dir. Komm rein!"

R.-M. M-W. *(zugleich Schließen der Tür)*: „Danke, Reinhard, dass du mich empfängst."

R. W.: „Ich hab's dir zugesagt, und du weißt, ich halte, was ich verspreche. Überrascht war ich allerdings schon ... *(Eindringlich:)* Wäre es nicht besser, Rüdiger-Maria, wenn du dich stellst? Wenn du willst, begleite ich dich auch gern aufs Kommissariat, als Vertrauensperson oder so. Du weißt, dass du wegen Mordes gesucht wirst?"

R.-M. M-W.: „Ich weiß, Reinhard, aber ich war's nicht. Ich hab ihn nicht umgebracht! Deshalb bin ich ja bei dir, weil ich weiß, dass du mir glaubst. *Dich* würde ich nicht anlügen."

R. W.: „Aha. *(Streng:)* Du sagst also, du hast ihn nicht umgebracht?"

R.-M. M-W.: „Reinhard, ich schwöre es dir! Wäre ich sonst hier?"

R. W. *(zweifelnd)*: „Mir ist noch nicht ganz klar, warum du hier bist. Aber dann erklär mir einmal, warum du nach dem *Eiszauber* so spurlos verschwunden bist, wenn du mit der Sache nichts zu tun hast. Wir hätten dich gut zum Kabelaufrollungsüberprüfungsunterstützen gebrauchen können, Rüdiger-Maria, so haben deine Kollegen alles allein machen können, das war nicht schön von dir."

R.-M. M-W. *(zerknirscht)*: „Ja, Reinhard, das tut mir ja auch alles sehr leid, aber ich musste verschwinden, weil ..." *(bricht ab).*

R. W.: „Ja? Weil? Rüdiger-Maria, du musst mir die Wahrheit sagen, das bist du mir schuldig."

R.-M. M-W.: „Ich hab was angestellt."

R. W.: „No na."

R.-M. M-W.: „Aber ich hab ihn nicht umgebracht! Ich hab ihn nur ..."

R. W.: „Ja? Was?"

R.-M. M-W.: „Be ..."

R. W. *(ungeduldig)*: „Be ... was?"

R.-M. M-W.: „Bestohlen."

R. W.: „Bestohlen!?"

R.-M. M-W.: „Ja, bestohlen. Aus seiner Jacketttasche hing sein Geldtäschchen heraus, richtiggehend – wie heißt das – produzierend ..."

R. W.: „Provozierend, meinst du wohl. Produzieren tun wir hier beim ORF etwas."

R.-M. M-W.: „Aha, so, so. Jedenfalls: Bei diesem provozierend herausguckenden Geldtäschchen konnte ich nicht widerstehen, ich hab es rausgezogen, und dann hab ich gesehen, dass da Tausende von Euro drin waren, eine Unmenge Geld. Ich war richtiggehend erschrocken. Und dann bin ich abgehauen."

R. W.: „Weil du ihn bestohlen hast."

R.-M. M-W.: „Ja. Aber ich hab ihn nicht umgebracht! Ich schwör es dir, Reinhard. Das mit dem Diebstahl, das geb ich zu – müsst ich ja auch nicht, aber dir gegenüber geb ich es zu –, aber das mit dem Mord – nein, das war ich nicht. Das war auch schon, als ich schon weg war. Der Dings hat dem Sly das Gramastettner Krapferl gereicht, auf dem dann wohl das Gift drauf war, aber wie der Sly dann gestorben ist, da war ich schon über alle Berge."

R. W.: „Du hast die Truppe im Stich gelassen, Rüdiger-Maria."

R.-M. M-W. *(zerknirscht)*: „Ich weiß."

R. W.: „Und was hast du jetzt vor?"

R.-M. M-W.: „Auch das will ich dir sagen, wenn du mich nicht verrätst. Versprichst du mir das, Reinhard? Schließlich hab ich nichts Böses getan. Gut, Geld gestohlen hab ich, aber der Dings hätte den Sly auch so abgemurkst, und ob der dann mit der dicken Brieftasche in seiner Jacke gestorben wäre oder ohne, hätte auch keinen Unterschied mehr gemacht."

R. W.: „So gesehen ... Na gut, ich verspreche dir ..."

R.-M. M-W.: „Ich bin jetzt beim Zirkus."

R. W.: „Beim Zirkus?"

R.-M. M-W.: „Ja. Beim Tschetschenischen Nationalzirkus. Auf dem Urfahrmarktgelände. Sozusagen als Mädchen für alles. Aber eigentlich hab ich nur vor, mit denen am Sonntag, nach der letzten Vorstellung, über die Grenze nach Italien zu kommen, und dort setz ich mich dann ab. Geld hab ich ja jetzt genug."

R. W.: „So, so, nach Italien willst du also, mit dem Zirkus. Da fällt mir ein, ich hab dort bei der RAI Uno einen guten Bekannten, der schuldet mir noch einen Gefallen, wenn dir in Italien einmal das Geld ausgeht und du einen Job brauchst, ruf ihn an, ich schreib dir da seinen Namen und seine Adresse auf, sag ihm, Rainardo schickt dich ..."

(Man hört das Kritzeln eines Kugelschreibers auf Papier.)

R.-M. M-W.: „Du bist so gut zu mir, Reinhard."

R. W.: „Wenn du es sagst. Äh, noch eines, Rüdiger-Maria. Du behauptest, dass du weißt, wer Sly das vergiftete Krapferl gereicht hat?"

R.-M. M-W. *(eifrig)*: „Ja, freilich, hab ich ja gesehen."

R. W.: „Und wer war es?"

R.-M. M-W.: „Na, der Dings ... der von den *Fidelen Sandlern*. Ich schreib dir den Namen auf."

(Wieder Kritzeln.)

R. W. *(überrascht)*: „Ah, der! Bist du dir da sicher?"

R.-M. M-W.: „Hundertprozentig. Du, Reinhard, ich geh dann, ich muss noch was für die Abendvorstellung vorbereiten ... Ohne mich können die nicht anfangen."

R. W.: „Okay, mach's gut. Und ciao!"

(Zunächst Öffnen, dann Schließen der Tür.)

R. W. *(wohl zu sich selbst)*: „Also *der* war's! Was es nicht alles so gibt. Und wo nur der Rupert so lange bleibt? *(Mit veränderter Stimme:)* Liebes Diktiergerät, ich lass dich noch ein paar Minuten eingeschaltet, weil möglicherweise kommt der Rüdiger-Maria noch einmal zurück ..."

(Etwa 20 Sekunden später erneutes Klopfen an der Tür.)

R. W.: „Ja? Herein? *(Zu sich:)* Ob das jetzt der Rupert ist?"

(Öffnen der Tür.)

R. W. *(erstaunt)*: „Du?"

J.M.d.R.W.i.K.e.w.:* „Ja, ich. Hallo, Reini. Du wirkst so überrascht? Schon vergessen, dass wir heute Abend einen Auftritt bei Franz Gumpenberger haben?"

R. W.: „Ach ja, stimmt! Mit eurem *Sandler*-Lied."

(Man hört von draußen Rupert Planktons Stimme, der Rüdiger-Maria „So bleiben Sie doch stehen!" *nachruft.)*

J.M.d.R.W.i.K.e.w.: „Genau. Und wie wir fünf gerade in Richtung Studio gehen, sehe ich, wie dieser Kabelaufroller, der wegen des Mordes am guten alten Sly gesucht wird, zu dir hinaufschleicht. Das hat mich dann doch sehr neugierig gemacht, was der bei dir wollte."

R. W.: „Nur mal bei mir vorbeischauen. Die guten alten Zeiten wiederaufleben lassen. Time to Say Hello."

J.M.d.R.W.i.K.e.w.: „So, so. Aha. Nur schade, Reini, dass die Türen bei euch so dünn sind. Man hört alles auf den Gang hinaus. *(In Befehlston:)* Also! Wo ist der Zettel?"

(Stummes Agieren der beiden Männer, Rascheln von Papier, das jener Mann, der Reinhard Waldenberger in Kürze ermorden wird, dann einsteckt.)

R. W.: „Und jetzt? Was willst du jetzt tun? Mich auch vergiften?"

* Abkürzung für: Jener Mann, der Reinhard Waldenberger in Kürze ermorden wird.

J.M.d.R.W.i.K.e.w. *(mit beißender Ironie)*: „Wozu soll ich seltenen, wertvollen Vatikanzucker verschwenden, wenn es … ein Brieföffner auch tut?"

(Aufschrei von R. W., dann Stille.)

J.M.d.R.W.s.e.h.:* „Schönen Gruß von den Innominati!"

(Öffnen, dann Schließen der Tür.)

Oberinspektor Rätisch betätigte die Stopptaste des Diktiergeräts und sagte zu seinem Kollegen: „Genug gehört. Die Stimme war ja wohl eindeutig. Los, schnappen wir uns den Kerl!"

* Abkürzung für: Jener Mann, der Reinhard Waldenberger soeben ermordet hat.

41. Kapitel

Mit fast 20.000 Plätzen ist der Neue Dom zwar die größte, nicht aber die höchste Kirche Österreichs; mit 134,8 Metern ist sein Turm um rund zwei Meter niedriger als der des Stephansdoms in Wien. Diese sozusagen körperliche Unterlegenheit war nicht auf dem Mist des damaligen Bischofs von Linz, Franz Joseph Rudigier, gewachsen, unter dessen Regentschaft 1862 mit dem Bau begonnen worden war, nein, das war von ganz, ganz oben verordnet, weil im kaiserlich-königlichen Österreich-Ungarn kein Gebäude höher sein durfte als der Südturm des Stephansdoms. Der Linzer Neue Dom muss aber nicht nur bei seiner Höhe etwas hinter dem Wiener Stephansdom zurückstehen, auch beim Touristenzustrom belegt er im direkten Vergleich nur Platz zwei. Während der Steffl zu jeder Tages- und Jahreszeit von Besuchern aus aller Herren Länder frequentiert wird, ganz gleich ob römisch-katholisch oder nicht, Hauptsache eine Digicam ist mit dabei, verirren sich in den Linzer Dom nicht gar so viele Touristen. Für Plankton war dies nun von Vorteil, denn so befanden sich höchstens 20 Leute in der Kirche, als er, gleich einem hohen Würdenträger, durch den Mittelgang schritt.* Als er nicht sofort fündig wurde, wandte er sich an einen älteren Geistlichen, der soeben Gebetbücher einsammelte: „Äh, guter frommer Mann, Sie können mir sicher sagen, wo es zur Türmerstube geht?"

„Zur Türmerstube?", wiederholte der Geistliche. „Die ist dort oben. Die ist aber nicht frei zugänglich, junger Mann. Da lebt der Eremit drinnen."

* Mit freundlicher Genehmigung des Autors und des Verlags entnommen aus Harald Mini, *Der Da-Linzi-Code*, Graz, Leykam Verlag (2012), S. 36. Danke, Harald, danke, Leykam. Und jetzt wieder oben weiterlesen.

„Ja, zu eben dem will ich ja", sagte Plankton – erleichtert, auf Anhieb eine kompetente Auskunftsperson angetroffen zu haben, und geschmeichelt über das Adjektiv „junger".

„Wir haben da aber keine Besuchszeiten wie in einem Krankenhaus oder Gefängnis", entgegnete der Geistliche etwas verärgert, wobei Plankton bei der Nennung des Gefängnisses innerlich zusammenzuckte. „Unsere Einsiedler sind hier, weil sie sich eine Woche lang vom Alltag zurückziehen wollen, um über ihr Leben nachzudenken." Der alte Mann erhob den Zeigefinger, bevor er weitersprach. „Die Eremitage ist ein Raum des Rückzugs, der Stille, der Reflexion über das Leben, sich selbst, die Menschen, Gott …"

„Weiß ich ja alles", log Plankton. „Es ist aber ein Notfall! Dringend!"

Zu dieser Einsiedler-Türmerstube-Sache muss man wissen, dass im Zweiten Weltkrieg im Turm des Neuen Doms in 68 Metern Höhe eine Türmerstube eingebaut worden war, die vermutlich als Beobachtungsposten genutzt wurde. Als Linz unmittelbar nach dem Ende des Zweiten Weltkriegs im Jahr 2009 Kulturhauptstadt war, stellte die Diözese Linz diese Türmerstube erstmals für Menschen zur Verfügung, die sich für je eine Woche als Einsiedler in die Stille zurückziehen wollten. Wegen der großen Akzeptanz dieses Projekts wurde und wird das Angebot auch in den Folgejahren weitergeführt.*

„Notfall? Was für ein Notfall?", erwiderte der Geistliche. „Aber Sie haben Glück. Unser jeweiliger Eremit kommt mittags zum Essen und gemeinsamen Beten herunter. Das hat offenbar soeben ein Ende gefunden, denn dort geht unser augenblicklicher Gast gerade zum Stiegenaufgang."

* Interessierte können sich etwa unter http://www.linzwiki.at/wiki/Turmeremit/ informieren, wo auch weiterführende Links aufgelistet sind.

„Vielen Dank!“, sagte Plankton und lief in die angegebene Richtung. „Hallo!“, rief er, als er den Mann erreicht hatte.

Der Mann blieb stehen und drehte sich um. „Sie?“, rief er überrascht, als er Plankton erkannte. „Mit Ihnen hätte ich hier nicht gerechnet. Sollten Sie nicht im Untersuchungsgefängnis sitzen?“

„Und Sie“, beantwortete Plankton die Frage mit einer Gegenfrage, „sollten Sie nicht Ihren Dienst in der Pfarre Sandl versehen?“

„Touché, mein lieber Plankton“, sagte der Sandler Aushilfspfarrer Joseph Balongowatungo milde lächelnd. „Aber wie Sie sehen, habe ich mir eine Woche Auszeit genommen.“

„Auszeit? Dass sich gewöhnliche Menschen eine Woche Auszeit nehmen, um hier spirituelle Erfahrungen zu gewinnen, kann ich ja verstehen, aber Sie sind ja schon Priester ...“

„Aber ein Priester in einer Gewissenskrise“, erwiderte Black Joe. „Ich muss über meinen weiteren Lebensweg nachdenken, und das kann ich in Sandl nicht mit all den pfarrlichen Alltagsgeschäften und mit den Ablenkungen durch die *Fidelen Sandler*. Aber ich muss jetzt wieder nach oben in meine Eremitage. Wenn Sie wollen, können Sie mich begleiten.“

„Gern“, sagte Plankton und folgte Black Joe durch die hölzerne Tür, durch die man zu einer Wendeltreppe gelangte.

„Es sind aber 395 Stufen hinauf“, warnte Black Joe.

„Kein Problem“, sagte Plankton, hinter dem schwarzhäutigen Mann den Aufstieg beginnend. „Äh, Gewissenskrise?“, griff er das Stichwort von vorher auf. „Es geht mich zwar nichts an ...“

„Stimmt“, sagte Black Joe. „Woher wissen Sie eigentlich, dass ich hier bin?“

„Ich habe zuerst bei Ihnen in der Pfarre angerufen, aber dort lief nur die Tonbandnachricht, dass Sie eine Woche lang nicht erreichbar sind. Daraufhin habe ich Fred Wieslinger in der Gemeinde angerufen, und der hat mir gesagt, dass Sie hier sind … auf Sinnsuche …"

„Richtig. Ich bin auf Sinnsuche. Und es ist auch gar kein Geheimnis: Meine Gewissenskrise, meine Glaubensfrage, meine Sinnsuche ist, ob ich meinen bisherigen Beruf weiter ausüben oder voll und ganz ins Musikantengeschäft einsteigen soll."

„Ins Musikantengeschäft?", fragte Plankton überrascht. Ursprünglich hatte er vorgehabt, die Stufen mitzuzählen, er war aber schon bei 53 durcheinandergekommen.

„Ja." Nun glühte Black Joe vor Begeisterung, als er weitersprach: „Es ist ein so unbeschreibliches Gefühl, vor Publikum zu stehen, für diese begeisterten Leute zu singen, zu musizieren, ihnen Freude zu bereiten … Ja, jetzt kann ich verstehen, was diesen pensionierten Skifahrer Hansi Hinterseer dazu bewegt, in seinem hohen Alter noch immer herumzutingeln … Plankton, ich möchte Berufsmusiker werden, mein Hobby zum Beruf machen!"

„Aber …" Plankton wusste nicht, was er dazu sagen sollte, ob er Black Joe dieses Vorhaben ausreden sollte.

„Sie sind ja manchmal auch vor Publikum tätig", sagte Black Joe. „Fühlen Sie da nicht auch einen Rausch über sich kommen – einen Rausch, der mit einem Alkoholrausch keinesfalls vergleichbar ist, weil er viel stärker, viel intensiver ist?"

„Ja, schon, vielleicht, keine Ahnung, nein, aber …", stotterte Plankton.

„Und daher muss ich nach dieser Woche als Eremit für mich die Entscheidung treffen. Entweder oder. Denn beides halbherzig nebeneinander, das möchte ich nicht mehr."

Nachdem sie noch weiteren Smalltalk zu dieser Frage angestellt hatten, waren sie endlich bei der Türmerstube angekommen. Es war ein karges, nur acht Quadratmeter großes Zimmer, in dem sich lediglich ein Bett, ein Tisch, ein

Stuhl, eine Handbibliothek, eine Toilette und ein kleines Waschbecken befanden. „Hier hinein möchte ich Sie aber nicht bitten", sagte Black Joe, „das ist ein für mich sehr privater Bereich. Aber wir können uns auf der Aussichtsplattform weiter unterhalten, das ist nicht weit von hier."

„Gut", stimmte Plankton zu. „Ich möchte ohnehin mit Ihnen über etwas sprechen."

„Da bin ich aber schon sehr gespannt", sagte Black Joe. „Hier entlang."

Wenig später traten Black Joe und Plankton auf die Aussichtsplattform, die mit ihren fast 70 Metern Höhe einen unvergleichlichen, atemberaubenden Blick auf die Stadt Linz bot.

„So, hier sind wir", sagte Black Joe. „Der Wind weht zwar ziemlich heftig … Also, was möchten Sie mit mir besprechen?"

„Hm, wie fang ich es an?", begann Plankton. „Vielleicht mit einer Frage, auf die Sie mir hoffentlich eine ehrliche Antwort geben."

„Sollte ich als Priester nicht ohnehin immer die Wahrheit sagen?", erwiderte Black Joe mit einem leichten Augenzwinkern. „Versuchen Sie es einfach. Wie lautet Ihre Frage?"

„Ganz einfach: Sind Sie Mee-Gees Sohn?"

42. Kapitel

Zur selben Zeit stand Veronika beim Eingang zum Domvorplatz, ihr rechtes Ohr an ihr Handy gedrückt. Der Plan war gewesen, dass Plankton Black Joe in ein Gespräch verwickelte, in dem er ihn dazu brachte, zuzugeben, Mee-Gees Sohn zu sein und Sly Slender und Reinhard Waldenberger getötet zu haben, und sie – Veronika – hörte das Gespräch nicht nur mit, sondern zeichnete es auch auf, sodass Plankton – sollte Black Joe ihn attackieren – diesen darauf hinweisen konnte, dass ihm dies gar nichts nützte, weil sein Geständnis anderweitig verewigt worden war.

Diesen genialen Plan machte nun Oberinspektor Theo Rätisch zunichte, indem er aus einem Polizeiauto sprang und, gefolgt von einem Uniformierten, zum Domeingang lossprintete. Während Veronika noch überlegte, wie sie auf dieses ganz und gar nicht eingeplante Auftauchen des Kriminalbeamten reagieren sollte, wurde ihr die Entscheidung auch schon abgenommen, weil der Uniformierte zu Rätisch rief: „He, Chief, schauen Sie mal, da oben!"

Rätisch blieb stehen und sah nach oben, auch Veronika blickte hinauf.

Hoch über ihnen hatten zwei Männer die Aussichtsplattform des Doms betreten. Obwohl die Männer nicht viel größer als Stubenfliegen wirkten, erkannte Veronika Plankton und Black Joe.

Rätisch erkannte sie auch. „Rupert!", rief er überrascht zu sich selbst. „Wo kommst denn du auf einmal her?" Mittlerweile hatte sich ihnen noch ein weiterer Uniformierter angeschlossen, der deswegen im Vergleich zu seinen beiden Kollegen mit etwas Verspätung unterwegs war, weil er zuvor noch aus dem Kofferraum des Polizeiwagens diverse beim

Überwältigen des Verbrechers möglicherweise benötigte Waffen – darunter auch ein Gewehr mit Zielfernrohr – herausgeholt und hergeschleppt hatte.

„Was wollen die zwei wohl auf der Aussichtsplattform?“, stellte Rätisch eine Frage in den Raum.

„Keine Ahnung, Chief“, sagte der erste Uniformierte. „Die schöne Aussicht genießen?“

„Soll ich mal?“, fragte der zweite und legte das Gewehr an.

„Halt, halt, nicht so schnell!“, mahnte Rätisch. „Wie gut können Sie schießen? Es ist eine ziemlich große Entfernung!“

„Keine Ahnung“, sagte der Gewehrträger. „Ist schon einige Zeit her, dass ich das letzte Mal scharf geschossen habe. Sie müssten mir zunächst einmal sagen, wer von den beiden da oben der Böse ist, damit ich nicht den Guten erschieße und mich dann vor dem Polizeipräsidenten und der Ministerin rechtfertigen muss. Wobei – den Polipräsi pack ich mit meinem Schmäh, aber vor der Ministerin graut mir.“

In diesem Augenblick lief Veronika auf die drei Polizisten zu. „Aufhören!“, rief sie. „Sie dürfen ihn nicht erschießen! Er ist unschuldig!“

„Frau, äh ... Dings!“, rief Rätisch überrascht. Im Moment fiel ihm der Name der Frau nicht ein, aber sein Personengedächtnis war gut genug, um sie wiederzuerkennen.

„Sie dürfen Rupert nicht erschießen!“, wiederholte Veronika ihre Forderung. „Er hat Sly und Waldenberger nicht umgebracht. Black Joe war's!“

Über Rätischs Mund legte sich ein Lächeln. „Das weiß ich“, sagte er freundlich. „Und ich habe auch nicht vor, Rupert abknallen zu lassen. Erstens ist er, wie Sie ganz richtig sagten, unschuldig und zweitens mein Schulfreund.“

„Aha, ein gewisser Black Joe war's also, gut dass mir das auch wer sagt“, raunzte der Mann mit dem Gewehr. „Ist jetzt ja offenbar schon der Dritte, den ihr wegen dieser Morde verdächtigt. Zuerst war's der Rüdiger-Maria, dann der Plankton und jetzt dieser Black Joe. Aber gut, ihr müsst es ja wissen, mir kann's egal sein. Ich bin ja nur der Schießer." Er visierte die beiden Männer durch sein Zielfernrohr an. „Im Zweifel gehe ich davon aus, dass Black Joe der Schwärzere von den beiden ist." Und als Rätisch dies bejahte: „So, jetzt hätt ich ihn im Fadenkreuz. Allerdings sehr klein. Wenn die zwei sich bewegen, kann es sein, dass ich den Falschen erwische. Wäre das sehr schlimm?"

„Ja. Darum lassen Sie es einstweilen noch gut sein", sagte Rätisch und fragte Veronika: „Und was machen Sie eigentlich hier?"

Veronika erklärte dem Oberinspektor rasch, dass sie hier waren, um Black Joe eine Falle zu stellen, und überreichte ihm auch das Handy, das nach wie vor auf Tonaufnahme lief.

„Hallo, Rupert, hörst du mich?", rief Rätisch ins Handy hinein. „Theo hier. Theo Rätisch. Sag Black Joe, dass es aus ist. Sag ihm, die Polizei ist da, wir wissen, dass er die Männer getötet hat."

Doch Plankton hörte nicht, dass Rätisch mit ihm sprach.

43. Kapitel

Viele Millionen (?) Kilometer entfernt überreichte Oberamtsrat 249 Sly Slender, der aufgrund der exorbitanten Bedeutung des Augenblicks stramm und mit Tränen in den Augen vor ihm stand, ein Blatt Papier mit vielen bunten Stempeln darauf.

„Tut mir leid, Sly, dass es so lange gedauert hat, aber jetzt ist es endlich so weit. Ich darf Ihnen im Namen meiner Vorgesetzten, die Sie auch ganz herzlich grüßen lassen und gern ein Autogramm von Ihnen hätten, die Himmelaufnahmeurkunde überreichen."

„Danke. Vielen Dank", sagte Sly gerührt.

„Weiters wünsche ich Ihnen im Namen aller ..."

„Im Namen Allah?", wunderte sich Sly.

„Alles Gute für Ihr himmlisches Leben", setzte der Beamte fort und schüttelte Sly die Hand.

„Danke", sagte Sly nochmals. „Ich bin Ihnen sehr verbunden."

„Dann steht ja wohl auch einem gemeinsamen Concerto mit Elvis nichts mehr im Wege?"

„Wie?", entgegnete Sly verdutzt. „Ein gemeinsames Konzert mit Elvis? Wie soll denn das funktionieren? Elvis ist doch noch nicht tot! Was Sie nur immer haben!"

Der Oberamtsrat runzelte die Stirn, beschloss aber – in Anbetracht der nahenden Kaffeepause –, dieses Thema nicht weiter zu vertiefen.

„Mir ist übrigens mittlerweile eingefallen, wer mich ermordet hat", sagte Sly, während er sich zum Gehen wandte.

„Echt? Toll! Na, da geht es einem doch gleich viel besser, nicht wahr?"

„Sie sagen es. Ich war richtiggehend erleichtert, als es mir ins Hirn geschossen ist."

„Und wer war es? Jemand Großer oder Kleiner oder Bärtiger oder Sprachgeschädigter ...“

„Nein, nichts von alledem. Er hatte schon eine – wie soll ich sagen – körperliche Besonderheit, aber die ist mir wie gesagt erst kürzlich in den Sinn gekommen.“

„Ja. Und welche?“

„Seine Hautfarbe war Schwarz!“

44. Kapitel

„Ja, ich bin Mee-Gees Sohn“, sagte Black Joe. „Wie sind Sie darauf gekommen?“

„Ach, ein Globus, auf dem Sie über Afrika ausgerutscht sind“, antwortete Plankton rätselhaft. „Und mein Pizzabäcker Francesco.“

„Ich habe keine Ahnung, was Sie damit meinen“, gestand Black Joe.

„Erklär ich Ihnen gleich. Vor allen Dingen hab ich mir natürlich Gedanken gemacht, wer dieser Mee-Gee sein könnte. Ich hab ja im Vatikan ein paarmal von ihm gehört – ach ja, das wissen Sie wahrscheinlich nicht, ich habe die letzten Tage im Vatikan verbracht und Kardinal Rissoni einen Höflichkeitsbesuch abgestattet –, und ich bin zum Schluss gekommen, dass es sich bei diesem Mee-Gee um einen Innominato handelt. Oder handelte – Vergangenheitsform –, weil mittlerweile weiß ich, dass Mee-Gee schon längst verstorben ist.“

„Sehr interessant“, sagte Black Joe nur. „Und weiter?“

„Die neuen Namen der Innominati werden ja durch Umstellen der Buchstaben ihrer früheren Vornamen gebildet“, fuhr Plankton fort. „Elvis – Silve zum Beispiel, oder Diana – Nadia. Ja, Sie sehen, ich weiß, wer die Innominati sind! Aus Mee-Gee im umgekehrten Verfahren wieder einen normalen Vornamen zu machen, war um einiges schwerer, weil zwar die Aussprache des Namens bekannt war, aber nicht die korrekte Schreibweise. Ich habe sehr intensiv an den Buchstaben herumprobiert und bin dann zu einer Schreibweise gekommen, die ich problemlos zu einem passenden Namen zurückführen konnte.“

„Sie langweilen mich, Plankton. Kommen Sie doch endlich zum Thema.“

„Gern. Nun, das gesprochene Mee-Gee entspricht einem geschriebenen Miji“, erklärte Plankton und buchstabierte den Namen zur Verdeutlichung noch, „M-I-J-I, und wenn man diese vier Buchstaben umstellt, kommt man unweigerlich zu J-I-M-I, kurz Jimi. Sie, Black Joe, sind der Sohn von Jimi Hendrix. Jimis beziehungsweise Mijis Sohn.“

„Und das haben Sie alles aus diesem Anagramm geschlossen?“, fragte Black Joe.

„Nicht nur. Schon als ich Sie das erste Mal in der Eishalle sah, hab ich mir gedacht, dass Sie eine Mischung sind – wie hab ich das damals für mich insgeheim formuliert? –, eine Mischung aus David Alaba und Roberto Blanco mit einer Prise Jimi Hendrix. Ja, die Prise ist, wenn man Sie näher betrachtet, sehr ausgeprägt.“

„Und was sollte vorher dieses Gerede von einem Globus und einem Pizzabäcker?“

„Von denen hat mir geträumt“, erklärte Plankton. „Ein seltsamer Traum, den ich Ihnen im Detail nicht darlegen werde, denn auch ich habe meine Privatsphäre. Der Pizzabäcker, der unter anderem in diesem Traum aufgetaucht ist, ist mir allerdings schon damals, in der Eishalle, in den Sinn gekommen. Sie sprechen ein ausgezeichnetes Deutsch, Black Joe, mit einer Prise, wenn ich dieses Wort wieder verwenden darf, Dialekt. Ja, aber es ist kein schwarzafrikanischer Dialekt, nein, Ihr Dialekt hat mich von Anfang an an meinen italienischen Lieblingspizzabäcker Francesco aus Lignano erinnert. Kein Wunder, denn Ihre Muttersprache ist Italienisch, nicht wahr?“

„Richtig, Plankton, meine Muttersprache ist Italienisch. Und der Globus?“

„Sehen Sie, da haben Sie beim Erfinden Ihrer Lebensgeschichte einen Fehler gemacht. In der Eishalle haben Sie uns erzählt, dass Sie eigentlich aus Gambia stammen, und wir haben das natürlich nicht näher hinterfragt. Als wir uns dann vorige Woche beim Zirkus getroffen haben, haben Sie uns von einem bekannten Sprichwort in Ihrer alten Heimat Ghana erzählt. Verstehen Sie, Black Joe, erst war es Gambia, dann plötzlich Ghana. Sie sind auf dem Erdteil Afrika ausgerutscht."

„Ja, das war ein Fehler", gab Black Joe zu. „Ich war in meinem Leben noch nie in Afrika."

„Sie sind Jimi Hendrix' Sohn."

„Ja. Gezeugt und geboren 1974, als er ein Innominato war und Miji hieß. Saublöder Name, aber so sind die Innominati-Regeln. Er starb dann schon knapp nach meiner Geburt, konnte von den Drogen nicht lassen, der Idiot. Ich bin dann im Vatikan aufgewachsen und wurde – da war dann schon Kardinal Rissoni am Ruder – ausgebildet, um dem Vatikan zu Diensten zu sein. In jeder Hinsicht. Mein Einsatzgebiet waren die deutschsprachigen Länder einschließlich Liechtenstein, daher erlernte ich neben Italienisch auch perfekt Deutsch. Wenn auch offenbar mit einer Prise Akzent – einem falschen Akzent für eine afrikanische Hintergrundgeschichte."

„Und warum kamen Sie ausgerechnet nach Sandl?"

„Nun, der Auftrag lautete, Sly Slender zu eliminieren", erzählte Black Joe. „Dass ich dazu in Sandl gelandet bin, war eher ein Zufall, weil es in Sandl ohne größere Probleme möglich war, den aktuellen Pfarrer auszuschalten und mich als Aushilfspfarrer zu installieren. Der Kontakt zu den *Vier Fidelen Sandlern* ergab sich dann quasi von selbst, ich habe Ihnen zuvor ja schon gebeichtet, dass ich Musiker aus Leidenschaft bin, wenn auch in ganz einem anderen Metier als mein Vater. Die vier Wieslis nahmen mich bald als fünften in die Truppe auf, und so erfuhr ich auch, dass sie im Februar einen Auftritt beim *Eiszauber* haben würden, bei dem auch Sly Slender regelmäßig auftritt. Auch Ihr Gramastettner-

Krapferl-Wettbewerb war groß angekündigt, und so fasste ich den Plan, Sly Slender nach seinem Auftritt mit einem von Ihnen gebackenen Gramastettner Krapferl zu vergiften. Wissen Sie, Plankton, meine Künstlerseele verlangt danach, meine Morde zu inszenieren – einfach jemanden zu erschießen, erstechen, erwürgen oder dergleichen kommt für mich nur in Ausnahmefällen infrage."

„Sehr kunstvoll von Ihnen", lobte Plankton. „Nur dass Sie diesmal an den Falschen geraten sind. An mich."

„Scheint so", gab Black Joe zu. „Bei der Show hat es jedenfalls großartig geklappt. Ich habe Sly ein Gramastettner Krapferl gereicht, das ich zuvor mit Vatikanzucker bestreut hatte, mit einem schönen Gruß von den Innominati, und er hat es brav gegessen. Und dann tat mir auch noch ein ORF-Mitarbeiter, dieser Rüdiger-Maria, den Gefallen, spurlos zu verschwinden und den Verdacht auf sich zu ziehen. Wunderbar!"

„Und warum haben Sie dann auch Reinhard Waldenberger ermordet?"

„Blöder Zufall", sagte Black Joe. „Also blöd für ihn. Wir hatten am Donnerstagabend unseren Auftritt bei Franz Gumpenbergers Sendung *G'sungen und g'spielt*. Und auf dem Weg zum Studio sehe ich, wie sich dieser Rüdiger-Maria mit einer dämlichen Weihnachtsmannmützenverkleidung zu Reinhard Waldenberger hinaufschleicht. Ich ihm nach, das Gespräch belauscht, Rüdiger-Maria erzählt Waldenberger, dass er mich beim Aushändigen des Krapferls beobachtet hat, na, da musste ich natürlich Waldenberger als Mitwisser beseitigen, bevor er das der Polizei steckte."

„Und warum nicht auch Rüdiger-Maria?"

„Einen nach dem anderen. Warum glauben Sie wohl, dass ich am Abend darauf mit meinen Sandler Freunden in der Zirkusvorstellung war?"

„Was hat der Zirkus damit zu tun?", fragte Plankton verwirrt.

„Ach, Sie wissen ja nicht, dass sich Rüdiger-Maria dem Zirkus angeschlossen hat, um mit dem nach Italien zu gelangen. *Deshalb* war ich in der Zirkusvorstellung, um bei erstbester Gelegenheit auch Rüdiger-Maria zu beseitigen! An diesem Abend gelang mir dies aber nicht. Ich hatte ja auch nicht damit gerechnet, dass Sie ebenfalls die Vorstellung besuchten, und das war mir dann doch zu riskant, quasi vor Ihren Augen diesen Mini-Weihnachtsmann zu ermorden. Ich hab es vorgestern Vormittag nachgeholt."

„Sie haben Rüdiger-Maria ebenfalls umgebracht?", rief Plankton entsetzt.

„Ja und nein", antwortete Black Joe. „Wie ich den Zeitungen entnommen habe, habe ich einen Fehler gemacht. Ja, ich mache zunehmend Fehler, wahrscheinlich ist es wirklich das Beste, wenn ich mich aus meinem bisherigen Beruf – und damit meine ich nicht Priester, sondern vatikanischer Auftragskiller – zurückziehe und hauptberuflicher Volksmusikant werde."

„Was für einen Fehler?", fragte Plankton, an Black Joes Zukunftsplänen eher weniger interessiert.

„Nun, als der klein gewachsene Mann mit der Weihnachtsmannmütze den Zirkus in Richtung Eisenbahnbrücke zu einem kleinen Spaziergang verlassen hat, bin ich ihm gefolgt und beim Spielplatz habe ich ihn dann von hinten erschlagen."

„Ja und? Ich kann daran keinen Fehler erkennen – abgesehen vom Grundsätzlichen, dass man keine Leute erschlägt."

„Tja, wie sich später herausgestellt hat, war der kleine Mann mit der Mütze gar nicht Rüdiger-Maria, sondern irgendein tschetschenischer Zirkusmitarbeiter namens Murad

Stojowski.* Keine Ahnung, warum der erstens auch so klein war und zweitens Rüdiger-Marias Mütze aufhatte. Jedenfalls habe ich den Falschen erschlagen. Und das nur wegen dieser blöden Mütze. Ja, das nächste Mal muss ich mir vorher die Leute besser anschauen, bevor ich sie ermorde."

Mit diesen Worten musterte er Plankton eingehend. Der bezog den letzten Satz aber nicht auf sich, sondern fragte: „Meinen Sie nicht, dass es nun an der Zeit wäre, wenn Sie sich der Polizei stellen? Sie haben allein hier in Linz drei Menschen getötet ..."

„Sie glauben doch nicht ernsthaft, dass ich meine Volksmusikantenkarriere aufgebe und als Dreifachmörder ins Gefängnis gehe?", erwiderte Black Joe mit einem hysterischen Lachen. „Sie wissen als Einziger von meiner Schuld ..."

„Und daher wollen Sie auch mich töten?", setzte Plankton den Satz fort. „Vergessen Sie es. Forget it! Unser Gespräch wird mittels Handy", er klopfte an seine Manteltasche, um anzuzeigen, wo sich das Handy befand, „an einen Ihnen unbekannten Ort übertragen, und dort nimmt es Veronika auf. Es bringt Ihnen also gar nichts, mich umzubringen. Und glauben Sie mir, ich bluffe nicht. Abgesehen davon nehme ich ja doch an, dass Sie unbewaffnet im Neuen Dom unterwegs sind. Ein bewaffneter Eremit, das kann ich mir beim besten Willen nicht vorstellen."

„Wenn Sie damit herkömmliche Waffen wie Messer, Pistolen, Kanonen meinen, so haben Sie recht", gab Black Joe zu. „Aber ich verfüge auch über Waffen, die ich immer bei mir trage."

„Was meinen Sie damit?", fragte Plankton überrascht.

„Meine kräftigen Arme", sagte Black Joe. Mit diesen fass-

* Jetzt wissen wir endlich, wie der kleine Tschetschene heißt, aber jetzt zahlt es sich auch nicht mehr aus, das Kapitel 38a umzuschreiben.

te er auch schon den völlig überraschten Plankton um die Leibesmitte, hob ihn beinahe mühelos in die Höhe und trug ihn zum Geländer, das etwa in Bauchhöhe die Aussichtsplattform umgab.

„He, lassen Sie mich los!", rief Plankton entsetzt.

„Mach ich gleich", gab Black Joe freundlich zurück. „Sowie ich Sie über das Geländer gehoben habe. Keine Angst, es wird ein weitgehend schmerzfreier Tod sein, von hier geht es etwa 70 Meter hinab in die Tiefe, das überlebt kein Mensch, Sie werden sofort tot sein."

Mittlerweile war er bereits bei der Brüstung angelangt, und mit einer Leichtigkeit, die keiner bei dem sonst so gemütlich wirkenden Priester vermutet hätte, setzte er den mit den Füßen zappelnden Plankton auf das Geländer.

„He, schaut, was da jetzt los ist!", rief zur selben Zeit der mit dem Gewehr bewaffnete uniformierte Polizist seinen Kollegen zu.

„Er will ihn von der Plattform hinunterwerfen!", murmelte Rätisch ungläubig, und Veronika stieß einen spitzen Schrei aus.

„Ich glaube, dann muss ich wohl eingreifen", sagte der Polizist mit dem Gewehr und legte es sich auf die Schulter.

„Nicht schießen!", schrie Veronika. „Möglicherweise treffen Sie Rupert!"

Besagter Rupert hatte sich mittlerweile von der Überrumpelung erholt. Nun kam ihm witzigerweise die gestrige Folter auf der Streckbank zugute, denn das dauernde Dagegenhalten gegen die Streckung war, wie sich nun herausstellte, eine hervorragende Dehnungsübung für seine Muskeln gewesen, die sich nun als ungemein gestärkt erwiesen. Mit einer Kraft, die er sich selbst gar nicht zugetraut hätte (und die er ohne die gestrigen Streckbankaktivitäten auch gar nicht gehabt hätte), spannte Plankton die Armmuskeln an und drückte seine Oberarme zur Seite, sodass Black Joe gar nicht anders konnte, als die Umklammerung zu lockern. Plötzlich war Plankton wieder frei und rutschte vom Geländer auf den rettenden Boden der Plattform hinunter. Black Joe schoss sofort wieder auf ihn los, nur jetzt war Plankton auf der Hut und sein Gegner musste die Attacke wieder stoppen. Wie King Kong und Godzilla* belauerten sich die beiden Männer, jeder wartete auf den Angriff des anderen. Auf einmal rannte Black Joe mit einem lauten unartikulierten Schrei auf Plankton los und versuchte wieder, seinen Widersacher mit seinen kräftigen Armen um die Mitte zu fassen, jedoch nun tat es ihm Plankton gleich, und so hoben sich die beiden Männer gleichsam gegenseitig in die Höhe, sodass sie wenig später beide mit ihren Oberkörpern über die Brüstung baumelten.

„Lassen Sie los", knurrte Black Joe, „sonst fallen wir beide hinunter."

„Da müssen schon Sie als Erster loslassen", konterte Plankton. Wieder flossen ungeheure Kräfte in seine Arme und es gelang ihm, sich aus Black Joes Umklammerung zu lösen und, während er gleichzeitig die Bewegung zurück auf den rettenden Plattformboden einleitete, ihm den entscheidenden Schubs zu versetzen, sodass Black Joe mit einem lauten Schrei und wild mit den Armen und Beinen in der Luft herumrudernd fast 70 Meter in die Tiefe stürzte.

Zur selben Zeit ertönte ein Schuss.

„He, das hätte jetzt auch nicht mehr sein müssen", schalt Rätisch den uniformierten Schützen.

„Ich wollte nur schauen, ob ich's noch kann", verteidigte sich der Polizeibeamte. „Ich hab eh nur auf seine Schulter ge-

* *King Kong gegen Godzilla* ist ein japanischer Film des japanischen Regisseurs Jun Fukuda aus dem Jahr 1974, der japanische Titel des 84 Minuten dauernden Films lautet ゴジラ対メカゴジラ oder so ähnlich.

zielt und nicht auf den Kopf oder die Brust oder den Bauch, wo das dann gar nicht schön ausschaut. Außer Gefecht setzen, nicht töten, ist die Devise. Haben wir in der Polizeischule so gelernt. Gar nicht so einfach, zu zielen, während er gleichzeitig herunterfällt."

„Und getroffen haben Sie auch nicht", sagte Rätisch geringschätzig. Der Oberinspektor hatte genau verfolgt, dass die Gewehrkugel mindestens 20 Meter vom Ziel, nämlich Black Joes Schulter, entfernt im alten Gemäuer des Doms eingeschlagen hatte.

Nur eine Sekunde später schlugen sowohl der Körper von Black Joe als auch der von Veronika auf dem Pflaster des Domplatzes auf – mit dem entscheidenden Unterschied, dass eine Wiederbelebung des priesterlichen Vatikankillers aufgrund der Fallhöhe keinen Erfolg versprach, während es sich bei Veronika nur um eine kurzfristige Ohnmacht handelte ...

45. Kapitel

„Ja, dir auch alles Liebe, Schwester Letizia“, sagte Plankton auf Italienisch und legte den Telefonhörer auf.*

„Und?“, fragte Veronika.

Sie befanden sich in Planktons Wohnung. Nachdem Plankton – anders als Black Joe – den Weg von der Aussichtsplattform hinunter über die 395 Stufen zurückgelegt hatte und von der erfolgreich reanimierten Veronika in die Arme genommen worden war, hatte er von Rätisch erfahren, dass Black Joe aufgrund von Waldenbergers Tonbandaufnahme als Doppelmörder entlarvt und er – Plankton – vollständig rehabilitiert war. Plankton hatte sich damit revanchiert, Black Joe auch als Mörder des tschetschenischen Zirkusmitarbeiters zu outen, was für Rätisch die Anzahl der an diesem Tag geklärten Morde um 50 Prozent von zwei auf drei gesteigert hatte. Plankton war daraufhin eingeladen worden, aus der Justizanstalt Linz seine dort anlässlich der Inhaftierung deponierten Sachen abzuholen, und hatte wenig später gegen eine Empfangsbestätigung seinen Schlüsselbund, sein Geldtäschchen und seine Jacke inklusive einer Packung Präservative ausgehändigt bekommen. Letztere gedachte er im Laufe der nächsten Stunde anzubrechen, zuvor hatte er aber noch Schwester Letizia angerufen und ihr die Zusicherung abgerungen, dass ihm und Veronika von den Innominati – beziehungsweise von denjenigen, die sich in Zukunft um die Innominati kümmern würden – keine Gefahr drohte, wenn er das Geheimnis, das sich um sie rankte, für sich behielt, was er hoch und heilig bei

* Damit können wir auch unseren Simultandolmetsch aus dem Dienst entlassen. Vielen Dank und mille grazie ... bis zum nächsten Buch.

allen seinen Kochbüchern versprochen hatte. Der Kardinal war tot, sein Vollstrecker – Mijis Sohn – war tot, und der Kardinalssekretär war offenbar dem Wahnsinn verfallen und in die vatikanische Irrenanstalt gebracht worden, wo er erfahrungsgemäß kein langes Leben vor sich hatte, da werden zurückgetretene Päpste zumindest im Regelfall weit besser behandelt.

„Sie hat mir versprochen, dass uns keine Gefahr droht", sagte Plankton, „und ich glaube ihr."

„Dann hat der Schrecken jetzt ein Ende?", fragte Veronika zaghaft.

Plankton nahm sie in seine Arme. „So scheint es. Alles ist geklärt."

Wenig später gingen sie zu Bett. In der Nacht schlief Plankton unruhig, und zum dritten Mal suchte ihn der Traum heim. Die *Fidelen Sandler* einschließlich Black Joe und der Pizzabäcker kamen in dieser Traumvariante nicht mehr vor, dafür erklomm nun nach Slys „Aufhören!"-Rufen Veronika die Bühne. Noch bevor sie etwas sagen (oder singen oder tanzen oder strippen oder sonst was) konnte, gesellte sich ein Mann zu ihr, der dem Chef des BIO-Verlags verdächtig ähnlich sah und der ihr die blonden Haare vom Kopf riss. Darunter war sie brünett.

Plankton wachte schweißgebadet auf. Er sah auf seinen Wecker. Sieben Uhr früh. Dann blickte er auf Veronika, die neben ihm im Bett lag. Die Bettdecke hatte sie bis zum Kinn hochgezogen, da Plankton sein Schlafzimmer auch im Winter nicht beheizte. Als ob Veronika seine Blicke spürte, erwachte sie und blinzelte ihn an.

„Hallo, Rupert, gut geschlafen?", fragte sie mit einem zärtlichen Lächeln.

„Ja, danke der Nachfrage", antwortete Plankton. „Soll ich uns ein Frühstück machen, Bettina?"

„Gute Idee“, kam als Antwort. „Ein Frühstück wäre super. Wenn du Lust hast, könnten wir vorher allerdings auch noch einmal ...“ Plötzlich verstummte sie.

„Was hast du?“, fragte Plankton lauernd. „Auf einmal so schweigsam?“

„Wie hast du mich soeben genannt?“, fragte die Frau, die wir alle als Veronika kennen.

„Bettina“, sagte Plankton. „So heißt du ja wirklich, nicht wahr? Bettina Stöckl. Beziehungsweise sogar Magistra Bettina Stöckl. Lektorin beim BIO-Verlag. Das zuvor war, was man eine lange Leitung nennt, Bettina.“

Veronika (Bettina?) sah Plankton entgeistert an. „Seit wann weißt du es?“

„Du streitest es also gar nicht ab?“

„Was hätte das für einen Sinn? Ich wollte es dir sowieso sagen.“

„Ach ja! Wer's glaubt!“

„Wirklich, Rupert, du musst mir glauben!“

„Ich hab dir viel zu lange geglaubt“, sagte Plankton mühsam beherrscht. „Und du hast mich die ganze Zeit – entschuldige das harte Wort, vor allem als Lektorin, die auf schöne Sprache bedacht ist, wird es dir nicht gefallen – verarscht.“

„Das ist nicht wahr, Rupert“, entgegnete die Frau, die neben ihm im Bett lag. „Es stimmt schon, ich habe einiges für mich behalten, aber ...“

„Einiges für dich behalten, das ist wohl die Untertreibung des Jahres“, unterbrach sie Plankton forsch. „Von Anfang an hast du es darauf abgesehen gehabt, dass ich für dich in Rom den offenbar als Geistlichen getarnten Elvis Presley ausfindig mache. Halt! Ich muss mich korrigieren. Nicht von Anfang an. Erst als du mitbekommen hast, dass ich gewisse Beziehungen im Vatikan habe oder jedenfalls hatte, bist du auf mich aufmerksam geworden, oder willst du das bestreiten?“

Als die Frau, bei der wir nun etwas unsicher sind, wie wir sie weiterhin nennen sollen,* schuldbewusst schwieg, fuhr Plankton fort: „Ich kann mich noch genau erinnern, wie du nach dem *Eiszauber* hinter die Bühne gekommen bist, angeblich um dir von Sly ein Autogramm zu holen. Du hast mich keines Blickes gewürdigt, und auch als dir klar sein musste, dass ich der Welt berühmtester Speisologe war, hat dich das keinesfalls beeindruckt. Erst als ich mit meinem Kommissarfreund nach der Besichtigung von Slys Leiche zurück an euren Tisch ging und wir dabei zufällig über den Papst sprachen und ich erwähnte, dass ich früher einmal undercover im Vatikan ein und aus gegangen war, hast du dich plötzlich für mich interessiert, dich von Fred abgewandt und deine Aufmerksamkeit mir geschenkt. Ja, und ich wette, dass auch unsere Begegnung ein paar Tage später im Lentia vor dem Kaufhaus nicht zufällig geschah!"

„Du hast recht", sagte Veronika-Bettina. „Ich habe stundenlang auf dich gewartet, dass du endlich einmal auftauchst, damit ich dir *zufällig* über den Weg laufen kann."

Plankton nickte nur, weil die Frau ihm damit ohnehin nur seine Vermutung bestätigt hatte.

„Auch wenn du mich jetzt verachtest, Rupert, würde mich brennend interessieren, was mich verraten hat."

„Das waren mehrere Dinge", erklärte Plankton. „Erinnerst du dich daran, dass du einmal einen grammatikalischen Fehler von mir ausgebessert hast? Ich habe noch einen Scherz darüber gemacht, dass du fast wie eine Lehrerin redest oder – noch schlimmer – wie eine Lektorin! Na, kein Wunder, wenn du tatsächlich Lektorin bist, konntest du wohl nicht aus deiner Haut!"

* Die Mehrheit der Leser hat sich für den Doppelnamen (Veronika-Bettina) entschieden.

„Und was noch?"
„Deine Haarfarbe."
„Ja? Was ist mit ihr?"
„Dass du nicht naturblond bist, sondern brünett, hab ich ja in dem Hotel in Rom entdeckt. Danke übrigens für die schöne Nacht. Kurz zuvor hatte ich einige Fotos einer brünetten, dir sonst recht ähnlich schauenden Frau gesehen. Ja, Pech für dich, dass dein Verlagschef die Fotos vom Betriebsausflug auf dem Gang aufgehängt hat, denn auf einigen Fotos bist auch du zu sehen, zwar noch mit einer anderen Frisur und vor allem einer anderen Haarfarbe und auch ein bisschen angeheitert, dürfte ein Ausflug in die Wachau gewesen sein, aber doch – wenn man genau hinschaut – unverkennbar du."
Veronika-Bettina nickte. „Ja, damals war ich noch brünett, aber ich habe mir gedacht, ich wechsle einmal die Haarfarbe ..."
„Kein Problem. Dein größter Fehler war ohnehin Slys Rätsel."
„Ja? Wieso?"
„Nun, ich habe dir bei unserem ersten Treffen im Lentia und dann in meiner Wohnung natürlich auch erzählt, dass ich den *Da-Linzi-Code* aufgrund eines Kreuzworträtsels gelöst habe, und daher hast du dir wohl gedacht, wenn ich wieder so ein Rätsel in die Hände bekommen würde, dann könntest du mein Interesse an der Entlarvung der Innominati steigern ..."
„Dass sie Innominati heißen, wusste ich nicht", unterbrach ihn Veronika-Bettina. „Das hast du allein herausgefunden."
„Ja. Auch Sly wusste das offenbar nicht, denn in seinem Manuskriptnachtrag findet sich der Name kein einziges Mal. Damit hat wohl alles angefangen – mit dem Manuskriptnachtrag?"
„Ja", sagte Veronika-Bettina. „Ich war – und bin es eigentlich nach wie vor – die für Slys Memoiren zuständige Lektorin.

Anfangs ein ganz normaler Job. Ziemlich viel Text, ziemlich viele fehlende oder falsch gesetzte Beistriche, aber sonst reine Routine. Und dann schickt Sly eines Tages einen Nachtrag zu seiner Biografie, in der er behauptet, in Rom nach einem Konzert dem leibhaftigen Elvis Presley begegnet zu sein!"

„Du wusstest das von Anfang an!"

„Ja. Zunächst konnte ich es nicht glauben, aber Sly beschrieb das alles in seinem Nachtrag sehr überzeugend. Ich witterte eine Sensation ..."

„Darum ist es dir also gegangen – um die Sensation!"

„Ja! Ich hatte es satt, als Lektorin in einem Kleinstverlag für Biologisches und Biografien zu versauern", rief Veronika-Bettina gequält. „Da bot sich mir mit einem Mal die Chance, journalistisch tätig zu werden und mit einer Reportage – Elvis Presley lebt unerkannt als Priester in Rom! oder so ähnlich – mit einem Schlag weltberühmt zu werden! Diese Gelegenheit musste ich ergreifen! Daher bin ich nach Rom gefahren, in die Via Trabuccini."

„Du warst früher schon einmal dort?", rief Plankton aus. „Nicht erst mit mir?"

Veronika-Bettina nickte. „Im Dezember, kurz vor Weihnachten. Zu diesem Zeitpunkt waren die Innominati aber, wie wir jetzt wissen, schon übersiedelt, und ich habe nur diese alte Nonne – Schwester Letizia – gesehen."

„Darum hat sie sich also eingebildet, sie hätte dich schon einmal gesehen!"

„Wahrscheinlich. Jedenfalls bin ich unverrichteter Dinge wieder abgereist ..."

„Da hast du aber Glück gehabt! Du weißt, was mit Crazy Bruno passiert ist, der ebenfalls neugierig war ..."

„Ja. Mir läuft es kalt über den Rücken, wenn ich daran denke ..."

„Und was war dann weiter?"

„Nun, Sly hatte vor und nach Weihnachten ziemlich viele Auftritte, sodass sich erst beim *Eiszauber* die Möglichkeit ergab, ihn persönlich zu sprechen. Ich wollte mit ihm reden, ob er sich nicht etwa geirrt hatte ..."

„*Deshalb* bist du also nach der Vorstellung hinter die Bühne gekommen! Nicht um ein Autogramm von ihm zu bekommen ..."

„Was brauche ich ein Autogramm von einem unserer Autoren ..."

„Du bist also auch nicht Sly-Slender-Fanclub-Vorsitzende?"

„Bin ich nie gewesen. Ich war einzig und allein seine Lektorin. Und stell dir dann meinen Schock vor, als ich Sly hinter der Bühne nur mehr tot antraf. Vergiftet. Von da an wusste ich: Das mit Elvis war wahr, hier gab es ein Geheimnis zu entdecken, das jemandem sogar einen Mord wert war!"

„Und um bei der Erforschung dieses Geheimnisses, die ja nicht ungefährlich war, jemanden auf deiner Seite zu haben, hast du dir gedacht, du ziehst jemanden bei, der dir vielleicht in Rom beziehungsweise im Vatikan – denn schließlich war Elvis offenbar unter die Geistlichen gegangen – ein paar Türen und Tore öffnen kann – mich, Rupert Plankton. Dazu musstest du mir allerdings erst einmal *Appetit* machen."

Veronika-Bettina nickte. „Es tut mir so leid, Rupert."

„Es braucht dir nicht leidzutun, Veronika – oh, entschuldige, ich habe mich an deinen wirklichen Namen noch nicht gewöhnt, also Bettina. Wie bist du eigentlich auf Veronika gekommen?"

„Nun, meinen richtigen Namen konnte ich dir nicht sagen, zu meinem Plan gehörte ja auch, dass du früher oder später den Hinweis im Kreuzworträtsel auf die Biografie kapierst und in meinen Verlag schaust wegen Slys Manuskriptnachtrag, und wenn du dann meinen Namen an der Tür zu meinem Büro gelesen hättest ... So habe ich mir einen anderen Namen zugelegt. Wie ich auf Hofer gekommen bin, weiß ich nicht mehr,* die Veronika ergab sich, weil mich Fred Wiesli mit der Ferres verglichen hatte, ‚die göttliche Veronica Ferres', wie er gegurrt hat, und da hab ich mir gedacht, nenn ich mich einfach Veronika."

„Verstehe. Um zum *Appetitmachen* zurückzukommen: Ich war ja ein höchst williges Opfer. Mit welcher Begeisterung ich mich auf das Rätsel gestürzt habe, um möglichst viele versteckte Begriffe zu finden! Du musst dich ja innerlich halb totgelacht haben."

„Es tut mir leid", sagte Veronika-Bettina nochmals, jedoch Plankton wollte diese Entschuldigung nicht hören. „Mit dem Rätsel hast du allerdings auch deinen größten Fehler gemacht. Ich nehme an, das Kuvert, in dem dir Sly – angeblich – das Rätsel geschickt hatte, hattest du aus der Lektoratspost?"

„Ja. Zufällig hatte mir Sly am Freitag vor seiner Ermordung noch irgendein Schriftstück in den Verlag geschickt. Dieses Kuvert nahm ich und steckte das von mir selbst gebastelte Rätsel hinein."

„Siehst du, es ist mir damals schon aufgefallen, dass das Kuvert für ein einziges Blatt Papier überfrankiert war. Deiner Behauptung zufolge lag ja nur dieser eine Zettel mit dem Rätsel darin. Das Porto für so ein dünnes Schreiben beträgt 62 Cent, auf das Kuvert war aber eine 80-Cent-Briefmarke geklebt, das heißt, wenn nicht Sly absichtlich zu viel Porto bezahlt hatte – und dafür bestand keinerlei Anhaltspunkt –, musste sich in dem Kuvert etwas anderes, Dickeres befunden haben."

* Aber wir wissen es: Weil es im Lentia ein gleichnamiges Geschäft gibt, an dem Veronika-Bettina, während sie auf Plankton wartete, mindestens 100-mal vorbeispaziert ist (soll jetzt aber keine Werbung sein), das hat sich in ihrem Unterbewusstsein niedergeschlagen. Sagt zumindest die Polizeipsychologin Heidelgund Kastler, die hiermit auch noch einmal gegrüßt sei. Hallo, Heidelgund!

„Das meinst du mit dem Fehler, den ich begangen habe?“

Zu ihrer Überraschung schüttelte Plankton den Kopf. „Nein, das war nur ein Detail am Rande. Aber du hast es mit dem Rätsel zu gut gemeint. Zwar hast du geschickt zahlreiche Begriffe darin versteckt, die mich neugierig machen und zu einer Reise nach Rom bewegen sollten, etwa Innominati, Roma, Vaticano. Denn das, liebste Bettina, war ja dein Ziel, dass ich nach dem Lösen des Rätsels zu dir sagte: ‚Die Auflösung des Falles finden wir in Rom, im Vatikan, fahren wir dorthin.‘ Und irgendwie hättest du mich vorher noch auf die ebenfalls in dem Rätsel versteckte Biografie von Sly gebracht, in der ich den Grund für die Reise und die gesuchte Adresse – Via Trabuccini – erfahren hätte. Dass ich dann noch ein paar Begriffe fand, die zu verstecken du gar nicht beabsichtigt hattest – etwa die Linzer Uni oder das Kepler-Haus und dann die Namen Jean, Leo und so weiter –, muss dir gar nicht in den Kram gepasst haben, denn das verzögerte unsere Abreise beträchtlich. Aber du hast es zu gut gemeint mit deinen Begriffen.“

„Ja, das hast du schon gesagt, aber was meinst du damit?“

„In den Träumen, die mich zuletzt geplagt haben, saß Sly verständnislos im Theater in einer Aufführung der Oper *Die Macht des Schicksals*. Die hattest du ja ebenfalls eingebaut, weil das Schicksal der Hauptperson in dieser Oper innominatoähnlich ist und weil du aufgrund unseres Gesprächs wusstest, dass ich ein Opernfan bin. Ich erinnere dich nur an unsere Unterhaltung über die Figur Mi aus dem *Land des Lächelns*, was zwar keine Oper, sondern eine Operette ist, aber daraus hast du erschlossen, dass Oper beziehungsweise Operette ein guter Zugang wäre, um mich neugierig zu machen. Nur hast du eines nicht bedacht.“

„Ja? Was?“

„Du selbst hast mir anvertraut, dass sich Sly nichts aus Opern macht. ‚Sly hatte mit Opern nichts am Hut', hast du gesagt. *Die Macht des Schicksals* ist nun keine Oper, die so allgemein bekannt ist, dass auch jemand, der sich nichts aus Opern macht, ihren Inhalt kennt. Es ist daher völlig abwegig, dass Sly in sein Rätsel Angaben zu dieser Oper als Hinweis auf die Innominati eingebaut hätte. Und daher saß er in meinen Träumen verständnislos im Theater."

„Da hast du recht, und ich kann nur noch einmal wiederholen, dass es mir leidtut."

„Wie musst du dich innerlich amüsiert haben, als ich mir nach unserem *Einbruch* in deinen Verlag das Rätsel nochmals von rechts nach links und von unten nach oben ansah und dann die Angaben zu dieser Oper entdeckte – und wie ich dir dann sogar mühsam den etwas verworrenen Inhalt der Oper erklärte ..."

„Dieser Einbruch in den Verlag ...", sagte Veronika-Bettina, möglicherweise um von ihren zahlreichen Verfehlungen abzulenken.

„Ja, der hat dich wirklich überrascht", meinte Plankton. „Damit hattest du nicht gerechnet, dass auch jemand anderer auf die Idee kommen würde, sich Slys Manuskript zu beschaffen. Auch Black Joe hat erst bei unserem Treffen in der Zirkuspause davon erfahren, dass Sly eine Biografie geschrieben hat; Fred hat es beiläufig erwähnt, und Black Joe war ziemlich überrascht. Da hat er natürlich beschlossen, sich dieses Manuskript zu beschaffen und einmal nachzusehen, ob die Innominati darin erwähnt wurden."

„Also war es Black Joe, der vor uns in den Verlag eingebrochen ist und der das Büro unserer armen Sekretärin verwüstet hat?"

„Genau, ihm verdankst du das Durcheinander, das du ja hoffentlich am Montag, als du nach einer Woche Urlaub wieder zur Arbeit gingst und ich im Gefängnis schmachtete, aufgeräumt hast."

„Ja, alles wieder in Ordnung", sagte Veronika-Bettina. „Danke der Nachfrage. Unsere Sekretärin findet dich übrigens nett."

„Wie?"

„Nun, als du das erste Mal im Verlag warst – noch ohne mich –, hast du dich ja nicht gerade unauffällig benommen", erklärte Veronika-Bettina. „Unsere Sekretärin hat mich gleich, nachdem du den Verlag wieder verlassen hattest, angerufen, dass da so ein komischer Mann da gewesen sei, der sich ganz auffällig nach Slys Manuskript erkundigt hätte. Ein komischer, aber ein netter Mann, sagte sie."

„Vielen Dank", sagte Plankton, um dann mit seiner Anklage fortzufahren: „Mit mir in den Vatikan zu reisen, war dir sogar so wichtig, dass du mich mit einem Trick aus der Justizanstalt befreit hast.* Da bist du dann allerdings sehr deutlich geworden: ‚Die Lösung des Rätsels ist in Rom verborgen, wir müssen dort selbst Nachschau halten', waren deine Worte. Na, als flüchtiger Untersuchungshäftling hatte ich wohl keine andere Wahl, als dir zu folgen."

„Aber, Rupert, alles, was ich dir auf unserer Fahrt nach Rom und in Rom gesagt habe ... in diesem Hotel ... in diesem Bett ... all das war nicht gelogen", behauptete Veronika-Bettina, und in ihren Augen schimmerten Tränen. „Es stimmt schon, anfangs habe ich dich benutzt, aber spätestens seit Rom ... Du musst es doch fühlen, dass in Rom zwischen uns alles anders geworden ist ..."

Plankton betrachtete die neben ihm liegende Frau eingehend.

* Wie gesagt, die Justizwachebeamten der Justizanstalt Linz bestehen auf die Feststellung, dass es in Wahrheit *nicht* möglich ist, Gefangene auf die beschriebene Weise zu befreien!

„Und was hast du jetzt vor – jetzt, wo du das Geheimnis der Innominati entlarvt hast? Gehst du damit an die Öffentlichkeit, damit du endlich berühmt werden kannst?“

Veronika-Bettina schüttelte heftig den Kopf. „Nein. Die Innominati – Elvis, deine Diana –, sie sollen in Ruhe und Frieden weiterleben. Ich habe nicht vor, mein Wissen zu verwerten. Ich werde zwar Slys Memoiren veröffentlichen, aber ohne den Nachtrag. Ich verspreche es dir, Rupert, ich werde das Geheimnis der Innominati mit ins Grab nehmen.“

Plankton nickte langsam.

„Und jetzt“, sagte Veronika-Bettina, „werde ich aus deinem Leben verschwinden. Ich habe dich enttäuscht, und es geschieht mir daher ganz recht …“ Sie begann, mit den Füßen die Decke, die sie bislang bis unters Kinn gezogen hatte, nach unten zu strampeln.

„Es stimmt, du hast mich enttäuscht“, sagte Plankton.

„Und darum verlasse ich dich jetzt“, kündigte Veronika-Bettina an. Und leise setzte sie hinzu: „Obwohl ich dich liebe …“

Mittlerweile war die Decke aufgrund intensiver Beinarbeit bereits unter ihrer Hüfte gelandet, und anders als Plankton, der nie ohne Pyjama schlief, vollzog Veronika-Bettina nicht nur den Beischlaf, sondern auch den Schlaf danach im Regelfall so wie Gott sie geschaffen hatte, und von diesem Regelfall war sie letzte Nacht nicht abgewichen.

Plankton biss sich unschlüssig auf die Lippen. Dann – die Decke war bereits auf dem Schlafzimmerboden gelandet und Veronika-Bettina machte nach wie vor keine Anstalten, aufzustehen und wegzugehen – seufzte er laut, sagte „Ach, sei’s drum“ und beugte sich voll Begierde über die neben ihm liegende nackte Frau …

Wenn dieses Buch schon keinen Prolog hat, so wenigstens einen

EPILOG

Als der Schweizergardist Beat Hintermoser seinen Kollegen herankommen sah, nahm er eine stramme Haltung ein. Man konnte ja nie wissen, ob Kollegen nicht vielleicht einmal zu Vorgesetzten wurden. Als er aber erkannte, wer sich ihm da näherte, rief er überrascht: „Aron? Aron Lüttersrythli, altes Haus! Bist du's wirklich? Auch wieder da?"

Der groß gewachsene Mann nickte. „Ja. Immer nur mit meinem Papa Taxi zu fahren, wurde mir auf die Dauer zu langweilig. Und jetzt, wo Cardinale Cappuccino tot ist, kann ich auch wieder hierher zurück, ohne um mein Leben fürchten zu müssen."*

„Ja, der Kardinal ist tot", sagte Hintermoser. „Und auch sein Sekretär, der schöne Giacomo, ist letzte Nacht gestorben, weißt du das schon? Ist mysteriöserweise aus dem Bett gefallen und hat sich dabei den Schädel eingeschlagen,** du kennst dich aus? Trotzdem wurde der Termin für heute Vormittag nicht abgesagt. Bin schon gespannt, wer heute kommt."

„Ja, ich auch. Ist wer drin im Büro?"

* Wer nicht weiß, warum der Kardinal auf den Schweizergardisten Aron Lüttersrythli nicht gut zu sprechen ist bzw. war, der muss das im *Da-Linzi-Code* nachlesen. Dort steht auch, was es mit dem Taxi seines Papas auf sich hat. Für die weitere Handlung dieses Buches (viel ist es eh nicht mehr) ist beides nicht übermäßig wichtig.

** Damit haben wir sogar noch einen Toten mehr, also insgesamt sieben! Wenn wir – ist jetzt nur eine Überlegung, so aus dem Bauch heraus – die verbliebenen *Vier fidelen Sandler* bei der Fahrt zu einem Auftritt (oder zum Begräbnis von Black Joe, gute Idee!) auf schneeglatter Fahrbahn verunglücken lassen würden, könnten wir die Zahl der Toten sogar noch steigern ... Wie? Unfalltote zählen nicht? Na gut, dann eben nicht, war eh nur so ein Gedanke ...

„Ja. Ich weiß aber nicht, wer. Es war schon aufgesperrt, als ich meinen Dienst angetreten habe."

„Na, egal. Warten wir halt."

Schon wenige Minuten später näherte sich ein Mann den beiden Mitgliedern der Schweizergarde. Die zwei Gardisten erkannten ihn sofort, behielten aber ihre stoische Miene bei.

„Hey, ihr zwei bunten Vögel", sagte der Mann, mit einem Zettel wedelnd, auf Englisch. „Büro von Kardinal Rissoni? Ich habe einen Termin."

Aron warf einen kurzen Blick auf das Blatt Papier und nickte. „Der Kardinal kann Sie leider nicht persönlich empfangen, Sir", erklärte er auf Englisch, „aber jemand anderer wird sich um Sie kümmern."

„Fein", sagte der Mann. „Ihr tut einen verdammt guten Job, Boys, ich wollte, ich hätte eine so gut angezogene Security. Kann ich dann rein, ich hab's eilig, möchte mir auch noch die Sixtinische Kapelle anhören ..."

Der Schweizergardist Beat Hintermoser klopfte an die Tür zu dem Büro, in dem früher Kardinal Rissoni residiert hatte, und nach einem undeutlichen „Herein" öffnete er die Tür, um dem Besucher das Eintreten zu ermöglichen.

Der Mann schloss die Tür hinter sich, grüßte freundlich und trat an den Schreibtisch. Auf diesem lagen einige Rissonis *Scrabble*-Spiel* entliehene Buchstabensteine – zwei A sowie je ein B, K, R und C.

„Der Kardinal ist leider verhindert", wurde ihm von der Person, die hinter dem Schreibtisch saß, in holprigem Englisch erklärt. „Aber so weit ich den – natürlich streng geheimen – Akten entnommen habe, haben Sie mit ihm ohnehin schon alle Details geklärt. Auch die Art des Attentats, durch das Sie

* Ja, der Herr Kardinal besitzt bzw. besaß eine umfangreiche Spielesammlung, aber am liebsten spielte er *Farbenfische*.

ums Leben kommen werden, und wem es in die Schuhe geschoben werden wird. Es geht jetzt nur noch um Ihren neuen Namen – den Namen, den Sie dann als Innominato tragen werden."

„Ja", sagte der Mann. „Haben Sie schon einen Vorschlag?"

„Of course", kam als Antwort. „Wir müssen an Ihrem bisherigen Vornamen gar nicht viel ändern, um einen schönen Innominato-Namen daraus zu machen." Zwei altersschwache Hände rückten mit einer Behändigkeit, als ob sie diese Bewegung oft geübt hätten, die auf dem Tisch liegenden Buchstaben in eine Reihe.

„Was halten Sie von Raback, Mister President?", fragte Schwester Letizia ...

Rupert Planktons erster Fall:

Harald Mini

Der Da Linzi Code

Thrillersatire

Broschur mit Klappen
422 Seiten
ISBN 978-3-7011-7791-2
€(A) 17,90 €(D) 17,40 sFr 30,40

Rupert Plankton – der Welt berühmtester und einziger Speisologe (= Spezialist für alles, was mit Speis und Trank zusammenhängt) – weilt in Linz. Er will den zahlreichen Geheimnissen, die sich um die Linzer Torte ranken, auf die Spur kommen und sein Freund und Mentor aus alten Zeiten, Gisbert Landauer, soll ihm dabei helfen, denn seine Tochter Lisbeth arbeitet in einer Tortenproduktionsfirma. Doch da wird Gisbert Landauer entführt und die Entführer fordern von Plankton einen Gegenstand – er wisse schon, welchen.
Nun, Plankton hat zwar keine Ahnung, ist aber wild entschlossen, seinen Freund zu retten, und ein „Da Linzi Code" (was auch immer das sein mag) soll ihm dabei helfen. Gemeinsam mit Lisbeth macht er sich auf eine atemberaubende und aberwitzige Schnitzeljagd quer durch Linz und dabei ist ihm nicht gerade hilfreich, dass er offenbar von einem ganz in Schwarz gekleideten, glatzköpfigen Hünen verfolgt wird und sich auch eine kirchliche Geheimorganisation (so geheim, dass sie selbst im Vatikan weitgehend unbekannt ist) einmischt …